N_{IC}

Sous le pseudonyme de Nicci French se cache un couple de journalistes, Nicci Gerrard et Sean French. Tous deux ont étudié la littérature anglaise à Oxford à la fin des années 1970 sans jamais se rencontrer. Ensuite, chacun a mené sa carrière de son côté dans le journalisme. Nicci collabore à l'*Observer* pour lequel elle traite notamment des grands procès d'assises ; Sean est chroniqueur littéraire pour divers magazines. Ils se croisent enfin en 1989, et décident de partager leur vie et leur écriture. Maniant l'art de jouer avec les nerfs et le suspense cousu main, ils rencontrent le succès dès leur premier thriller psychologique, *Mémoire piégée* (1997). Depuis, ils ont écrit une dizaine de romans à quatre mains – dont *Sourire en coin* (2005), *Charlie n'est pas rentrée* (2008) et *Jusqu'au dernier* (2009) parus au Fleuve Noir –, un travail singulier qu'ils définissent comme « une folie à deux ».

JUSQU'AU DERNIER

DU MÊME AUTEUR
CHEZ POCKET

NICCI FRENCH

JUSQU'AU DERNIER

Traduit de l'anglais (Grande-Bretagne)
par Marianne Bertrand

Fleuve Noir

Titre original :
UNTIL IT'S OVER

Le papier de cet ouvrage est composé de fibres naturelles, renouvelables, recyclables et fabriquées à partir de bois provenant de forêts plantées et cultivées durablement pour la fabrication du papier.

Le Code de la propriété intellectuelle n'autorisant, aux termes de l'article L. 122-5, 2° et 3° a, d'une part, que les « copies ou reproductions strictement réservées à l'usage privé du copiste et non destinées à une utilisation collective » et, d'autre part, que les analyses et les courtes citations dans un but d'exemple et d'illustration, « toute représentation ou reproduction intégrale ou partielle faite sans le consentement de l'auteur ou de ses ayants droit ou ayants cause est illicite » (art. L. 122-4).
Cette représentation ou reproduction, par quelque procédé que ce soit, constituerait donc une contrefaçon, sanctionnée par les articles L. 335-2 et suivants du Code de la propriété intellectuelle.

© Joined-Up Writing, 2007.
© 2009, Éditions Fleuve Noir, département d'Univers Poche,
pour la traduction française.
ISBN : 978-2-266-19634-5

À Rafi, Martin, Tommy, Vadilson,
Arthur, Tilly et Dougie.

PREMIÈRE PARTIE

1

Cela faisait des semaines, des mois, que je sillonnais Londres à vélo, et je savais qu'un jour j'aurais un accident. La seule question qui se posait était : de quel type ? L'un des autres coursiers filait dans Regent's Street lorsqu'un taxi avait brusquement viré pour faire demi-tour sans regarder. Ou, en tout cas, sans faire attention aux vélos, parce que personne ne fait jamais attention aux vélos. Don avait heurté l'aile du taxi de plein fouet et s'était réveillé à l'hôpital, incapable de se souvenir de son propre nom.

Il y a un pub, le *Horse and Jockey*, où on se retrouve le vendredi soir avec toute une bande de coursiers, pour boire, bavarder, échanger nos histoires et rire de nos chutes. Mais à peu près tous les six mois, les nouvelles se font plus graves. La plus récente est celle de ce type qui approchait du carrefour d'Elephant and Castle. Il était à la hauteur d'un camion qui a tourné à gauche sans mettre son clignotant et coupé le coin de la rue. Dans ces cas-là, l'espace entre le camion et la bordure du trottoir passe d'une trentaine à une dizaine de centimètres. Tout ce qu'on peut faire, c'est quitter la route. Hélas, dans ce cas précis, il y avait une rampe en fer en travers de son chemin. Quand je suis repassée devant, j'ai vu que des gens y avaient attaché des bouquets de fleurs.

Quand ces accidents ont lieu, parfois c'est la faute du cycliste et parfois non. On m'a parlé de chauffeurs de bus percutant délibérément des deux-roues. J'ai vu plein de cyclistes qui ne se sentent pas concernés par les feux tricolores. C'est pourtant toujours celui qui est sur le vélo qui s'en sort le moins bien. Raison pour laquelle il vaut mieux porter un casque, rester à bonne distance des camions, et toujours partir du principe que leur conducteur est un psychopathe aveugle et stupide.

Quand bien même, je savais qu'un jour j'aurais un accident. Il y en avait de tant de sortes, et je pensais que le plus probable était celui qui serait le plus difficile à éviter ou anticiper. Et j'avais raison. Mais je n'aurais jamais pensé que ça arriverait à moins de trente mètres de chez moi. En m'engageant dans Maitland Street, je m'apprêtais à passer la jambe par-dessus la barre de mon vélo. J'étais à quarante-cinq secondes d'une douche chaude et, dans ma tête, déjà descendue de vélo et rentrée chez moi, après avoir passé six heures en selle, quand une portière de voiture s'est ouverte sur la chaussée devant moi, telle l'aile d'un oiseau de métal, et je suis rentrée dedans.

Je n'ai pas eu le temps de réagir de quelque manière que ce soit, de faire un écart ou de me protéger. Et pourtant, tout s'est passé comme au ralenti. Alors que mon vélo s'écrasait contre la portière, je me suis rendu compte que je la heurtais dans le mauvais sens : au lieu de la refermer, je la forçais à s'ouvrir encore plus. Je l'ai sentie grincer et plier avant de stopper net, l'élan se reportant alors de la portière au vélo, surtout à sa partie la plus mobile, c'est-à-dire moi. Je me suis souvenue que mes pieds étaient dans les cale-pieds et que, s'ils y restaient, je me retrouverais empêtrée dans ma bécane et risquais de me casser les deux jambes. Mais alors, comme pour répondre à ma question, mes pieds se sont dégagés, comme deux pois sautant de leur cosse, et j'ai fait un vol plané par-dessus la porte, laissant mon cycle derrière moi.

Ç'a été si vite que je n'ai pas pu amortir un tant soit peu ma chute ou éviter les obstacles. En même temps, ça s'est déroulé si lentement que j'ai pu méditer la chose alors même qu'elle se déroulait. De nombreuses pensées m'ont traversé l'esprit, mais je n'aurais su dire si elles me venaient l'une après l'autre ou toutes à la fois. J'ai songé : *Ça y est, j'ai un accident. Voilà à quoi ça ressemble, d'avoir un accident.* J'ai pensé : *Je vais me blesser, assez gravement, sans doute.* Je me suis dit : *Je vais devoir m'organiser. Selon toute probabilité, je n'irai pas travailler demain. Il faudra que j'appelle Campbell pour lui dire. Ou qu'un autre le fasse.* Et puis j'ai pensé : *C'est trop con. On avait prévu de dîner ce soir, une des rares occasions qu'on a de se retrouver tous ensemble autour d'une table, et il semble bien que je n'y serai pas.* Et j'ai même eu le temps de me demander : *J'aurai l'air de quoi, toute raplatie en pleine rue ?*

C'est à cet instant que j'ai heurté le sol. Tel un acrobate maladroit, je m'étais mal reçue après un salto et avais atterri durement, sur le dos, le souffle coupé : ça a fait comme un « ouf ». J'ai roulé sur moi-même et me suis sentie cogner et racler la chaussée en divers points de mon corps. Je n'ai pas eu mal tout de suite en l'entendant heurter le bitume. Il y a eu comme une détonation et un éclair lumineux. Je savais cependant que la douleur n'allait pas tarder et, soudain, elle m'a envahie tout entière, m'assaillant par vagues, me lançant dans les yeux des éclairs rouges, pourpres, jaune vif, chacun d'eux m'infligeant une souffrance d'une nouvelle nature. J'ai essayé de bouger. J'étais sur la rue. Un endroit dangereux. Un camion pouvait me rouler dessus. Peu importe. J'étais incapable de faire le moindre mouvement. Tout ce que je pouvais faire, c'était jurer, jurer sans fin : « Putain. Merde. Putain. Merde. »

Peu à peu, la douleur s'est localisée. C'était comme de la pluie tombée qui formait maintenant des flaques et des petites rigoles. La tête me tournait, mais mon casque l'avait sauvée. Je ne sentais plus le haut de mon dos, là où j'avais atterri. Ce qui me faisait vraiment mal, à ce moment-là, c'était plein d'autres endroits : mes coudes, le côté d'un genou. Je m'étais retourné une main, qui me lançait. De l'autre, j'ai touché ma cuisse et senti un liquide gluant et des gravillons. Une minuscule partie de mon cerveau trouvait encore le temps de penser : *Que c'est bête ! Si ce n'était pas arrivé, je serais rentrée et tout irait normalement. Mais rien à faire, me voilà par terre. Si seulement ce n'était pas arrivé !*

J'étais allongée, le bitume était chaud sous mon corps, je sentais même son odeur âcre et huileuse. Le soleil était bas sur l'horizon, couleur jaune d'œuf dans le ciel d'un bleu pâlissant.

Une ombre s'est penchée sur moi, une silhouette qui me cachait le ciel.

— Tout va bien ? m'a-t-elle demandé.

— Non, ai-je répondu. Putain.

— Je suis navrée, a-t-elle dit. J'ai ouvert la portière. Je ne vous ai pas vue. J'aurais dû regarder. Je suis tellement, tellement désolée. Vous êtes blessée ? J'appelle une ambulance ?

Une autre vague de douleur m'a submergée.

— Fichez-moi la paix, ai-je dit.

— Je m'en veux tellement.

J'ai inspiré à fond, la douleur a reflué un peu, et la silhouette s'est précisée. J'ai vu le visage vaguement familier d'une femme d'âge mûr, puis sa voiture gris métallisé, puis sa portière ouverte, forcée par l'impact. J'ai respiré un grand coup une nouvelle fois, et fait l'effort d'émettre autre chose qu'une plainte ou un juron :

— Vous pourriez regarder.

— Je suis vraiment désolée.

J'allais lui redire de s'en aller mais, soudain prise de nausée, j'ai dû employer toute mon énergie à me retenir de vomir dans la rue. Je devais rentrer. Je n'avais que quelques mètres à faire. Je me sentais comme un animal qui avait besoin de se traîner jusque dans son terrier, si possible pour y mourir. Poussant un gémissement, j'ai roulé sur moi-même et entrepris de me relever. Ça faisait un mal de chien mais, dans le brouillard où je me trouvais, je me suis rendu compte que mes membres fonctionnaient. À première vue, rien de brisé ; aucun tendon déchiré.

— Astrid !

J'ai entendu une voix familière et, d'ailleurs, un nom familier. Le mien. Astrid. Un autre signe positif. Je savais qui j'étais. J'ai levé les yeux et vu un visage qui ne m'était pas étranger m'observer avec sollicitude. Puis un autre est apparu derrière le premier : les deux arboraient en me scrutant la même expression.

— Mais qu'est-ce qui s'est passé ? a demandé l'un.

Bêtement, pour une raison obscure, je me suis sentie gênée.

— Davy, ai-je dit. Dario. Je suis juste tombée de mon vélo. Ce n'est rien. J'ai juste…

15

— J'ai ouvert ma portière, a coupé la femme. Elle est rentrée dedans. Je suis la seule coupable. Est-ce que je dois appeler les secours ?

— Et mon vélo ? ai-je demandé.

— T'en fais pas pour ça, a répondu Davy qui se penchait sur moi, le front soucieux. Tu te sens comment ?

Je me suis assise. J'ai remué la mâchoire, vérifié de la langue l'état de mes dents. Puis celui de ma langue contre mes dents.

— Je crois que ça va, ai-je répondu. Un peu secouée.

Je me suis levée, ai tressailli.

— Astrid ?

— Et mon vélo ?

Dario a contourné la portière de la voiture pour le ramasser.

— Il est un peu tordu, a-t-il dit.

Il a essayé de le pousser mais la roue avant était coincée dans la fourche.

— Il a l'air…

J'essayais de dire que son état illustrait parfaitement celui dans lequel je me sentais, mais la phrase me paraissait trop difficile à construire. Au lieu de quoi, j'ai demandé qu'on me ramène à la maison. La femme a reparlé d'appeler les secours, mais j'ai secoué la tête et gémi parce que ma nuque était douloureuse.

— Je paierai pour votre vélo, a assuré la femme.

— Ah ça, oui.

— J'habite juste à côté. Je viendrai vous voir. Y a-t-il autre chose que je puisse faire pour vous dans l'immédiat ?

J'ai essayé de trouver une réplique cinglante, genre « Vous en avez déjà assez fait comme ça », mais c'était trop d'effort et elle avait l'air embêtée et bouleversée de toute façon, et elle n'essayait pas de se justifier, comme l'auraient fait certains. J'ai regardé autour de moi, elle essayait de refermer la portière fautive. Elle a dû s'y reprendre à deux fois pour y arriver. Dario a ramassé mon vélo et Davy m'a prise par la taille avec précaution pour me ramener chez nous. Dario a fait un signe de tête à quelqu'un.

— C'est qui ? ai-je demandé.

— Personne, a-t-il répondu. Comment va ta tête ?

Je me suis doucement frotté la tempe.

— Je me sens un peu bizarre.

— On était assis dehors sur le perron, a expliqué Dario, on s'en fumait une en profitant de la soirée, pas vrai, Davy ?

— Ouais, a approuvé Davy. Et là-dessus boum, et toi par terre.

— Vraiment trop con, ai-je commenté.

— Tu vas y arriver ? Il n'y a plus que quelques mètres à faire.

— Ça va, ai-je répondu, même si mes jambes tremblaient et si la porte semblait s'éloigner plutôt que se rapprocher.

Davy a crié pour appeler Miles, et Dario s'est joint à lui, criant encore plus fort ; ça a résonné dans mon crâne, et j'ai tressailli. Davy m'a aidée à franchir le portillon et Miles est sorti sur le perron. Quand il a vu dans quel état j'étais, son expression était presque cocasse.

— Mais qu'est-ce qui s'est passé ? a-t-il demandé.

— Une portière, a répondu Davy.

Mes colocataires se sont empressés autour de moi. Davy a essayé de suspendre le vélo aux crochets sur le mur du couloir : abîmé comme il était, il ne tenait pas bien. Il l'a reposé et s'est mis à le bricoler, tachant de cambouis sa belle chemise blanche.

— Il va y avoir du boulot, a-t-il annoncé avec délectation.

Arrivée au pied de l'escalier, Pippa a fait une remarque désobligeante à Davy, comme quoi c'était de mon état qu'il fallait se préoccuper, pas de celui du vélo. Elle m'a prise avec précaution dans ses bras, me touchant à peine. Mick me regardait, imperturbable, par-dessus la rambarde du palier du dessus.

— Faites-la entrer, a ordonné Miles. Aidez-la à descendre.

— Ça va, ai-je protesté.

Ils ont insisté, et m'ont autant soutenue que tirée jusqu'au bas de l'escalier qui mène à la grande cuisine-salle de séjour où nous prenions nos repas, devisions et passions notre temps quand nous n'étions pas dans nos chambres. On m'a assise sur le canapé près de la porte à deux battants, et Dario, Pippa et Miles sont restés assis à me regarder, à me redemander cent fois comment ça allait. J'avais les idées claires, maintenant. Le choc de l'accident s'était dissipé pour laisser place à une douleur simple et ordinaire. Je savais que je souffrirais le martyre le lendemain matin, mais ça irait. Dario a sorti une cigarette du paquet qu'il avait dans sa poche et l'a allumée.

— On devrait découper ses vêtements, a-t-il suggéré. Comme ils font aux urgences.

— Dans tes rêves, ai-je répliqué.

— T'as besoin de voir un médecin ? a demandé Miles.

— J'ai besoin d'un bain chaud.

— Pour ce qui est du chaud, a répliqué Dario, va peut-être y avoir un problème.

2

Les suites d'un accident dans lequel on n'a pas vraiment été blessé ont quelque chose de gratifiant. Surtout quand votre état semble plus sérieux en apparence qu'en réalité. Je me sentais plutôt bien, mais j'avais un magnifique bleu qui s'épanouissait sur le mollet, une éraflure le long de la cuisse, une estafilade sur la main, et une vilaine écorchure sur la joue. Mon poignet était enflé. Ça cuisait, m'élançait et faisait mal, mais d'une façon qui me procurait un plaisir masochiste. Je n'arrêtais pas d'appuyer sur mes plaies pour m'assurer qu'elles saignaient toujours. Après avoir pris un bain dans un fond d'eau tiède, je me suis allongée sur mon lit vêtue d'un vieux bas de survêtement et d'un tee-shirt, et les différents membres de la maisonnée sont passés me demander si ça allait et entendre une fois de plus comment c'était arrivé. J'ai commencé à me sentir presque fière de moi.

— Tout s'est passé comme au ralenti, ai-je répété pour la quatrième fois.

Dario et Davy, mes deux héroïques sauveteurs, me contemplaient. Dario a allumé une cigarette, sauf que ça n'était pas une cigarette, et une odeur illégale et familière a envahi ma chambre.

19

— Tu as dû tomber de façon très naturelle, a dit Davy. C'est pour ça que tu ne t'es pas gravement blessée. C'est assez impressionnant. C'est comme ça qu'ils entraînent les parachutistes. Mais toi, tu l'as fait naturellement.

— Ce n'était pas volontaire, ai-je remarqué.

Dario a tiré une grosse taffe de son joint.

— Ou comme quelqu'un de très, très ivre, a-t-il dit. Quand les gens complètement bourrés tombent, ils ne se blessent pas parce que leur corps est tout à fait relâché.

— Voyons voir ça, a lancé Mick en s'asseyant au bord du lit.

J'aurais peut-être fait une remarque sarcastique si un autre que Mick avait dit ça, mais ce n'est pas vraiment quelqu'un à qui l'on fait des remarques sarcastiques. C'est un homme économe en paroles. On dirait que parler lui demande de douloureux efforts, alors, en général, on se tait quand ça lui arrive. J'avais envie de demander ce qui le rendait plus apte qu'un autre à évaluer les dégâts, mais savais qu'il ne ferait que hausser les épaules.

— Ça fait mal ? a-t-il demandé, comme je grimaçais. Et ça ?

Il a pressé mes côtes, puis soulevé mes jambes l'une après l'autre, palpant mes mollets barbouillés d'une épaisse couche de cambouis dont je n'avais pu me débarrasser, même après avoir frotté fort à l'eau chaude et savonneuse.

— Rien de cassé, a-t-il déclaré, ce que je savais déjà de toute façon.

Pippa est apparue avec un petit flacon rempli d'un liquide bleu et une poignée de coton.

— Ça va piquer ? ai-je demandé.

— Pas du tout, a-t-elle répondu en appliquant une quantité généreuse de désinfectant sur ma joue.

— Merde ! me suis-je écriée en me débattant. Arrête-moi ça tout de suite !

— Sois courageuse.

— Pourquoi ?

— Parce que, parce que… a-t-elle répondu d'un air énigmatique tout en me flanquant un autre morceau d'ouate trempée sur la cuisse.

— Tire une taffe là-dessus, a proposé Dario en m'offrant son joint. C'est bon pour la douleur et les nausées.

— Sans façon, ai-je décliné.

— Tu te sens capable de manger ? a demandé Pippa.

— Je meurs de faim.

— Owen apporte le dîner en rentrant de son studio.

Il est arrivé avec des sacs en papier pleins de plats à emporter indiens et les a posés sur la table, puis il a levé les yeux et m'a vue qui présidais, assise dans un vaste fauteuil, soutenue par des oreillers. Il a froncé les sourcils.

— Tu t'es battue ?

— Avec une portière de voiture.

— Jolis bleus.

— Je sais.

— Ça sera encore pire demain.

— Tu aurais dû la voir, a dit Davy, prenant place à mes côtés.

Il avait l'air encore plus ébranlé que moi.

— Elle a volé dans les airs.

— Comme un boulet de canon humain, a dit Dario, s'asseyant de l'autre côté.

— Ça fait mal ?

— Pas plus que ça.

— Bien sûr que ça fait mal, a dit Pippa. Regarde-la.

— Non, ne me regarde pas. Mon nez fait deux fois sa taille normale. Combien on te doit pour tout ça, Owen ?

— Huit livres chacun.

Des grommellements se sont élevés pendant que tout le monde fouillait dans ses poches ou son sac, comptait des pièces et réclamait de la monnaie. Dario a sorti une liasse de billets de sa poche, en a tiré un billet de vingt et l'a lancé à Owen.

— Garde la monnaie, a-t-il dit. Je te dois sans doute de l'argent, de toute façon.

— Tu as gagné au loto ? a demandé Owen avec une expression méfiante.

Dario a pris un air évasif.

— Quelqu'un me devait du fric, a-t-il expliqué.

Chacun a pris place à la table de la cuisine et retiré les couvercles d'aluminium, tiré les languettes des canettes de bière, fait passer les assiettes ébréchées et un assortiment de couverts dépareillés. Pippa a piqué son joint à Dario et tiré longuement dessus.

— Les avocats ont le droit de faire ça ? a demandé Miles.

— Pas au bureau, a répondu Pippa, avant de balayer le groupe du regard. Ça arrive combien de fois ? On est entre nous, rien qu'entre nous.

— Maintenant, on est sept, a remarqué Dario, faisant tinter sa fourchette contre son assiette pour obtenir le silence, avant d'engloutir aussitôt une énorme bouchée de riz et de mastiquer plusieurs secondes, pendant que nous patientions. Comme les Sept Nains, a-t-il enfin lâché.

— Il y a plusieurs choses dont nous devons discuter, a dit Miles de manière plutôt cérémonieuse. Pour commencer, puis-je dire…

— Tu es Prof, a coupé Dario.

— Pardon ?

— Si on est les Sept Nains…

— Ce qui n'est pas le cas.

— … alors tu es forcément Prof, a affirmé Dario.

— Parce que je suis le propriétaire de cette maison ? Et qui d'autre va faire réparer les canalisations et s'assurer que les factures sont bien payées ?

— Les nains symbolisent les différentes parties constituant notre psyché, a expliqué Dario.

— Et c'est pour entendre ça que j'ai volé dans une portière de voiture ? ai-je demandé.

La bière m'avait détendue et la douleur avait reflué.

— Toi, t'es Ronchon, a dit Dario à Mick.

Mick a fait mine de n'avoir pas entendu.

— Ronchon existe ? ai-je demandé. Je ne me souviens pas de lui.

— Il y a un Grincheux, a dit Davy.

— Pippa est Nympho, n'est-ce pas ? a lancé Dario en adressant un clin d'œil à Davy par-dessus la table.

C'était une allusion au fait que Pippa n'était pas engagée dans une relation sérieuse, mais avait plutôt un certain nombre de liaisons extrêmement courtes.

— Oh, les garçons, ai-je jeté, vous êtes pathétiques !

— Je pense qu'on est d'accord pour dire que Simplet est pris, a déclaré Pippa.

— Tu peux être Dormeur, alors, a concédé Dario. Personne ne dort autant que toi.

Ce n'était pas tout à fait juste. Pippa ne dort que le week-end, quand elle se couche au petit matin et se lève dans l'après-midi, toute bouffie, hébétée et rassasiée de sommeil. En semaine, elle se réveille consciencieusement à 7 heures pour aller travailler. Dario, lui, dort quand ça lui chante.

— Le meilleur pour la fin, a remarqué Davy. Owen peut faire Atchoum.

— Pourquoi ?

Davy m'a regardée.

— Ça nous laisse tous les deux nous disputer Timide et Joyeux. Et toi, Astrid Bell, tu n'es pas timide. À moins que tu préfères être Blanche-Neige.

— Je veux être la Méchante Reine. Ça, c'est une vraie femme.

— Tu gâches le jeu, s'est plaint Dario. Tu es Joyeuse.

Joyeuse. Et sonnée. Et détendue. Je me suis adossée à mon fauteuil. J'ai observé les personnes rassemblées autour de cette table : un assortiment disparate de gens qui, à cet instant précis, étaient pour moi ce qui s'approchait le plus d'une famille. Nous n'étions plus que trois à avoir été là dès le début ; à moins que le début ne remonte encore plus tôt, quand on était ensemble à l'université. Miles avait acheté la maison alors qu'il n'était encore qu'un étudiant de troisième cycle qui voulait changer le monde ; il avait eu cette grande baraque délabrée située dans le quartier le plus difficile de Hackney pour une bouchée de pain. À l'époque, il n'avait pas de barbe mais les cheveux longs, souvent noués en queue-de-cheval. Aujourd'hui, il portait une barbe blond foncé taillée avec soin et n'avait plus du tout de cheveux. En passant la main sur sa tête, je sentais toutes les bosses de son crâne au toucher velouté. Pippa était l'autre colocataire au long cours. En fait, on s'était rencontrées elle et moi lors de mon premier trimestre à la fac, puis on avait partagé

24

une maison la dernière année, si bien qu'en emménageant chez Miles, je connaissais déjà bien ses habitudes au quotidien. Elle était grande et élancée, le genre de beauté délicate qui pouvait induire en erreur.

Nous formions donc le trio originel, qui avait survécu, même si, pendant une année de cette grande époque, Miles et moi avions plus ou moins été en couple, puis durant six mois épouvantables plus franchement en couple, avant de ne plus en former un du tout. Miles avait aujourd'hui une nouvelle véritable petite amie, Leah, ce qui était une bonne chose, comme une barrière entre nous. « Les bonnes clôtures font les bons voisins », comme on dit.

Autour de nous, différentes personnes s'étaient succédé, et le groupe de sept que nous formions finirait par changer tôt ou tard. Mick était plus vieux que le reste d'entre nous, et accusait le poids des ans comme un fardeau pesant sur ses larges épaules. Il était trapu et petit. Il se tenait debout jambes écartées, comme sur le pont d'un navire par gros temps. Ses yeux étaient bleu pâle, dans un visage marqué par le soleil et le vent. Il avait passé des années à bourlinguer sans relâche aux quatre coins du monde. Je ne savais pas s'il était à la recherche de quelque chose, ou même s'il l'avait trouvé. Il n'en parlait jamais. Il travaillait désormais, vivant de petits boulots, et avait dérivé jusqu'à cette escale temporaire dans Maitland Road. Quand il était à la maison, il passait beaucoup de temps dans sa petite chambre sous les toits, mais je n'ai jamais su ce qu'il y fabriquait, et ne lui ai pas souvent rendu visite. Aucune des portes n'a de serrures, mais certaines sont plus résolument fermées que d'autres. Il m'arrivait de descendre au milieu de la nuit parce que je n'arrivais pas à dormir, et de tomber sur lui, assis tout à fait immobile à la table de la cuisine, le visage baigné par les volutes de vapeur montant de sa tasse de thé.

On n'a jamais su au juste comment Dario s'était retrouvé ici. Son ex-petite amie (la seule vraie petite amie qu'il ait jamais eue, selon moi) avait loué une chambre pendant un an, il y passait donc souvent la nuit. Puis, le temps pour nous de cligner des yeux et elle était partie, et on ne sait comment, lui était toujours là, faisant son trou dans la plus petite chambre, qui se trouvait au deuxième étage, avant de coloniser peu à peu la chambre vide d'à côté. Même s'il n'avait pas de boulot et ne pouvait pas payer de loyer, personne n'avait le cœur ou la résolution nécessaire pour le jeter dehors – peut-être parce qu'il n'avait pas vraiment grand-chose d'un Dario. Il avait des cheveux roux en bataille et des taches de rousseur en pagaille ; des dents un peu de travers et, quand il souriait, il ressemblait à un petit garçon un peu niais. Miles a fini par passer un accord avec lui : il rénoverait la maison, de la cave au grenier, en échange de sa pension. Je ne pense pas que Miles ait fait une très bonne affaire. Pour autant que je peux en juger, Dario passait le plus clair de son temps à fumer de l'herbe, lire des horoscopes, regarder la télévision dans la journée, à jouer à des jeux sur les ordinateurs des autres et à barbouiller les murs avec des pinceaux aux poils raides qu'il n'avait pas trop à cœur de laver ou de remplacer.

Davy était le plus récent membre de la maisonnée, parmi nous depuis deux ou trois mois seulement, comme Owen. Il était charpentier et maçon. Un vrai, pas comme Dario. Même s'il n'avait pas la chance d'être polonais, il avait beaucoup de travail, et pas mal en extérieur, de sorte qu'il était un peu hâlé. Il avait d'épais cheveux châtains qui lui tombaient sur les épaules, et les yeux gris. C'était un beau garçon, mais il n'avait pas l'air de le savoir, ce que je trouvais charmant. Il avait l'attitude anxieuse du petit nouveau, mais aussi un joli sourire qui lui faisait des plis aux coins des yeux et, à son arrivée, je m'étais laissée aller à penser : *Pourquoi pas ?* avant de décider : *Sans doute pas*. Le sexe sous ce toit me paraissait tabou, et mon expérience avec Miles avait constitué un avertissement assez pénible.

Et puis il y avait Owen Sullivan, assis en face de moi en cet instant. Avec son teint pâle, ses cheveux noirs et raides qui lui arrivaient aux épaules, et ses yeux écartés, presque noirs, il avait un air vaguement oriental, même si, autant que je sache, tous ses ancêtres étaient gallois. Il était photographe. Il démarchait les magazines avec son book et décrochait une commande de temps à autre. Mais ce qu'il voulait faire en fin de compte, c'étaient ses propres photos. Il avait dit un jour qu'il détestait travailler pour la presse. J'avais gloussé et dit que, dans ce cas, c'était une chance que cela lui arrive si peu souvent. Il n'avait pas répliqué mais m'avait lancé un regard si dur que je m'étais rendu compte qu'on ne pouvait le taquiner sans risque sur son travail. Il avait l'habitude de regarder les gens comme s'il les jaugeait en vue de prendre une photographie, vérifiant la lumière, les cadrant. Je me demandais parfois s'il les voyait vraiment, s'il écoutait réellement ce qu'ils avaient à dire.

— Les sept âges de l'homme, a dit Dario d'un air songeur. Sept mers, sept continents…

— Faux.

— Écoutez, a déclaré Miles. Ça m'ennuie de vous interrompre, mais c'est très rare qu'on soit tous réunis comme ça. Rien que nous sept. Ne t'avise pas de recommencer, Dario.

— Tu as raison, c'est en effet rare, a remarqué Davy. Pourquoi ne pas faire une photo de groupe pour marquer le coup ?

— On a même un photographe professionnel parmi nous.

— Je ne fais pas d'instantanés, a déclaré Owen d'un ton sans réplique.

— N'oublions pas que c'est un artiste, ai-je lancé d'un ton sarcastique.

Davy s'est contenté de sourire.

— Je vais la prendre, a-t-il proposé.

— Mon appareil photo est dans le tiroir, juste là, a indiqué Miles avec lassitude.

Davy s'est levé pour l'ouvrir.

— Il n'y est pas. Tu as dû le mettre ailleurs.

— C'est plutôt quelqu'un qui s'en est servi et a oublié de le remettre.

— J'en ai un là-haut, a dit Davy.

— Laissons tomber, a commencé Mick, mais Davy avait déjà quitté la pièce et grimpait l'escalier quatre à quatre.

Le silence s'est fait. Dehors, un Klaxon de voiture a retenti plusieurs fois, après quoi on a entendu courir dans la rue. Une porte a claqué à l'étage.

— Qui d'autre que moi trouve que cet agneau a un goût de pâtée pour chiens ? a demandé Dario.

— Ç'a quel goût, la pâtée pour chiens ?

— Celui-là.

Pâtée pour chiens ou pas, on entendait mâcher et racler des assiettes. La conversation s'étiolait. Tout le monde semblait distrait. Sur ce, Davy est revenu, hors d'haleine et un peu rouge, mais brandissant son appareil photo l'air triomphant.

— Il n'était pas là où je pensais. Maintenant serrez-vous les uns contre les autres. Non, t'es pas obligée de te lever, Astrid. Tout le monde peut se mettre autour de toi. Owen, tu ne rentres pas dans le cadre, comme ça. Je ne te vois toujours pas.

— Impec.

— Dario, ton visage est caché par l'épaule de Pippa. Mick, tu as l'air un peu bizarre avec ce sourire. Inquiétant, même. OK, dix secondes. Vous êtes prêts ?

— Et toi ? s'est enquise Pippa.

— Une seconde.

Davy a appuyé sur un bouton et couru nous rejoindre. Il s'est cogné contre un pied de la table, ce qui l'a fait trébucher et presque tomber sur le groupe entassé, renfrogné et souriant au moment où le flash se déclenchait. C'est comme ça que l'appareil nous a saisis, une masse confuse de bras et de jambes battant l'air, et moi au centre, la bouche ouverte sous l'effet de la surprise au milieu de mon visage écorché et enflé, comme la victime d'une agression perpétrée par des ivrognes.

— Regardez-nous ! s'est écriée Pippa, ravie.

C'est bien sûr elle qui s'en est sortie le mieux : délicate et superbe au milieu de la mêlée.

— J'ai les yeux fermés, a grommelé Dario. Pourquoi est-ce que ça m'arrive à chaque fois ?

— Bon, a dit Miles quand nous avons regagné nos places.

Il a repoussé son assiette de curry orange qui figeait.

— J'ai quelque chose à vous dire.

— Oui ?

— Ce n'est pas facile, mais je vous préviens long-temps à l'avance.

— C'est à propos de l'état de la salle de bains, j'en suis sûr.

— Leah et moi avons décidé de vivre ensemble.

Pippa a poussé un petit cri de joie. J'ai froncé les sourcils.

— Pourquoi cet air grave, alors ? ai-je demandé.

— Elle s'installe ici.

— On s'y fera, a affirmé Dario. Mais elle ? Ça, c'est la vraie question.

— Ce que je veux dire, a repris Miles, c'est que ce sera juste Leah et moi.

Pendant un moment, personne n'a rien dit : nous l'avons fixé des yeux tandis que sa phrase restait sus-pendue dans les airs.

— Oh, a fini par prononcer Mick.

— Putain, a lâché Pippa.

— Tu nous vires ?

— Pas comme ça, a répondu Miles. Pas tout de suite.

— Dans combien de temps ? ai-je demandé.

Mon visage commençait à me lancer.

— Quelques mois. Trois. Ça ira, non ? Ça vous don-nera le temps de vous installer ailleurs.

— Je commençais juste à me sentir installé ici, a regretté Davy. Enfin bon.

— Vous ne pouviez pas tous habiter ici éternelle-ment, a conclu Miles.

— Pourquoi pas ?

Dario avait l'air accablé. Ses taches de rousseur res-sortaient par plaques.

— Parce que les choses changent, a répondu Miles. Le temps passe.

— Ça va, Astrid ? s'est enquis Davy. Tu as pâli.

— Il faut que j'aille me coucher, ai-je signalé. Ou au moins que je m'allonge un moment. Je me sens bizarre.

Pippa et Davy m'ont mise sur mes pieds, me prenant par les coudes, avec des petits bruits d'encouragement.

— Je suis désolé, a dit Miles d'un air navré. Peut-être que ce n'était pas le bon moment.

— C'est jamais le bon moment pour ce genre de choses, a précisé Pippa. Allez, Astrid, viens dans ma chambre un instant. Ça fait une volée de marches de moins à grimper. Je peux te passer de la crème à l'arnica, si tu veux.

J'ai gravi l'escalier en traînant la patte, marche après marche, et me suis glissée dans la chambre de Pippa, où flottait une forte odeur de parfum. C'était une grande pièce, donnant sur l'avant de la maison. Quand nous y avions emménagé, c'était le salon, et la décoration n'avait pas dû être refaite depuis les années cinquante. Pippa n'avait rien fait pour y remédier, se contentant de remplir l'espace avec les fanfreluches et la pagaille de son existence. L'effet était on ne peut plus détonnant. Deux murs étaient d'un jaune moutarde sordide, et un autre tapissé d'un papier peint à fleurs assez chargé pour vous donner mal à la tête, et dont les raccords se décollaient. L'ampoule pendant au centre du plafond disparaissait sous un abat-jour de papier kraft, déchiré d'un côté. Un grand bow-window donnait sur la rue, mais Pippa laissait toujours les volets à moitié fermés, de sorte que la chambre était en permanence dans la pénombre.

Sonnée comme je l'étais, le foutoir qu'elle avait créé donnait à la pièce un aspect troublant, presque hallucinatoire. La chambre était meublée d'un large lit métallique à une place, des plus inadaptés à son mode de vie, recouvert d'un dessus-de-lit en somptueux velours cramoisi ; d'un petit divan que lui avait légué son grand-père, sur lequel s'entassaient des vêtements, aussi bien propres que sales ; d'une commode dont tous les tiroirs étaient ouverts, et d'où s'échappaient sous-vêtements et chemisiers, jusque par terre ; d'une armoire, ouverte elle aussi, où pendaient ses magnifiques robes, tailleurs, jupes et vestes ; et d'un fragile bureau qui ployait sous le poids des papiers et des dossiers. Un miroir doré en pied était appuyé contre le mur, avec à sa base des piles de maquillage, des flacons de lait pour le corps et des tubes de crèmes pour le visage, des rangs de colliers, des boucles d'oreilles éparpillées, et une ou deux ceintures. Pourtant, de cette chambre émergeait tous les matins une Pippa fraîche et impeccable, tirée à quatre épingles, sentant le savon et le Chanel N° 5.

J'ai écarté une culotte et me suis étendue sur le matelas avec précaution.

— Paracétamol ?

Elle a tendu le bras sous le lit pour y attraper une boîte de comprimés.

— Avec du whisky ?

Telle une magicienne, elle a fait émerger une bouteille cachée de sous la pile de vêtements posée sur le divan et l'a brandie.

— Je vais peut-être éviter le whisky, ce soir.

— Allez !

Elle a fait tomber deux comprimés blancs dans ma main, puis versé deux doigts d'alcool dans un verre qu'elle m'a tendu. J'ai avalé le paracétamol et pris une gorgée de whisky pour faire descendre les cachets.

— Tu veux que je te masse les épaules ? m'a-t-elle demandé.

— Je crois que ça me ferait trop mal.

— Tu devrais faire beaucoup plus d'histoires, après ce qui t'est arrivé.

— Drôle de journée, ai-je remarqué.

J'ai entendu des voix provenant d'en bas, puis l'inimitable pas lourd et traînant de Mick qui regagnait sa chambre.

— Pour toi, surtout, a dit Pippa.

Elle m'a repris le verre, s'est versé une généreuse rasade de whisky qu'elle a avalée d'une traite, et d'un geste expert.

— Salaud, a-t-elle ajouté d'une voix forte.

— Miles ?

— Qui d'autre ?

— Je ne sais pas, Pippa. Il fallait bien que ça arrive un jour ou l'autre.

— Bah !

— Et si lui et Leah veulent vivre ensemble, juste tous les deux…

— C'est elle qui est derrière tout ça.

— À t'entendre, on croirait à un complot.

— Évidemment que c'en est un. Il va donc falloir former le contre-complot.

Elle a continué de parler, racontant je ne sais plus quoi à propos du choc que j'avais pris sur la tête et qui m'aurait rendue trop raisonnable. Mais je n'entendais pas vraiment ses paroles, pas plus que je n'en comprenais le sens. Je me sentais très fatiguée. La pièce se brouillait sous mes yeux, tour à tour nette et floue. Je me suis renversée sur les oreillers et j'ai fermé mes lourdes paupières.

— Je vais peut-être dormir ici ce soir, ai-je annoncé d'une voix pâteuse.

Pippa m'a tirée par le bras pour me remettre en position assise.

— Ah non, hors de question. Pas ce soir, ma chérie.

J'ai monté en crabe la deuxième volée de marches, jusque dans ma chambre, qui m'a semblé blanche et vide après le fouillis tapageur de celle de Pippa : rien qu'un petit lit double, une armoire étroite, une commode sur laquelle étaient posés tous les objets que j'avais déterrés dans le jardin, et un grand fauteuil à bascule en bois que Dario avait récupéré pour moi dans une benne et que j'avais couvert de coussins achetés au marché aux puces de Camden. J'ai ôté mon bas de survêtement, puis me suis glissée tant bien que mal sous la couette. Mais mes blessures me cuisaient et me lançaient et, tout épuisée que j'étais, j'ai mis longtemps à m'endormir. Des sons me parvenaient : la porte d'entrée qui s'ouvrait et se refermait ; des voix ; quelqu'un qui riait ; l'eau dans le ballon ; des pas dans l'escalier ; une vieille maison bien vivante.

3

Je me suis tournée et retournée, j'ai dormi, je me suis agitée, me suis encore tournée et retournée, j'ai dormi, je me suis réveillée, j'ai vu le soleil briller à travers les rideaux et renoncé au sommeil. Il fallait en outre que je vérifie l'état de mon corps ainsi que celui de mon vélo.

Sous la douche – chaude, cette fois-ci – je me suis examinée. J'ai fléchi coudes et genoux. Ils me faisaient mal, mais je n'ai pas entendu de craquement ou de grincement. Il fallait que je me remue. Je soupçonnais aussi que c'était un de ces jours où il ferait bon s'absenter de la maison.

En attendant, c'était agréable d'avoir la cuisine pour moi seule. Je me suis fait un café et préparé un pamplemousse. Pendant que mon porridge cuisait, je suis allée dans le jardin pour regarder mon potager. Je n'avais jamais rien fait pousser auparavant, à part de la moutarde peut-être, et du cresson sur du papier buvard quand j'étais petite. Mais cette année, j'avais décidé tout à coup que nous devions produire nos propres légumes. J'étais allée à un vide-grenier où j'avais acheté une bêche, un déplantoir et un arrosoir, tellement beaux et brillants, quasi neufs, et si bon marché qu'ils avaient de toute évidence été dérobés à quelqu'un qui avait oublié de fermer à clé sa cabane de jardin. À quoi d'autre peut bien servir un vide-grenier à Hackney ? Mais j'avais fait bon usage de ces objets volés, délimitant un long rectangle de terre envahi de mauvaises herbes, et le bêchant jusqu'à obtenir un coin bien labouré, riche en terreau et fertile. J'y avais trouvé de vieilles pièces de monnaie et des morceaux de poteries, que j'avais ramassés et posés sur la commode de ma chambre. C'était étonnamment gratifiant. Je savourais la douleur dans mon dos, les ampoules sur mes paumes et la terre sous mes ongles. Davy avait proposé de m'aider avec le labour profond, mais je voulais que ce soit mon œuvre exclusive. J'avais planté des courgettes, des fèves, des laitues, des betteraves et de la roquette, et même des pommes de terre sur une rangée surélevée. Tout le monde se moquait de moi, mais des pousses vigoureuses montraient déjà leurs têtes. Chaque matin et chaque soir, ou presque, j'allais les voir. Ce jour-là, j'étais en train de me dire que je devrais aussi planter du maïs l'année suivante, et peut-être des courges musquées pour faire de la soupe – jusqu'à ce que je me rappelle que, l'année suivante, je ne serais plus là. Ce n'est qu'alors que j'ai réalisé que je ne serais pas là cette année, non plus, pour récolter les légumes que j'avais cultivés avec tant de soin. Miles et Leah les ramasseraient à ma place, recueillant les fruits de mon travail.

J'en étais à ma deuxième tasse quand Pippa est entrée dans la cuisine. Elle était en tenue de bureau, portant un tailleur gris pâle et un chemisier blanc. Et elle n'était pas seule. Un homme en pantalon noir, chemise à fleurs et veste en cuir est entré avec cet air à la fois penaud et fier qu'arborent les hommes le matin. Elle me l'a présenté sous le nom de Jeff. Il s'est assis en face de moi et, après m'avoir demandé la permission, s'est versé du café.

J'étais trop sidérée pour répondre. Pippa était incroyable. Comment avait-elle fait ça ? D'où avait-elle bien pu le sortir ? Je l'avais quittée à point d'heure la nuit précédente, assise dans sa chambre. Et pourtant Dieu sait où, Dieu sait comment, au milieu de la nuit, elle avait trouvé cet homme et l'avait fait entrer en douce jusque dans son lit.

— Salut, Jeff, ai-je dit, avant d'en être réduite à une sorte de bégaiement. Comment… où est-ce que vous… ?

— On devait aller boire un verre, a expliqué Pippa d'un ton enjoué, alors je lui ai dit qu'il ferait aussi bien de venir ici. Et le temps qu'il arrive, il était déjà si tard que, bref, tu vois…

— Pas sûr, ai-je répondu. Pippa, je voulais te poser une question professionnelle.

— Quoi ?

— Est-ce que Miles peut vraiment, sur un plan légal, nous mettre dehors ? Nous sommes déclarés, non ?

— Je n'en sais rien, a-t-elle dit.

— Je croyais que tu étais avocate ?

— Tu es avocate ? a demandé Jeff.

— Oui, mon chou, a dit Pippa. Dépêche-toi de finir ton café.

Elle a de nouveau tourné son regard vers moi.

— Ça ne signifie pas que je m'y connaisse. Je vais chercher, ou demander à quelqu'un. Mais ne mêle pas d'avocats à tout ça. C'est la seule chose que j'aie apprise.

J'ai fait oui de la tête à Pippa et dit au revoir à Jeff poliment, soupçonnant que je ne le reverrais jamais. J'ai appelé Campbell au bureau, qui m'a assuré que je pourrais emprunter un vélo quelques jours sans problème. Il fallait juste que je passe le récupérer à l'agence, à Clerkenwell. Résultat, je devais être le seul coursier à vélo de Londres à ne pas se rendre au travail à bicyclette ce matin-là. Je me suis retrouvée dans le métro en short moulant en Lycra avec mon haut jaune fluo, mon casque sur les genoux. Je n'aurais pas eu l'air plus ridicule en jodhpurs et pardessus rouge.

Je n'allais presque jamais au bureau. Ce n'était en fait rien de plus qu'un cagibi dans lequel Campbell et son assistante, Becks, prenaient les commandes et contactaient les coursiers, mais il était étonnamment sordide, envahi de cartons, de tasses de café sales et de dossiers non classés.

— Querelle d'amoureux ? a demandé Campbell alors que j'entrais dans la pièce.

— Portière de voiture, ai-je corrigé.

— Tu es sûre que ça va ?

Ç'a été moins bien quand j'ai vu le vélo qu'il me prêtait. Campbell a remarqué mon air dubitatif.

— Il m'a rendu bien des services, celui-là, a-t-il dit.

— Au moins on risque pas de me le voler, ai-je murmuré. Alors, par quoi je commence ?

Il a consulté son bloc-notes.

— De Wardour Street à Camden Town, ça te plairait ?

— Il n'y a que toi qui me plaises, Campbell, ai-je répliqué, saisissant le papier qu'il me tendait. Maintenant que j'ai vu l'état du bureau, il faudra que je me souvienne d'y venir moins souvent. On se voit plus tard au pub, peut-être.

C'était une belle journée, de celles qui consolent d'un mois de janvier, quand on finit trempé et transi et qu'il fait nuit à 4 heures, ou d'un mois d'août, quand on a l'impression de ne respirer que de la chaleur et des gaz d'échappement. Il faisait beau mais assez frais, il n'y avait pas trop de circulation, et je me sentais joyeuse, sans savoir pourquoi. Je filais à travers Londres, en ligne droite. Après Camden Town, je suis allée de Charlotte Street à Maida Vale, puis de Soho à London Bridge. Sur le chemin du retour, je me suis acheté un sandwich exotique hors de prix à Borough Market. Puis j'ai traversé la rivière pour me rendre à Old Street, et de là, suivi une longue artère rectiligne jusqu'à Notting Hill Gate. Regagnant le centre-ville, je me suis arrêtée dans St James's Park pour manger mon sandwich et boire une bouteille d'eau. Puis rebelote, à sillonner Londres en tous sens, entrant pour ressortir aussitôt de laboratoires photographiques, d'agences de pub, de studios de montage, de cabinets d'avocats et de bureaux dans lesquels je me rendais depuis des mois, sans savoir au juste ce qu'il s'y passait – ni ressentir le besoin de le savoir.

Certains jours, j'avais l'impression de traîner d'énormes poids derrière mon vélo, mais pas ce jour-là. L'accident ne m'avait manifestement pas causé de dommages durables. Mes membres endoloris se sont peu à peu assouplis et, le soir venu, j'avais parcouru une centaine de kilomètres sans même ressentir de fatigue, rien que d'agréables courbatures dans les mollets et les cuisses. Sur le chemin du retour, je me suis arrêtée au *Horse and Jockey*. Ce pub était strictement réservé aux coursiers à vélo. Les coursiers à moto étaient grands, barbus, et de sexe masculin. Ils s'habillaient de cuir noir et se retrouvaient au *Crown*, juste au sud d'Oxford Street. Ils se rassemblaient sur le trottoir et sifflaient les passantes, discutaient d'arbres à cames, ou de ce dont peuvent bien être constituées les motos.

Nous autres coursiers à vélo considérions que nous faisions partie d'une espèce plus sensible. Nous étions certainement mieux portants, pour ceux d'entre nous qui survivaient. Mon arrivée a été saluée par une petite ovation de la part de ceux qui étaient déjà là, agrippés à leurs bouteilles de bière. Ils ont fait cercle autour de moi pour inspecter mes bleus et mes égratignures, et remarquer qu'ils n'avaient rien d'exceptionnel. Puis nous sommes passés aux choses plus sérieuses. Nous avons discuté possibilités d'embauche, échangé des ragots et, surtout, débiné les clients. Que nous dépendions d'eux ne signifiait pas que nous devions les respecter. La majeure partie du travail était effectuée pour le compte d'entreprises, et consistait à transporter des enveloppes d'un bureau à un autre, mais plusieurs familles avaient des comptes chez nous, et certaines étaient si riches, ou du moins tellement plus riches que nous, qu'elles trouvaient tout naturel de décrocher leur téléphone pour faire appel à l'un de nous. La requête la plus ridicule faisait l'objet d'une compétition tacite. Une fois, j'avais plusieurs jours de suite livré un panier-repas, oublié à Primrose Hill, dans une école privée pour filles du West End. Un des coursiers prétendait avoir grimpé jusqu'à Notting Hill Gate sous la pluie pour récupérer un parapluie et l'apporter à une femme qui l'attendait devant Fortnum & Mason. Ce boulot nous donnait aussi l'occasion de jeter des regards ébahis à l'intérieur de certaines de ces maisons. L'un des coursiers avait déclaré qu'il allait lancer un nouveau jeu : on gagnerait cinq points pour un cinéma privé, dix pour une fontaine, cinquante pour une piscine intérieure.

À l'instant même où un dénommé Danny m'affirmait, à tort, qu'une de ses clientes s'était entichée de lui, j'ai été sauvée par la sonnerie de mon téléphone. C'était Davy.

— Je suis au *Jockey*, ai-je dit. Tu veux venir ?

Le pub était un endroit commode pour se retrouver en pleine ville et il arrivait que Pippa, Davy ou Owen m'y rejoignent et tentent de se mêler à nos corps souples, bronzés, légèrement vêtus, dans l'ensemble divins, de coursiers.

— Non, a-t-il dit. Je suis à la maison. Tu ferais peut-être mieux de rentrer.

— Il y a quelque chose qui ne va pas ?

— Non, non, a-t-il répondu. Pas vraiment. Rien qui nous concerne. Mais tragique.

Je suis rentrée en pédalant doucement, savourant la lumière ambrée et l'air frais sur ma peau rougeoyante. En m'engageant dans Maitland Street, j'étais en train de me dire que la chose à ne pas faire était d'avoir un autre stupide accident dans ma propre rue, quand j'ai failli rentrer dans un véhicule de police à l'endroit même où j'avais percuté la voiture la veille. À quelques maisons de la nôtre, une portion de trottoir était interdite d'accès. Plusieurs policiers – hommes et femmes – s'affairaient activement. L'un d'entre eux se tenait debout à côté de la voiture, avec l'air de s'ennuyer.

— Qu'est-ce qui se passe ? ai-je demandé.

— Circulez, ma petite, s'il vous plaît, a-t-il ordonné.

— C'est juste que j'habite dans cette rue.

— Il n'y a plus rien à voir.

— Qu'est-ce que c'est que tout… ?

— Allez, circulez.

Ça m'était difficile. Il s'était passé quelque chose à deux pas de chez moi et je voulais en savoir plus, mais le policier me regardait fixement et aucun prétexte ne me venait à l'esprit. Je me suis donc contentée de pousser mon vélo le long du trottoir jusqu'à notre maison.

Dario était perché sur une échelle dans le couloir, en train de peindre la rosace autour du plafonnier. J'ai appuyé le vélo de Campbell contre le mur.

— Quelqu'un va se prendre les pieds dedans, a-t-il prédit.

— C'est juste pour aujourd'hui, ai-je répondu. Qu'est-ce qui se passe dehors ?

— Il y avait encore plus de policiers il y a une ou deux heures, a-t-il dit. Plusieurs voitures et une ambulance.

— Que s'est-il passé ?

— Je ne sais pas exactement, a-t-il répondu. Je ne suis pas sorti. J'ai entendu dire que quelqu'un s'était fait braquer.

— Assassiner, a dit une voix derrière moi.

Je me suis retournée. C'était Mick.

— Assassiner ? me suis-je exclamée. Non ! Comment c'est arrivé ?

— Quelqu'un s'est fait braquer dans la rue et s'est fait tuer. Il a dû essayer de résister. Le pauvre con.

Du haut de son échelle, Dario m'a adressé un grand sourire.

— Hier, Astrid se prend une voiture, aujourd'hui, quelqu'un se fait assassiner. Ça commence à devenir chaud par ici.

— Une chance qu'on se fasse mettre dehors, alors ? ai-je remarqué, avant de regarder Dario d'un air soup-çonneux. Ça fait combien de temps que tu retapes la maison ?

— Je ne sais pas, a-t-il répondu.

— Tu étais au courant des projets de Miles ?

— Moi ? a-t-il dit. Et qu'est-ce que j'aurais à y gagner ?

— J'aime mieux pas savoir comment fonctionne ton esprit tordu, ai-je rétorqué.

4

J'ai pris à la hâte une douche bien et fraîche et, tout en grimaçant, enfilé des vêtements amples par-dessus mes bleus et mes écorchures. Une jupe légère, car cette soirée de mai était douce et agréable ; un chemisier qui couvrirait mes bras ; et des sandales. J'avais rendez-vous avec trois vieux amis à Clerkenwell, et je n'allais pas remonter sur mon vélo mais voyager sur l'impériale du bus soixante-treize. Dario m'accompagnait, puisqu'il sortait, lui aussi. La police était toujours là. Ils semblaient encore plus nombreux qu'auparavant, et il y avait désormais un panneau métallique jaune sur le trottoir, à quelques mètres du périmètre interdit d'accès, demandant à quiconque ayant été témoin de faits inhabituels le soir du jeudi 10 mai de contacter la police.

— Tu crois vraiment qu'on a assassiné quelqu'un ? ai-je interrogé Dario.

— Sûr, a-t-il répondu avec enthousiasme.

— Ça parle juste d'un « incident sérieux ». Ça peut vouloir dire n'importe quoi. Peut-être un accident de voiture. Ou une simple agression.

— Ça fait beaucoup de police pour ça, a remarqué Dario.

On était plutôt habitués aux agressions dans Maitland Road, ainsi qu'aux panneaux jaunes réclamant de la part du public une aide qui se manifestait rarement. Maitland Road débouchait sur une cité difficile. Des bandes de jeunes traînaient dans la rue et dans le parc, désœuvrés et agressifs, le pantalon sous la fesse, une cigarette pendue aux lèvres. Ils brisaient des vitres, renversaient des poubelles sur la chaussée, dealaient sous l'abribus où nous nous trouvions maintenant, et provoquaient des bagarres qui pouvaient mal tourner. La rue où nous vivions était de celles qui marquent la frontière entre l'aisance et la misère noire.

Quand Miles, Pippa et moi y avions emménagé, nombre de maisons étaient en ruine et condamnées. Les jardins étaient envahis de mauvaises herbes, les seuls magasins, des marchands de journaux ouverts vingt-quatre heures sur vingt-quatre et d'étranges avant-postes d'une civilisation disparue qui vendaient des pantalons en polyester et des caleçons longs. Le bac à sable dans le parc était plein de seringues et d'ordures. Le coin avait l'air abandonné et mal-aimé. Il s'embourgeoisait peu à peu. Il y avait toujours des maisons mitoyennes délabrées et des squats insalubres, mais d'autres avaient été rénovées et refaites à neuf, d'une élégance incongrue au milieu de leurs vétustes voisines. Des Volvo et des BMW côtoyaient des vieilles Rover et Ford déglinguées. Les jardins de devant étaient jonchés de panneaux d'agences immobilières, des camionnettes d'artisans et des bennes stationnaient devant des maisons éventrées. Les rudes immeubles gris et roses, aux noms de Morris ou Ruskin House, formaient désormais des îlots tenaces, sinistres et négligés.

Le bus est arrivé et je me suis installée en haut pour contempler la vue tandis que Hackney laissait place au quartier plus bourgeois de Stoke Newington, puis au plus chic encore Islington, où les lumières brillaient aux fenêtres des maisons individuelles, où les restaurants chers étaient pleins. Je n'ai plus repensé de la soirée à l'incident de Maitland Road. J'ai retrouvé mes amis, et nous avons bu un verre, à l'extérieur du pub dans l'air tiède du soir, puis dîné dans un restau bon marché, avant de finir chez Saul pour le café. Tout le monde était fatigué, mais parce qu'on était vendredi soir, on a traîné, papoté, peu enclins à partir.

Quand j'ai pris le bus de nuit pour rentrer, il était déjà tard. L'air était frais. J'ai envisagé de faire la grasse matinée le lendemain matin, peut-être d'aller faire un tour ensuite au marché aux fleurs avec Pippa et de déjeuner dehors. Et j'ai pensé, aussi, qu'il allait falloir que je me trouve un nouvel endroit où habiter. Trois mois, ça ne menait pas loin, seulement jusqu'à la fin de l'été.

Il restait deux voitures de police dans Maitland Road. Plusieurs adolescents s'étaient rassemblés autour de la première ; au moment où je passais, un des garçons a donné un coup de pied dans le pneu avant, côté trottoir, pour se donner l'air cool. Quand je lui ai souri, il a rougi, paraissant soudain beaucoup plus jeune qu'il ne le souhaitait.

— Salut, ai-je crié en ouvrant la porte d'entrée.

Tout le monde était en bas, exception faite de Dario et Owen, attablés dans la cuisine autour de deux ou trois bouteilles de vin vides. La petite amie de Miles, Leah, était là aussi : la raison de notre expulsion. On aurait pu s'attendre à trouver une certaine tension dans l'air, au lieu de quoi j'ai ressenti de l'excitation.

— Tu as raté tout le drame ! a déclaré Miles.

— Quel drame ?

— La police est venue pour nous demander si on avait entendu quelque chose de particulier hier soir.

— Vraiment ? Ils ont dit ce qui s'était passé ?

— Mick avait raison, a répondu Miles. Quelqu'un s'est fait tuer.

— Dans Maitland Road, a ajouté Davy comme si c'était une bonne nouvelle.

— Non !

— Eh si !

— Mon Dieu, c'est affreux. Qui était-ce ? Pas des gens qu'on connaît, au moins ?

— Non, a répondu Pippa.

À l'entendre, elle paraissait presque déçue.

— Une femme du nom de Margaret Farrell, apparemment, a dit Davy. On ne connaît pas de Margaret Farrell, si ?

— Pas moi, en tout cas, ai-je affirmé. Elle habitait près d'ici ?

— Justement ! a dit Pippa. Elle habitait quelques numéros plus loin. Au cinquante-quatre. C'était une voisine, en quelque sorte.

— Au cinquante-quatre ? ai-je repris.

J'essayais de me rappeler de quelle maison il s'agissait et qui y habitait.

— C'est la maison avec la porte d'entrée vert foncé et le jardin bien entretenu, a précisé Miles.

— On est sortis voir, a ajouté Davy.

— Ça s'est passé à quelle heure ? ai-je demandé.

Je n'arrivais pas à me faire à l'idée que, alors que nous étions au chaud et à l'abri chez nous, quelqu'un se faisait tuer à quelques pas de notre porte.

— Les policiers n'en étaient pas très sûrs. Ils voulaient juste savoir si on avait entendu quoi que ce soit d'inhabituel pendant la nuit.

— Juste les mêmes choses inhabituelles que d'habitude, ai-je dit. Des cris, des gens qui courent, des objets balancés.

— C'est ce qu'on leur a dit.

Davy s'est versé les dernières gouttes de vin puis a levé son verre à la lumière.

— Et on leur a donné le nom de tous les occupants de la maison.

— Pour quelle raison ?

— La routine, a répondu Miles distraitement. Je leur ai dit qu'on était tous ici la nuit dernière. Ils ont juste demandé qu'on les contacte s'il nous revenait quelque chose qui pouvait s'avérer utile.

— Margaret Farrell, ai-je réfléchi tout haut. Est-ce qu'ils savent pourquoi ? On lui a volé quelque chose ? Qu'est-ce qui a pu se passer, sinon ? C'est arrivé chez elle ?

— Non, a expliqué Davy. Apparemment, on a découvert son corps là où ils mettent les poubelles, devant l'entresol. Ils ont dit que c'étaient les éboueurs qui l'avaient trouvée.

— Non ! On l'a jetée avec les ordures, comme ça ? C'est horrible.

— C'est ce que j'ai entendu dire. Difficile à croire, hein ?

— Mais pourquoi ?

— Je pense qu'elle s'est fait agresser et qu'on l'a tuée par erreur, a suggéré Miles.

— On ?

— C'est sans doute le mari, a affirmé Pippa. C'est toujours le mari, vous savez.

— Tu es sûre qu'elle a un mari, au moins ? ai-je demandé.

— En fait, on n'est sûrs de rien, a dit Miles. Les gens n'arrêtent pas de colporter des rumeurs et des soupçons, qui circulent dans toute la rue maintenant, de plus en plus bizarres. Tout le monde se parle enfin. Plutôt marrant, non ?

— Tout à fait marrant, a approuvé Leah.

J'ai sursauté. J'avais presque oublié qu'elle était là, élégante et calme, les mains tranquillement posées sur la table.

— Ça fait peur, ai-je commenté, saisie d'un petit frisson. Juste devant notre porte.

Mais ensuite la conversation a dérivé sur d'autres sujets. Davy travaillait son portugais. J'ai ramassé un magazine et commencé à le feuilleter. Miles a pris la télécommande pour allumer la télévision. Nous avons regardé une émission dans laquelle deux pros refaisaient la décoration de l'appartement d'un quidam et le rendaient encore plus laid qu'avant. Puis une émission culinaire qui présentait des ingrédients dont je n'avais jamais entendu parler. Un film venait de commencer, la suite d'un truc qu'aucun de nous n'avait vu, quand on a entendu quelqu'un débouler dans l'escalier. Dario a fait irruption dans la pièce.

— Allumez la télé ! a-t-il crié.

Miles a levé les yeux.

— Elle est allumée, a-t-il dit.

— Changez de chaîne. Je regardais là-haut. Non, passe-moi cette foutue télécommande.

Il a changé de chaîne. Un portrait de femme a rempli l'écran, puis laissé place à un présentateur des infos locales. Je n'avais vu le visage qu'une seconde, mais c'était suffisant.

— C'était… ai-je commencé.

— Tais-toi, a coupé Dario, augmentant le volume jusqu'à faire vibrer les enceintes de la télévision.

— … *le corps de Margaret Farrell, âgée de cinquante-sept ans, a été retrouvé hier soir*, a annoncé la voix soudain tonitruante. *La police a ouvert une enquête pour meurtre…*

J'ai vaguement entendu parler d'appel à témoins et d'enquêtes effectuées au porte-à-porte, mais nous étions trop excités pour garder le silence.

— Margaret Farrell… mais c'est Peggy !

— Peggy !

— On l'a vue hier soir, a dit Davy d'une voix stupéfaite. Dario, Astrid et moi. On l'a vue.

— Quoi ? Quand ?

— C'est elle qui m'a renversée !…

Et c'est ainsi que, le lendemain matin, au lieu de faire la grasse matinée, de prendre un bain chaud, de passer une heure dans le jardin à m'occuper de mes légumes et de me rendre au marché aux fleurs, Dario, Davy et moi nous sommes retrouvés assis au commissariat du quartier, attendant d'être reçus par l'agent de police Jim Prebble. L'euphorie horrifiée de la veille était retombée. Nous étions fatigués, la salle d'accueil était triste et déprimante ; dehors, il bruinait. Davy avait un orgelet sous l'œil gauche et semblait couver une grippe. Mais c'était Dario qui faisait le plus pitié : il n'avait dormi que deux ou trois heures et nous l'avions traîné hors de la maison ce matin sans même une tasse de café. En outre, il avait une peur panique des représentants de l'ordre. Leur seule présence lui procurait un sentiment de culpabilité même s'il avait respecté la loi à la lettre. Assis là, il avait l'air d'un suspect, le teint terreux, s'agitant nerveusement et jetant des coups d'œil furtifs autour de lui.

Quand on nous a enfin appelés pour voir l'agent Prebble, dans une petite pièce carrée aux volets clos où seuls deux d'entre nous pouvaient s'asseoir, ç'a été comme une douche froide. Prebble était un petit homme trapu aux cheveux gris en brosse et au visage bosselé, comme une pomme de terre. Il a noté nos noms et adresse, et nous a écoutés raconter dans quelles circonstances nous avions vu, et dans mon cas, comment j'avais été renversée par Margaret Farrell, que nous connaissions sous le diminutif de Peggy.

— Il était quelle heure ? a-t-il demandé, prenant un crayon.

— Environ sept heures et demie, a répondu Davy.

Il se tenait debout derrière Dario et moi.

— Vers 7 heures, a dit Dario en même temps.

— Non, il était plus près de 8 heures, ai-je corrigé. Moins cinq, quelque chose comme ça. Je m'en souviens parce que je me disais que je serais en retard pour notre réunion à la maison, censée commencer à 8 heures, alors j'étais très consciente de l'heure et très pressée. C'est pour ça que j'ai heurté si violemment la portière.

— Donc, juste avant 8 heures, vous avez vu Mrs Farrell ?

— Oui.

— Vous lui avez parlé ?

— Oui, enfin, pas vraiment. Je crois que j'ai juré un peu.

— Ça oui, a lancé Davy, derrière moi.

Dario a ricané.

— Et qu'a-t-elle dit ?

— Je ne me souviens pas trop. Désolée. Elle n'a pas arrêté de dire qu'elle était désolée.

— Elle voulait appeler une ambulance, a dit Davy.

— Et elle a offert de payer pour ton vélo, a ajouté Dario. Elle ne va plus le faire, maintenant. Tu pourrais demander à son mari, à la place.

— Dario ! ai-je protesté, mais Prebble n'a pas semblé faire attention.

— Et c'est tout ? a-t-il insisté.

— Oui. Désolée.

— Vous ne l'avez plus revue après ça ?

Nous avons secoué la tête.

— Vous n'avez pas remarqué de quel côté elle partait ?

— C'est un peu flou, ai-je dit. Je ne me souviens bien que de ses chaussures.

— Ses chaussures ?

— Je me rappelle avoir été allongée par terre et les avoir vues s'approcher de moi. De solides chaussures à lacets marron. Je crois que j'étais peut-être un peu commotionnée. Je me souviens d'avoir eu la vague impression qu'il y avait quelqu'un d'autre tout près, en plus de Dario et Davy.

— Nan. Il n'y avait que nous, a affirmé Dario.

— Alors il n'y avait que vous deux ? a demandé Prebble. Vous êtes sûrs ?

— Oui, a répondu Dario.

— Oui, a répété Davy.

— Bien. Et vous deux, avez-vous vu où elle est allée après l'accident ?

— On aidait Astrid à rentrer dans la maison, a répondu Davy. Je n'ai pas fait très attention. On voulait la faire rentrer pour qu'elle puisse s'allonger. Elle était plutôt amochée.

— Montre-lui tes bleus, a suggéré Dario.

— Non !

— Mais vous êtes certains que c'était vers 8 heures ? Prebble semblait perplexe. Un sillon s'était creusé entre ses yeux largement écartés et il a passé la main dans ses cheveux en brosse. Je les ai regardés s'aplatir avant de se redresser d'un seul coup.

— Oui.

— Hmm, a-t-il marmonné.

— On s'est dit qu'il fallait qu'on le signale.

— Merci.

— Ça n'a sans doute aucun rapport.

— Non, a-t-il lâché d'un air pensif, mâchonnant le bout de son crayon et fixant la seule ligne qu'il avait écrite. Mais vous avez bien fait. On ne sait jamais ce qui peut ou non s'avérer utile.

— Vous avez une idée de qui… ?

— Nous collectons des informations. Est-ce que l'un de vous connaissait Mrs Farrell ?

— Pas vraiment, a répondu Dario.

— Je ne crois même pas l'avoir vue avant, a dit Davy. Mais bon, ça ne fait pas longtemps que j'habite là.

— Miss Bell ?

— C'était juste Peggy, ai-je répondu. Elle faisait partie de la rue ; elle détonnait peut-être un peu, même si elle habitait ici depuis des lustres, je crois. Depuis plus longtemps que nous tous, en tout cas.

— En quoi détonnait-elle ?

— Elle avait l'air… enfin… de quelqu'un qui devrait habiter en banlieue, ce genre-là. Dans un pavillon coquet, entourée de voisins convenables. Elle avait l'air respectable, comme si elle appartenait à une vieille Angleterre disparue. Disparue de ce secteur, en tout cas. Elle portait ce que Miles appelle des vêtements de collations caritatives.

— Ce qui veut dire ?

— Ce qui veut dire des vêtements que l'on porterait pour aller à un petit déjeuner caritatif, vous savez, décontracté mais élégant. Je ne crois pas qu'on voie beaucoup ce genre de choses dans Maitland Road.

— Alors, elle n'était pas à sa place ?

Je commençais à comprendre ce que l'on pouvait ressentir quand on témoignait au cours d'un procès. Les remarques désinvoltes, vaguement cancanières que nous avions pu émettre au sujet de la pauvre Peggy étaient épinglées, disséquées et chargées d'une importance dont elles étaient pourtant dépourvues.

— Peut-être qu'aucun de nous n'a sa place dans ce quartier. Les gens vont et viennent. Tout change, se transforme, en permanence. C'est pour ça que je l'aime. C'est comme un film, pas une photo. Vous comprenez ?

Prebble a mâchonné son crayon, puis prélevé avec soin des fragments de bois sur le bout de sa langue.

— Hmm, a-t-il fini par dire. À votre connaissance, a-t-elle jamais été victime d'agressions racistes ?

— Non !

Je regrettais de ne pas m'être tue.

— En fait, je ne suis au courant de rien.

En désespoir de cause, je me suis tournée vers Dario.

— Et toi ?

— Pourquoi moi ? a demandé Dario d'un ton faux. Pourquoi je serais au courant ?

— C'était une voisine, a expliqué Davy, mais on ne la connaissait pas. C'est ça, Londres, non ? Il se trouve juste qu'on l'a vue le jour où elle est morte.

— Où elle a été assassinée.

— Ouais. Et c'est tout. Ça n'aide pas beaucoup.

Prebble n'a pas eu l'air particulièrement surpris ou déçu. Juste fatigué, et un peu ennuyé. Nous sommes sortis en bande pour nous retrouver sur le trottoir, sous le crachin.

— Bon, on a fait notre devoir, pour ce que ça vaut, a conclu Davy. Allons boire un café et parler d'autre chose.

5

Deux jours plus tard, en rentrant du travail, j'ai décroché mon vélo pour l'inspecter. Il faisait peine à voir. La roue avant était voilée et ne tournait même plus, la fourche était tordue et la chaîne enroulée autour des pédales. Mais c'était à peu près tout. J'ai vite démonté la fourche endommagée, l'ai fourrée dans un sac en plastique puis ai pédalé jusqu'à Essex Road, où mon ami Gerry tenait son propre magasin de cycles. Il a essayé de me vendre une pièce de rechange en fibre de carbone qui coûtait plus cher que le vélo tout entier.

— C'est l'autre qui paie ? a-t-il demandé.

— Elle a dit qu'elle le ferait, ai-je répondu.

— Eh ben, alors, a-t-il dit.

— Je vais avoir un problème pour récupérer l'argent.

Il a eu l'air perplexe, puis assez triste quand j'ai choisi une fourche ordinaire sur un présentoir. Il s'est ragaillardi quand j'ai également acheté une nouvelle roue, une chaîne et un casque. Il m'a proposé de tout monter pour moi, mais je ne laisse personne toucher à mon vélo, et je suis donc rentrée en vacillant, la roue et la fourche installées en équilibre précaire sur le guidon.

Il faisait toujours beau et chaud, j'ai donc étalé mon vélo dans le jardin de derrière ainsi que les nouvelles pièces et mes outils. J'ai déroulé la chaîne des pédales et l'ai détachée des plateaux. J'allais passer un bon moment. Puis j'ai entendu une voix :

— Tu as besoin d'aide ?

C'était Miles. Il est sorti de la cuisine, une bouteille de bière à la main, et s'est assis sur le banc quelque peu branlant que Dario avait promis de réparer. Miles faisait en permanence montre d'un humour douteux sur son inaptitude pour tout ce qui touchait à la mécanique ou à l'électricité. Ce n'était pas du tout par modestie : comme il était analyste financier à la City, cela faisait partie de son personnage de jouer celui qui évoluait dans des sphères supérieures et abstraites pendant que nous autres nous chargions des tâches sordides et inférieures telles que déboucher les toilettes ou changer les plombs.

— Je pourrais t'aider à démonter les vitesses, a-t-il dit avec un grand sourire. Elles doivent avoir besoin d'être réalignées. Je pourrais réajuster les pignons. Je suis un peu inquiet pour tes manivelles.

Je l'ai regardé avec lassitude.

— Tu vas continuer comme ça toute la soirée ?

— Désolé, s'est-il excusé. Mais j'aime bien te regarder travailler. Tu as l'air si… (Il a marqué une pause, me dévisageant.)… si compétente. Tu veux une bière ?

— Je comptais m'en offrir une quand j'aurais fini.

J'ai remonté la fourche et, à contrecœur, demandé à Miles de la maintenir pendant que je remettais en place l'étoile, l'entretoise, la potence et l'écrou de serrage.

— Comment fais-tu pour te rappeler comment ça s'emboîte ? a-t-il demandé.

— Parce que ça m'intéresse, ai-je répondu.

— Pour ma part, tout ce qui m'intéresse, c'est d'aller d'un point A à un point B. De préférence en voiture.

— On a combien de temps ? ai-je demandé, tout en installant la nouvelle roue.

— Combien de temps avant quoi ?

— Avant que tu nous jettes dehors.

— Je ne vous jette pas dehors.

— Bref, avant que tu nous fasses ce que tu nous fais, quelle que soit la façon dont tu l'appelles.

— Tu sais, a dit doucement Miles, comme s'il se parlait à lui-même, parfois je me prends à penser au monde parallèle dans lequel j'aurais pu vivre.

Un instant, j'ai cru qu'il parlait de philosophie, de physique quantique ou je ne sais quoi. Je l'ai regardé en fronçant les sourcils.

Il s'est penché sur moi au point que je voyais mon propre visage se refléter dans ses yeux marron foncé. J'ai senti que je me crispais ; j'ai dû prendre sur moi pour ne pas m'écarter de lui ou détourner le regard.

— Tu ne ressens jamais ça, Astrid ?

— Jamais quoi ?

— Tu sais. Comme si tu étais hantée par ce qui se serait passé, ce qui aurait pu être.

— Non.

— Ce qui aurait dû être.

— Il faut que je finisse ça maintenant.

— C'est ce que j'imaginais quand on a emménagé. On était tous si fauchés, mais ça n'avait pas d'importance. Tu te souviens de la manif contre la guerre ? Après, on est rentrés tout contents de nous et on a fait ce barbecue, pour finir couchés dans l'herbe et défoncés.

— Mais on n'a pas réussi à empêcher la guerre, apparemment.

— Et tu te rappelles comment c'était quand on était ensemble, au début ? On se connaissait depuis des années, et puis voilà que tout à coup, on était en couple. Astrid et Miles. Miles et Astrid. Je savais que tu étais dans la pièce sans même me retourner. Je sentais ta présence. Je la sens toujours, tu sais. C'étaient de bons moments, non ? Je m'en souviens encore, et je n'arrive pas à comprendre pourquoi il a fallu que ça finisse. J'ai toujours cru qu'un jour, on se retrouverait juste tous les deux ici.

J'ai posé le tournevis et je l'ai regardé fixement. Plusieurs émotions m'ont envahie en même temps. La première était une sorte de stupéfaction familière à l'idée que nous puissions avoir des versions si différentes de ce qui s'était passé. Dans la version de Miles, nous avions vécu une histoire d'amour passionnelle contrariée par mes seuls esprit de contradiction et désir d'indépendance irrationnel et immature. Mais dans ma version, notre relation était mal partie dès le départ. Quand nous nous étions rencontrés, Miles était du genre militant écologiste, la première personne que je connaisse qui s'intéresse à la politique. Il représentait pour moi un monde nouveau, et au début il m'avait paru séduisant et mystérieux. Il était tombé amoureux de moi parce qu'il me croyait insouciante et enjouée, puis il avait passé son temps à essayer de faire de moi une tout autre femme, une femme d'intérieur, responsable et prête à se fixer. C'était comme s'il tentait de me piloter vers un futur qu'il avait déjà planifié, mais dont je ne voulais pas. Le présent m'allait bien comme ça.

La deuxième émotion était l'angoisse, parce que Miles était mon ami. Il avait été un simple ami avant que nous devenions amants, et un ami compliqué quand nous avons cessé de l'être, et je constatais maintenant ce que je m'étais efforcée d'ignorer pendant des mois : que je l'avais fait souffrir, et continuais de le faire. Quand notre histoire avait réellement pris fin, j'avais proposé de déménager, mais il avait soutenu mordicus que ça ne serait pas un problème si nous n'en faisions pas un problème, et je m'étais laissé persuader. Ma troisième émotion était purement et simplement de la colère. C'était de loin la plus facile à gérer, je m'y suis donc laissée aller de bon cœur.

— C'est pour ça que tu nous mets dehors ? ai-je demandé sèchement. Parce qu'on s'est séparés ?

— On ne s'est pas séparés. C'est toi qui as mis fin à notre histoire. Mais parfois j'ai l'impression que ce n'est pas fini. Pas vraiment. Il reste encore trop de choses. Tu dois le sentir aussi. Je sais que tu le sens.

— Miles, non, ai-je dit avec détermination. S'il te plaît, arrête.

— Je pensais que le temps finirait par tout changer, comme il est supposé le faire, mais moi je n'ai pas changé. Pas au fond de moi.

— Je suis désolée.

— Ne ferme pas la porte, c'est tout.

— La porte s'est refermée depuis longtemps, ai-je affirmé avec autant de fermeté que possible. Et c'est ma faute si je ne me suis pas fait bien comprendre. Écoute. (J'ai posé ma main sur son bras un instant, pour la retirer aussitôt.) Tu sais bien que je ne suis pas faite pour toi. Tu peux trouver bien mieux que moi.

— Je ne veux pas trouver mieux que toi.

— Tu ne le penses pas sérieusement. Regarde-nous. On vit dans des mondes différents, maintenant. Tu as un travail que tu adores, un avenir merveilleux devant toi. Tu es un adulte, Miles, tu sais ce que tu veux faire de ta vie. Je ne suis pas comme ça. Je ne sais pas du tout où je vais. Je me contente de parcourir Londres à vélo, de livrer des paquets en attendant de trouver qui je suis.

— Alors ce n'est que ça ? Nos situations respectives ?

— Non, il n'y a pas que ça. Je ne comprends pas pourquoi tu me dis tout ça, tout d'un coup. Tu es avec Leah, Miles. Elle est belle et intelligente, et vous allez vivre ensemble. Tu ne devrais pas me dire ces choses-là maintenant. Ce n'est pas juste.

— Si tu me disais qu'il y avait une chance, la moindre chance, je dirais à Leah que…

— Salut ! a lancé Leah d'un ton joyeux, se matérialisant sous nos yeux telle une apparition resplendissante dans son élégante tenue de bureau, une serviette dans une main et un document coincé sous son bras. Coucou, mon amour.

Elle a ôté sa veste et s'est assise à côté de Miles, s'est penchée vers lui pour déposer un baiser appuyé sur sa joue. Puis elle m'a souri, de ses dents blanches, le teint lisse. Elle avait une vague odeur de pomme, alors que Miles sentait la bière. Je sentais la sueur et le cambouis.

— Ça m'a l'air fort compliqué. Je ne sais même pas réparer un pneu crevé. Je me contente de le rapporter au magasin. Je me disais un temps qu'il faudrait que j'apprenne, et puis j'ai calculé que si je tarifais mes

61

heures, en fait je perdrais de l'argent en faisant les réparations moi-même.

— Je suppose que ça dépend à combien tu évalues ton temps, ai-je dit, tout en enroulant la chaîne autour du plateau.

J'essayais de ne pas la regarder. Avait-elle entendu tout ou partie de la conversation ?

— En effet, a-t-elle répondu. Ça dépend.

Et nous en sommes restées là. Miles est demeuré assis à me regarder travailler. Leah lisait le journal, relevant fréquemment les yeux pour nous observer en plissant les yeux. J'avais l'impression d'être enfermée dans une cage, au zoo, et que des gens me regardaient à travers les barreaux.

— Vous n'avez pas à déménager tant que vous n'êtes pas prêts, a lâché Miles, répondant enfin à la question qui avait suscité sa déclaration.

— Trois mois, ce n'est pas ça qu'on avait décidé ? a déclaré Leah sans lever les yeux de son journal.

— Je ne me rappelle pas, a marmonné Miles.

— Je veux dire, ce n'est pas comme si vous étiez encore étudiants, poursuivait Leah. Vous ne pouvez pas continuer à vivre comme ça éternellement. Je trouve ça étonnant que Miles vous ait laissés habiter ici toutes ces années.

Si je n'ai rien dit, j'ai lancé à Miles un regard d'où le sarcasme n'était pas absent.

— En fait, a répondu Miles, il se trouve qu'ils payaient un loyer et donnaient un coup de main.

— Si tu veux parler du bricolage de Dario, je ne suis pas sûre qu'on puisse parler de valeur ajoutée.

La chaîne était attachée, et j'ai vaporisé du lubrifiant sur les pièces mobiles. J'ai soulevé le vélo pour éviter que la roue arrière touche le sol et actionné la pédale de façon à la faire tournoyer dans un scintillement argenté. C'était un spectacle magnifique. Le moment était venu de boire cette bière.

— Comment s'appelait cette femme ? a demandé Leah. Celle qui s'est fait tuer.

— Peggy, ai-je répondu.

— Farrell, a complété Miles. Margaret Farrell.

— Ils ont arrêté des gens.

Saisissant le journal, Miles l'a parcouru du regard.

— Il n'y a pas grand-chose, a-t-il commenté. Quatre ados, qui « ne peuvent être nommés pour des raisons légales ». Leur arrestation aurait un rapport avec le vol et le meurtre de Margaret Farrell. Bref, pas difficile de deviner d'où ils viennent.

— D'où ça ? a demandé Leah.

— Ce sont ces gosses sauvages de la cité. Ils vont sans doute s'en tirer avec deux semaines de travaux d'intérêt général.

— Pourquoi ne se sont-ils pas contentés de lui voler son porte-monnaie ? ai-je demandé. Pourquoi fallait-il qu'ils la tuent ?

— Ça devait faire partie du jeu, a dit Miles d'un ton amer. Ils ont sans doute tout filmé avec leurs téléphones portables.

— Ça fait bizarre qu'un truc se soit passé si près, ai-je remarqué. Et qu'on ne sache rien à ce sujet, et qu'on n'en apprenne sans doute jamais plus. J'imagine qu'ils plaideront coupables dans quelques mois, et voilà tout, on n'en entendra plus jamais reparler.

— Il n'y a rien à en dire, a conclu Miles.

Miles se trompait, et moi aussi. Trois jours – et trois nuits – plus tard, passés à faire du ménage, du shopping, aller à une ou deux fêtes, au cinéma avec Saul, je me suis retrouvée assise dans une pièce en face d'un inspecteur. L'agent Prebble était venu m'accueillir à la réception et m'avait montré le chemin. Restée seule, j'ai regardé autour de moi. Il n'y avait pas grand-chose à voir. Pas de fenêtres, pas de tableaux. Les murs étaient peints en beige. Le sol était recouvert d'un lino moucheté, du genre facile à nettoyer, qui n'a jamais l'air sale. Le mobilier se composait d'une table, deux chaises en plastique moulé, et deux autres empilées contre le mur.

La porte s'est ouverte et une tête est apparue dans l'embrasure.

— Miss Bell ?

— Moi-même.

L'homme est entré. La cinquantaine, il était imposant, rendu plus imposant encore par son costume gris un tout petit peu trop petit pour lui. Il était presque chauve, et les quelques cheveux qui lui restaient étaient coupés très court.

— Inspecteur principal Mitchell, a-t-il annoncé. Merci d'être venue.

— J'étais surprise, ai-je répondu.

Il s'est avancé et assis en face de moi.

— Pourquoi ?

— J'ai parlé au policier et lui ai dit que je n'avais pratiquement rien à lui dire, ensuite j'ai appris qu'on avait arrêté des gens : je croyais que je n'entendrais plus parler de cette affaire.

Il s'est renversé en arrière, les mains croisées derrière la tête, et a pris un air pensif.

— Les quatre jeunes voyous ont été mis en examen ce matin...

— Pour quoi, alors... ?

— Pour vol avec effraction. Plus précisément, sur la voiture de Mrs Farrell.

— S'ils ont fait ça, ils ont dû aussi la tuer.

— Est-ce qu'on vous a proposé un café ?

— Oui.

— On va sans doute vous demander de remplir un questionnaire qui nous permettra d'améliorer notre service auprès du public. Des questions du genre « avez-vous été bien reçu », « vous a-t-on offert à boire ».

— Eh bien, ç'a été le cas pour moi.

— Je suis heureux de l'entendre.

— Vous me parliez du meurtre.

— Vraiment ? a dit Mitchell. Ah, oui. On a des caméras de surveillance installées dans différents accès aux blocs William Morris. Nous avons établi que ces quatre jeunes gens ont quitté la cité en passant devant la caméra de Dyson Street à 23 h 40, et qu'ils sont rentrés quatorze minutes plus tard, en faisant tourner une bouteille de rhum Bacardi qu'ils avaient piquée dans la voiture de Mrs Farrell.

— Donc ce sont eux qui l'ont fait.

— Ils n'ont pas forcé sa voiture, car elle n'était, semble-t-il, pas verrouillée... peut-être à cause des dégâts causés par votre collision. Ils ne se sont même pas embêtés à prendre l'autoradio. Ça ne se revend plus, aujourd'hui. Mais ils ont vidé les sacs dans lesquels elle avait rangé ses courses, et pris deux bouteilles d'alcool et son téléphone portable, qui était relié au chargeur de voiture.

— Ça me paraît bien maigre pour justifier un meurtre.

Mitchell a haussé les épaules.

— Ma première affaire de meurtre, c'était un gamin qui a été tué par un camarade parce qu'il ne voulait pas lui donner l'argent de son déjeuner. Enfin bref, le ticket de caisse était toujours dans un des sacs. Il montre que Mrs Farrell a fini ses courses chez Tesco à 19 h 28. À quelle heure dites-vous que vous l'avez vue ?

— Un peu avant 20 heures.

— Vous allez comprendre quel est le problème. Nous avons découvert le corps de Mrs Farrell en partie dissimulé derrière les poubelles, devant l'entresol, à l'avant de la maison. Elle avait été étranglée et il y avait des indices évoquant un vol. Son porte-monnaie avait disparu et aussi, d'après son mari, sa montre et son collier. Elle n'avait pas verrouillé la portière de sa voiture et l'alarme de la maison était toujours enclenchée. Vous voyez ?

— Pas vraiment, ai-je répondu.

À cet instant, la porte s'est ouverte et l'agent Prebble est entré, un gobelet de café à la main. Il l'a déposé sur la table avec deux petites capsules de lait, deux sachets de sucre et une soucoupe sur laquelle étaient disposés deux biscuits.

— Je ne savais pas si vous preniez du sucre ou du lait, a-t-il dit, ou si vous aviez faim.

— Noir, c'est très bien, ai-je répondu, avant d'en prendre une gorgée.

Il était trop fort et tiède.

Prebble n'est pas reparti. Il a pris une chaise dans le coin et s'est posé dessus. Mitchell lui a fait signe avant de poursuivre.

— À environ 20 heures, Mrs Farrell ouvre la portière de sa voiture et vous rentrez dedans. Elle vous aide et se confond en excuses, mais vos colocataires entrent en scène et prennent le relais. C'est bien ça ?

— Dario et Davy étaient assis sur les marches en train de… euh… de discuter, ils ont vu ce qui s'est passé, et sont venus me relever.

— Mrs Farrell a ses courses dans la voiture. Elle vous laisse alors qu'on vous aide à rentrer chez vous. Qu'est-ce qu'elle va faire ensuite ?

— Rentrer chez elle, j'imagine.

— Prendre ses courses, les porter à l'intérieur. Mais d'après ce que nous savons, elle n'est jamais retournée à sa voiture pour en sortir ses sacs et elle n'a jamais ouvert sa porte d'entrée. Son mari était absent ce soir-là, et les gamins de la cité ne sont arrivés que quatre heures plus tard.

J'ai réfléchi un moment.

— D'un autre côté, ils auraient pu l'avoir attaquée, dissimuler son corps et être revenus plus tard pour piller sa voiture. À la faveur de l'obscurité.

Le visage de Mitchell, jusque-là sévère, s'est fendu d'un large sourire, et il a regardé Prebble, qui le lui a rendu à son tour.

— C'est une théorie, a-t-il dit. Une théorie nulle, mais c'est une théorie.

— De toute façon, vous ne m'avez sans doute pas fait venir ici pour entendre mes idées sur l'affaire.

— Nous sommes toujours contents d'entendre de nouvelles idées, a répondu Mitchell. Mais ce qui m'intéresse en fait, c'est ce que vous avez vu.

— Le problème, ai-je dit, et je m'en veux vraiment, c'est que je n'ai rien vu.

— Mais vous étiez là, a insisté Mitchell. Vous étiez là quand ça s'est passé.

Il y a eu un long silence.

— Je suis désolée, ai-je dit. J'ai presque envie de dire : « Demandez-moi n'importe quoi d'autre. » J'ai une très bonne mémoire. Demandez-moi de vous raconter mon premier jour à l'école primaire, toutes mes vacances. La semaine prochaine, je me souviendrai de la couleur de la cravate que vous portez aujourd'hui. Mais au moment où je suis rentrée dans la portière de Mrs Farrell, je n'ai rien enregistré. Je ne savais même pas que c'était elle. J'ai heurté la portière, j'ai heurté le sol, j'ai entendu quelqu'un s'excuser et on m'a traînée à la maison. Ma mémoire est comme le fax presque effacé d'une mauvaise photocopie. Vous aurez beau regarder à la loupe, tout ce que vous verrez, c'est un vague truc confus indéchiffrable.

Je m'attendais à ce que Mitchell ait l'air abattu ou en colère. Je pensais qu'il allait me renvoyer chez moi comme une mauvaise élève. Mais il a souri.

— Ne vous en faites pas, Miss Bell, a-t-il dit. Comparée à certains témoins, vous pourriez être élue Miss Mémoire. Je vais faire venir un autre policier, à qui vous allez dire tout ce que vous savez, et qui va tout mettre par écrit.

— Ça ne prendra pas longtemps, ai-je remarqué.

Il a souri de nouveau.

— Oh, que si !

Je n'avais jamais envisagé les policiers autrement que comme de vagues silhouettes abstraites. Je les voyais passer dans leurs voitures, leurs gyrophares bleus clignotant dans la nuit, ou patrouillant le long des rues, et je ressentais une angoisse diffuse, comme si j'étais en train de faire quelque chose de mal sans m'en rendre compte et que, en posant les yeux sur moi, ils verraient une criminelle sournoise. Je les voyais toutes les nuits dans Maitland Road et dans Hackney, arrêtant de jeunes Noirs pour les fouiller, postés par paires à écouter leurs radios crachotantes, escortant les ivrognes violents et les junkies complètement défoncés jusqu'à l'arrière de leur fourgon. Avant le meurtre de Peggy, je n'étais jamais entrée dans un commissariat de police, à part la fois où j'avais déclaré le vol de mon portefeuille, et encore, je n'avais alors pas dépassé le guichet de la réception. Je ne sais pas à quoi je m'attendais, et j'ai été étonnée – non sans gêne – de découvrir qu'ils semblaient plutôt normaux, ni brutaux, ni racistes, ni ignorants, pas plus que dotés d'une intelligence redoutable : simplement des hommes et des femmes un peu las ou stressés qui accomplissaient un travail, et qui pensaient à ce qu'ils feraient une fois leur tour de garde terminé.

De nous trois, c'est sans doute Dario qui avait le plus de mal à leur parler.

— Ils s'en foutent que tu prennes de la drogue ou pas, a dit Davy, avant qu'on nous interroge tous trois une deuxième fois. Ce qui les intéresse, c'est de savoir qui a tué Peggy. Pas vrai, Astrid ?

— Je sais bien, a répliqué Dario. Mais j'ai comme le pressentiment que je vais me mettre à transpirer et le leur sortir comme ça. Je ne pourrai pas me retenir. J'ai entendu une histoire sur un gars qui passait la douane. Personne ne s'intéressait à lui mais, tout à coup, il a fondu en larmes et avoué qu'il y avait de la cocaïne planquée sous le double fond de la mallette à couverts qu'il transportait.

— À couverts ? a précisé Davy.

— Oui, mais c'est pas la question. Le problème, c'est que je vais avouer quelque chose. Je le sens. Ils vont me regarder et je vais craquer.

— Le problème, ai-je dit, c'est que quelqu'un a été assassiné.

— Je ne sais rien du tout. Je leur ai dit tout ce que je savais.

— Redis-leur. Ensuite tu signes en bas de la feuille, et voilà tout.

Bien sûr, ça ne pouvait pas être aussi simple. Une personne avait été tuée à quelques mètres de l'endroit où nous habitions, quelques minutes après que nous lui avions parlé. C'était presque comme si elle avait été tuée sous nos yeux, sans que nous le remarquions. Je connaissais son visage, son nom. Chaque fois que je passais devant sa maison, je baissais les yeux vers le renfoncement où se trouvaient les poubelles, où l'on avait planqué son corps, et l'imaginais là. Au bout de quelques jours, l'endroit s'est peu à peu rempli de fleurs et de messages. Une semaine plus tard environ, les fleurs commençaient à pourrir dans leurs emballages de cellophane, dégageant une puanteur écœurante qui me donnait la nausée. J'observais les gens dans la rue, les bandes de jeunes qui traînaient dans la douceur du soir, et me demandais si c'était l'un d'eux, ou s'ils savaient quelque chose qu'ils ne disaient pas. J'avais toujours considéré Maitland Road comme une rue agitée et déshéritée, mais c'était chez moi et je m'y sentais en sécurité. Ce qui semblait auparavant normal revêtait désormais un aspect menaçant. Lorsque j'entendais des pas résonner derrière moi dans l'obscurité, mon cœur battait plus vite ; les ombres semblaient bouger ; les visages étaient sinistres. La rue bruissait de rumeurs : le mari avait été arrêté et inculpé ; le mari avait été relâché ; la police savait quel gang de la cité avait commis le crime mais n'avait pas assez de preuves ; c'était une affaire de drogue ; c'était une agression qui avait mal tourné ; c'était un accident. On l'avait tuée par balle, poignardée, étranglée, assommée avec une pierre, violée. J'ai même entendu dire que l'une de ses mains avait été amputée. Tout le monde savait tout mieux que tout le monde. Tout le monde connaissait Peggy mieux que tout le monde. Les gens se remémoraient des conversations avec elle qui n'avaient probablement jamais eu lieu. Elle manquait à des gens qui ne lui avaient jamais dit bonjour. Des gens qui ne m'avaient jamais saluée auparavant recherchaient ma compagnie parce que en rentrant dans la portière ouverte de sa voiture et en terminant vautrée sur la chaussée, sonnée et jurant comme un charretier, j'étais devenue un témoin clé, quelqu'un qu'il fallait à tout prix connaître.

Dans le même temps, un autre changement soudain avait lieu, qui nous concernait de plus près. Nous étions désormais des locataires provisoires. Quelques jours plus tôt, je nous voyais tous les sept comme une étrange famille hétéroclite. Désormais, les autres n'étaient plus qu'un assortiment d'individus, et je me prenais à penser : *Vous verrai-je encore dans un an ? Avec qui resterai-je en contact ?* Pour Pippa, j'étais sûre ; peut-être même que je lui proposerais de partager mon prochain appartement. Et j'étais à peu près sûre pour Miles, aussi, même s'il était l'ancien amant qui nourrissait toujours pour moi des désirs nostalgiques ainsi que le propriétaire qui m'expulsait, même s'il était un économiste bien payé qui sortait avec une architecte bien payée et possédait une belle propriété à la lisière de Stoke Newington, alors que je n'étais qu'une coursière. Pour Dario et Davy, j'étais moins sûre. Je pouvais nous imaginer m'éloignant d'eux peu à peu, nous retrouvant pour boire un verre en vitesse entre deux rendez-vous plus importants, les rencontres s'espaçant de plus en plus, nos points communs s'amenuisant jusqu'à n'être plus qu'une série d'anecdotes sur notre passé commun. Ils deviendraient peut-être un jour de ces gens sur qui l'on tombe au pub, que l'on embrasse sur la joue et que l'on salue, promettant de les rappeler bientôt, très bientôt. J'avais du mal à croire que je pourrais rester en contact avec Mick : je n'avais déjà pas l'impression d'être en contact avec lui alors que nous habitions sous le même toit. Quant à Owen, je ne savais même pas si je l'appréciais, et j'étais à peu près certaine que lui ne m'aimait pas. Ou bien était-ce simplement qu'il ne me voyait pas ; il ne se donnait même pas la peine de me regarder.

6

La troisième fois, j'ai eu l'impression que c'était moi qui interrogeais l'inspecteur Mitchell. Pendant qu'il me faisait raconter de nouveau toute l'histoire, il remuait sur sa chaise, tripotait un crayon, se frottait le cuir chevelu, rajustait sa cravate, et évitait de croiser mon regard.

— Et voilà, ai-je dit, lorsque j'ai eu fini. La même histoire. Racontée avec les mêmes mots.

— Non, a-t-il murmuré. Ça n'est pas la même.

— Qu'est-ce que vous voulez dire ? ai-je demandé. Je me suis trompée quelque part ?

Il a plongé la main dans un sac posé par terre, en a tiré un dossier qu'il a poussé vers moi sur le bureau. Il m'a fait un signe de tête, je l'ai donc ouvert. Il était rempli de pages tapées à la machine.

— C'est quoi ?

— C'est le rapport sur les indices matériels trouvés sur la scène de crime.

— Il a l'air très détaillé.

— Si vous lisez la page quatre, vous y trouverez un compte rendu des fragments de verre découverts sur le manteau de Mrs Farrell.

— Et ?

— Ils proviennent d'une bouteille de vodka d'une marque que l'on trouve dans les supermarchés. Les fragments étaient dispersés autour et au-dessous de son corps. Un alcool de ce type figure bien sur le ticket retrouvé dans la voiture de Mrs Farrell.

— Eh bien, je suis contente qu'on ait tiré ça au clair, ai-je dit. Je me demandais où était passée la bouteille de vodka.

— Taisez-vous, a ordonné Mitchell.

— Quoi ?

Il s'est levé et s'est mis à arpenter la pièce.

— Je déteste cette putain d'affaire, a-t-il dit.

— Pourquoi ?

— Rien ne colle, a-t-il répondu. Les voyous qui ont volé ses affaires ne sont pas ceux qui l'ont tuée. Et maintenant, ça.

— Je suis désolée, ai-je dit. Je ne vois pas…

Il s'est assis et a pointé vers moi un doigt potelé.

— Écoutez, a-t-il commencé. Vous vous souvenez de notre scénario ?

— *Votre* scénario.

— Mrs Farrell vous renverse. Elle s'occupe de vous, laissant sa voiture déverrouillée, avec ses courses dedans. Elle est agressée, dépouillée, assassinée et jetée aux ordures. Ensuite, quelques heures plus tard, le gang de la cité William Morris fait main basse sur l'alcool. Comme nous le savons maintenant, ils boivent la vodka sur place et jettent la bouteille dans le renfoncement devant le numéro cinquante-quatre, où elle se brise.

Il a marqué une pause et m'a jeté un regard éloquent.

— Et c'est un problème ?

— Oui, a-t-il répondu. C'est un problème. Quand ils l'ont balancée, elle aurait dû atterrir sur le corps de Mrs Farrell.

— Elle l'a donc manquée.

— Pardon ? a rétorqué Mitchell d'un ton sarcastique. Et les débris de verre ont soulevé le corps et sont allés se mettre dessous eux-mêmes ?

— Peut-être que c'est quelqu'un d'autre qui a pris la vodka. Ça pourrait être le meurtrier.

Mitchell a jeté un autre dossier sur la table.

— L'analyse des empreintes digitales, a-t-il annoncé. C'était bien eux. Le corps est tombé, ou a été disposé là, après que la bouteille a été brisée.

— Si c'est vrai, le gang aurait pu la tuer, en fin de compte.

— Et elle serait restée assise dans sa voiture pendant trois heures ?

— Les gens font des choses bizarres. Peut-être qu'elle ne pouvait pas rentrer chez elle.

— Oh, ça suffit, a dit Mitchell avec lassitude. Elle avait ses clés. Elle n'était pas dans sa foutue bagnole. Où était-elle donc pendant tout ce temps ? Avec sa voiture ouverte et ses courses dedans ? Et pourquoi est-elle revenue ?

— C'est pour me demander ça que vous m'avez fait venir ?

Il s'est penché par-dessus la table.

— Je veux être sûr, tout à fait sûr, que vous m'avez dit tout ce que vous saviez.

— Je l'ai fait.

— Bien, a-t-il dit. Racontez-moi encore une fois.

Alors que je me dirigeais vers ma chambre, j'ai levé les yeux et aperçu Dario qui regardait à travers les barreaux de la rampe et me faisait signe, arborant une expression de conspiration et de secret caricaturale.

— Qu'est-ce qu'il y a ?

— Viens voir, a-t-il sifflé.

J'ai haussé les épaules et suis montée jusqu'au deuxième étage, où se trouvaient sa chambre et celle de Mick. Comme toujours, la porte de Mick était fermée, mais celle de Dario grande ouverte. Sans doute ne pouvait-il même plus la fermer : des pots de peinture à moitié vides, des pinceaux aux poils raidis, des bouteilles de térébenthine et une scie rouillée bloquaient l'entrée et se répandaient dans le couloir, de même que les choses étranges qu'il récupérait dans des bennes pour objets encombrants et autres décharges dans tout l'est de Londres. J'ai enjambé une raquette de tennis au cordage cassé puis contourné un petit chevalet, jusqu'au capharnaüm indescriptible de la chambre, à la puanteur douceâtre. Il était même difficile de distinguer le lit, dans les monceaux de vieux meubles qu'il avait amassés : deux bureaux, posés l'un sur l'autre, et dont l'un n'avait plus de pieds ; un porte-serviettes en bois ; un couffin en osier usé débordant d'assiettes et de tasses en étain ; un grand coffre bleu aux poignées de cuivre ; trois chaises avec dossier à barreaux à divers degrés de désintégration ; un fauteuil couvert de vêtements ; un caddie de supermarché avec une roue manquante renversé sur le flanc ; une petite commode sculptée ; deux valises en carton. Dario disait toujours qu'il allait les rafistoler et les revendre.

— Qu'est-ce qu'il y a ? ai-je demandé.

— Assieds-toi.

— Où ?

— Tu pourrais t'allonger dans le hamac, a-t-il répondu. Ou alors, j'ai des transats que j'ai trouvés l'autre jour, je pourrais les déplier. Ils sont un peu couverts de toiles d'araignée, par contre.

— Je resterai debout. Qu'est-ce qu'il y a ?

— Je voulais juste savoir ce qu'ils voulaient cette fois-ci.

Tandis que je faisais un bref résumé sur Mitchell, sur son angoisse et son trouble, Dario a allumé un joint et tiré une longue taffe. L'odeur suave a envahi la pièce. Il a fait tomber de la cendre sur le sol et me l'a proposé, mais j'ai décliné d'un geste.

— Ça me prend la tête, a-t-il dit.

— Il a le sentiment qu'on était là quand ça s'est produit. Je ne sais pas au juste comment. Et lui non plus.

— Ça va mal finir, a annoncé Dario. Pour moi sans doute.

— Tu sais, ai-je continué, j'ai tout passé en revue dans ma tête et j'ai essayé et réessayé de me rappeler.

— Oui, tu l'as dit.

— La seule chose qui m'est venue, c'est que quand je suis tombée de mon vélo et que toi et Davy m'avez rejointe, j'ai comme le souvenir qu'il y avait quelqu'un d'autre. Ou peut-être que j'étais commotionnée.

— Tu as pris un sacré coup quand tu as heurté la chaussée.

J'ai renoncé.

— Je ne peux plus y penser. Ça me donne mal au crâne. Je vais aller me faire un café.

— Je descends avec toi, a-t-il dit.

Et il m'a emboîté le pas dans l'escalier jusqu'à la cuisine, trois étages plus bas. Mick était assis à la table, en train de décortiquer des cacahuètes avant de les lancer très haut, l'air farouchement déterminé, et d'essayer de les rattraper dans sa bouche. Je l'ai salué mais il n'a pas arrêté, même quand une cacahuète lui a rebondi sur le nez. Je me suis approchée de la porte de derrière pour contempler le jardin tout en longueur.

— On devrait sortir quelque part, aller en boîte ou au cinoche, n'importe quoi, ai-je suggéré. Je n'ai pas envie de traîner ici à parler de morts.

Mais à cet instant, nous avons entendu la porte d'entrée s'ouvrir et se refermer, et un bruit de pas descendant les escaliers : Miles et Leah, tous deux décontractés et élégants. Leah apportait deux ou trois bouteilles de vin blanc bien frais pour la maisonnée, ce qui était gentil de sa part, mais elle tenait également à la main un de ces mètres à ruban en métal qui s'étirent sur des mètres et des mètres, puis s'entortillent au milieu, et un carnet. Elle s'est servi du vin, a déroulé le mètre.

— Bien, a-t-elle dit avec enthousiasme. Au travail.

— Des plans ? ai-je demandé.

— On s'est dit qu'on pourrait rendre cette pièce vraiment charmante, a répondu Leah.

— Mais elle *est* vraiment charmante, a répliqué Dario d'un air malheureux. Je viens juste de finir de la repeindre.

— C'est trop sombre. Il faut qu'on l'ouvre, qu'on tire le meilleur parti de sa taille. Elle devrait être inondée de lumière, vu qu'elle donne sur le jardin, poursuivait Leah comme si elle n'avait pas entendu. On devrait presque avoir l'impression d'être dehors alors qu'on est à l'intérieur.

— Conneries d'architecte, a commenté Mick.

Leah l'a regardé fixement et Mick lui a rendu son regard, avant de jeter une cacahuète vers la fenêtre.

— Qu'est-ce qu'il a dit ? a demandé Leah à Miles, qui a haussé les épaules d'un air gêné.

— Comme je disais, a-t-elle repris, visiblement avec un effort, se détournant de Miles et s'adressant à moi, même si je n'avais nulle envie d'entendre parler de ses plans de la maison idéale. Et puis si on transforme ce premier bout de jardin en patio, avec des bancs, des chaises et des pots, ça fera comme un prolongement de la pièce.

— Tu veux dire là où il y a le potager ?

— C'est ça.

Il y a eu un silence, comme lorsqu'on guette le départ d'un feu d'artifice.

— Vous savez quoi, ai-je annoncé en me levant de ma chaise et en posant une main sur l'épaule osseuse de Dario, ce n'est pas au cinoche qu'on devrait aller. Je pense qu'on devrait aller pique-niquer dans le parc. Tout de suite. La soirée est si belle.

Dario, Mick et moi avons pillé le réfrigérateur pour trouver de quoi manger. Pippa est arrivée, accompagnée d'un homme de haute taille vêtu d'un costume sombre et portant une mince serviette noire, et l'a envoyé au magasin du coin faire quelques courses complémentaires. Puis, au moment où nous partions, Davy a débarqué avec une ravissante jeune femme à sa suite. Elle avait des cheveux bruns mi-longs et de grands yeux marron, la peau claire et les joues roses ; il nous l'a présentée sous le nom de Mel et elle a rougi, souri et nous a serré la main chacun à notre tour.

— Venez pique-niquer, ai-je proposé.

— On sortait dîner, a commencé Mel avec hésitation.

— Excellente idée, a dit Davy. (Il a souri à Mel.) C'est un rite d'initiation, mais je te protégerai. Laissez-moi prendre une douche d'abord.

Après une douche éclair, Davy a récupéré son frisbee et Dario a pris un grand plaid dans la chambre de Miles. J'ai mis des gobelets en plastique dans un sac avec le vin de Leah. Le parc n'était qu'à quelques minutes de marche de la maison, encore moins en escaladant la clôture. Ce n'était pas un très beau parc – pas d'étangs, d'allées, de vues panoramiques de Londres, ou de biches paissant dans des enclos bien entretenus – mais, ce soir-là, il était magnifique, vert et paisible dans le crépuscule. Il n'y avait pas de vent, et tout était très calme, comme dans l'expectative. Nous avons cheminé dans l'herbe jonchée de sacs en plastique, de mégots de cigarettes et de canettes écrasées, jusqu'au châtaignier, sous lequel nous avons étalé notre couverture et disposé nos provisions disparates. Tandis que je versais le vin dans les verres en plastique, j'ai vu Owen se diriger vers nous et l'ai salué en levant un verre. Il avait son appareil photo avec lui ; il s'est arrêté à quelques mètres de nous et a commencé à prendre des photos.

— On est bien ? l'ai-je hélé.

Il a baissé l'appareil.

— Comment veux-tu que je sache ? C'est cet arbre et son ombre qui m'intéressent.

— Flatteur, ai-je commenté.

Il m'a regardée en fronçant les sourcils, sans sourire, puis a rangé son appareil, s'est assis dans l'herbe et a sorti un paquet de cigarettes. L'ami de Pippa, dont je n'ai jamais su le nom, a utilisé son porte-documents pour faire une petite table sur laquelle nous avons confectionné des sandwichs bâclés. Nous nous sommes renvoyé le frisbee jusqu'à ce qu'il fasse trop sombre pour continuer. Puis nous nous sommes prélassés sur la pelouse, parlant ou gardant le silence. Pippa et son dernier en date étaient assis les jambes enchevêtrées. J'ai vu Davy et Mel se tenir timidement par la main quand ils croyaient que personne ne les regardait. Dario était allongé sur le dos, un joint fiché entre les lèvres, la fumée s'échappant de ses narines. Il faisait un compte rendu embrouillé de mon entretien avec l'inspecteur Mitchell à Mick à qui voulait bien l'entendre. Mick n'était pas très attentif mais semblait plus à l'aise que d'habitude. Il portait un débardeur noir et j'ai remarqué pour la première fois qu'il avait un tatouage sur l'épaule : deux spirales entrecroisées qui bougeaient et s'élargissaient lorsqu'il faisait jouer ses muscles.

Je me suis glissée dans l'herbe jusqu'à Davy, et lui et Mel se sont éloignés l'un de l'autre.

— Désolée de vous déranger, ai-je dit. Je voulais juste te poser une question. Tu sais que la police m'a encore convoquée ?

— J'ai entendu ça, a répondu Davy. Qu'est-ce qui se passe ?

— Je crois qu'ils sont désespérés, ai-je expliqué. Tu sais, comme quand tu perds quelque chose et que tu te mets à chercher à des endroits où tu as déjà regardé ? Je pense que c'est ce qu'ils font. Je voulais juste te demander un truc qui commence à me taper sur les nerfs. Tu sais, quand tu es venu m'aider en courant, avec Dario dans la rue ?

Davy a souri.

— Je ne suis pas près de l'oublier, tu ne crois pas ?

— Je sais que je te l'ai déjà demandé, mais j'ai toujours cette impression persistante qu'il y avait quelqu'un avec vous. Un homme qui a dit au revoir à Dario, ou à qui Dario a dit au revoir. Ou une femme. Dario a dit qu'il n'y avait personne et je ne veux pas mettre sa parole en doute, mais c'est de meurtre dont il s'agit, et si il y a quoi que ce soit qu'on puisse faire...

— Bien sûr, a approuvé Davy.

Il m'a semblé vaguement mal à l'aise, mais ce pouvait bien être mon imagination.

— Peut-être qu'il y avait quelqu'un mais, si c'est le cas, c'est à Dario que tu devrais poser la question.

— Je l'ai déjà fait. Tu es en train de me dire qu'il y avait bien quelqu'un, n'est-ce pas ?

— Je ne te dis rien du tout. Il faisait beau, j'étais fatigué. J'étais assis sur les marches, les yeux fermés sans doute, tout me passait au-dessus, tu sais comment c'est.

— Tu avais les yeux fermés ?

— J'sais pas. Peut-être, c'est tout ce que je peux dire. Ils étaient ouverts quand tu as eu ton accident, par contre. Ça aide à prendre conscience à quel point la mémoire est peu fiable, non ? Si tu demandes à l'avance à quelqu'un de se souvenir de tout ce qui va se passer, c'est ce qu'il fait. Mais si tu lui demandes après coup, eh bien, quatre-vingt-dix pour cent des faits lui sont passés à côté. Je veux dire, me sont passés à côté.

— Très bien, ai-je conclu, restant sur ma faim.

— Qu'est-ce que vous complotez tous les deux ? a demandé Pippa. Vous projetez de dire à Miles que nous sommes protégés par la loi et qu'on ne partira jamais ?

— La police a convoqué Astrid, a dit Davy. Ils l'ont cuisinée encore une fois.

— Je devrais t'engager comme avocate, ai-je remarqué.

— Quand tu veux, ma chérie, a-t-elle répondu.

— Inculpez mon client, ai-je plaisanté. Ou relâchez-le.

Puis une idée m'est venue. J'ai jeté un œil autour de moi. Son compagnon de la soirée était assez loin, occupé à se verser un autre verre de vin. J'ai baissé le ton :

— Pippa, tu te souviens du type qui a dormi à la maison le soir de mon accident ?

— Tout juste.

Elle a eu un rire faussement timide, qui m'a énervée.

— Tu devrais peut-être le mentionner à la police. Ils souhaitent vraiment parler à toute personne qui se trouvait dans les parages. Il a pu voir quelque chose en arrivant.

L'expression de Pippa s'est faite glaciale.

— On n'a rien vu.

— Quand même, ai-je dit, ça pourrait valoir le coup de le mentionner.

— Ce n'est pas une très bonne idée, a-t-elle répliqué.

— Marié, par hasard ? a demandé Davy.

Pippa lui a décoché un regard féroce.

— Ce serait gênant, a-t-elle confirmé.

— Et de toute façon, ai-je dit, vous n'avez rien vu.

— Exactement.

J'ai poussé un soupir. J'avais fait mon devoir de citoyenne responsable, et ne voulais plus penser à Peggy, pas ce soir en tout cas. J'ai regagné ma place et me suis accroupie dans l'herbe, puis allongée sur le dos à côté d'Owen pour contempler rêveusement le ciel, dont la couleur pâlissante passait peu à peu du turquoise au gris argenté. Les branches des arbres formaient une masse sombre au-dessus de moi, à travers laquelle je devinais une lune à moitié pleine. J'ai fermé les yeux.

Sur ce, Dario a lancé le frisbee vers moi, renversant mon vin, et le charme s'est brisé. Je me suis redressée, maudissant Dario, et me suis resservie. Dans la lumière intense du soir, j'ai regardé au-delà du parc. De là où nous étions, je voyais le toit de notre maison. Leah et Miles s'y trouvaient, rêvant de ce à quoi elle ressemblerait une fois qu'ils ne nous auraient plus dans les pattes. Ils transformeraient des chambres en bureaux et salles de bains supplémentaires, abattraient des cloisons, jetteraient les vieux lits et les canapés défoncés dans une benne, et repeindraient les murs pour faire disparaître les marques et les taches qui s'étaient accumulées au fil des ans, jusqu'à ce que rien ne reste qui prouve que nous avions un jour vécu ici. Il était temps de passer à autre chose, ai-je pensé, mais je n'avais jamais eu moins envie de passer à autre chose que ce soir-là, dans le parc.

Alors que l'air fraîchissait et que le jour déclinait, nous avons vu une autre silhouette venir à nous. C'était Miles. Il n'a rien dit, s'est juste assis à côté de moi, si près que nos hanches se touchaient et que je sentais sa chaleur à travers le tissu de mon jean. Je lui ai servi le fond de la bouteille de vin, lui souriant pour faire la paix. Il a posé sa main sur la mienne et je l'ai laissé faire, juste pour cette fois.

— Tout va bien, l'ai-je rassuré. Comme tu l'as dit, on ne pouvait pas rester là pour toujours.

— Elle est en train de prendre les mesures des fenêtres, maintenant, a-t-il déclaré d'un air sombre. Tu ne penses pas qu'elle pourrait être enceinte, par hasard ?

J'aurais voulu que ce jour ne finisse pas. Une fois les autres repartis dans leur chambre, je suis sortie dans le jardin. Les derniers degrés de chaleur diurne s'étaient dissous et il faisait clair et frais. Je me suis assise un moment sur le petit banc grinçant de Dario pour contempler la maison : les lumières se sont éteintes une à une. Seule brillait celle de la cuisine. Puis, je me suis levée et j'ai marché jusqu'au bout de notre terrain, d'où j'ai regardé les autres maisons qui s'étiraient de part et d'autre, avec leurs clôtures et leurs longs jardins, et au-delà, les hautes tours d'habitation avec leurs taches de lumière. Tant de gens autour de moi, tant d'étrangers si près. Au loin, j'entendais de la musique, et les tressautements d'une basse. Tout à coup, elle s'est arrêtée, laissant place à un silence troublant.

Je me suis retournée vers la maison et j'ai sursauté. Quelqu'un se tenait à quelques pas de moi.

— Qu'est-ce que tu fais là ?

— Tu as un droit d'exclusivité sur le jardin ?

— Pourquoi faut-il toujours que tu sois si agressif ? Je ne suis pas d'humeur ce soir, OK ?

Owen a haussé les épaules et craqué une allumette ; la flamme a éclairé son visage lorsqu'il l'a portée à la cigarette qu'il tenait entre ses lèvres.

— Je peux en avoir une, moi aussi ?

— Tu ne fumes pas.

— Ça m'arrive.

— Tiens.

Il m'a tendu le paquet mais je suis restée où j'étais, ce qui l'a obligé à traverser le pan de gazon qui nous séparait. Il en a tiré une cigarette, me l'a donnée, puis l'a allumée pour moi.

J'ai ressenti un violent frisson d'hostilité à son égard.

— Ça t'est égal, de toute façon, ai-je dit, lui soufflant une volute de fumée à la figure.

— Qu'est-ce qui m'est égal ?

— De partir.

— C'est toujours chiant, de trouver un nouvel endroit.

— On ne peut pas dire que tu aies vraiment fait un effort pour t'intégrer à la maison, n'est-ce pas ? ai-je continué. Tu ne nous vois pas, hein ? Tu ne remarques pas si on est là ou pas. On pourrait être n'importe qui. Il y a des jours où je ne me rappelle pas t'avoir entendu dire bonjour ou bonsoir, encore moins « Tu veux un café ? » ou « Je vais faire des courses, tu as besoin de quelque chose ? ».

— J'essaierai de m'en souvenir.

— Ne te donne pas cette peine.

Il a laissé tomber sa cigarette, qui a cligné comme un petit œil rouge entre nous. J'ai envoyé la mienne la rejoindre. Puis il a posé sa main sur mon ventre et m'a poussée : j'ai reculé en trébuchant. Il a fait un pas en avant et m'a poussée de nouveau. J'avais désormais l'arbre juste dans mon dos. J'ai giflé Owen sur la joue et, dans la pénombre, l'ai vu tressaillir. Bien. Il s'est penché en avant et m'a embrassée violemment. J'ai tendu les mains et les ai passées dans ses cheveux épais, le tirant à moi, sentant un goût de sang, le sien ou le mien, je ne savais. Couches de vêtements écartées, boutons arrachés, fermetures Éclair déchirées, dents sur la peau, mains sur le corps de l'autre, respirations haletantes, jurons marmonnés.

— Pas ici.

— Pourquoi pas ? a-t-il demandé.

Je ne pouvais pas trouver de raison valable. Ne pouvais pas penser tout court. Nous étions maintenant sur le sol rugueux, pressés contre la clôture du fond, piqués par des épines et des morceaux d'écorce. C'était bâclé, sans dignité. Il a dû tirer fort sur mon jean pour l'enlever, et puis s'est retrouvé contre moi, en moi, et toutes les parties de mon corps que je croyais guéries m'ont fait mal à nouveau. Chaque bleu me lançait. Ses yeux brillaient dans la nuit.

— Je ne t'aime même pas, ai-je dit, quand nous avons fini par nous séparer.

Il est resté silencieux pendant un moment, allongé, les bras écartés, contemplant le ciel. Puis il s'est levé, tout en rentrant sa chemise déchirée dans son jean.

— Bonsoir, a-t-il dit, dressé au-dessus de moi, toujours étendue, les vêtements défaits et le corps meurtri. À moins que ce soit bonjour ?

Là-dessus, il a disparu. J'ai attendu quelques instants avant de me relever tant bien que mal et de m'appuyer contre la clôture, tâtant mes lèvres gonflées du bout des doigts. Puis, à mon tour, j'ai regagné la maison silencieuse et endormie. C'était déjà éteint chez Owen quand j'ai gravi les marches sans bruit. J'ai ôté mes vêtements, fait ma toilette devant le lavabo, essayant de ne pas voir mon visage dans le miroir. Je me suis jetée sur mon lit, et j'ai guetté le sommeil.

Je ne sais pas ce qui m'a réveillée. Peut-être était-ce parce que je n'avais pas pris la peine de fermer mes rideaux, et que je pouvais voir, de là où j'étais allongée, que le ciel s'éclaircissait déjà. Dehors, les oiseaux chantaient à tue-tête. J'ai tourné la tête et constaté sur mon portable qu'il était 5 heures. J'ai refermé les yeux et tenté de me rendormir, mais c'était peine perdue. Je me suis remémoré la soirée précédente et me suis sentie lourde et nauséeuse, consumée de désir.

J'ai balancé mes jambes hors du lit, enfilé ma robe de chambre et ouvert la porte. Pas un bruit dans la maison. Tout le monde dormait. J'ai parcouru le couloir à pas de loup, tourné la poignée de la porte d'Owen, produisant un déclic atroce. Il était allongé sur son lit, les couvertures repoussées jusqu'à la taille, une main pendant le long du sommier. J'ai doucement refermé la porte derrière moi et suis allée le rejoindre. Il n'a pas bougé, jusqu'à ce que je grimpe à côté de lui, remonte la fine couette sur nos deux corps et que j'embrasse son épaule, sa nuque, son ventre. Il a poussé un petit gémissement mais a gardé les yeux fermés et n'a rien dit. Il s'est tourné sur le côté et a glissé sa main entre mes jambes. La ceinture de ma robe de chambre s'est entortillée entre nous, et je m'en suis extirpée pour la jeter par terre. Nous n'avons fait aucun bruit. J'ai mis ma main sur sa bouche quand il a joui.

— Tu n'as même pas ouvert les yeux, ai-je dit.

— Tu n'es peut-être pas celle que je crois, a-t-il répondu.

J'ai roulé hors du lit et enfilé ma robe de chambre. Il a enfin ouvert les yeux et m'a regardée.

— Je ne t'ai même pas vue nue, Astrid Bell.

— Et ça n'arrivera pas. Ce n'est vraiment pas une bonne idée.

— Ce n'est pas une idée du tout, a répliqué Owen.

Il a tendu la main pour caresser ma jambe, et je n'ai pu retenir un frisson.

7

— Très joli, votre blouson ! a dit Orla.

— Oh, merci, ai-je répondu. Je ne le mets que pour travailler.

— Vous êtes photographe, vous aussi ?

— Coursière à vélo, ai-je corrigé. J'assiste Owen pour l'après-midi. Je porte ses sacs et je tiens le parapluie argenté.

— Vous l'avez trouvé où ?

— Le blouson ? C'est un autre coursier qui me l'a donné. Il était polonais, je crois qu'il l'avait trouvé là-bas.

— Excusez-moi, a coupé Owen, d'une politesse glaciale. On n'a pas franchement le temps.

— Génial, a dit Orla. Polonais ?

— Je crois bien. On devrait peut-être commencer la séance photo, par contre. Comme l'a dit Owen, on est un peu en…

— Il y a des toilettes ici ? a demandé Orla.

Owen l'a regardée. Son expression n'a pas changé mais je l'ai vu serrer les poings.

— Dehors, en haut des escaliers, a-t-il indiqué.

— Merci !

Orla – l'une des dix jeunes actrices les plus prometteuses du Royaume-Uni, soi-disant – est sortie du studio en gambadant, claquant de toutes ses forces la porte derrière elle. Se frottant les paupières du dos des mains, Owen est allé à la petite fenêtre qui donnait sur la rue. Il a appuyé sa tête contre la vitre et fermé les yeux.

— Ça va ? ai-je demandé.

— Qu'est-ce que je fous ici ? a-t-il répondu.

— Ça n'est pas si terrible. Tout va bien se passer.

— Le directeur du service photo veut du « plein de vivacité ».

Ce matin-là, Owen m'avait téléphoné alors que je passais devant King's Cross sur mon vélo pour me demander si je voulais bien lui donner un coup de main. Il ne me l'avait pas demandé trop poliment et n'avait fait aucune allusion au fait que nous avions couché ensemble deux fois au cours des dernières heures.

— « S'il te plaît », avais-je repris avec gentillesse.

— S'il te plaît, avait-il marmonné.

Je m'étais dit que ça me changerait toujours des livraisons de paquets, et j'avais appelé Campbell pour le prévenir que je ne serais pas disponible l'après-midi. Owen faisait un remplacement de dernière minute, et s'était vu commander un portrait pour un papier sur les jeunes talents britanniques. Orla Porter, dix-neuf ans, maigre comme un clou, blafarde et boudeuse, avait été la star d'un feuilleton télévisé que je n'avais jamais vu, et allait, semble-t-il, devenir célèbre grâce à un film qui n'était pas encore sorti. Mais ce n'était pas encore une véritable vedette. Elle n'avait pas de contacts, d'attaché de presse, de maquilleur. Elle s'était juste pointée au studio de l'ami d'Owen, et avait dit qu'il fallait absolument, *absolument*, qu'elle parte à 4 heures. Et elle n'avait pas fait preuve jusqu'à présent d'une grande vivacité, sauf lorsque nous avions parlé de mon blouson.

— Ah, ai-je dit. Je vois. De la vivacité. Je vois.

— Elle a l'air déprimée, a enchaîné Owen. Déprimée et malade. On dirait un élastique. Il n'y a pas de vie en elle. Je déteste ce genre de boulots – des photos artificielles de fausses célébrités qui portent trop de maquillage et trop peu de vêtements, qui ont été pourries gâtées par l'attention qu'on leur a portée mais qu'on jettera la saison prochaine. Regarde dans les magazines, toutes ces femmes finissent par se ressembler. On peut à peine les distinguer. Et c'est ça que veulent les gens. Ils ne veulent pas un vrai photographe. Ça n'est qu'une arnaque, et je suis un rouage de ce système débile.

Il s'est détourné de la fenêtre pour me faire face.

— Pourquoi je le fais, putain ?

— Pour l'argent ?

— Ouais, c'est ça. *L'argent.*

Il m'a craché le mot à la figure, comme si c'était quelque chose de forcément mauvais.

— C'est quoi, le problème ? Ne te prends pas tant au sérieux, Owen.

— Ça suffit. Je me tire d'ici.

Il a en effet commencé à ramasser son matériel et à le fourrer n'importe comment dans des sacs. J'ai posé ma main sur son bras, mais il l'a retiré brusquement.

— Fous-moi la paix, a-t-il dit. Tu es bien comme tout le reste.

— Le reste de quoi ? Du système capitaliste ? De l'humanité ?

J'ai tiré sur le sac qu'il tenait mais il me l'a arraché, et il est tombé avec un bruit sourd. Un zoom a roulé sur le sol.

— Tu as une idée de ce que ça coûte ?

— Je suis juste une coursière débile, tu te rappelles ? Mais ça n'a pas d'importance, n'est-ce pas ? Ça n'est que de l'argent, après tout.

Il m'a saisie par l'avant-bras ; j'ai senti ses doigts s'enfoncer dans ma chair.

— Tu me fais mal.

— Tu le cherches.

— Je ne cherche jamais à ce qu'on me fasse mal.

— Oh, pardon.

En entendant la voix traînante d'Orla, nous nous sommes écartés d'un bond l'un de l'autre.

— J'interromps quelque chose ?

— Rien du tout, ai-je assuré d'un ton enjoué.

Owen a marmonné trois mots et ramassé le zoom. Je m'étais dit qu'Orla était peut-être allée aux toilettes pour sniffer un peu de coke. Pas de chance. Elle était toujours aussi apathique, et a demandé si elle pouvait avoir quelque chose à boire avant de reprendre.

— Bien sûr, ai-je dit. Café, thé, eau, jus d'orange, de canneberge ?

— Vous avez du thé à la menthe ?

— Non, désolée.

— De la camomille, alors ?

— Seulement du Tetley.

Elle a fait la grimace.

— Le café, il est décaféiné ?

— Pas vraiment, non.

— Et l'eau, quel genre ?

— Du robinet, ai-je répondu.

Nouvelle mine dégoûtée.

— J'ai mal à la tête, a-t-elle dit.

— Vous voulez une aspirine ?

— Non.

— Vous voulez que l'on remette ça à demain ? a demandé Owen d'un ton doucereux et glacial.

Ça n'a pas dérangé Orla, cependant.

— Je suis sur un tournage demain, a-t-elle répondu.

— Alors il va falloir qu'on fasse ça maintenant, non ?

— J'suppose, ouais.

Owen a dévissé son appareil du trépied et s'est approché d'elle.

— J'aimerais rendre les choses un peu plus décontractées, moins posées. Mais vous savez que le magazine veut que vous soyez animée, heureuse. Vous croyez pouvoir y arriver ?

Orla s'est contentée de hausser les épaules et de garder exactement la même position, fixant l'objectif. Owen a pris quelques clichés, et Orla était aussi passive qu'il est possible de l'être. Elle n'avait même pas l'air mauvais.

— Orla, a fini par dire Owen.

Je voyais tressauter un muscle de sa mâchoire.

— Ouais ?

— Vous êtes actrice, non ? Vous ne pouvez pas me faire au moins un petit sourire ? Regardez-vous, on croirait que vous êtes en cire. Ça n'est pas du tout ce que j'entends par sexy.

— Pas la peine d'être si grossier. Je crois que je vais appeler mon agent et lui demander de trouver quelqu'un d'autre pour me photographier.

J'ai regardé Owen, figé sur place et serrant convulsivement son appareil comme s'il était prêt à l'assommer avec. Puis j'ai fait un signe de tête à Orla.

— Je peux vous parler un moment ? ai-je demandé.

— Astrid ? s'est exclamé Owen. Tu veux papoter entre *gonzesses*, là, maintenant ? Lui demander ses trucs de maquillage ?

— Calme-toi, ai-je ordonné.

J'ai invité Orla à me suivre à l'autre bout de l'immense studio. Nous nous tenions devant une fenêtre, treillissée de barreaux d'acier, qui donnait sur le canal. Il pleuvait, les gouttes ridaient la surface de l'eau grise. J'ai retiré mon blouson.

— Vous avez dit que vous l'aimiez. Je veux vous le donner.

— Vous êtes sûre ? a-t-elle demandé, sans surprise. C'est très gentil de votre part.

— Il vous ira très bien, ai-je renchéri.

Elle a enfilé le blouson avec l'empressement d'une gosse.

— Vous pourriez me rendre un service en échange ? ai-je demandé.

Elle se tenait devant un miroir en pied sur le mur opposé à la fenêtre et s'admirait dedans.

— Quoi ?

— Comme a dit Owen, vous êtes actrice, ai-je répondu. Je sais qu'il fait un temps sinistre et que vous êtes fatiguée mais, pendant les cinq minutes qui viennent, est-ce que vous pourriez jouer le rôle d'une personne heureuse et pleine de vivacité, qui passe vraiment un bon moment ?

Orla a eu l'air pensive, puis elle a regardé autour d'elle et m'a souri, les yeux soudain comme illuminés de l'intérieur, son mince visage doux et rayonnant d'une joie factice.

— Bien sûr, a-t-elle répondu. Où est le problème ?

— Astrid ?

Nous rentrions à pied le long du canal, sous une pluie qui s'intensifiait, portant chacun un sac rempli des appareils photo et du matériel d'Owen.

— Quoi ?

— Merci.

— De rien.

— Sauf que je me déteste de ne pas l'avoir mise dehors à coups de pied dans le derrière, si petit soit-il.

— Ne te déteste pas.

— Je t'achèterai un autre blouson.

— Je n'y tenais pas tant que ça.

— Tu es trempée et tu vas prendre froid. Enfile ça.

Il a enlevé son propre blouson et me l'a mis sur les épaules.

— Tu es toujours aussi indulgente ? a-t-il demandé.

— Vis-à-vis d'elle ou de toi ?

— Peu importe.

La pluie tombait dru maintenant, martelant le canal et crépitant sur les feuilles des arbres. Des gouttes coulaient dans mon cou, d'autres rebondissaient sur mon nez. L'eau faisait des bruits de succion dans mes chaussures. Les cheveux d'Owen étaient collés sur son crâne et sa chemise était toute trempée.

— Dario aura pris toute l'eau chaude, ai-je remarqué.

— Tu veux qu'on prenne un bus ou un taxi ?

— Non, à moins que tu y tiennes.

— J'aime assez marcher sous la pluie.

Nous avons donc marché en silence, prenant garde de ne pas nous toucher, et sans que nos regards se croisent mais fixant le sentier boueux, l'eau grise. J'avais chaud et froid en même temps.

Nous sommes passés sous un pont et dans la pénombre, sans l'avoir prévu, nous nous sommes arrêtés et embrassés avec fièvre, plaqués contre le mur humide, tandis que l'eau dégoulinait de nos chevelures et roulait sur nos joues comme des larmes. Nos vêtements trempés nous collaient à la peau. Puis nous nous sommes séparés et avons repris notre chemin le long du canal. Owen n'avait même pas lâché son sac plein de matériel.

— Ça te plaît d'être coursière ?

— Assez. Je ne veux pas faire ça toute ma vie. Qui veut être coursier à soixante ans ? Je fais déjà ça depuis plus longtemps que je ne l'avais prévu. Je croyais que ça ne serait que pour quelques semaines d'été pendant que je décidais ce que je voulais faire ensuite, et ça dure déjà depuis un an.

— Alors pourquoi t'as continué ?

— Parce que je n'ai jamais décidé ce que je voulais faire ensuite. Je faisais des études de droit, tu sais. C'est comme ça que j'ai rencontré Pippa. Mais je n'ai jamais su au juste pourquoi j'avais choisi ça. Du coup, j'ai voyagé, travaillé à l'étranger. Je me suis bien amusée, mais j'imagine qu'à un moment donné, il va falloir que je trouve un travail d'adulte. C'est bizarre, non ? Je veux dire, prends quelqu'un comme Miles. Quand je l'ai rencontré, c'était un dangereux radical. Il n'arrêtait pas de parler de liberté individuelle et de la façon dont le système nous emprisonne. Mais je m'attendais à quoi ? À ce que Miles continue de s'enchaîner aux arbres, que Dario continue à barbouiller des murs et se défoncer, et moi à sillonner Londres à vélo jusqu'à tomber raide de ma selle ? Et qu'on continuerait à vivre tous ensemble à Maitland Road comme des étudiants pour l'éternité ? C'est sans doute pour ça qu'on est si perturbés d'avoir à déménager. Parce que ça veut dire qu'on doit regarder nos vies en face.

— Peut-être.

— Est-ce qu'on serait en train d'avoir une vraie conversation ?

— Je ne sais pas. Peut-être pas. C'est surtout toi qui parles : je me contente de te laisser faire.

— Oh. Bon, ben dans ce cas, je me tais.

Mais il m'a attrapée par le poignet, m'arrêtant de nouveau et me fixant sous la pluie battante.

— Écoute. Tu as dit que je ne te voyais même pas, tu te souviens ? Ce n'est pas vrai. Je te vois. Regarde, prends tes pommettes, tu pourrais venir de Laponie. Tes yeux sont très écartés. Tu as des clavicules saillantes – d'un doigt, il en a suivi le tracé –, des bras forts et le ventre plat. Sur tes épaules, sous ta chemise, tu as des petits paquets de muscles qui ressortent. Mais en dessous tu as cette poitrine pleine et…

— Tu parles de moi comme si je n'étais pas là. Je n'aime pas ça. Arrête.

— J'aimerais te photographier.

— Je ne sais pas si c'est une très bonne idée.

— Toutes ces contradictions.

— Tu n'as pas compris ce que j'ai dit ? Je ne suis pas un de tes modèles.

— Un bel objet, un objet de désir.

— Oh, s'il te plaît.

— En noir et blanc. Près d'une fenêtre.

— Je ne crois pas, non.

Il a posé ses mains sur mes épaules et m'a regardée.

— J'aimerais te photographier, Astrid, a-t-il dit doucement. S'il te plaît ?

— Tu sais quoi, laisse-moi regarder tes autres photos et j'avise.

— Viens, alors.

Il est parti à grandes enjambées, et il m'a presque fallu courir pour rester à sa hauteur, le lourd sac ballotté contre mes tibias. Arrivés à la maison, il me l'a repris, puis m'a aidée à ôter son blouson gorgé d'eau. Le son métallique d'une radio nous parvenait du dernier étage mais, à part ça, la maison semblait vide. Nous avons monté les escaliers ensemble. Il a ouvert la porte de sa chambre et m'a regardée.

— Maintenant ? ai-je demandé, passant les mains dans mes cheveux ruisselants et sentant mon jean coller à mes cuisses.

— À moins que tu n'aies pas envie.

— Bien sûr que j'ai envie, ai-je rétorqué de mauvaise humeur. Je suis juste trempée jusqu'aux os et… Oh, peu importe. Montre-moi.

La chambre d'Owen me paraissait différente à présent, de jour, alors que j'étais pleinement consciente. La locataire précédente, une amie d'un ami de Miles, s'appelait Annette. C'était une comptable insomniaque qui avait l'habitude de faire des gâteaux au beau milieu de la nuit, et qui était partie s'installer avec son petit ami lorsqu'elle était tombée enceinte. Elle avait des goûts presque caricaturaux dans leur féminité : les murs étaient roses, les rideaux lilas, avec un tour de lit à fanfreluches assorti ; dans un coin se trouvait une coiffeuse surmontée d'un miroir pliant – à ma connaissance, personne de notre âge ne possédait de trucs pareils – et plusieurs peluches s'entassaient sur le fauteuil. C'était très différent maintenant. Le rose avait été repeint en gris pâle ; le lit avait laissé place à un futon, et des stores sombres remplaçaient les rideaux ;

un mannequin de couturière, sur lequel étaient drapées des écharpes, occupait un coin de la pièce, et des photographies étaient accrochées aux murs.

— Elles sont de toi ? ai-je demandé à Owen.

— Juste celle-là.

Il a désigné un cliché en noir et blanc d'une nageuse, le corps presque entièrement submergé ; l'eau et la lumière qui s'y reflétait déformaient la silhouette jusqu'à ce qu'elle ne soit plus qu'une série d'angles improbables, de sorte que l'image semblait presque abstraite.

— Les autres ont été prises par des amis.

Il y avait des photographies appuyées contre chaque mur, et d'autres encore empilées sur la table, sous la fenêtre. J'étais anxieuse et gênée.

— Tu pourrais t'asseoir là, a-t-il suggéré, montrant d'un geste la chaise à côté de la table. Tiens, essuie tes cheveux avec cette serviette.

Je me suis assise maladroitement. Owen s'est emparé d'une pile de photos qu'il a posées devant moi.

— Voici quelques-uns de mes travaux les plus récents, a-t-il déclaré d'un ton cérémonieux.

J'ai réprimé l'envie de rire nerveusement ou de m'enfuir.

— Bien, ai-je dit.

— Je travaille dessus depuis deux ou trois semaines. J'essaie de constituer un book.

J'ai retourné la première photo et me suis sentie soulagée : elle représentait juste de l'eau, pleine d'ondulations et de lumières obliques ; comme la photo au mur, mais sans la silhouette humaine. Puis j'ai frissonné sous le choc. En regardant mieux, il n'y avait pas que de l'eau : on voyait un visage sous la surface disloquée, à peine visible, les yeux tournés vers le haut, les cheveux déployés comme des algues. Comme la suggestion du visage d'une noyée.

Je suis passée à la suivante. Une femme nue reposait sur un matelas taché, aussi blanche et lisse qu'une statue de marbre, le visage caché par les ondulations de sa longue chevelure, de sorte qu'on ne voyait plus que sa bouche ouverte. L'une de ses mains pendait, ouverte, du matelas, avec une inscription dans la paume que je n'arrivais pas à déchiffrer ; l'autre était entre ses jambes. C'était à la fois érotique et impersonnel, et j'ai frissonné dans mes vêtements moites.

— Tes femmes n'ont pas de visage, ai-je observé.

Owen n'a pas répondu, se contentant de retourner la photographie suivante.

Un buisson épineux, trapu, en hiver, qui paraissait aussi inflexible que du métal. Celle-là pouvait aller.

Une autre femme nue – la même que la première ? –, cette fois debout simplement, bien droite, se laissait scruter par l'objectif.

La même femme, les mains liées avec une corde, un sourire calme sur le visage.

— Qui est-ce ? ai-je demandé.

— Elle s'appelle Andrea. On a étudié la photo ensemble.

J'ai ressenti une pointe de quelque chose. Était-ce de la jalousie ?

— Ça lui pose un problème de faire ça ?

— Pourquoi ? a demandé Owen. Ça t'en poserait, à toi ?

— Je ne sais pas quoi en penser, ai-je répondu. Je veux dire, elles sont fortes, mais je ne sais pas.

— Ce ne sont que des exercices, a précisé Owen, sélectionnant un autre tirage.

Un pied, deux fois plus gros que dans la réalité. On en distinguait chaque détail : l'ongle abîmé, les poils sur les orteils, les minuscules taches de saleté.

Comme une gifle en pleine figure, un soudain flamboiement de couleur et de vie : une scène de rue ordinaire, mais Owen en avait fait un carnaval exotique, comme si le district de Hackney se trouvait au Brésil. J'ai souri.

Noir et blanc à nouveau. Une femme assise à une fenêtre, dos à l'appareil, la tête entièrement chauve : sa colonne vertébrale dessinait comme un chemin noueux au milieu de son dos lisse.

La même femme, en gros plan et face à l'objectif, les yeux anormalement écarquillés. Dedans, je distinguais nettement le reflet du photographe. J'ai tendu un doigt pour la toucher.

— Toi, ai-je dit.

— Autoportrait.

Un autre arbre, carbonisé, mais avec des pousses émergeant de sa souche noircie.

— Des arbres, de l'eau et des femmes nues, ai-je conclu. Beaucoup de tes photos ne ressemblent pas à des photos.

— Elles ressemblent à quoi ?

— À des peintures. Des sculptures. Je ne sais pas.

— Tu veux en voir d'autres ?

— Vas-y.

Il a posé plusieurs autres tirages sur la table. Je les ai étudiés les uns après les autres, non sans effort, sous son regard imperturbable. J'ai enfin reposé le dernier et me suis retournée sur ma chaise.

— Eh bien ? s'est-il enquis.

— Elles sont troublantes.

— C'est le but recherché. Au moins, tu ne t'es pas contentée de dire qu'elles étaient chouettes.

J'ai passé ma chemise par-dessus ma tête.

— Non, ai-je dit lentement. Chouettes, ce n'est pas le mot.

J'ai dégrafé mon soutien-gorge et l'ai laissé tomber par terre. Owen me regardait avec une intensité que je n'avais jamais vue auparavant, même venant de lui. J'ai balancé mes chaussures, retiré mon jean mouillé et ma petite culotte.

— Tu veux que je te photographie ? a-t-il demandé.

J'ai secoué la tête.

Après, il est resté allongé à côté de moi, me caressant le ventre.

— Alors c'est toujours non ? a-t-il insisté.

— C'est ça.

— Ne sois pas si prude.

Je me suis dégagée de ses mains, suis sortie de son lit et j'ai commencé à enfiler mes vêtements. J'ai soudain été tentée de m'en prendre à lui mais me suis retenue, et quand j'ai pris la parole, c'était d'une voix calme.

— On habite la même maison, mais jusqu'à hier on avait à peine échangé deux mots. Et puis ces dernières vingt-quatre heures, on a… quoi donc ? Couché ensemble. À trois reprises, même si la première fois c'était comme une bagarre, et la deuxième fois tu avais les yeux fermés tout du long, et puis ensuite ça. Je n'ai aucune idée de ce que tu penses de moi. Peut-être que tu ne m'aimes pas. Peut-être que tu me méprises. Peut-être que tu ne penses pas à moi du tout. Je me sentirais très mal si je te laissais me regarder à travers l'objectif de ton appareil photo comme tu as regardé ces autres femmes.

Owen s'est contenté de m'observer. J'ai cru déceler l'ombre d'un sourire.

Une porte s'est ouverte et fermée en bas et Davy a lancé :

— Salut !

J'ai frissonné.

— C'est fini, alors ?

— C'est fini quoi ?

— Nous deux, c'est terminé, hein ?

— Nous deux ? Je ne savais pas que ça avait même commencé, a-t-il répondu d'une voix indifférente.

— Ah non ?

J'ai posé mes mains de part et d'autre de son beau visage blessé et embrassé avec dureté sa bouche furieuse.

— Alors comment est-ce que ça pourrait être fini ?

Ce soir-là, je suis restée debout devant la fenêtre à me demander ce qu'Owen pouvait bien faire, dans sa chambre, à quelques mètres de moi. Mais Pippa a interrompu mes rêveries. Comme toujours, elle n'a ni frappé ni appelé, mais simplement ouvert ma porte pour venir s'asseoir au bord de mon lit. Elle avait les joues roses.

— Hé ! Devine quoi !

— Quoi ?

— Mick était dans l'armée.

— Ah bon ? Remarque, c'est plutôt logique, non ? En tout cas, ça explique comment il fait pour cuisiner des repas pour autant de monde. Pourquoi est-ce qu'il n'en parle jamais ?

— Il a participé à la première guerre du Golfe et quitté l'armée après. Il n'aime pas en parler.

— Manifestement.

— Après avoir quitté l'armée, il a voyagé pendant des années. Je ne crois pas qu'il ait la moindre idée de ce qu'il va faire du reste de sa vie.

— Comment tu sais tout ça ?

— Bah…

Pippa a eu un petit rire et m'a lancé un regard faussement innocent.

— Non ! Tu n'as pas fait ça ? me suis-je exclamée, consternée à l'idée de tout ce qui se passait dans la maison.

— Si.

— Tu as couché avec lui ? Là, maintenant ?

— Je trouvais qu'il avait l'air triste et j'étais curieuse à son sujet. Je pensais que ça lui remonterait le moral.

— À t'écouter, on croirait qu'il ne s'agit que d'aller boire un demi au pub.

— Ça n'était pas l'expérience la plus intense de ma vie. Mais sympa.

— Tu as juste frappé à sa porte et demandé s'il voulait tirer un coup ?

— Pas tout à fait. Je suis allée dans sa chambre. Mon Dieu, Astrid, c'est tout vide. Il n'y a rien là-dedans, rien du tout, comme s'il était toujours dans l'armée. Rien qu'un lit et une commode, et ce placard qu'on a remonté du débarras, rien d'autre. Aucune touche personnelle. Bref, j'ai passé la tête par la porte et lui ai demandé s'il voulait une tasse de thé ou une bière, ou autre chose. Et quand il a dit non, je suis juste comme qui dirait entrée. Puis une chose en a entraîné une autre.

— Mon Dieu, ai-je dit. Mick.

— Mick, a confirmé Pippa avec un grand sourire.

— Tu le referas ?

— Je ne pense pas. Ce n'était pas ça. C'était juste pour le plaisir.

— Il n'y aura pas de gêne entre vous deux, maintenant ?

— Pourquoi il y en aurait ?

J'ai eu du mal à trouver une réponse.

— Pour ma part, je crois que je serais gênée.

— Je me suis juste dit que tu voudrais savoir.

— Ouais, ai-je répondu d'un ton dubitatif.

— Et toi, alors ?

— Moi ?

— Tes amours.

— Je n'ai pas d'amoureux en ce moment.

— Non ?

— Non !

— Alors ça ne saurait tarder, non ?

— Je ne vois pas de quoi tu veux parler.

— Allez, Astrid. Owen. J'ai bien vu comment vous vous regardiez ce matin. Et comment vous vous évitiez du regard. J'aurais juré que tous les deux, vous aviez…

J'avais l'impression qu'elle me poussait aux confidences sans avoir l'air d'y toucher. Mais je n'étais pas d'humeur à plaisanter et glousser entre filles.

— Il n'y a pas de « tous les deux », et je ne regardais personne d'aucune façon. J'aidais Mick à faire des sandwichs au bacon.

— C'est à moi que tu t'adresses, la championne du déchiffrage de coups d'œil érotiques du matin. Il est superbe et il est libre. Pourquoi tu ne lui sautes pas dessus ? Moi, je le ferais. Hé, je peux t'emprunter cette chemise demain ?

— D'accord.

— Mick a une énorme cicatrice dans le dos. C'était plutôt excitant.

8

Il y a des jours sans. Levée juste avant 7 heures, j'ai ignoré Owen, esquivé Miles, contourné Davy qui démontait un linteau de travers en râlant au sujet de « bricoleurs du dimanche », attrapé une tartine en sortant, allumé mon portable ; pour tomber aussitôt sur un message de Campbell m'ordonnant de récupérer un paquet à Canonbury pour le livrer à Camden Town. Vingt minutes plus tard, alors que je peinais dans Hampstead Road l'estomac vide, des gaz d'échappement dans la figure, le portable a sonné et mon patron m'a dit que je ferais aussi bien d'aller directement de Camden Town à Highgate pour y chercher un paquet. Le quartier de Highgate se trouve au sommet d'une colline escarpée. Il s'agissait d'une maison où j'avais déjà été, qui se situait aussi haut qu'il est possible à Londres.

Une fois, en montant, j'étais passée devant un panneau qui m'informait obligeamment du fait que je me trouvais à la même hauteur que la flèche de la cathédrale Saint-Paul. La femme qui habitait cette maison était riche et élégante : elle faisait partie de ces gens qui ne voient ni la pauvreté, ni la maladie, ni les clochards dans les halls d'immeubles, me disais-je. Elle vivait dans un univers différent, un monde de privilèges, et nous traitait, nous autres coursiers, comme des domestiques ; ce que nous étions, je suppose. Elle ne me reconnaissait jamais. Je faisais juste partie de la foule des gens qui lui rendaient la vie plus facile. Une des histoires que j'avais racontées à la bande du *Horse and Jockey* concernait la fois où l'on m'avait appelée pour récupérer un repas à emporter japonais en bas de la colline et le monter jusqu'au sommet. En le lui remettant, haletante et couverte de sueur alors qu'elle se tenait devant moi, impeccable avec ses vêtements de lin et ses bijoux, j'avais songé que c'était ce genre de choses qui faisaient éclater les révolutions.

— Pourquoi moi ? ai-je demandé à Campbell.

— Parce que tu es déjà sur place.

J'ai donc déposé le paquet à Camden Town, avalé une crêpe et un café chez le marchand ambulant dans la grande rue, et me suis remise en route sous le léger crachin. Hampstead et Highgate regorgeaient de gens vraiment très riches, de boutiques chic, de restaurants chers, d'écoles élitistes où des mères en 4 × 4 déposaient des filles coiffées de chapeaux en feutre ronds et des garçons vêtus de blazers, de demeures hautes et élégantes avec des jardins clos et des alarmes clignotant au-dessus de la porte, de terrains de golf. La maison était en retrait par rapport à la rue. Un tulipier fleurissait dans le jardin de devant, ainsi qu'une glycine taillée au-dessus du porche ornemental, qu'encadraient deux énormes pots de terre cuite vides. Je n'avais jamais été invitée à entrer à l'intérieur et n'avais fait qu'apercevoir l'entrée, qui faisait deux fois la taille de ma chambre et sentait l'encaustique, la peinture, le cuir et l'argent.

Je suis lestement descendue de mon vélo, l'ai calé avec précaution contre l'un des piliers du porche, et j'ai appuyé sur la sonnette. J'ai attendu environ trente secondes, puis, n'entendant rien, sonné de nouveau, plus longtemps cette fois, avant de reculer d'un pas. Personne n'est venu. Une gratifiante petite bulle de colère s'est formée dans ma poitrine : ils font grimper toute la colline à un pauvre diable sur un coup de tête, et ne se donnent même pas la peine d'être là.

J'ai sorti mon portable, noté l'heure au passage – 9 h 41 – et appelé Campbell pour vérifier s'il n'y avait pas une erreur quelconque, mais la ligne était occupée. J'ai frappé le heurtoir contre la porte, fort.

Encore une fois, rien. M'agenouillant devant la boîte aux lettres, j'en ai forcé la trappe. C'était une de celles qui forment un angle tel que l'on ne peut distinguer qu'une petite partie de l'intérieur. J'ai regardé par la fente et pu voir les premières marches de l'escalier, recouvertes de moquette. J'ai tordu la tête jusqu'à avoir le nez collé contre l'ouverture, et aperçu les lattes de parquet vernissé du hall. Et autre chose. J'ai plissé les yeux, pressé mon visage plus profondément dans la porte. Quelque chose de lisse, brun pâle. On aurait dit de la peau, un bout de bras. Je me suis relevée à moitié, me penchant à un angle pénible pour avoir une meilleure vue. Une partie d'avant-bras, la naissance du poignet, après quoi, quel que soit le sens dans lequel je tournais mon visage, impossible de voir.

J'ai appelé à travers la fente. J'entendais le son de ma voix se répercuter dans les espaces propres et vides de la maison.

— Vous m'entendez ?

Le bras, si c'était bien ce dont il s'agissait, est resté immobile. Je me suis relevée et j'ai martelé la porte des deux poings, puis appuyé sur la sonnette une fois de plus, faisant se répéter son tintement discret. J'ai regardé de nouveau par la fente. Aucun mouvement.

Il n'y avait qu'une chose à faire. Pour la première fois de ma vie, j'ai appelé les secours. Une voix m'a répondu.

— Quel service, s'il vous plaît ?

J'ai dû me forcer à réfléchir.

— Les ambulances, je suppose. Je crois que quelqu'un est blessé ou malade. La personne est allongée de l'autre côté de la porte. Je vois son bras.

J'ai donné l'adresse et dit que j'attendrais jusqu'à ce qu'ils arrivent, puis j'ai fait les cent pas sur la petite étendue de pelouse, désemparée. Peut-être que la personne, qui qu'elle puisse être, avait eu une crise cardiaque ou une attaque. Ou était tombée dans les escaliers et s'était assommée. Ou peut-être n'était-ce pas du tout un bras, me suis-je dit, et quelqu'un allait-il remonter la rue au moment où l'ambulance arriverait, le gyrophare tournoyant, et j'aurais l'air de la débile de l'année.

Mais s'il s'agissait réellement d'une crise cardiaque, mettons, ne devrais-je pas agir tout de suite ? Ou si elle s'était coupé quelque part et perdait tout son sang, n'importait-il pas de lui faire un garrot ? Chaque seconde ne comptait-elle pas ? J'aurais dû leur demander, au téléphone. Qui saurait cela ? J'ai pensé appeler Mick – s'il avait été dans l'armée, il devait savoir ces choses-là – mais rapidement changé d'avis. Mick était sans doute à son travail et, même s'il n'y était pas, il habitait tout en haut de la maison et ne répondait jamais au téléphone. Je tomberais sur Dario à la place.

J'ai secoué la porte. Puis reculé et regardé si je trouvais à l'étage supérieur une fenêtre ouverte par laquelle je pourrais entrer. J'ai sorti ma trousse à outils de ma sacoche : des tournevis, des clés à écrous ajustables, une chambre à air, un couteau suisse. Inutile. Avant de bien réaliser ce que j'étais en train de faire, j'ai soulevé mon vélo et l'ai projeté contre la grande fenêtre à gauche du porche. Le verre a volé en éclats et le hurlement perçant d'une alarme s'est fait entendre.

De ma main gantée, j'ai fait tomber les morceaux de verre déchiquetés qui restaient dans l'encadrement, afin de pouvoir enjamber le rebord. Je me tenais dans un salon somptueusement meublé. Je l'ai traversé pour déboucher dans le hall. Sur le parquet luisant gisait une femme, face contre terre. L'un de ses bras était rejeté au-dessus de sa tête, et l'un de ses genoux plié. Un instant, je n'ai fait que rester debout à la fixer, incapable de bouger, pendant que l'alarme résonnait douloureusement dans mes tympans. Une chevelure coupée au carré, d'un blond rehaussé à grands frais. Une peau bronzée. Une robe de chambre de soie bleue qui remontait sur ses jambes minces et épilées à la perfection. Je me suis accroupie auprès de la silhouette et, emplie d'un sentiment de terreur absolue, j'ai tendu la main pour toucher son bras. Il était encore chaud. J'ai soupiré de soulagement, puis ai tenté de tourner le corps inerte sur le dos. J'ai sursauté d'horreur, la relâchant du même coup. Sa tête a heurté le sol avec un bruit sourd. Il n'y avait pas que les yeux, ouverts et vitreux, regardant vers le haut. Ou que les lèvres, gonflées et bleues. On aurait dit que quelqu'un avait dessiné en rouge sur son visage lisse. Mais ensuite j'ai vu que les lignes n'étaient pas dessinées, mais incisées, des entailles sur ses joues et son front et même en travers d'un œil. L'iris était écrasé, exsudant une substance blanche.

Je me suis dit qu'il fallait que je fasse quelque chose, comme appuyer sur sa poitrine, ou lui faire du bouche-à-bouche ; puis j'ai vu ces yeux aveugles, des yeux que rien n'habitait plus. Ça ne servait plus à rien.

Je me suis levée et me suis adossée contre la porte d'entrée, la main sur la bouche, le corps sur le plancher remplissant mon champ de vision. Le son de l'alarme enflait dans l'air et sous mon crâne. J'ai essayé de me convaincre que rien de tout cela n'était réel. C'était un rêve, une aberration. J'allais cligner des yeux et me retrouver dans ma vie ordinaire, grimpant une colline à vélo sous la pluie pour aller récupérer un paquet. Mon esprit se concentrait sur d'autres choses. Je me suis fait la réflexion que cette maison était incroyablement propre, pas une particule de poussière en vue. Combien d'heures fallait-il chaque semaine à une femme de ménage pour que tout ait l'air de sortir tout droit d'un magazine ? Je me suis imaginée racontant l'histoire, plus tard, à la maisonnée, et je savais déjà que je le ferais avec une sorte d'excitation horrifiée. J'ai pensé à mon irritation vis-à-vis de cette femme, ou des gens comme elle, pendant que je martelais la porte, et au mal que nous autres coursiers avions dit d'elle : devais-je m'en sentir coupable ? Je me suis vaguement demandé si j'allais me faire couper les cheveux. Je me suis rappelé que c'était l'anniversaire de Miles la semaine suivante et qu'il fallait que je lui trouve un cadeau, mais je n'avais pas la moindre idée. Quelque chose pour la maison – un petit rappel cuisant du fait que nous allions en partir ? Et cela m'a fait penser qu'il allait falloir commencer à chercher un appartement sans tarder, plutôt que d'attendre la dernière minute – même si je savais en fait que j'attendrais probablement la dernière minute quoi qu'il arrive, quelles que soient mes bonnes résolutions, et que je passerais des semaines à dormir sur le plancher chez des amis et vivre au milieu de mes valises. Je me suis demandé si mon ouïe serait endommagée par les pulsations stridentes de l'alarme ; puis si c'était une manière de rendre les gens fous, de les soumettre à ce genre de bruits. J'ai décidé que je ferais mieux d'aller attendre dehors ; après tout, il n'y avait rien que je puisse faire ici, et il me semblait indécent de rester debout à fixer le corps très peu vêtu d'une femme qui semblait si inattaquable de son vivant. Mais je n'arrivais pas à faire l'effort de bouger. J'ai pensé qu'il était incroyable qu'un cerveau puisse nourrir autant de sentiments et d'idées disparates à la fois. Et tout ce temps-là, je contemplais ce cadavre impossible, qui reposait sur le sol à quelques mètres seulement de moi.

J'ai sorti mon portable une fois de plus, remarquant que mes mains tremblaient, mais n'ai pas composé de numéro parce qu'à cet instant, j'ai perçu, derrière l'alarme, le bruit d'une sirène. L'ambulance, enfin. Faisant demi-tour, j'ai ouvert la porte pour la voir s'arrêter devant la maison. Des gens avaient déjà commencé à se rassembler dans la rue. Un homme et une femme ont sauté à terre et couru vers moi tandis que je levais la main pour leur faire signe d'approcher. Puis, quand ils sont entrés dans le jardin et que j'ai vu leurs regards se poser sur le corps étendu derrière moi dans l'entrée, je me suis détournée pour vomir dans un des pots de terre cuite.

9

— Avez-vous touché le corps ?

— Oui, ai-je répondu.

Le policier a eu l'air déçu.

— Vous n'auriez pas dû.

— Je ne savais pas qu'elle était morte, ai-je rétorqué. Je me suis dit qu'elle était peut-être blessée. Qu'elle avait peut-être besoin d'aide.

Son expression s'est adoucie.

— Je vois.

Il s'est rapproché de moi.

— Vous allez bien ? Vous voulez parler à une femme policier ?

— Pour quoi faire ?

— Elles sont formées, a-t-il répondu.

Il y a eu une longue pause.

— La fenêtre, a-t-il demandé, c'était vous ?

— Oui.

— Vous avez fait sensation.

— Comme je l'ai dit, j'ai cru qu'elle pouvait être malade. Ç'avait l'air urgent.

Il a jeté un regard à la fenêtre brisée.

— Ça semble un peu radical.

— Je n'ai rien trouvé d'autre.

Derrière lui, l'entrée était bondée. Il y avait d'autres policiers, des gens habillés en blanc comme les médecins. Dehors, des véhicules allaient et venaient.

— Alors, Miss euh…

— Bell.

— Qu'est-ce que vous faisiez ici, Miss Bell ?

— Je suis juste une coursière, ai-je répondu. C'est mon vélo, là-dehors.

— Vous connaissez cette femme ? a-t-il poursuivi.

— Non. Je suis venue à cette adresse plusieurs fois.

— Pourquoi êtes-vous venue aujourd'hui ?

— Le bureau m'a appelée au sujet d'un paquet.

Il y a eu un silence.

— Je suis désolée. Je n'ai rien d'autre à signaler. Je veux dire, je ne vois rien d'autre.

Le policier s'est frotté le menton, comme s'il essayait de trouver une autre question à poser – sans y parvenir.

— Je sais que ç'a été une expérience traumatisante pour vous. Mais je vais devoir vous demander de nous accompagner pour faire une déposition complète.

Il m'a regardée, surpris par mon expression.

— Pardon, j'ai dit quelque chose de drôle ?

— Non, non, ai-je répondu. Pas du tout. C'est juste que ça me sidère. Je n'avais jamais parlé à un policier avant. Et voilà que j'ai fait deux dépositions en un mois.

— Vraiment ? s'est enquis le policier. À quel sujet ?

C'est comme ça que j'ai dû lui raconter mon accident de vélo et ma rencontre avec Peggy Farrell. Je pensais qu'il trouverait ça curieux, amusant même dans un genre macabre, mais presque aussitôt son visage est devenu grave, et il m'a dit d'arrêter et d'attendre, avant de quitter la pièce.

J'allais devenir une experte en salles d'interrogatoire de la police. Deux policiers m'ont conduite jusqu'à un autre commissariat, au pied de la colline. Ils ne m'ont pas permis d'y aller à vélo. On me l'apporterait, m'a-t-on dit. Ils sont entrés sur le parking à l'arrière du bâtiment et m'ont fait entrer par une porte de derrière. J'ai été accueillie par une femme policier, qui m'a menée à ma nouvelle salle d'interrogatoire. Peu de choses la distinguaient de l'autre. Au lieu d'être beige, les murs étaient d'un vert clair réglementaire. Je me suis assise sur une chaise en plastique et on m'a laissée seule. J'ai sorti mon téléphone. Il y avait à peu près quatre-vingt-dix-sept messages de Campbell et d'autres. J'ai appelé Campbell.

— Qu'est-ce qui se passe ? a-t-il demandé.

— Je suis désolée, ai-je répondu. Quand je suis arrivée, elle était morte. Je suis au commissariat.

Silence absolu à l'autre bout du fil.

— T'es toujours là ?

— Quoi ? s'est exclamé Campbell.

— Je te rappelle plus tard, ai-je dit.

J'ai raccroché, éteint mon portable et fondu en larmes. *Ça ne va pas aller*, me suis-je dit, mais je ne m'étais pas complètement ressaisie lorsque la porte s'est ouverte et qu'un homme en costume est entré.

Il avait la cinquantaine et des cheveux grisonnants mal coiffés qui s'éclaircissaient sur le devant. Il tenait deux dossiers sous le bras. Il s'est arrêté net et m'a regardée.

— C'est quoi, ces vêtements que vous portez ? s'est-il exclamé.

— Je suis coursière, ai-je expliqué.

— C'est vous qui avez trouvé le corps ?

— Oui.

— Oh, pour l'amour du ciel, a-t-il râlé avant de quitter la pièce.

J'ai entendu à l'extérieur des cris indistincts, qui se sont éloignés. J'étais furieuse contre moi-même à l'idée qu'il m'avait vue pleurer. Ça ne me ressemblait pas. L'homme est revenu, accompagné de deux policiers. L'un, une femme, tenait dans ses bras un paquet de vêtements. L'autre portait un plateau avec un thé.

— Mettez ça, a ordonné l'inspecteur.

— Je n'ai pas froid, ai-je protesté.

— C'est un ordre, a-t-il répliqué. Vous êtes peut-être en état de choc. Et quand je mettrai la main sur le policier qui vous a laissée comme ça, je vais lui donner un sacré coup de pied aux fesses.

Les vêtements étaient ridicules. Il y avait un sweat-shirt bleu marine déchiré, un pull en laine et un jean environ cinq fois trop grand. La femme policier s'est baissée pour en retrousser les jambes.

— Je ne suis pas persuadée que ces vêtements me mettent vraiment en valeur, ai-je commenté.

L'homme m'a tendu une tasse de thé. J'en ai bu une gorgée et fait la grimace.

— Je ne prends pas de sucre, ai-je dit.

— Cette fois, si, a-t-il rétorqué. On va rester debout à vous regarder vider cette tasse.

J'ai senti le thé tomber sur mon estomac vide.

— Il y a quelque chose à manger ?

L'inspecteur a regardé la policière.

— Vous l'avez entendue.

La femme a eu l'air interloquée.

— Je vous apporte un sandwich, ma grande ?

— N'importe quoi.

— Et plus vite que ça ! a ordonné l'inspecteur.

Les deux policiers sont sortis précipitamment de la pièce. L'inspecteur m'a fait signe de m'asseoir. Il a posé les deux dossiers sur la table, côte à côte.

— Je suis l'inspecteur principal Paul Kamsky, s'est-il présenté. Comment vous sentez-vous ?

— Ça va aller, ai-je assuré.

— Tout cela n'est pas absolument conforme aux procédures. Je sais que vous n'avez pas encore fait de déposition mais, dès que j'ai su, j'ai décidé de venir vous trouver moi-même.

Il m'a adressé un sourire confus.

— Il fallait que je vous pose la question : mais qu'est-ce qui se passe, bon sang ?

— Que voulez-vous dire ?

Il a soulevé un dossier en carton vert, et l'a ouvert.

— Le jeudi 10 mai, vous avez été la dernière personne à voir une certaine Margaret Farrell vivante.

— Moi et deux de mes amis, en effet.

Il a reposé le dossier et pris l'autre, en carton marron cette fois.

— Et maintenant, un peu plus de trois semaines plus tard, c'est vous qui découvrez le corps d'Ingrid de Soto. Je me demandais si vous aviez des commentaires à faire.

— Pour ce que ça vaut, ça m'a un peu secouée.

— Moi aussi, Miss Bell. Autre chose ?

— Comme quoi ?

Il a marqué une pause.

— Miss Bell, je ne suis pas sûr que vous vous rendiez tout à fait compte de l'étrangeté de la situation.

117

— Bien sûr que je m'en rends compte, bordel ! C'est horrible, c'est une horrible coïncidence et ce n'est pas agréable d'en être la victime.

— Vous en êtes le témoin, pas la victime.

— C'est ce que je voulais dire.

— Mettons les choses comme ça : ça fait vingt-huit ans que je suis flic et la seule fois où j'ai trouvé quelqu'un sur deux scènes de crime à moins d'un mois d'intervalle, c'est qu'il s'agissait du meurtrier.

— Vous n'êtes pas en train de dire… ?

— Non, non, bien sûr que non. Mais j'ai bien peur que nous devions vous demander de rester ici un moment. Ces dépositions prennent un temps ridiculement long. Mais je ne suis ici que pour vous poser deux ou trois questions très simples.

— Comme quoi ?

— Par exemple, est-ce que vous voyez un lien quelconque entre ces deux femmes ?

— C'est ridicule, ai-je rétorqué. Il n'y a aucun lien.

— Eh bien, si, il y en a un, a-t-il contré.

— Lequel ?

— Vous.

— C'est n'importe quoi.

— S'il vous plaît, Miss Bell, aidez-moi. Parlez-moi de votre rapport avec ces femmes.

— Honnêtement, il n'y en a aucun. Margaret Farrell habitait dans la même rue que moi, quelques numéros plus loin. Mais on est à Londres. Je la connaissais de vue, mais je ne l'avais jamais rencontrée avant de rentrer dans sa voiture.

— Vous êtes rentrée dans sa voiture ?

— Oui, enfin, à vélo. Ça doit être écrit dans le dossier.

Pour la millionième fois, j'ai fait le récit de ce qui s'était passé.

— Mais c'est tout. Je ne la connaissais pas. Et j'étais en état de choc, je ne me souviens même pas de lui avoir dit quoi que ce soit de cohérent.

— Et Ingrid de Soto ?

J'ai été prise de violents frissons.

— Je suis désolée, ai-je dit en claquant des dents. Je n'ai pas les idées totalement claires.

Kamsky s'est penché en avant, une expression soucieuse sur le visage.

— Vous avez besoin de voir un médecin ? a-t-il demandé.

— C'est de voir son corps, ai-je expliqué. Je n'avais jamais vu de mort, avant.

— Et sûrement pas amoché comme ça, a-t-il ajouté. Certains de mes jeunes agents ont été pas mal secoués, eux aussi. Vous voulez faire une pause ?

— Non, ça va. Qu'est-ce que vous vouliez savoir, déjà ?

— Ingrid de Soto. Parlez-moi d'elle.

— Je ne me rappelais même pas son nom. Je l'avais peut-être vu sur un paquet.

— Pourquoi vous êtes-vous rendue à cette maison ?

— Ce n'était pas prévu. Mon patron m'a appelée. Il aurait pu appeler n'importe qui.

— Combien d'autres ?

— Cinq ou six.

— Vous vous étiez déjà rendue à cette adresse ?

— Plusieurs fois.

— Pouvez-vous imaginer une raison pour laquelle quelqu'un aurait pu vouloir tuer cette femme ?

— Quelle femme ?

119

— Mrs de Soto. Vous savez quelque chose à son sujet ?

— Non. Je ne suis pas son médecin, ni sa voisine ni son amie. Je livre des paquets et j'en récupère. En général, je ne connais même pas le nom des clients.

— Quelque chose ?

— Elle est riche. Enfin, elle *était* riche.

— C'est déjà une piste, a-t-il remarqué.

— Elle est riche, donc quelqu'un l'a peut-être tuée pour son argent. Au cours d'un cambriolage.

— Mes collègues sont toujours en train d'examiner la scène du crime. Ils n'ont pas réussi à joindre son mari…

— Son mari, ai-je coupé. Oh, je suis désolée. Elles avaient toutes les deux un mari.

— Nous y voilà. Il y a encore autre chose. Mais ce que je disais, c'est que pour autant que nous le sachions, rien n'a été volé. Ce meurtre a été commis pour d'autres motifs.

— Comme quoi ?

— Nous allons étudier la question.

Il y a eu un long silence. Kamsky a posé ses coudes sur la table et appuyé sa tête sur ses mains.

— Je ne comprends pas, a-t-il poursuivi, et ça m'agace. J'ai l'horrible pressentiment qu'il s'agit peut-être d'une coïncidence.

— Je suis d'accord…

— Mais ce n'est pas ça qui va m'arrêter.

Il a soudain levé les yeux.

— Où est le paquet ? a-t-il demandé.

— Pardon ?

— Le paquet que vous étiez censée récupérer.

— Je ne sais pas. Ça n'était pas sur la liste de mes priorités une fois à l'intérieur.

— La maison était protégée et l'alarme enclenchée quand vous êtes entrée par effraction ?

— Oui, ai-je commencé, elle s'est déclenchée quand j'ai brisé la vitre…

Mais en réalité il se parlait à lui-même, pas à moi. Il s'est mordillé la lèvre inférieure d'un air songeur.

— Bien. Quand vous aurez signé votre déposition, je vous ferai raccompagner chez vous, Miss Bell. Je dois vous demander de ne divulguer à personne les détails de ce que vous avez vu. Vous comprenez ? Ne dites rien de la façon dont elle a été tuée ni des marques sur son visage.

J'ai acquiescé.

— Deux agents vont vous interroger, et j'ai bien peur que vous ne deviez faire une déposition et dire tout ce qui vous vient à l'esprit, même si vous devez y passer toute la journée et toute la nuit.

10

Un policier m'a déposée à la maison et laissée sur le perron, cherchant à introduire tant bien que mal la clé dans la serrure : mes mains ne voulaient pas arrêter de trembler, et je l'ai fait tomber deux fois avant de parvenir à ouvrir la porte. Ce n'est qu'après que la voiture a eu fait demi-tour et disparu qu'il m'est revenu que mon vélo était toujours au commissariat, mais je n'avais pas la force de réagir. Je me sentais bizarrement léthargique, et j'avais très froid malgré les vêtements d'emprunt dont j'étais affublée. J'avais l'intention d'entrer en catimini et de me glisser jusque dans ma chambre, où je pourrais m'allonger et remonter ma couette sur ma tête mais, comme je poussais la porte, j'ai entendu des voix tendues en bas, puis Pippa a crié :

— Astrid ? C'est toi ? Viens, s'il te plaît ! On a besoin de toi.

Je suis donc descendue, pour trouver toute la maisonnée rassemblée, avec en plus Leah. Ils étaient assis autour de la table, parlant fort et tous en même temps, et je ne saisissais que quelques fragments de phrases, dont force exclamations. Je me suis effondrée dans le fauteuil, à l'écart du groupe, en poussant un soupir.

— Astrid peut nous dire ce qu'elle en pense, a dit Davy. Elle est plutôt raisonnable.

— Ah, tu trouves ? a demandé Owen.

Il m'a regardée comme s'il me jaugeait.

— Raisonnable ? a sifflé Leah. Ce n'est pas mon opinion.

— Et tout le travail qu'elle a fait dans le jardin ? a demandé Dario. Ça compte peut-être, non ?

— Qu'est-ce qui se passe ? ai-je demandé.

— C'est quoi, ces vêtements ? s'est enquise Pippa. Le dernier uniforme du coursier à vélo ?

— Non, ai-je commencé.

— On peut revenir à nos moutons ? a interrompu Miles.

— Il nous faut une espèce de médiateur, a suggéré Davy. On a du mal à être objectifs. Il ne faudrait pas qu'on finisse ennemis.

— Trop tard, a répliqué Dario.

— Je suis avocate, a avancé Pippa. Je peux être objective.

Leah a de nouveau soufflé par le nez avec mépris, plus fort cette fois-ci.

— Faites-la taire, a dit Mick d'une voix basse, se dominant.

Une veine battait sur sa tempe.

— Leah, a dit Miles. S'il te plaît. Tu ne nous facilites pas les choses.

J'ai été surprise qu'il ne se recroqueville pas sous la violence de son regard.

— Je ne fais que dire tout ce que tu penses mais que tu es trop lâche pour dire toi-même. Tu veux que je fasse ton sale boulot. Comme ça, ils pourront tout mettre sur le dos de Leah, la Méchante Sorcière du Nord.

— De l'Ouest, en fait, a remarqué Dario.

— S'il vous plaît, que se passe-t-il ? ai-je redemandé.

— Du vilain, a répondu Dario.

— Je peux expliquer ? (Pippa s'est penchée vers moi.) C'est moi qui ai organisé cette réunion. J'ai pensé que ce serait une bonne idée de discuter des termes de notre expulsion.

— Je ne vous expulse pas, s'est défendu Miles.

J'ai senti à la façon qu'il avait de le dire qu'il l'avait déjà affirmé à de nombreuses reprises.

— On a des droits, a dit Dario. N'est-ce pas, Pip ?

— Miles a déjà été généreux, a rétorqué Leah.

— Comment ça, généreux ? a demandé Owen. C'est généreux de nous demander de partir ? Généreux de nous laisser quelques semaines dérisoires pour trouver un autre endroit où habiter ?

— On a des droits, a affirmé Dario. Exact, Pip ?

— Eh bien… a commencé Pippa.

— Je peux dire quelque chose ? a interrompu Miles.

J'ai presque eu pitié de lui.

— Pas si c'est pour leur céder encore plus de terrain, a dit Leah. C'est déjà allé assez loin comme ça.

Davy s'est levé de sa chaise pour venir s'accroupir à mes pieds.

— Ça va, Astrid ? a-t-il marmonné. T'as l'air un peu ailleurs.

Je lui ai souri avec reconnaissance et j'ai ouvert la bouche pour dire quelque chose, mais l'ai refermée. Je n'avais pas la force d'en parler. Pas encore. Je ne voulais pas que cette bande d'agités reportent leur attention sur moi et m'assaillent de questions.

— … au vu de l'augmentation des prix de l'immobilier et des droits des locataires…

— Je t'expliquerai plus tard, ai-je articulé.

— ... on devrait trouver un accord sur un montant juste et raisonnable, disait Pippa.

Elle avait soudain l'air tout autre : elle parlait comme une bureaucrate tatillonne.

— Vous voulez qu'il vous achète, a dit Leah. J'aurais dû me douter que ça finirait par des questions d'argent.

— Oh, désolée, a répliqué Pippa. Comme c'est vulgaire d'en parler.

— Je veux être juste, a affirmé Miles.

Il s'est un peu détourné et m'a jeté un regard si désespéré qu'un autre jour, j'aurais pu voler à sa rescousse. Au lieu de quoi, je suis restée assise mollement dans mon fauteuil, revoyant le visage mutilé d'Ingrid de Soto, et j'ai senti monter la nausée.

— Il faut qu'on établisse un ratio, continuait Pippa, en fonction du temps que chacun de nous a passé ici.

— On pouvait s'y attendre, non ? a rétorqué Leah. C'est toi qui as passé le plus de temps ici.

— Et tous les travaux que j'ai faits dans la maison, alors ? a ajouté Dario.

À côté de moi, Davy, manifestement contrarié, a fait un commentaire sur les couches d'étanchéité.

— Et le fait que tu n'as pas payé de loyer depuis que tu as emménagé ? a rétorqué Leah. Et il faut tout refaire, de toute façon.

— Tu es bien sûr de vouloir rester seul avec cette dame, Miles ? s'est enquis Dario.

— Ça ne fait pas très longtemps que je suis ici, a remarqué Davy.

— On est tous les deux dans ce cas, mon pote, a renchéri Owen.

— Personne ne sera perdant, a dit Miles. Que diriez-vous de quinze mille livres ?

— Tu es fou ? s'est exclamée Leah. Écoute, Miles, tu n'as pas à leur donner quoi que ce soit. Ils n'ont aucun argument valable et ils le savent. Ne te laisse pas intimider.

— Ce sont mes amis, a répliqué Miles. Ne t'en mêle pas. À moins que tu ne tiennes vraiment à ce que je n'aie plus d'amis ? C'est ça ?

— Ne sois pas ridicule.

— Quinze mille chacun ? a demandé Pippa.

— Pippa, tu sais bien que je n'ai pas les moyens…

— Parce qu'un montant global de quinze mille livres, à partager entre nous, c'est une insulte. Ça fait des années qu'on vit ici. On t'a aidé à rembourser ton emprunt. Aujourd'hui, on doit trouver un autre endroit où habiter. On va devoir déposer des cautions, acheter des meubles et recommencer de zéro. Pendant ce temps, la valeur de ta maison a décuplé.

— Vingt mille, alors. En plusieurs versements.

— On s'est tous cotisés pour la chaudière, a remarqué Dario. Ç'a coûté un max.

— Ouais, a dit Pippa. Même si certains, Mick et Dario pour ne pas citer de noms, en profitent plus que d'autres.

— Si vous n'aimez pas ma manière de peindre, a dit Dario d'un air boudeur, qu'est-ce que vous faites du jardin d'Astrid ? Elle y a passé des jours, voire des semaines.

— Personne ne lui a demandé de le faire, a répliqué Leah. On va tout faire arracher.

J'ai fini par prendre la parole.

— T'es vraiment une garce.

Leah s'est retournée pour me regarder fixement. Ses beaux yeux étaient durs.

— Mais la garce qui t'a piqué ton mec.

— Ouah ! s'est exclamé Davy.

Il avait l'air interloqué.

— Tu n'avais jamais entendu ce mot avant ? a demandé Leah d'un ton jovial. Là-haut dans le Nord, ils ne disent jamais… ?

— Garce, a dit Mick d'une voix forte.

Tout le monde l'a dévisagé. À qui parlait-il ? Sur ce, Pippa a laissé échapper un petit gloussement, avant de plaquer une main sur sa bouche.

— Arrêtez, maintenant, a imploré Miles. Ce n'est pas comme ça qu'on arrive à quelque chose.

— Pourquoi ? Je commence juste à m'amuser, a rétorqué Leah.

— Je me fiche de l'argent, ai-je dit. Vous pouvez avoir le mien, si vous voulez. C'est trop moche, trop moche, vraiment.

Le silence s'est abattu sur la pièce. Pendant un instant, l'expression de chaque visage est restée figée. Puis la colère et le bon droit ont laissé place à la honte. Miles s'est pris la tête entre les mains un moment, puis l'a relevée, rencontrant mon regard.

— J'aurais aimé que ça n'arrive jamais, a-t-il dit. Je voudrais pouvoir revenir en arrière.

— Tu peux, s'est empressé d'affirmer Dario. Tu peux, mec. Tu n'as qu'un mot à dire.

— Allons boire un verre au pub, a suggéré Davy. Sortons d'ici. On en reparlera plus tard. Il ne faut rien décider à la hâte. OK ? Qu'est-ce que vous en dites ?

— Il n'y a rien à ajouter, a répliqué Leah, mais personne ne lui a prêté la moindre attention.

— Bonne idée, a dit Dario. C'est la chose la plus raisonnable que j'aie entendue depuis des heures. La première tournée est pour moi, sauf que je n'ai pas d'argent sur moi, maintenant que j'y pense. Je ne sais pas où il est passé. Allez, Miles, ne prends pas cet air misérable. Il n'y a pas mort d'homme.

— Je ne veux pas arracher ton jardin, Astrid, m'a dit Miles.

— Je pourrais toujours en faire un autre.

— Tu sais quoi, Pippa, a continué Miles en se tournant vers elle, je devrais faire estimer la maison, et ensuite vous faire une offre. Peut-être que je peux demander un avis extérieur, simplement pour que tout reste le plus neutre possible. Je veux être juste. J'espère que vous savez que je ne cherche pas à vous arnaquer.

— Mais eux, est-ce qu'ils cherchent à t'arnaquer ? a murmuré Leah. C'est la question que tu oublies de te poser.

Miles l'a ignorée.

— Peut-être qu'on ne devrait pas systématiquement discuter de ça tous ensemble. Les esprits finissent par s'échauffer. Si on en discutait d'abord toi et moi, Pippa, avant d'exposer le résultat au groupe... Qu'en dis-tu ?

— D'accord, a approuvé Pippa. Au fait, Astrid, pourquoi tu portes ces vêtements ? Tu les as trouvés où ? Dans une benne ?

— C'est la police qui me les a donnés, ai-je répondu avec réticence.

Ç'a été une sensation vraiment étrange. Comme si j'étais soudain devenue un aimant qui attirait vers moi chaque élément de la pièce. Tout le monde s'est tourné vers moi, attendant que je continue.

— Il y a eu un accident, ai-je commencé, avant de m'interrompre pour réfléchir au mot. Pas un accident, me suis-je corrigée. Il y a eu un décès. Quelqu'un est mort. Je l'ai vue. Elle était… elle était morte devant moi.

— Encore ? a soufflé Davy.

— Qu'est-ce que tu veux dire, « pas un accident » ?

— On l'a assassinée, ai-je répondu. Je l'ai vue à travers la boîte aux lettres et j'ai brisé la vitre et escaladé la fenêtre et elle était allongée par terre. Je l'ai touchée.

J'ai eu un léger frisson.

— Je l'ai touchée et puis je l'ai retournée et son visage était tout…

— C'est bon, a interrompu Davy. Ça va. Tu n'es pas obligée d'en parler.

— Lacéré, ai-je achevé. Je n'avais jamais vu de cadavre de près avant.

— Mais… a commencé Miles.

— Oh, merde, a soufflé Dario.

— Ma pauvre, pauvre chérie, s'est apitoyée Pippa.

— Je ne veux plus en parler, ai-je dit. Je veux juste aller dormir.

— Il fait encore jour, a commenté Dario. Et on va au pub.

Davy lui a jeté un regard féroce.

— C'était qui ? a demandé Owen.

La curiosité se lisait sur son visage.

— Tu la connaissais ?

— Hein ?

J'ai secoué la tête.

— Non, je ne la connaissais pas. Je l'avais déjà vue. C'était juste une cliente.

— Ouaouh ! s'est exclamé Dario. Merde alors ! D'abord Peggy, et maintenant cette femme. Qu'est-ce qui cloche chez toi ?

— La ferme, Dario, a ordonné Pippa. Un peu de tact.

— C'est sans importance. Il ne fait que répéter ce que la police a passé la moitié de la journée à dire.

— Ç'a dû être terrifiant, a commenté Davy.

— Oui.

Un bref silence s'est installé. Je voyais bien que tout le monde s'efforçait de trouver les bonnes questions sans avoir l'air trop morbide.

— Vous tous, allez au pub, ai-je dit. Je ne suis pas vraiment d'humeur.

— Je vais rester avec toi, a proposé Pippa.

— Non, vas-y. J'aimerais bien rester seule un moment.

11

On m'a de nouveau convoquée pour m'interroger. Ça avait l'air urgent, et j'ai dû grimper à vélo jusqu'à Kentish Town au beau milieu d'une journée de travail, ce qui a rendu Campbell furieux. Mais une fois mon vélo cadenassé et mon entrée enregistrée, l'interrogatoire s'est résumé à peu de chose. Kamsky m'a posé quelques questions, mais je n'avais rien de neuf à ajouter et il a surtout fait les cent pas en silence. Quand il parlait, c'était autant à lui-même qu'à moi.

— Voici les questions essentielles, a-t-il dit. Un : pourquoi la maison ne présentait-elle aucun signe d'effraction ? À moins que Mrs de Soto n'ait connu son assassin. Deux : où était le paquet que vous étiez censée récupérer ? Trois : pourquoi étiez-vous présente lors des deux meurtres ?

— Je n'étais pas présente.

— Quatre, a-t-il poursuivi, n'indiquant en rien qu'il m'avait entendue. Qui d'autre savait que vous alliez chez Mrs de Soto ?

— Personne. Campbell. Je n'en sais rien. Je vous ai tout dit.

— Je ne crois pas. Je crois que vous savez quelque chose, mais sans savoir que vous le savez.

— C'est trop compliqué pour moi.

— Qu'est-ce que tu faisais avant-hier ? ai-je demandé à Owen, comme nous marchions vers les Downs.

Les hommes de la maison allaient jouer au football avec une équipe qui se faisait appeler Hackney Empire, contre une autre venue d'Enfield. Pippa, Mel et moi allions les regarder. J'avais prévu de passer la journée entière au lit, à essayer de chasser de mon esprit l'horreur de l'avant-veille, mais le caractère ordinaire de cette sortie était réconfortant. C'était comme de retourner à une époque où ces choses horribles n'avaient pas commencé à se produire. Sauf que s'y rendre avec Owen était troublant. Je n'étais pas comme Pippa ; je ne pouvais pas me contenter de revenir à une relation amicale comme si rien ne s'était passé, comme si le sexe était une distraction aussi anodine qu'une journée passée au bord de la mer. J'essayais de me comporter de façon décontractée, de lui parler amicalement et d'une manière neutre, mais j'avais la gorge sèche et un nœud à l'estomac quand je le regardais. Tout ce qui en lui m'avait paru familier pendant des mois me semblait aujourd'hui mystérieux. Il était devenu un bel étranger, sombre et infiniment désirable. Mais je n'allais pas pour autant me déshabiller et poser pour lui pendant qu'il prendrait des photographies perturbantes qui feraient de moi un objet inanimé et torturé.

— Avant-hier ?

— Tu étais occupé ?

— Pourquoi ?

— La police te posera sans doute la question. Il faudra que tu aies une réponse.

— J'ai passé la matinée à la rédaction d'un magazine avec le directeur du service photo et…

— Quel magazine ?

— *Bella*.

— Faux alibi ? a lancé Davy, jovial, surgissant à mes côtés avec Mel dans son sillage.

— Ne sois pas ridicule !

Mais je me suis sentie rougir.

— J'étais avec Mel, alors j'ai un témoin, a poursuivi Davy.

Mel a gloussé timidement et passé son bras sous le sien.

— Dis, a demandé Davy, tu pourrais me prêter cinq livres, Astrid ? J'ai laissé mon portefeuille à la maison et je voudrais acheter quelques journaux.

J'ai extirpé mon porte-monnaie de mon sac et l'ai ouvert.

— Je n'ai qu'un peu de monnaie. Je pensais avoir beaucoup d'espèces. J'en ai retiré pas plus tard qu'il y a un ou deux jours.

— Ce n'est pas grave.

— J'ai de l'argent, a dit Mel.

Elle était ridiculement désireuse de plaire, comme un petit chien haletant. Un mignon petit chien au poil lustré, avec de grands yeux désolés.

— Merci.

Il a empoché le billet, puis est entré en bondissant chez le marchand de journaux au coin de la rue.

Nous avons traîné devant, tandis que Pippa, Mick, Miles et Dario s'approchaient de nous sans se presser. Dario a tiré un paquet de cigarettes de sa poche arrière et s'en est collé une au coin de la bouche.

— Ça ne te fait pas mal aux poumons quand tu joues au foot ? a demandé Mel.

— Bien sûr que si, a répliqué Dario. Si je cours.

— Dario ne court pas beaucoup, a expliqué Pippa. Il se contente de traînasser et de tendre la jambe pour faire trébucher les autres.

Dario a fait mine de n'avoir rien entendu. Il m'a regardée.

— Je me disais, je ne sais pas ce qui est le pire. Que ce soit une coïncidence ou que ça n'en soit pas une.

— Que ça ne soit pas une coïncidence, a affirmé Miles. C'est bien sûr le pire.

— Ça ne peut pas ne pas être une coïncidence, ai-je dit.

— À moins que tu ne les aies tuées toutes les deux, a rétorqué Dario, tirant une profonde bouffée de sa cigarette et ricanant en même temps. Non, non, ne t'inquiète pas, Astrid, je te faisais juste marcher.

— Je suis contente que ça fasse rire quelqu'un, ai-je rétorqué.

— Peut-être que c'est une histoire d'énergie, a dit Dario.

— Hein ? ai-je fait.

— C'est comme un champ de forces, a expliqué Dario, où des choses terribles se produisent, ou se sont produites, ou vont se produire. C'est comme une sorte de magnétisme spirituel, et certaines personnes très sensibles, comme toi, sont attirées par elles.

— Je suis rentrée dans sa voiture, ai-je protesté.

— C'est exact, a répliqué Dario.

— Et je n'ai pas été à proprement parler *attirée* par l'autre femme. Mon patron m'a appelée et m'a demandé d'aller chercher un paquet.

Tirant une autre longue taffe, Dario a affiché un air mystérieux.

— L'attraction n'est pas forcément directe, a-t-il contré. Il y a des ensembles de forces et elles agissent sur des personnes particulières. Tu as quelque chose de spécial, Astrid. Une aura. On n'est peut-être pas en mesure de la voir, mais on la sent.

J'ai entendu Owen émettre un petit bruit, presque un ricanement, et me suis retournée pour lui lancer un regard furieux, mais il a regardé ailleurs. Dario a tiré une dernière bouffée de sa cigarette avant de la laisser tomber sur le trottoir, l'écrasant de son talon au moment où Davy ressortait du magasin, un sac en plastique plein à craquer à la main.

— Tu t'es dit que tu étais peut-être en danger ? a soudain demandé Mick.

Nous l'avons dévisagé et il nous a fixés à son tour de ses yeux pâles, sans ciller.

— J'y ai pensé, ai-je fini par répondre, après avoir percuté la portière de la voiture de Peggy, pendant que je volais dans les airs.

— Quel danger pourrait bien la menacer ? a demandé Davy.

Mick s'est contenté de hausser les épaules.

— T'es vraiment trop con, a asséné Davy avec une férocité inhabituelle. C'est assez dur comme ça pour Astrid.

— Merci, Davy, ai-je dit. Mais ça va.

Dans les Downs, nous nous sommes assis sur l'herbe tiède en attendant que le match commence. Davy a sorti un tas de journaux du sac en plastique et les a lancés dans ma direction.

— Quelque chose à lire pendant qu'on joue, a-t-il dit.

— Pourquoi autant ? ai-je demandé, ou plutôt ai-je commencé à demander avant de voir les titres.

— Je me suis dit qu'il fallait que tu sois au courant, s'est justifié Davy avec maladresse. J'ai eu tort ?

— Non, ai-je répondu lentement. Non, sans doute pas.

Nous avons attrapé des journaux au hasard pour les feuilleter en vitesse, parcourant les nouvelles à la une, les chroniques et les commentaires, échangeant avec avidité des bribes d'informations. Je pouvais bien sûr m'attendre à ce que les journaux couvrent largement le meurtre d'Ingrid de Soto, mais j'ai tout de même été impressionnée de voir la place qui lui était accordée. Bien plus que pour Peggy, mais, comme l'a souligné Miles d'un ton acerbe, Peggy n'était qu'une femme au foyer d'âge moyen de Hackney, sans qualité photogénique, alors qu'Ingrid de Soto était blonde, sexy, riche, et du bon côté de la quarantaine.

— L'argent, le sexe et la mort, a-t-il dit. Ne manque plus que la religion.

Il est vrai que l'argent et le sexe figuraient dans nombre d'articles, et même Dieu s'y était glissé une ou deux fois, par la bouche d'un pasteur local qui n'avait de toute évidence jamais rencontré Ingrid de Soto mais tenait des propos éloquents sur la nature du bien et du mal, le déclin des valeurs traditionnelles dans notre culture contemporaine privée de foi et obsédée par la célébrité.

Le match a commencé. Des cris s'élevaient de toute part, des adultes se roulaient par terre en faisant mine d'être blessés. Les gens n'arrêtaient pas de crier « Arbitre ! » en levant la main. Mick a marqué deux buts, dont un de la tête. Dario rôdait près de la ligne de touche. Mel est partie et revenue avec trois cornets de glace pour Pippa, elle et moi. Owen s'est fait méchamment tacler et j'ai aperçu une ecchymose en forme d'œuf se former sur son tibia.

Pendant ce temps, j'ai appris beaucoup de choses que j'ignorais sur la défunte. J'ai découvert qu'elle avait trente-deux ans (je me l'étais toujours figurée plus âgée, avec sa bonne éducation et sa politesse glacée, et sa grande maison à l'avenant, reflétant une aisance et une respectabilité qui semblaient terriblement adultes à quelqu'un comme moi). Qu'elle avait déménagé de Hong-Kong à Londres, plus précisément à Highgate, sept ans auparavant. Que son mari, Andrew de Soto, était le directeur d'un fonds spéculatif, quoi que cela puisse bien être. On le disait anéanti par la mort de sa femme. Mais la fortune d'Ingrid de Soto lui venait de son père autant que de son mari : William Hamilton était dans le pétrole, un multimillionnaire. Elle était sa seule enfant et il était à bord d'un avion en direction de Londres pour voir son corps. Elle n'avait pas d'enfants (ça, je le savais : aucune maison ne peut avoir l'air aussi impeccable avec un enfant). Ses voisins de Highgate étaient « choqués et consternés ». Ses amis étaient eux aussi choqués et consternés. Ils la décrivaient comme une femme « charmante » et « intelligente ». Elle semblait ne pas avoir d'ennemis : tout le monde l'aimait.

— Visiblement, ils n'ont parlé à aucun coursier, ai-je remarqué.

— Tu ne l'aimais pas ? a demandé Mel, les yeux écarquillés d'horreur.

— On déteste tout le monde, ai-je répliqué. En gros, le monde entier est contre nous.

« Drame sur la colline », titrait un article.

— Hé, c'est quoi, ça ?

Pippa a agité son journal en face de moi.

— Le corps d'Ingrid de Soto a été découvert dans sa résidence de Highgate par une coursière à vélo, Alice Bell…

— Alice ?

— … Alice Bell, dont on dit qu'elle a été très traumatisée par son expérience.

J'ai arraché le journal des mains de Pippa.

— C'est où ?

— Ça doit être une édition plus tardive.

— Qui a dit que j'étais bouleversée ?

— Eh bien, tu l'étais, non ?

— Bien sûr que je l'étais. Que je le suis. La question n'est pas là. Comment est-ce qu'ils savent qui je suis ?

— Alice, a dit Pippa.

— Pourquoi leur donner mon nom – et pas le bon, d'ailleurs ?

— Ça n'a pas une grande importance, non ? a demandé Mel.

— Je ne sais pas. Ça fait bizarre, c'est tout. Tout me semble bizarre, en ce moment. C'est comme si tout s'emballait.

— J'ai un truc à vous dire, a annoncé Davy, alors que nous étions assis en cercle à boire de l'eau et de la bière, une fois le match terminé, personne n'ayant vraiment envie de rentrer à la maison.

— Vas-y, alors, a dit Pippa.

— En fait, c'est Dario qui a quelque chose à dire, a-t-il poursuivi.

— Ah bon ? Je ne crois pas.

— Si. Désolé, Dario, mais tu as quelque chose à dire.

— Je ne vois pas de quoi tu veux parler.

— Je suis sûr que ça sera sans importance. Mais quelqu'un est mort. Deux personnes sont mortes. Et tu dois te mettre à table.

Dario s'est étranglé.

— Allez, mon pote, insistait Davy.

Je voyais qu'il était nerveux. Cela ne lui ressemblait pas d'insister de la sorte.

Dario a éteint sa cigarette, l'a écrasée, puis en a allumé une autre. Nous attendions en silence.

— Je n'ai rien à cacher, a-t-il fini par lâcher. C'est vrai qu'Astrid avait raison quand elle pensait avoir vu quelqu'un. C'était un type qui habite dans le coin. Il est passé me voir. Il s'en allait quand tu es arrivée.

— Qu'est-ce qu'il faisait là ? a demandé Miles.

Nouveau silence. Dario a dégluti.

— Il venait juste récupérer quelque chose.

— Quoi ?

— Ça te regarde ?

— Dario ? ai-je coupé. Dis-le-nous.

— Je lui avais trouvé un truc. Et il est venu le chercher.

— Un truc ?

La voix de Miles n'était plus guère qu'un grondement.

— Ouais. Un truc.

— Genre ? De l'herbe ?

— J'ai eu des problèmes de trésorerie. J'avais besoin d'argent pour m'en sortir. Bon. Comme vous voyez, ça n'avait aucun rapport. Mais je ne voulais pas en faire un plat devant la police. Et pas la peine d'en vouloir à Davy. Je lui ai demandé de ne rien vous dire.

— Pauvre con, a juré Miles.

— Pardon ? a dit Dario.

— Tu as dealé dans la maison ? a-t-il demandé.

— C'était juste pour rendre service à un ami.

— Comment oses-tu ? s'est exclamé Miles.

— Je suis désolé, a répliqué Dario. Je ne m'étais pas rendu compte que c'était contraire au règlement.

Une querelle a éclaté, qui me parvenait comme le vent soufflant dans les arbres, mais à laquelle je ne prêtais pas attention. J'essayais de réfléchir et, un instant, j'ai mis mes mains sur mes oreilles. Puis je me suis décidée.

— Il s'appelle comment ?

— Quoi ?

— Ton pote junkie.

— Ce n'est pas un junkie. Il travaille dans la pub.

— C'est quoi, son nom ?

— Lee.

— Tu sais où il habite ?

— J'ai son numéro quelque part.

— Tu devrais l'appeler.

— Tu ne te rends pas compte de ce que tu demandes.

— Si, je sais. Oh, et Pippa...

— Oh, pour l'amour du ciel, a soupiré Pippa. C'est quoi, ça, l'Inquisition ? OK, OK, je parlerai de Jeff à la police. Tu es contente, maintenant ?

12

Lundi matin. Je poussais mon vélo le long de l'allée qui longe la maison quand il y a eu un flash. J'ai cligné des yeux, levé la tête, et cela s'est reproduit. Puis je me suis rendu compte qu'il y avait deux hommes sur le trottoir devant la maison, et que l'un d'eux prenait des photos. Des photos de moi. Je me suis protégé les yeux de la main et les ai regardés fixement.

— Miss Bell ? a lancé l'un.

— Alice ? a crié l'autre.

— Oh, pour l'amour du ciel, ai-je marmonné à voix basse. C'est *Astrid*. Astrid Bell. D'où vous vient cet Alice, d'ailleurs ?

L'homme sans appareil photo a haussé les épaules.

— C'est vous qui avez trouvé le corps, pas vrai ?

Quelque chose dans sa façon de s'exprimer m'a crispée. Le corps. Comme si la pauvre femme n'était qu'une chose, un objet insignifiant sur lequel j'étais tombée par hasard. Bref silence. Le photographe a de nouveau levé son appareil et pris quelques clichés.

— Je n'ai pas dit que vous pouviez, lui ai-je dit. D'ailleurs vous ne pouvez pas.

— C'était comment ? a demandé le reporter.

— Comment avez-vous eu mon nom ?

— C'est vrai que vous avez forcé la fenêtre ?

— C'est la police qui vous a dit ça ?

— Est-ce que je peux au moins dire que vous avez été très choquée ?

— Évidemment qu'elle a été choquée, putain !

Dario avait surgi à mes côtés. Il portait un bas de survêtement violet tout sale avec un anorak jaune vif dont les manches lui arrivaient à peine aux coudes. Les deux hommes l'ont dévisagé.

— Ne vous avisez pas de prendre une photo de lui, ai-je ordonné farouchement, mais trop tard.

— Vous ne seriez pas choqué si vous vous retrouviez sur les lieux du crime de deux femmes en l'espace de quelques semaines ? poursuivait Dario. Vous mettriez ça sur le compte d'un mauvais karma, c'est ça ?

J'ai gémi tout haut.

— Vous avez bien dit deux femmes ?

— C'est ça, a approuvé Dario. D'abord Peggy Farrell et maintenant, celle-là.

Une expression de fascination incrédule s'est affichée sur le visage du reporter.

— Merde alors ! s'est-il exclamé. Astrid. Miss Bell.

Mais j'avais déjà enfourché mon vélo. Je me suis éloignée en pédalant tandis que l'appareil photo mitraillait derrière moi et que Dario criait mon nom.

Ce soir-là, après le travail, j'ai retrouvé Pippa au *Horse and Jockey* pour boire un verre. Nous formions une drôle de paire, elle dans son tailleur impeccable et ses chaussures confortables, ses cheveux tirés en un chignon soigné, ses petites boucles d'oreilles, son maquillage discret et sa serviette de cuir ; moi dans ma tenue noire en Lycra et mes bottes éraflées, suante et crasseuse. Comme pour se conformer à nos rôles, elle a commandé du vin blanc pendant que je prenais un demi de bière blonde.

— Bon, a-t-elle commencé, ôtant sa veste, dénouant ses cheveux et avalant une généreuse gorgée de vin. Tout d'abord, l'argent. Je voulais t'en parler avant d'en discuter avec les autres. Tu sais comment peuvent tourner ces débats quand on est trop nombreux.

J'ai hoché la tête.

— J'ai reçu un e-mail de Miles aujourd'hui au bureau. Je l'ai imprimé pour que tu puisses y jeter un coup d'œil, mais en gros ce qu'il propose, c'est que chacun soit payé en fonction du temps qu'il a passé dans la maison. Donc c'est toi et moi qui percevons le plus, et Davy et Owen le moins. Mais comme ça risque de les léser un peu, il propose aussi de nous donner à chacun une somme forfaitaire, puis d'y ajouter un montant ajustable. Ce qui donnerait x plus y fois t.

— Hein ?

— C'est comme ça que Miles l'expose : x est une somme, y en est une autre, et t représente le temps.

— Ah, ai-je dit. Très bien. Est-ce qu'il a mentionné des sommes concrètes, ou est-ce qu'on est encore au Pays de l'Algèbre ?

— Il propose que x fasse sept mille cinq cents livres, y, deux mille, et que t soit une année ou une partie d'année.

— Donc, pour toi et moi, par exemple… ça fait sept mille cinq cents plus deux, fois… quoi ? Quatre ans et demi, donc cinq… Donc plus dix mille, ce qui nous donne dix-sept mille cinq cents livres.

— Exact. Alors que Davy et Owen touchent neuf mille cinq cents.

— Ce qui fait aussi un sacré paquet d'argent. Combien est-ce que Miles va devoir casquer en tout ?

— Beaucoup.

— Leah ne va pas être contente.

— Je sais, mais c'est basé sur l'augmentation de la valeur de la propriété, à laquelle tu ne croiras jamais.

— Essaie quand même.

— Il l'a achetée il y a cinq ans pour deux cent cinquante mille livres. Devine combien elle vaut aujourd'hui ?

— Je n'en ai pas la moindre idée.

— Dis un chiffre.

— Voyons voir. Sept chambres, un grand jardin. Euh… cinq cent mille ?

— Plus.

— OK, six cent…

— Plus.

— Plus ?

— Huit cent…

— Putain. Pour ça ? Même après les travaux de Dario ?

— Tu n'as donc pas à t'inquiéter qu'il se montre trop généreux.

— Tu penses qu'il propose à peu près la bonne somme ?

— Ça me paraît plutôt équitable.

— Est-ce que les autres penseront la même chose ?

— Pas Dario. Mais Dario pense que Miles commet un crime monstrueux en nous jetant dehors pour commencer, et qu'aucune somme d'argent ne saurait compenser cette trahison. On est la seule famille que

144

Dario ait jamais eue, n'oublie pas. C'est comme un divorce.

— Mais les autres ?

— Qui sait ? L'argent fait agir les gens de toutes sortes de façons étranges. Tu ne me croirais pas si je te racontais les comportements que je rencontre au boulot. Au fait, c'est en liquide. De la main à la main uniquement.

— Tu veux dire qu'il nous paierait en espèces ?

— Je crois qu'il envisage de te donner l'argent pour que tu fasses le partage.

— Moi ?

— Ouais.

— Pourquoi ?

— Je crois qu'il ne veut plus en entendre parler.

— Ça lui ressemble bien.

— Tu veux un autre verre ?

— Ça marche.

Je l'ai regardée se diriger vers le bar. Les hommes s'écartaient pour la laisser passer, puis reprenaient leur place, la suivant des yeux. Elle ne semblait pas s'en apercevoir.

— T'en es où avec Owen ? a-t-elle demandé en s'asseyant.

— Nulle part. De toute façon, il est absent en ce moment, sur un shooting. Plus important, t'en es où avec Jeff ?

— Jeff ?

Elle m'a regardée fixement en fronçant les sourcils.

— Jeff… Jeff qui ?

— Le Jeff-qui-a-dormi-avec-toi-la-nuit-du-meurtre-de-Peggy.

— Oh, ce Jeff-là.

— Oui, ce Jeff-là.

— Je sais ce que tu vas dire. Et tu n'as pas besoin de le dire…

Mais à cet instant précis, elle a été interrompue.

— Mais c'est la séduisante Miss Astrid Bell, visiblement dans tous ses états ! a lancé une voix, et je me suis retournée pour découvrir le visage radieux de Saul.

Je connaissais Saul depuis mes quinze ans. Nous nous étions rencontrés à une fête où nous avions passé trois heures assis dans l'escalier à discuter de musique et de cinéma, et étions restés amis depuis. C'était Saul qui m'avait trouvé ce travail chez Campbell ; il était coursier depuis près de sept ans maintenant, et chaque mois jurait que ce serait le dernier.

— Mais de quoi tu parles ?

— Tu n'es pas au courant ?

— Au courant de quoi ?

— Que tu es l'énigme au cœur du mystère ?

— Tu es ivre.

— Tu es la clé, mais où est la serrure ?

— Saul !

— Vraiment, tu n'es pas au courant ?

— Je ne sais rien… je ne sais même pas de quoi je ne suis pas au courant.

— Regarde ! Tout droit sorti de l'imprimerie !

Il a tiré le journal local de sa sacoche de coursier et l'a balancé sur la table. Il m'a fallu quelques secondes pour me rendre compte de ce que je voyais. C'était moi, devant notre maison, mon vélo à la main, une main levée et la mâchoire en avant. Je portais les mêmes affaires qu'aujourd'hui, offrant une allure de brute un brin obscène. Mais ce n'était rien à côté de Dario, à l'arrière-plan et l'air étrangement rétréci par l'angle de l'objectif. Avec son anorak jaune et son pantalon qui n'étaient pas à sa taille, ses cheveux qui lui couvraient la moitié du visage et la bouche ouverte, on aurait dit un nain maléfique.

Pippa a émis un gloussement horrifié.

— « Le mystère du meurtre et de la coursière », ai-je lu dans les manchettes.

— Tu devrais voir les jeux de mots, a dit Saul, l'air fort réjoui par toute cette affaire. Et là, regarde : « Un thriller P-cyclo-logique ». Tu es au centre d'événements bien étranges.

— Ça n'a pas tant d'importance, ai-je insisté, quoique prise d'un frisson.

C'était comme si un nuage était passé devant le soleil : chaude et bondée, la pièce est devenue froide et obscure.

13

En sortant de ma chambre, j'ai failli rentrer dans Owen, surchargé par les sacoches d'appareils photo et le trépied utilisés pour un shooting. Son visage avait l'air lisse et jeune.

— Astrid, a-t-il dit.

Il fallait que je réponde quelque chose. J'ai fait un pas vers lui, à moins qu'il n'en ait fait un vers moi, mais d'autres pas alertes gravissant les marches nous ont arrêtés. C'était Leah, l'air quelque peu impatiente.

— Te voilà, a-t-elle déclaré.

— Qu'est-ce qu'il y a ?

— Quelqu'un en bas qui veut te voir.

— Qui ça ? ai-je demandé.

— Si tu descends, tu le sauras, a-t-elle répliqué.

J'ai haussé les épaules, jeté un regard à Owen, puis descendu l'escalier. L'inspecteur principal Paul Kamsky était dans l'entrée. Miles se tenait à côté de lui mais ils ne se parlaient pas. Kamsky m'a aperçue.

— Désolé de passer à l'improviste, s'est-il excusé.

— Ce n'est pas grave.

— Y a-t-il un endroit où nous pourrions parler ?

— Vous pouvez descendre à la cuisine, a suggéré Miles.

— Ce n'est pas très intime, ai-je répondu.

— Ça n'a pas d'importance, a dit Kamsky.

— On vous laissera tranquilles, a affirmé Miles. Je vais faire du café.

Tout en prenant place à table, Kamsky a balayé la cuisine du regard en souriant.

— Vous êtes combien à vivre ici ?

— La population est un peu fluctuante, ai-je répondu. Ça va, ça vient.

— Comme dans une communauté ?

— C'est juste une colocation.

— Je ne pourrais pas vivre comme ça, a-t-il commenté. J'aime avoir mon espace à moi.

— Je vois ce que vous voulez dire.

Miles a posé des mugs de café sur la table. Kamsky a pris le sien et l'a contemplé, avant de lever les yeux vers moi.

— C'est le paquet, a-t-il dit.

— Vous ne l'avez toujours pas trouvé ?

— Ça ne vous est jamais arrivé d'avoir envie de vous gratter quelque part sans savoir exactement où ?

— Non.

— Il y a plusieurs points dans cette affaire qui me dérangent, a-t-il poursuivi.

— C'est ce qu'a dit Mitchell.

— Je sais, a répondu Kamsky. Il n'est pas satisfait.

— Et vous ? ai-je interrogé. Vous êtes satisfait ?

— Il y a votre implication, a-t-il dit. Et le fait que vous ayez donné une interview au sujet de votre implication.

— Ce n'était pas à proprement parler une interview, ai-je rétorqué. J'ai crié quelque chose à la figure d'un reporter.

— Répondre « Pas de commentaire » avec dignité est en général la meilleure conduite à tenir, a répliqué Kamsky.

— Je n'avais pas les idées claires.

— Et ce qui me perturbe par-dessus tout, c'est ce qu'on a emporté.

— Je croyais que rien n'avait été emporté.

— Je vais vous confier une chose qui n'a pas été divulguée. N'en parlez pas aux journalistes, s'il vous plaît. Comme vous avez pu le voir, Mrs de Soto portait des bijoux de valeur : un collier, des bagues, un bracelet. Peut-être aurez-vous remarqué qu'une de ses boucles d'oreilles manquait.

— Non, je n'avais pas remarqué.

— Juste une. Elle a été arrachée, en déchirant le lobe de l'oreille.

J'ai tressailli.

— Ne vous en faites pas, a dit Kamsky. Ç'a sans doute eu lieu après sa mort. D'après mon collègue psychiatre, on a dû la prendre comme trophée.

— Comme trophée ?

— En souvenir. Au fait, il souhaite vivement vous parler, à vous aussi.

— Je ne pense pas pouvoir être d'une grande aide.

— Nous verrons bien, a répliqué Kamsky.

Il a marqué une pause et bu sans se presser une gorgée de son café.

— Vous l'avez peut-être ramassé et mis dans votre sacoche.

150

— Le paquet ? C'est absurde. Je suis entrée dans sa maison et je l'ai trouvée morte par terre. Je ne me suis pas arrêtée pour ramasser un paquet.

— Autant que je peux en juger, il y a trois possibilités. Soit il n'y avait pas de paquet, soit vous l'avez pris, soit c'est celui qui l'a tuée qui l'a pris.

— Vous l'avez vraiment bien cherché ? ai-je demandé. Quelquefois, quand j'arrive pour récupérer ma course, ce n'est pas prêt. C'est très agaçant. J'arrive et c'est là qu'ils partent chercher l'objet en question et trouver un truc dans lequel le mettre. Peut-être qu'elle ne l'avait pas encore emballé.

— C'est une possibilité, a approuvé Kamsky. Il est aussi possible que le paquet ait possédé quelque valeur. Ou encore que notre agresseur cherchait quelque chose en particulier.

— Impossible, ai-je rétorqué.

— Pourquoi ?

— Elle n'a réservé la course qu'une demi-heure avant. Le type vole quelque chose précisément pendant les dernières minutes où cet objet se trouve dans la maison. Une autre coïncidence ?

— Non, a répondu Kamsky. Je suis en train de devenir allergique aux coïncidences. Mais le meurtrier tue la femme et ne prend que deux choses : une boucle d'oreille et le paquet que vous êtes sur le point de récupérer. Ça ne vous semble pas intéressant ?

— Étrange, peut-être.

— Aviez-vous la moindre idée de ce que vous alliez chercher ?

— Non. Quand les gens nous appellent, ils ne doivent préciser que la taille du paquet. Si c'est un piano à queue, ce n'est en général pas moi qu'on envoie avec mon petit vélo. Mais vous devriez en parler avec mon patron.

— C'est fait, a répliqué Kamsky en fronçant les sourcils. Je ne pense pas que ses registres soient particulièrement bien tenus.

— Ne m'en parlez pas, ai-je dit. Un jour, le fisc va lui tomber dessus et lui faire fermer boutique.

— Bonjour, a salué Pippa depuis le seuil de la porte. Tu me présentes à ton invité ?

— Pippa, voici l'inspecteur Kamsky, ai-je annoncé.

— Euh, c'est inspecteur *principal*, a-t-il corrigé. Bien que ça n'ait pas réellement d'importance.

— Et voici Pippa. L'un des nombreux occupants de cette maison.

Les yeux de Pippa se sont mis à pétiller et elle est venue prendre place à table.

— Faites attention à ce que vous dites, ai-je prévenu Kamsky. Elle est aussi avocate.

— Mais sympathique malgré tout, j'en suis sûr, a dit Kamsky.

— C'est vous qui êtes chargé de l'enquête sur les meurtres ? a demandé Pippa.

— Je mène l'enquête sur celui d'Ingrid de Soto. Je suis par ailleurs en contact, de manière officieuse, avec l'équipe qui travaille sur le meurtre de Margaret Farrell. Jusqu'ici, aucun lien formel n'a été établi entre les deux homicides.

— Bien sûr qu'il y en a un, a pesté Pippa.

— Et lequel ?

— Astrid, a lancé une voix derrière moi.

Je n'ai pas eu besoin de me retourner. Dario, cet enfoiré, encore défoncé. Je l'entendais dans sa voix et le voyais dans ses yeux. Il a ouvert le frigo, en a sorti une bouteille de bière qu'il a décapsulée de son pouce.

— Vous feriez bien de la surveiller. Il n'y a pas une règle comme quoi la personne qui signale un meurtre est toujours le suspect numéro un ?

— Ce n'est pas une règle absolue, a répondu Kamsky.

Dario s'est assis à côté de moi et a avalé une rasade.

— Il y a un mobile, a-t-il poursuivi. Peggy Farrell a ouvert sa portière devant Astrid. Et maintenant, cette autre femme. Qui fait grimper Astrid tout en haut de Highgate West Hill. Si ça n'est pas une bonne raison pour tuer quelqu'un, je ne sais pas ce qui l'est.

— Dario, ai-je annoncé. Un autre colocataire.

Soudain, la pièce s'est comme remplie. La nouvelle de la présence de Kamsky s'était répandue et tout le monde débarquait pour voir à quoi il ressemblait. Davy et Mel sont entrés main dans la main, amoureux jusqu'à l'indécence. Owen est venu s'asseoir près de moi. Même lui n'avait pu résister. Leah, dans son rôle d'hôtesse, a débouché une bouteille de vin. Elle s'est avancée, une poignée de verres à la main, en a proposé un à Kamsky, qui a hoché la tête.

— Vous n'êtes pas censé dire « Pas pendant le service ? » a demandé Dario, avant de pousser un glapissement hilare.

Kamsky a regardé sa montre.

— En fait, je ne suis pas en service, a-t-il répliqué. À la vôtre.

Tous rapprochaient à présent des chaises de la table pour se serrer autour, comme s'il s'agissait d'un goûter d'enfants et qu'on allait chanter « Joyeux anniversaire » et souffler les bougies. Kamsky semblait un rien perplexe d'être au centre de l'attention.

— Alors, ça avance comment ? a demandé Mel. Je suis désolée d'être indiscrète, mais c'est la première fois que je rencontre un inspecteur de police en chair et en os.

— Vous êtes aussi colocataire ?

— Elle est avec moi, a expliqué Davy.

— C'est difficile de suivre, a commenté Kamsky.

— Attendez la suite, ai-je répliqué, le pire est à venir.

— Vous êtes venu recueillir des dépositions ? a demandé Davy.

— Pourquoi ? s'est enquis Kamsky. Vous avez quelque chose à dire ?

— Pas vraiment, a répondu Davy.

— Mais d'autres, oui, a ajouté Leah.

Il y a eu un silence. Kamsky a remué sur sa chaise, embarrassé.

— Que voulez-vous dire ? a-t-il demandé.

Le regard de Leah a balayé la tablée.

— Est-il vrai, a-t-elle interrogé, que quiconque se trouvait près de l'endroit où a eu lieu le meurtre doit se faire connaître ?

— Eh bien… a commencé Kamsky.

— Leah, a averti Miles.

— Je pense juste que les gens devraient faire ce qu'ils ont dit qu'ils feraient.

Grande agitation autour de la table. Pippa a levé la main pour demander le silence. Elle a pris la parole d'un ton calme et glacial.

— Le moment me semble particulièrement mal choisi, mais Leah est très attachée à la justice et à ses principes. *Fiat justitia, ruat caelum* : même si le ciel doit s'effondrer. Elle faisait allusion au fait qu'un ami à moi a dormi ici la nuit du meurtre de Peggy Farrell. J'ignore où il se trouve, mais il peut faire une déposition, si nécessaire. Mais cela ne présente sans doute pas grand intérêt pour vous.

— Et toi, Dario ? a demandé Leah, d'une voix triomphale.

La scène aurait été comique si elle n'avait pas été aussi gênante, avec Leah qui enfonçait le clou de l'humiliation de plus en plus profond. Le visage de Dario avait viré au rouge vif.

— Leah, je sais pas, je… a-t-il bafouillé avant de se taire.

— Quel est le problème, Dario ? a relancé Leah d'un ton jovial.

Miles m'a jeté un regard nerveux, puis l'a détourné en voyant mon expression.

— J'ai besoin qu'on me laisse un peu de temps, a expliqué Dario. C'est compliqué. Il faut que je…

— Oh, pour l'amour du ciel ! s'est exclamée Leah en se levant et quittant la pièce.

On a entendu des pas sonores gravir l'escalier. Des regards perplexes s'échangeaient par-dessus la table.

— Ce n'est pas comme ça d'habitude, expliquait Davy à Kamsky. En général, on s'entend bien. Il y a eu des conflits de personnalités.

— Tu peux le dire, a confirmé Dario.

Nouveau vacarme dans l'escalier, accompagné d'un tressaillement visible alors que chacun guettait l'arrivée de la tornade. Leah est entrée d'un pas décidé.

— Ceci provient de la chambre de Dario, a-t-elle annoncé, lançant quelque chose au milieu de la table.

Le visage de Dario devenait de plus en plus exsangue, comme si on avait ôté une bonde de son corps. Sur la table gisait un petit sachet en plastique rempli d'un morceau marron.

— Si Dario fait soudain le timide, a expliqué Leah, c'est que, peu de temps avant que Margaret Farrell ne meure – *très peu* de temps avant –, il se trouvait sur le perron avec quelqu'un qui n'a pas encore été contacté, en train de faire son petit business.

Un silence terrible, vraiment terrible, s'est abattu sur la tablée. Je l'avais déjà traitée de garce, il ne me restait donc plus rien à lui dire. J'aurais pu être tentée de la frapper, mais un inspecteur était présent. J'ai balayé du regard les visages bouleversés autour de la table. J'ai une phobie du silence. Chaque fois qu'il s'installe, il faut que je le brise. Je me suis tournée vers Leah.

— C'est ça, ton plan ? ai-je demandé. Si tu parviens à faire arrêter Dario, tu n'auras pas à le rembourser ?

— Grandis un peu, Astrid, a-t-elle répliqué.

— Qu'est-ce que tu viens de dire ?

Kamsky s'est penché en avant, a ramassé le sachet et l'a lancé à Dario.

— Tâchez de ne pas abuser de ce truc, a-t-il conseillé. Primo, c'est mauvais pour vous. Secundo, les gens qui en fument deviennent franchement rasoir. Écoutez, je mène une enquête pour meurtre. Je me fiche que vous dealiez un peu.

Il a regardé Pippa.

— Et ça m'est égal que vous couchiez avec le mari de votre meilleure amie. Ce que vous devez faire, c'est vous présenter. Si vous avez connaissance d'autres témoins, dites-leur de se présenter aussi.

Kamsky s'est levé.

— Mais pas à moi. Ce n'est pas mon enquête. Dites-leur de contacter l'inspecteur Mitchell.

Il m'a regardée en souriant.

— Miss Bell devrait pouvoir vous donner son numéro.

— Vous ne restez pas dîner ? a proposé Pippa.

Pippa allait-elle se mettre à le draguer aussi ? N'avait-elle aucune limite ? Mais il a souri et secoué la tête.

— Vous êtes avocate ? a-t-il demandé à Pippa.

— En effet.

— On dirait que cette maisonnée pourrait en avoir besoin.

Sur ce, il est parti en nous laissant à nos moutons.

14

Nul ne pipait mot. J'entendais les voitures dehors dans la rue, l'antique tuyauterie de la maison gargouiller, un merle siffler dans le jardin. J'entendais Dario respirer bruyamment. Les ongles vernis de Leah cliquetaient en rythme sur la table. J'ai levé les yeux vers elle : son visage était lisse, imperturbable. J'ai regardé Miles, mais il contemplait ses mains, croisées sur ses genoux, et je ne parvenais pas à déchiffrer son expression.

Davy a fini par toussoter nerveusement et prendre la parole.

— C'était plutôt clair, a-t-il dit, et il n'y a pas vraiment eu de mal, hein, Dario ?

Sa voix s'est éteinte. Dario s'est dévissé la tête.

— Hein ? s'est-il exclamé.

Il semblait hébété.

— Pas de mal ?

— Je veux dire…

— Tais-toi, tu veux bien, Davy ? l'a interrompu Pippa.

Elle a posé une main sur l'épaule de Dario et plongé son regard sur Leah, de l'autre côté de la table. Même moi, j'ai pris peur devant la rage froide qui se lisait dans ses yeux. Leah, en revanche, n'a pas bronché.

— Il est clair, je pense que vous serez d'accord, a poursuivi Pippa, que le comportement de Leah est inacceptable pour nous tous ?

— Quelqu'un veut un whisky ? a demandé Owen. Moi oui. Ou alors un peu du shit de Dario. Tu nous roules un joint, Dario ?

— Inacceptable ? a répété Dario, recouvrant sa voix. Ce n'est pas le mot que j'emploierais. Je dirais…

— Je crois que je n'ai rien à faire là, a déclaré Mel d'une petite voix. Ça ne regarde que vous.

— Reste.

Davy l'a entourée de son bras pour l'empêcher de bouger.

— Je dirais, continuait Dario, dont la voix se raffermissait, qu'elle est un poison. Un poison. Tout allait bien avant son arrivée. On était heureux. C'est comme une vilaine tache toxique qui s'incruste partout.

— Miles ? a demandé Pippa. T'as quelque chose à dire ?

Mal à l'aise, Miles s'est agité sur sa chaise sans pour autant relever la tête.

— Que veux-tu que je dise ? C'est très regrettable, mais…

— Vous êtes bien sûrs que tout allait bien avant que je débarque ? a demandé Leah.

Elle avait les yeux brillants. Je me suis demandé si elle n'y trouvait pas un certain plaisir.

« Ne lui demandez pas ce qu'elle entend par là », m'apprêtais-je à dire, mais Davy m'a devancée.

— Qu'est-ce que tu veux dire ?

— Enfin, regardez-vous. Commençons par toi, Dario. Quel âge as-tu ? Trente ans ? Plus ? Tu n'as pas de travail. Tu n'as pas de petite amie. Tu n'as aucune ambition. Pour autant que je sache, tu n'as aucune réelle qualification, sauf pour la petite délinquance, et même pour ça, tu n'es pas très doué.

Dario s'est étranglé et son visage constellé de taches de rousseur s'est teinté d'un rouge disgracieux.

— À toi, Mick.

Elle a eu un rire sans joie.

— Est-ce que vous le décririez comme utile à la société ?

— Laisse Mick en dehors de ça, a commandé Davy avec une assurance inattendue. Il n'est pas là pour répondre.

— Toi, alors, Davy. À quoi tu sers ?

— C'est injuste, a rétorqué Mel, dont le visage s'empourprait.

— Et regardez Astrid.

— Regarde-moi plutôt, a ordonné Owen, et elle a dardé ses yeux sur lui.

J'ai vu leurs regards se river l'un à l'autre et, un instant, l'expression de Leah s'est faite inquisitrice. Elle avait une passion pour ce qui était beau.

— Et maintenant tu m'écoutes, a-t-il poursuivi.

— J'écoute.

Elle a croisé les bras.

— Tu es un tyran et tu n'es pas la bienvenue ici.

— Je ne pense pas que ce soit à toi d'en décider, tu ne crois pas ?

— Tu n'es pas la bienvenue.

— Miles ? a lancé Pippa. Tu vas rester assis là sans rien dire ?

— Je veux juste… a-t-il commencé d'un air malheureux avant de s'arrêter quand Mick est entré dans la pièce, toujours vêtu de son blouson, en train de manger du poisson et des frites à même le sac en papier.

— C'est ce que tu comptes faire, c'est ça ? a repris Pippa. Bien, en ma qualité d'avocate, je voudrais te dire ceci avant toute chose. Les négociations sont rompues.

— Quoi ? s'est exclamé Mick, une frite à portée de sa bouche ouverte, les yeux écarquillés.

— Rompues, a répété Dario, frappant du poing sur la table. Ouais. Rompues.

— J'ai raté quelque chose ? a demandé Mick.

— Pippa, a supplié Miles, ne réagis pas comme ça. On avait trouvé un accord, et il était dans l'intérêt de tous.

— Je ne vois pas pourquoi vous faites tant d'histoires, a dit Leah avec calme. J'ai dit à l'inspecteur principal ce qu'il devait savoir. Il s'agit d'une enquête pour homicide, vous le savez, et vous vous comportez tous comme si vous étiez assis au fond de la classe. Vous n'êtes pas à l'école, les gars. On est dans la vraie vie.

Voilà qui était désagréablement proche de mon état d'esprit. Et elle n'avait pas tout à fait tort au sujet de Dario. Et j'avais parfois moi-même le sentiment que Mick et Davy étaient des gens que j'avais croisés sur un quai de gare alors qu'ils attendaient une correspondance. J'ai songé que je devrais dire quelque chose, sans parvenir à trouver vraiment quoi. Ma contribution n'a cependant manqué à personne : Dario criait avec colère qu'il ne continuerait pas ses travaux dans la maison.

— Je ne crois pas que ce soit une grande perte, a commenté Leah.

— Tu n'as pas vu ce que j'ai commencé à faire dans votre salle de bains ce soir, n'est-ce pas ? a demandé Dario.

— Non.

— J'y travaillais quand cet inspecteur est arrivé. Il n'y a plus de toilettes. (Il a ricané.) Rien qu'un grand trou. Et l'eau est coupée.

— Dario, a dit Miles, ne sois pas ridicule.

— Hé ! a coupé Mick. Quelqu'un m'entend ? À moins que je rêve, tout simplement.

Il s'est pincé la joue, trop fort. J'ai vu, fascinée, une marque rouge s'épanouir sous ses doigts, mais il ne semblait pas sentir la douleur.

— Non, je ne rêve pas.

— Et on ne fera plus rien, a continué Dario. Rien du tout. Regardez.

Il a pris une canette de bière et déversé ce qu'il en restait en flaque sur le sol.

— Je ne nettoierai pas ça ! a-t-il annoncé, triomphal.

— Oh, pour l'amour du ciel, a fait Leah d'un ton brusque, ne sois pas si puéril.

— Ni ça, a lancé Dario en renversant un cendrier débordant.

Reculant sa chaise avec fracas, Leah s'est levée pour quitter la pièce à grandes enjambées.

— Eh, quelqu'un en veut ? a demandé laconiquement Owen, tendant un joint géant.

— Moi, a répondu Dario.

— Elle n'a pas dit ce qui n'allait pas chez moi, a dit Pippa. Dommage.

La porte s'est ouverte et la voix de Leah s'est fait entendre au travers :

— Tu te comportes comme une pute.

162

Deux taches rouges sont montées aux joues de Pippa, mais elle a ri d'un air dégagé.

— Merci, mon Dieu, pour le féminisme et la pilule, a-t-elle commenté.

Davy s'est levé sans bruit, a déposé un baiser sur la tête de Mel, puis pris un torchon sur l'évier et entrepris d'éponger la bière renversée par Dario.

— Miles, ai-je dit.

— Oui.

— Qu'est-ce que tu vas faire ?

— Faire ?

— On ne peut pas vivre comme ça.

— Ça va se calmer.

— Tu crois ça ? a répliqué Pippa d'un ton méprisant. Tu veux dire, si on fait tous comme si rien ne s'était passé, tout redeviendra comme avant que Leah nous ait trahis.

— Il faut qu'on mette les choses au point, ai-je poursuivi.

— Il va y avoir des zones interdites, a annoncé Dario.

Il s'est enfui de la pièce et nous l'avons regardé faire, déroutés.

— Il est vraiment bouleversé, a constaté Davy, rinçant le torchon dans l'évier puis se séchant les mains. Tout...

— Ne le dis pas, ai-je conseillé.

— Ne dis pas quoi ?

— Que tout va s'arranger. Qu'on peut en discuter.

Davy a eu l'air déçu, et Dario a reparu, un pot de peinture dans une main et un large pinceau dans l'autre. Il les a déposés par terre juste devant la porte, puis a soulevé le couvercle : la peinture dans le pot était d'un vert profond.

— Hein ? s'est écrié Miles comme Dario plongeait le pinceau dans la peinture et commençait à dessiner une grossière ligne épaisse à travers le sol de la cuisine.

— Elle doit rester de son côté de la cuisine, a-t-il commenté. Je lui interdis de traverser.

— Ouahouh ! a gloussé Pippa. Regardez-moi ça. Elle ne peut pas accéder à la cuisinière, elle ne peut pas sortir dans le jardin ; sauf par l'allée, j'imagine. Et elle ne peut pas s'asseoir à table. Tout ce qu'elle peut faire, c'est marcher en ligne droite vers le placard des ampoules.

— Tu as marché dedans, ai-je remarqué.

— Je ne suis pas sûr qu'on arrive à la faire respecter, a dit Davy. À ton avis, Pippa ?

— Impossible à faire respecter, mais amusant, a-t-elle répondu.

— Donne-moi ce pinceau !

Miles était debout et tendait la main. Enfin, il était en colère, plutôt que gêné et en mis en déroute.

— Tout de suite !

— Viens le chercher.

Dario a agité le pinceau en l'air et des taches de peinture verte ont éclaboussé partout.

— Je devrais peut-être faire du thé, a proposé Mel. Voilà ce qu'il nous faut.

Miles s'était entre-temps emparé du pinceau, et les deux hommes se le disputaient. Ils étaient couverts de minuscules taches vertes semblables à des lentilles d'eau, et ils haletaient. Sur ce, le pinceau leur a glissé des mains pour atterrir mollement par terre. Un silence soudain s'est abattu sur la pièce. Miles nous a regardés tour à tour, a ouvert la bouche, l'a refermée, avant de s'en aller. Un instant, j'ai envisagé de le suivre tant il avait l'air malheureux, mais Pippa a tendu une main pour me retenir.

— Pas maintenant, a-t-elle dit.

— Ne va pas le prendre en pitié, a ordonné Dario.

Ses yeux brillaient au milieu de son visage vert.

Je me suis levée pour regarder, au-dehors, le jardin silencieux et calme dans la lumière du soir.

— Qu'est-ce qu'il y a, Astrid ? a demandé Pippa.

— Tu sais, il arrive qu'on se soit tellement convaincu de la justesse de son point de vue qu'on dit et ressent toutes sortes de choses effroyables, ai-je répondu. Et après, c'est trop tard, et on ne peut pas faire machine arrière.

— Faire machine arrière ? s'est étonné Davy.

— On était amis.

— C'est elle ou nous, il doit choisir, a rétorqué Dario.

— Précisément, ai-je dit. C'est ce que je voulais dire.

— On a fait les choses à l'envers, on dirait, ai-je remarqué.

— Qu'est-ce que tu veux dire ? a demandé Owen.

— On ne fait jamais rien de normal, comme aller au cinéma ou sortir dîner, ou nous tenir par la main devant les autres.

— C'est ça que tu veux ?

J'ai laissé courir ma main le long de son corps lisse, il a frissonné et j'ai été envahie d'une joie troublante : il semblait si invulnérable, et pourtant quand je le touchais, il frissonnait. Après toutes ces horreurs en bas, la méchanceté, la violence, il avait paru naturel de monter à l'étage ensemble, de se prendre mutuellement

165

dans les bras. En même temps, j'avais l'impression de capituler.

— Tu as été bien, en bas, ai-je dit. Ce n'est pas le cas de tout le monde. Je ne suis pas sûre de ce que je souhaite. Mais ne me raconte pas de conneries. Ne commence pas à dire des trucs du genre que tu n'es pas prêt à t'engager dans une relation sérieuse.

Il ne l'a pas dit. Il n'a rien dit du tout. Il m'a tirée vers lui jusqu'à ce que ma tête repose sur sa poitrine, que son menton soit enfoui dans mes cheveux, que nos jambes soient enchevêtrées sous les couvertures, que nos cœurs battent à l'unisson et que je ne puisse plus distinguer le mien du sien. Nous nous sommes endormis ainsi, jusqu'à ce que je me réveille dans l'obscurité et que je m'éclipse, comme une voleuse.

Les deux jours suivants sous ce toit ont été étranges et tristes. Une sourde menace semblait planer sur toute chose. J'essayais d'être là aussi peu que possible, et passais plus de temps que d'habitude dans ma chambre. Même ainsi, il était impossible de ne pas se rendre compte des querelles et des clans, des chuchotements dans les coins, des portes qui claquaient, des silences glaciaux qui s'installaient soudain quand Leah entrait dans la cuisine.

De temps à autre, un membre du groupe me tirait à l'écart pour me rapporter ce qui se passait, ou qui avait dit quoi, et à qui. Pippa m'a annoncé qu'elle réclamait maintenant plus d'argent à Miles. Miles m'a expliqué qu'il lui était impossible d'aller au-delà de son offre et que, de toute façon, il ne voyait pas pourquoi il le devrait, et m'a priée d'agir en tant que médiateur. Leah m'a assuré qu'elle ne laisserait pas Miles nous donner le moindre penny, et que Dario serait viré si, un, il ne commençait pas à payer un loyer et, deux, il ne remettait pas sur-le-champ les toilettes en place. Dario a répondu qu'il ne réinstallerait jamais les toilettes, pas plus qu'il ne ferait la vaisselle, ne rincerait la baignoire après s'en être servi, ne sortirait les poubelles, ne passerait l'aspirateur, ni n'effectuerait aucune autre tâche ménagère – ce qu'à ma connaissance il ne faisait jamais, de toute façon. Il a suggéré que nous nous mettions en grève. Mick n'a rien dit, mais faisait plus la gueule que jamais. Davy pensait qu'il fallait laisser une porte de sortie à Miles, et non le pousser dans ses derniers retranchements. En entrant, j'ai trouvé Davy qui remontait les toilettes.

— Correctement, cette fois-ci, a-t-il précisé. Ce Dario… Je suis étonné qu'on n'ait pas attrapé le choléra.

Owen est reparti, pour Milan cette fois-ci, et pour plus longtemps. C'était peut-être aussi bien. Je m'efforçais de rester en dehors de tout cela, mais me suis retrouvée impliquée quand j'ai rappelé à Dario qu'il devait toujours retrouver son ami Lee, et lui faire prendre contact avec la police ; et qu'il m'a répondu que je devrais faire gaffe, faute de quoi je risquais de me transformer en une Leah n° 2.

Quelques jours après le meurtre d'Ingrid de Soto, j'ai reçu un appel téléphonique. Je m'apprêtais à quitter la maison quand Davy m'a rappelée, me tendant le combiné.

— Je suis en retard, ai-je articulé.

Il a couvert le micro.

— Ça m'a l'air important, a-t-il précisé.

J'ai soupiré et saisi l'appareil.

— Allô ?

— Astrid Bell ?

C'était une voix d'homme que je ne reconnaissais pas : râpeuse, assurée, avec un léger accent américain traînant.

— Oui, ai-je répondu avec méfiance.

— Mon nom est William Hamilton.

Un instant, j'ai eu un blanc.

— Je suis désolée, je…

Et puis je me suis souvenue. Le père d'Ingrid. J'ai ressenti une bouffée d'émotion et inspiré à fond.

— Je vous présente toutes mes condoléances.

— J'aimerais vous rencontrer.

— Je comprends pourquoi, bien sûr, mais vous devez savoir qu'il n'y a rien en réalité que je puisse…

— Avec mon gendre, Andrew de Soto, a-t-il coupé. (Puis :) S'il vous plaît, Miss Bell. Nous ne prendrons pas trop de votre temps.

— Très bien, ai-je acquiescé, même si c'était la dernière chose au monde dont j'avais envie. Quand cela vous arrange-t-il ?

C'est ainsi qu'à 15 heures, cet après-midi-là, je me suis retrouvée pénétrant dans le hall d'un hôtel chic et cher de Covent Garden, si chic et cher que le portier n'a même pas cillé devant mon short en Lycra et mon haut taché ; au lieu de quoi, il a pris ma sacoche et mon casque de mes mains moites et m'a poliment fait entrer dans une petite pièce où étaient assis les deux hommes avec, sur la table basse qui les séparait, un thé servi sur un plateau auquel personne n'a touché pendant toute la durée de notre entretien.

— Miss Bell, m'a salué William Hamilton en se levant.

C'était un homme grand, à forte carrure, aux épais cheveux blancs, avec de féroces sourcils argentés au-dessus d'une paire d'yeux injectés de sang, et des mains couvertes de taches de vieillesse. Il portait un costume sombre qui avait sans doute coûté davantage que toute ma garde-robe réunie, mais il n'a pas semblé remarquer ma tenue, me serrant la main avec fermeté et me faisant signe de prendre place dans un fauteuil.

— Merci d'être venue.

Andrew de Soto était beaucoup plus petit que son beau-père. Avec ses cheveux rêches et grisonnants, coupés court, et ses poches sous les yeux, ce n'était pas du tout le genre d'homme que j'aurais imaginé avec Ingrid. Il paraissait hébété, épuisé, et j'ai remarqué que sa chemise n'était pas correctement boutonnée.

— J'aimerais pouvoir vous aider, ai-je dit sans conviction.

— Nous sommes bien entendu conscients du fait que vous avez fait une déposition à la police, a dit William Hamilton, mais comme c'est vous qui avez trouvé...

Il s'est interrompu. J'ai vu ses grandes mains agripper les accoudoirs de son fauteuil.

— Vous qui avez...

— Oui, ai-je confirmé. C'est bien moi. J'étais venue chercher le paquet.

— Le paquet. Oui. Je suis au courant. Le paquet qui n'existait pas.

Il a scruté mon visage, puis a consciencieusement fait craquer les jointures de chacune de ses mains.

— Je suis un homme riche, Miss Bell.

Je ne savais pas quoi répondre à cela, aussi ai-je gardé le silence. En face de moi, Andrew de Soto a émis une toux sèche.

— Ingrid était ma seule enfant, a-t-il poursuivi. Je ne reculerai devant aucune dépense pour attraper la personne qui l'a tuée.

— Que voulez-vous dire ?

— Ce que je veux dire ? Rien. Rien.

Il s'est penché en avant.

— Que savez-vous, Miss Bell ?

— Rien, ai-je répondu d'un ton désespéré. Je ne connaissais pas votre fille, Mr Hamilton. Je ne lui ai jamais parlé. Je n'étais qu'une coursière. N'importe qui d'autre aurait pu la trouver. C'est le hasard qui a voulu que ce soit moi. Je l'ai vue allongée par terre, j'ai appelé les secours, j'ai brisé la vitre. C'est tout. Je ne peux pas imaginer ce que vous devez endurer, mais il n'y a rien que je puisse vous dire que la police ne vous ait déjà dit, et que je ne sache que vous ne sachiez déjà.

Il s'est frotté le visage de ses mains.

— Il me paraissait important de vous rencontrer, mais pourquoi ? Qu'espérais-je donc découvrir ?

— Avait-elle l'air paisible ?

Cela venait d'Andrew de Soto.

Je lui ai jeté un regard déconcerté. Ne savait-il pas que sa femme avait été sauvagement assassinée ? Ne lui avait-on pas expliqué comment son visage avait été tailladé ?

— Oui, ai-je murmuré. Elle avait l'air paisible.

— Excusez-moi un instant, a dit William Hamilton.

Il s'est levé de son profond fauteuil avec effort et s'est dirigé vers les toilettes.

Dès qu'il a eu quitté la pièce, son gendre s'est penché en avant sur sa chaise, heurtant la table basse.

— Elle avait une liaison, a-t-il murmuré.

— Quoi ?

170

— Elle avait une liaison.

— Écoutez, je n'en sais rien du tout. Croyez-moi. Vous devez en parler à la police et…

— Je n'ai pas de preuves. Vous croyez que je n'en ai pas cherché ? Mais je ne suis pas idiot. Je le sais.

— Je suis désolée, ai-je dit.

Cela semblait être la seule phrase restant à ma disposition.

— Et maintenant quelqu'un l'a tuée.

Plus tard, j'ai parlé aux autres de cette rencontre, mais regretté de l'avoir fait. Cela lui donnait une tournure sombrement comique, alors qu'elle n'avait en fait rien de drôle.

C'était mon époque préférée de l'année, fin mai, puis début juin, quand les feuilles sont d'un vert vif, le ciel d'un bleu limpide, et les soirées longues, douces et tièdes. Ça me rendait malade de ne pas pouvoir en profiter à fond. C'était comme si tout un pan de ma vie touchait à sa fin, une fin amère et compliquée. Il m'arrivait de rentrer à la maison sans pour autant y pénétrer, me réfugiant aussitôt dans le jardin, où mes légumes pointaient la tête, de petites pousses pleines de sève qui formaient des rangs ordonnés le long du coin que j'avais passé tant d'heures à retourner et à désherber. Et c'est là que, quatre jours après la visite de Kamsky, j'ai entendu une nouvelle explosion de cris s'élever dans la maison. J'ai reposé mon transplantoir, essuyé mes mains sur l'herbe pour ôter le gros de la terre, et tendu l'oreille, tâchant de comprendre ce qui se passait. J'ai d'abord cru que c'était un colocataire qui en engueulait un autre, mais je ne reconnaissais pas la voix, et nombre de mots m'échappaient, à part une obscénité de temps à autre.

Sur quoi, Davy a émergé de la cuisine pour traverser le jardin. Il avait l'air fatigué.

— Qu'est-ce qui se passe, bon sang ? ai-je demandé.

— Je crois que Pippa a l'air d'avoir besoin de toi, a-t-il répondu.

J'ai gagné l'avant de la maison par l'allée, au pas de course. Le volume des « putain » a augmenté et j'ai distingué d'autres mots, comme « Comment as-tu osé », « te mêler de tes affaires », « méchant », et « me casser les couilles ». Au début, je ne l'ai pas reconnu car il se tenait au sommet des marches qui mènent à la porte d'entrée et que je ne pouvais pas voir son visage, même si je voyais celui de Pippa, de l'autre côté de la porte, affichant un air de stupéfaction mais aussi de défi. Mais il y avait quelque chose de familier dans sa haute silhouette élancée.

— Salut, Jeff, ai-je dit.

Il a fait volte-face.

— Oh, c'est toi.

— Jeff a reçu la visite de la police, a expliqué Pippa, d'un ton modeste. Il n'était pas chez lui, mais sa femme si.

— Ils auraient pu faire preuve de discrétion.

— On t'a demandé ton avis ? a demandé amèrement Jeff.

— Je t'avais dit de te présenter à la police de ton plein gré, a dit Pippa. Si tu l'avais fait, rien de tout ça ne serait arrivé.

— J'allais le faire. Quand j'aurais eu le temps.

— Quand il y a meurtre, la police a plutôt tendance à s'impatienter.

— Vous n'en aviez rien à foutre, de ce qui m'arriverait.

— Oh, assume tes responsabilités.

— Arrêtez un peu, maintenant, a suggéré Davy. Vous vous donnez en spectacle.

À l'étage, Dario a passé la tête par une fenêtre.

— Qu'est-ce qui se passe ? a-t-il crié. Je lui verse de la poix bouillante sur la tête, Pippa ?

— Vaut mieux pas. Tu pourrais louper ton coup et toucher Astrid à la place.

— C'est bon, j'ai ma dose.

Le visage de Jeff est devenu rouge de rage. Se baissant, il a ramassé une moitié de brique de l'allée et l'a lancée. Elle a décrit un arc de cercle avant de frapper la grande baie à gauche de la porte d'entrée, la brisant à l'impact. Nous sommes restés médusés. Le visage de Leah a surgi au milieu du grand trou laissé par la brique.

15

— Savez-vous qui je suis ?

— Vous êtes Hal Bradshaw.

— Non, non. Savez-vous qui je *suis* ?

J'ai observé son cabinet de consultation. Un mur
entier dédié aux livres : Freud, Jung, poésie, livres
d'art, catalogues. Sur la cheminée étaient disposées
toutes sortes de sculptures de petite taille et, sur deux
tables de verre, des petites silhouettes de stéatite, de
marbre et de bronze ainsi que d'antiques fioles médi-
cales et un bloc de quartz. Au travers des portes-
fenêtres, un grand jardin coloré de Hampstead
s'offrait à ma vue. Le docteur Hal Bradshaw était
vêtu d'un jean délavé et d'une chemise parsemée de
taches de couleur, comme un dessin d'enfant. Elle
avait l'air coûteuse. Il avait la quarantaine, de longs
cheveux noirs bouclés négligés et une barbe de trois
jours. Il portait des lunettes, aux verres rectangulaires
et étroits avec une monture en plastique noir, semblables à celles des soudeurs.

— Kamsky m'a dit que vous étiez un psychologue
spécialisé dans ce genre de cas.

— On pourrait dire ça comme ça. Asseyez-vous.

Il m'a indiqué une chaise en osier à haut dossier. Quand je me suis assise dessus, elle a émis des craquements déconcertants.

— Je ne comprends pas au juste pourquoi vous voulez me parler, ai-je dit. Je ne sais pas grand-chose et le peu que je sais figure dans les dépositions que j'ai faites.

— Je les ai lues, a-t-il annoncé avec dédain. Ce n'est pas ce qui m'intéresse. Je vous ai invitée ici parce que je voulais vous sentir.

Il a reniflé, comme un animal flairant quelque chose.

— Quoi ? me suis-je écriée, alarmée.

— Pas au sens littéral, bien que je sois sûr que vous sentiez très bon.

— Pas quand je traverse tout Londres à vélo.

— J'ai besoin de me faire une idée sur cette affaire. Je dois m'y connecter, en sentir les vibrations. Il y a ceux qui parcourent la maison d'Ingrid de Soto en bottillons blancs, avec leurs pincettes et leurs petits sachets en plastique. Ce n'est pas ce que je fais. Je fais travailler mon imagination. Je m'allonge dans le noir et j'y pense. J'en rêve. En avez-vous rêvé, Astrid ?

— Non. Du moins, pas que je sache. Je ne me souviens pas de mes rêves, d'une manière générale.

— C'est intéressant, a-t-il commenté, faisant le tour de la pièce à pas feutrés, s'arrêtant de temps à autre pour m'observer. L'oubli peut être un moyen de nous révéler ce que nous devons savoir.

— Je suis désolée. Je ne comprends pas ce que ça veut dire.

— Racontez-moi de quoi vous avez rêvé la nuit dernière.

— Je ne peux pas. Je ne me rappelle pas.

— Avez-vous été choquée par ce que vous avez vu ?

— Oui.

— Parlez-m'en.

Je me suis tue un instant.

— Je suis tombée sur une femme qu'on avait assassinée et mutilée, et vous voulez que je vous explique pourquoi ça m'a choquée ?

— Qu'avez-vous pensé quand vous avez vu son corps ?

— Il ne s'agissait pas de « penser ». J'étais en état de choc. Ensuite, j'ai appelé la police. Et une ambulance aussi, je crois.

— Vous croyez ?

— C'est un peu flou.

— « Flou ». Le mot est intéressant.

— Non, ça ne l'est pas.

— Vraiment ? s'est étonné le docteur Bradshaw. Pourquoi pas ?

— C'est un cliché, ai-je expliqué. C'est ce qu'on dit après une expérience choquante. On dit : « Ce qui s'est passé est flou. »

— Pourquoi le dit-on, alors ?

— Parce que c'est vrai. C'est flou.

Bradshaw a eu l'air mécontent. Il a marché de long en large, puis s'est tout à coup arrêté face à moi.

— Astrid, pourquoi commet-on des meurtres devant vous ?

— Je pense que ce n'est qu'une coïncidence.

— Du point de vue de Dieu, il n'y a pas de coïncidences.

— Je ne comprends pas bien ce que ça veut dire, ai-je commenté. Mais je n'approuve pas le peu que je comprends.

— Nous devons raconter une histoire qui les relie, a déclaré le docteur Bradshaw.

— Une histoire vraie ? ai-je demandé d'un ton sceptique.

— Les meurtriers sont des conteurs, a répondu le docteur Bradshaw. Les scènes de crime sont leurs histoires, leurs œuvres d'art. Notre travail est de les décoder. Nous analysons leurs signatures, nous les comprenons.

— Vous les attrapez ?

Le docteur Bradshaw m'a jeté un regard dégoûté comme si la question était futile et vulgaire.

— Astrid, laissez-moi vous raconter une histoire plausible. Certains meurtres sont des mises en scène, d'autres des déclarations, d'autres des démonstrations, d'autres des offrandes. Les inspecteurs n'ont pas la moindre idée de ce qui pourrait relier ces deux meurtres à vous. Imaginons que ce sont des offrandes. Mon chat s'appelle Ariel.

— Comme la lessive.

— Comme le personnage de Shakespeare. Il m'apporte des souris et les dépose à côté de mon lit. Ce sont des offrandes. Imaginez ces crimes comme des déclarations d'amour.

Le docteur Bradshaw s'est penché vers moi.

— Je suis amoureux de vous, Astrid.

— Quoi ?

— Je raconte une histoire. Je vous aime, Astrid, et voici le corps de Margaret Farrell, la femme qui a failli vous tuer.

— C'était un accident.

— Quelle importance ? Et maintenant, voici le corps d'une belle femme riche, préparé pour vous. Je lui ai mutilé le visage pour montrer que personne ne soutient la comparaison avec vous.

Il s'est penché plus encore. Je sentais son haleine : café, cigarettes.

— Alors ?...

Je me suis reculée.

— Ça me paraît un peu tiré par les cheveux.

— Nous verrons bien, a répliqué le docteur Bradshaw avec un sourire.

Il a ramassé une petite pièce en bois sculpté sur une table et s'est mis à la palper d'une main délicate.

— Avez-vous un petit ami, Astrid ?

— Non, ai-je répondu.

— Vous avez hésité avant de dire ça. Pourquoi ?

— Peut-être parce que je ne vois pas en quoi ça vous regarde.

— Je crois qu'il y a quelqu'un, même s'il n'est pas encore votre petit ami.

— Peut-être.

— Il vous plaît. Est-ce que vous lui plaisez ?

— Je n'en sais rien, ai-je répondu.

— Avez-vous des ex-petits amis ?

— Je ne suis pas du tout sûre que ça ait grand-chose à voir.

— S'il vous plaît, Astrid. En avez-vous ?

— Ben, évidemment.

— Êtes-vous en bons termes avec eux ? a-t-il demandé.

C'était terrible, mais je n'ai pas pu m'empêcher de sourire, avant de le regretter aussitôt, car le docteur Bradshaw a réagi sur-le-champ.

— Oui ? m'a-t-il encouragée.

— Qui est en bons termes avec ses ex ? ai-je ironisé.

Le docteur Bradshaw a traversé la pièce, pris une feuille de papier sur son bureau et l'a lue.

— Et pourtant l'un d'entre eux est votre logeur. Miles Thornton.

— J'en déduis que vous avez lu ma déposition ?

— Je fais partie de l'équipe d'enquêteurs. Je lis tout.

— Je pense que vous perdez votre temps.

Le docteur Bradshaw a reposé le papier sur le bureau pour revenir vers moi. Tirant une chaise en bois sur le plancher, il l'a placée devant celle sur laquelle j'étais assise, à quelques dizaines de centimètres seulement. Il s'est assis et m'a fait face.

— Les policiers s'affairent, a-t-il dit. Ils frappent aux portes. Ils arrêtent des gens dans la rue. Ils placardent ces drôles d'affichettes jaunes demandant aux témoins éventuels de se faire connaître. Ils examinent au microscope des fibres, des grains de poussière et des échantillons de peau. Ils vérifient des registres téléphoniques. Peut-être qu'ils trouveront une concordance quelque part et procéderont à une arrestation, mais cela semble de moins en moins probable. D'un autre côté, j'ai le sentiment qu'en étudiant votre vie, ses détails et ses personnages, vos espoirs, vos peurs et vos fantasmes, eh bien, nous trouverons la réponse à tout cela. Alors, qu'en dites-vous ?

— Je me demande si vous êtes comme les autres, ai-je répliqué.

— Quels autres ?

— J'ai l'impression d'être une célébrité, ai-je expliqué. Quelqu'un qui aurait gagné au loto ou tenu le rôle principal d'une sitcom. Les gens veulent me parler et me prendre en photo. Des journalistes m'abordent dans la rue. On m'a glissé des mots sous la porte, des gens soutenant qu'ils veulent me laisser une chance de raconter ma version de l'histoire. Comme si j'avais une version de l'histoire. Une journaliste m'a téléphoné pour m'expliquer que mon expérience pourrait aider d'autres femmes et qu'il était de mon devoir de lui accorder une interview.

— Pourquoi me dites-vous ça ?

— Je me sens comme quelqu'un qui aurait été exposé à des radiations, ai-je précisé. En l'occurrence, ce sont des radiations qui attirent tout le monde. J'ai assisté de près à un meurtre et les gens croient qu'en me parlant, en étant proches de moi, ils parviendront à ressentir un peu de l'excitation qui s'en dégage. Est-ce que ça ne rejoint pas un peu ce que vous disiez quand vous avez expliqué que vous vouliez me voir parce que, d'une certaine façon, vous sentiez sur moi l'odeur du meurtre ? Je suis devenue célèbre, quelque part, et ça attire les gens.

— Je suis un scientifique, a rétorqué le médecin. Un scientifique qui raconte des histoires. Je me fiche pas mal de la célébrité.

— Et votre travail pour la télévision ? ai-je répliqué. L'inspecteur principal Kamsky m'a dit que vous aviez réalisé une série de documentaires sur les meurtres célèbres.

— À visée pédagogique, a répondu le docteur Bradshaw, manifestement agacé. En avez-vous vu un ?

— Non.

— Ils ont été diffusés à une heure ridiculement tardive. Mais ne voulez-vous pas aider à la capture de ce tueur ?

— Ces tueurs, ai-je dit.

— Peut-être, a répondu le docteur Bradshaw.

— Qu'est-ce que vous attendez de moi ? ai-je demandé. Je ne pige pas.

— J'attends de vous que vous parliez.

— De quoi ?

180

— De tout. N'omettez rien. Ne m'épargnez rien.

J'ai réfléchi un instant.

— Kamsky m'a dit que vous établissiez pour eux des profils, ai-je dit. Ça ne serait pas une bonne idée que vous me disiez à quel genre de personne vous pensez ? Comme ça, si je connais quelqu'un de ce type, je pourrais vous en parler.

Bradshaw s'est levé et un sourire s'est peu à peu épanoui sur son visage.

— Un homme blanc, a-t-il annoncé. La trentaine, guère plus. Plus d'un mètre quatre-vingts, costaud. Vivant seul. Sexuellement isolé. Peut-être défiguré, d'une façon ou d'une autre. Il travaille avec des outils : un charpentier, un plombier ou quelqu'un qui travaille le cuir.

— Pourquoi quelqu'un qui travaille le cuir ?

— Quelqu'un qui travaille avec des outils tranchants : c'est sa manière naturelle de s'exprimer.

— Comment pouvez-vous savoir pour le reste ?

Il a haussé les épaules.

— Ce n'est qu'une hypothèse, a-t-il dit. Les tueurs en série choisissent des victimes du même groupe ethnique qu'eux. Je pense que, pour la mort de Margaret Farrell, l'occasion a fait le larron, mais qu'il a bel et bien choisi Ingrid de Soto. Elle avait son âge mais, en dehors de cela, elle était tout ce qu'il n'est pas : riche, belle, mariée. Il a pu maîtriser Margaret Farrell et la tuer en quelques secondes, en pleine rue. Cela suggère un certain degré de force physique.

— Et le fait qu'il soit défiguré ?

— Sa façon de taillader Ingrid de Soto. Cela représente à la fois sa frustration sexuelle et, du moins je le soupçonne, le sentiment qu'il a d'être lui-même mutilé. Il voulait la rendre semblable à lui.

Le docteur Bradshaw a croisé les bras avec une satisfaction évidente.

— Même quand ils croient être discrets, ils laissent des traces, des signatures, des indices.

— Eh bien, je ne connais pas de personne défigurée qui travaille le cuir, ai-je conclu.

— Je ne vous demande pas d'être détective, a-t-il expliqué. Mais juste de parler. Je ne veux pas de vos théories. Je veux savoir tout ce que vous savez.

Je n'ai pas pu m'empêcher de soupirer. Un nouveau samedi s'annonçait gâché, de toute évidence.

— J'ai quelque chose pour toi, a annoncé Davy. J'ai pensé que ça pourrait te remonter le moral.

Nous étions assis dans sa chambre, qui se trouvait un étage au-dessus du mien, surplombant la rue. C'était l'une des rares chambres de la maison qui procurait un sentiment reposant. Quand Davy avait emménagé, il l'avait peinte d'une couleur gris-vert, en avait sablé le plancher et avait installé des étagères, même s'il n'y avait pas beaucoup de livres dessus. Il possédait un futon, une grande commode, qu'il avait peinte en blanc, le fauteuil pivotant sur lequel j'étais assise, et un tapis bleu carré au sol. La pièce était lumineuse et aérée. Depuis l'apparition de Mel, il y avait aussi un grand carillon en bois pendu au plafond, qui émettait un son limpide et retentissant lorsqu'on le heurtait, et des fleurs sur la tablette d'une cheminée qui ne servait jamais. Ce jour-là, une gigantesque pivoine rouge se flétrissait dans son vase. C'était vraiment dommage qu'il ait consacré tant d'efforts à rendre la pièce si agréable juste pour qu'on l'oblige à la quitter.

— J'ai l'air d'avoir besoin qu'on me remonte le moral ?

— À ta place, j'en aurais besoin, a-t-il répliqué. De toute façon, c'est aussi pour moi. Je me suis dit que ça nous ferait du bien. Ces gens chez qui j'ai installé un escalier – qui ne respecte d'ailleurs pas les normes, je suis sûr qu'il viole toutes les règles de sécurité et qu'ils m'ont sans doute donné ça comme pot-de-vin –, ils avaient deux tickets en rab. Pour les Floralies de Chelsea. Je me suis dit qu'on pourrait y aller ensemble. Tu aimes les jardins.

Il m'a adressé un sourire épanoui, content de lui-même.

— Oh ?

J'étais un peu interloquée.

— Ouahouh… ! Je dois mettre un chapeau ?

— Ce n'est pas Ascot.

— C'est très gentil, ai-je dit, me forçant à sourire jusqu'aux oreilles. Merci, Davy.

Mue par une impulsion, j'ai déposé un baiser sur sa joue et l'ai vu rougir jusqu'à la racine de ses cheveux bruns ondulés.

— De rien.

— C'est quand ?

— Dans une dizaine de jours. Ça te va ?

— Super, ai-je affirmé, même si mon cœur se serrait à cette idée.

Une journée à flâner en compagnie de quelqu'un avec qui je ne tenais pas spécialement à flâner. Une journée à surveiller ma conduite. C'était comme si je me retrouvais enfant, à rendre visite à une tante mal aimée.

— Tu pourras prendre un jour de congé ?

— Si je préviens Campbell.

— On pourrait pique-niquer avant.

— Formidable. Ça me fait vraiment plaisir, Davy.

— Bah, a-t-il dit en haussant les épaules. Tu as traversé des moments difficiles.

— Ouais, ai-je approuvé. Ça va passer, j'imagine. Mais je ne veux plus y penser, maintenant. J'ai eu ma dose pour aujourd'hui.

J'ai soulevé un magnifique presse-papiers en verre posé sur la cheminée, et l'ai fait passer d'une main à l'autre, observant la façon dont il captait la lumière.

— Il n'y a jamais de papiers sous les presse-papiers, tu as remarqué ?

— Oh, a-t-il répondu, un peu décontenancé. Je n'y ai jamais réfléchi.

— Désolée, je change de sujet. Ce dont j'ai vraiment besoin, Davy, c'est de trouver un autre endroit où habiter.

— Tu n'as pas trouvé ?

— Non. Ce qui n'a rien de bien surprenant, vu que je n'ai pas commencé à chercher. Je n'arrête pas de remettre à plus tard. Et toi ?

— J'ai un peu tâté le terrain.

Il y a eu un silence, et j'ai reposé avec soin le presse-papiers à sa place.

— Je ferais mieux d'y aller, je crois. Je sors danser.

— Sympa, a-t-il commenté, un rien mélancolique.

J'ai envisagé de lui proposer de venir, puis écarté l'idée. Je voulais fuir la maisonnée, pas l'emporter avec moi.

Je suis rentrée très tard ce soir-là, la musique résonnant encore dans mes oreilles. La maison était plongée dans le noir, et j'ai tâtonné avec ma clé dans la serrure.

Puis j'ai entendu un faible gémissement, provenant d'un côté des marches, et me suis figée. Qu'est-ce que c'était ? Un chat ? Baissant les yeux, j'ai distingué une forme recroquevillée, une tache de peau pâle. Pendant un instant, je n'ai pu ni respirer ni bouger. Mes clés sont tombées par terre bruyamment et dégringolant l'escalier, sont allées s'échouer à côté de la forme. Le gémissement s'est de nouveau élevé ; pas celui d'un chat, mais d'une voix humaine.

— Qui est là ? ai-je demandé d'une voix desséchée par la peur.

— À l'aide.

— *Dario ?*

J'ai dévalé les marches, manquant trébucher, pour m'accroupir à côté de la silhouette au sol. Il était roulé en boule, comme un fœtus, les bras autour de la tête comme pour se protéger. En le touchant, je me suis retrouvée les mains couvertes de sang.

— Mon Dieu, Dario, qu'est-ce qui s'est passé ? Tiens bon, j'appelle une ambulance. Ne bouge pas, reste ici.

— Pas d'ambulance. Pas la police. N'appelle pas !

Il a écarté un bras de sa tête pour se cramponner à moi de ses doigts.

— Attends, je vais au moins appeler les autres. Une seconde, Dario. Ça va aller.

J'ai ramassé mes clés et remonté les marches en quelques bonds, puis ouvert la porte et hurlé dans l'obscurité :

— À l'aide ! Pippa ! Miles ! Mick ! Davy !

J'ai cru entendre quelqu'un grogner, mais voilà tout.

J'ai tambouriné à la porte de Miles et l'ai poussée, avant d'allumer la lumière et de voir Leah émerger de sous les couvertures telle une sirène sortant des flots.

— Que… a-t-elle commencé.

— Miles !

— Qu'est-ce qui se passe ? Astrid ? Astrid !

— Viens m'aider. *Tout de suite*. Ça urge. Dario est blessé. Leah, va chercher les autres. On est dehors, devant la porte d'entrée. Vite !

Je les ai laissés pour frapper à la porte de Pippa en hurlant son nom une nouvelle fois, puis j'ai franchi la porte d'entrée en courant, la laissant ouverte de façon que la lumière tombe là où Dario était étendu.

Il avait bougé, à présent, et se tenait assis, blotti sur la première marche, la tête sur les genoux et les bras enlaçant son corps. Je me suis assise à côté de lui et j'ai passé un bras autour de son épaule.

— Si tu peux bouger, allez viens, on rentre.

Il a marmonné des paroles inintelligibles, étouffées par ses genoux.

— Je crois que je ferais mieux d'appeler une ambulance.

— Non !

Il s'est un peu redressé en le disant, et j'ai eu le souffle coupé en découvrant son visage. Un de ses yeux était fermé, son nez enflé et informe, du sang maculait son menton et dégoulinait de sa bouche.

— J'y vois rien.

— Tiens, prends mon bras.

— Dario.

C'était Miles, et derrière lui j'ai vu Davy, puis Mel, en pyjama rose vif et les cheveux tressés.

— Aidez-moi à le rentrer.

Davy l'a pris par un bras et Miles par l'autre. Mel gazouillait et émettait des petits bruits d'encouragement à côté d'eux. Pippa a surgi vêtue d'un caleçon et d'un vieux tee-shirt.

— Où est Mick ? ai-je demandé. Il sait quoi faire dans ces cas-là.

— Je vais le chercher, a répondu Mel avec empressement.

— Tu as appelé une ambulance ? a demandé Davy.

— Pas d'ambulance ! a soufflé Dario.

— Qu'est-ce qui s'est passé, mec ?

— Rien, a répondu Dario, tandis qu'on le traînait dans l'entrée.

Le sang gouttait sur le plancher. Leah se tenait dans l'encadrement de la porte de Miles, observant toute la scène. J'ai vu ses yeux s'écarquiller en découvrant son visage abîmé.

— On le descend, a suggéré Miles.

— Je peux marcher maintenant.

Mais il titubait. Davy l'a soutenu et conduit dans la cuisine.

— Du thé chaud, ai-je ordonné, et ils l'ont assis dans le fauteuil. Avec du sucre, pour le choc.

— Je m'en occupe, a proposé Mel, réapparaissant accompagnée de Mick, qui portait un bas de survêtement et rien d'autre.

— Du whisky, a suggéré Miles.

— Tu t'es fait tabasser, c'est ça ? a demandé Davy, fronçant les sourcils d'inquiétude. Tu ne peux pas laisser passer ça, tu sais.

— Ça va aller.

Mais il pleurait, et ses larmes se mélangeaient au sang. Il lui manquait une dent ; ses cheveux roux étaient plaqués sur son crâne. On aurait dit un petit de sept ans, maigrichon, abattu, complètement perdu. Je me suis accroupie pour poser une main sur son genou.

— Oh, Dario, ai-je soupiré, et ses pleurs ont redoublé. Raconte-nous.

— Ils n'arrêtaient pas, a-t-il sangloté.

— Qui ça ? a interrogé Miles. Qui t'a fait ça ?

Me détournant, je suis allée rejoindre Mel qui préparait le thé. J'ai trempé des torchons dans de l'eau chaude et sorti le désinfectant du placard sous l'évier.

— Comment fais-tu pour nous supporter ? lui ai-je demandé. Tu dois avoir l'impression d'avoir débarqué chez les fous.

Elle m'a souri timidement, les joues roses.

— Je me sens bien avec vous. Je n'ai jamais eu de famille.

— Mon Dieu, Mel ! C'est ça, ton idée d'une famille ? Attends, Dario, je vais te nettoyer un peu.

Pippa et moi avons lavé ses écorchures et les avons tamponnées avec du désinfectant. Mick l'a examiné pour voir s'il avait quelque chose de cassé. Il a braillé et pleuré comme un veau encore un peu, me tenant la main, répétant que personne ne devait rien savoir.

— C'était Lee ? a demandé Davy.

Mais il n'a pas voulu donner de noms, et nous avons fini par laisser tomber. Mick l'a soulevé comme un bébé pour le porter jusqu'à sa chambre, où il l'a étendu sur son lit, pendant que Pippa et moi le recouvrions de couvertures supplémentaires. Mel a tapoté son oreiller et posé sa petite main lisse sur son front moite. Ses sanglots n'étaient plus que de faibles gémissements et, soudain, il s'est endormi, d'un seul coup, son visage réduit en bouillie enfin paisible.

Le soleil se levait presque quand je me suis couchée cette nuit-là. Une fois Dario endormi, le reste de la maisonnée s'est retrouvé dans la cuisine à boire du whisky et parler de lui, répétant sans cesse les mêmes choses. Pendant cet interlude, notre groupe s'est retrouvé étrangement soudé, rapproché par l'expérience. Un à un, le groupe s'est dissous, jusqu'à ce qu'il ne reste plus que Pippa et moi autour de la table, avec nos verres.

— Je ne suis plus vraiment fatiguée, du coup, ai-je dit.

— Moi non plus.

— Tu veux un sandwich ou autre chose ?

— Pourquoi pas ? Ça fait des lustres qu'on n'a pas festoyé au milieu de la nuit.

J'ai ouvert le frigo et jeté un œil à l'intérieur. Il ne contenait pas grand-chose.

— Je crois qu'on a le choix entre un sandwich au fromage ou un sandwich au fromage fondu.

— Deuxième option. Un truc réconfortant.

— OK.

J'ai coupé deux épaisses tranches de pain et les ai mises dans le grille-pain.

— Pippa ?

— Mmm.

— Je peux te demander quelque chose ?

— Bien sûr… tant que ce n'est pas un prêt. J'ai un découvert de huit cent vingt-sept livres en ce moment.

— Rien de tel.

J'ai beurré les toasts, puis les ai saupoudrés de fromage râpé et les ai glissés sous le gril.

— Pourquoi est-ce que tu couches avec autant d'hommes ?

Pippa a eu un gloussement qui pouvait être d'amusement comme de consternation.

— D'abord Leah, a-t-elle commenté, et maintenant toi. Tu me prends pour une salope.

— Pas du tout. C'est juste que je n'ai jamais très bien pigé. Non pas que je me préserve pour ma nuit de noces, mais est-ce que ça ne devrait pas avoir plus de sens ? Ce n'est pas comme de prendre un café avec quelqu'un... Peut-être que ma manière d'aborder la question n'est pas très adroite.

— Le fromage est prêt.

— Tiens. Ça doit être très chaud. C'est juste que... eh bien, il y en a tellement. C'est un peu déroutant parfois.

— Pourquoi pas ? a-t-elle répondu avec désinvolture, avant de mordre dans son toast.

Des fils de fromage fondu se sont accrochés à son menton.

— C'est parfait. Juste ce qu'il nous fallait après une agression.

— C'est ça, la raison, alors ? « Pourquoi pas » ?

— J'imagine, oui.

— Est-ce que tu y prends plaisir ?

— Plaisir ?

Elle s'est figée, le toast à portée de la bouche, et a réfléchi.

— Tu tiens à connaître la réponse ? Parce que c'est la seule chose que les hommes veulent vraiment. Ils peuvent le nier, mais aucun homme – peu importe qu'il ait un grand sens moral, qu'il soit marié – ne te dira non si tu lui proposes de coucher avec lui.

Silence.

— Tu es choquée ?

— Je réfléchissais juste, ai-je répondu. Je ne sais pas si tu aimes les hommes ou si tu les méprises.

Pippa a considéré la question.

— Je ne peux pas faire les deux ?

16

Je n'ai découvert que nous allions organiser une vente que lorsque je suis rentrée à la maison le soir et que je l'ai lu sur un grand panneau de carton qu'on avait punaisé à l'arbre de devant.

« Vide-grenier », annonçait-il en grandes lettres. J'ai reconnu le vert profond utilisé par Dario pour peindre le palier de l'étage supérieur, avant qu'il ne pose ses pinceaux et se mette en grève. « Jeudi – 18 h. » Dessous, dans le même bleu granit que celui de la salle de bains, était inscrit en gros caractères enfantins : « Bonnes affaires !!! »

— « Vide-grenier » ? ai-je demandé à Davy en entrant dans la cuisine.

Il était assis à table, en train de buter sur des mots croisés, et j'ai vu que quelqu'un avait déjà commencé à remplir des cartons de vieilles poêles et casseroles, tandis que des piles d'assiettes ébréchées, des mugs ternis, des vases immondes, un grille-pain cassé dépourvu de cordon électrique et un mixeur qui ne marchait plus depuis longtemps encombraient toutes les surfaces.

— À ce qu'il paraît.

— Mais on vit toujours ici. On ne déménage pas avant des semaines.

— On ne se débarrasse pas de tout. Juste des choses dont on n'a pas besoin et dont on sait qu'on ne veut pas.

— On a besoin d'assiettes.

J'ai contemplé la pièce.

— Ça, ce sont les vieilles tasses à thé de ma mère. Vous ne pouvez pas les balancer comme ça.

— C'est une idée de Pippa. Elle a dit qu'on ferait bien de liquider nos actifs.

— Et ça, c'est quoi ?

Il a fixé l'objet, fronçant les sourcils.

— Je crois que c'est une vieille machine à faire les pâtes, sans l'espèce de poignée. Un peu rouillée, non ? Et ça, c'est la partie inférieure d'une sorbetière. Dario n'a pas réussi à retrouver le haut.

— Bon… Nos actifs ? a dit Pippa.

Davy a émis un petit gloussement. C'est l'un des rares hommes que je connaisse qui glousse comme une fille.

— Salut, Astrid.

Je me suis retournée. Mel se tenait dans l'encadrement de la porte, sa douce chevelure brune retombant sur son visage. Elle portait une jupe verte et un haut blanc sans manches, l'air frais et dispos. Je lui ai souri.

— Salut, toi.

— Je viens d'aller faire des courses. J'allais nous préparer une omelette. Tu en veux une aussi ?

— Non, ça va. Je prendrai quelque chose plus tard.

— Si tu changes d'avis…

Elle a posé ses courses et fouillé dans les cartons à la recherche d'une poêle.

— Que pense Miles de la vente ?

— Je ne suis pas tout à fait sûr que quelqu'un lui en ait parlé. Il n'est pas encore rentré.

— Je vois.

Soudain, un fracas épouvantable a retenti au-dessus de nos têtes. On aurait dit que le plafond allait s'effondrer d'une minute à l'autre.

— Bon sang, c'est quoi, ça ?

— Euh…

Davy m'a adressé une grimace.

— Peut-être bien Dario et Mick. En pleine liquidation de nos actifs.

— Mon Dieu, ai-je commenté. Mais au moins, Dario a retrouvé le moral. Il se vantait même de s'être fait tabasser, comme si c'était plutôt bon pour son image de marque. Ah, les hommes…

— Pas celui-ci ! a rétorqué Davy avec ironie. Moi, je ferais profil bas à sa place. Tu veux savoir qui t'a appelée aujourd'hui ?

— À part les journalistes ?

Il a tiré un bout de papier de sa poche.

— Le docteur Hal Bradshaw et une femme du nom de Rachel Lembas, une voyante.

— Je vais faire comme si tu ne m'avais pas transmis le message.

J'ai regardé Mel casser deux œufs dans un bol et commencer à les battre à la fourchette. Elle avait réussi à créer un espace domestique tranquille au milieu du chaos de notre foyer en pleine désintégration. Un autre coup violent s'est fait entendre au-dessus de nous, suivi d'un juron.

Sortant dans la délicieuse tiédeur du soir, je suis descendue dans le jardin pour me rendre à mon potager. C'était ridicule, mais c'était ce que j'étais le plus triste d'abandonner. J'ai repensé aux efforts que j'y avais consacrés, dans la pluie et le froid, et l'idée que Miles et Leah seraient les seuls à manger mes salades, mes betteraves et mes fèves m'emplissait de chagrin. M'accroupissant, j'ai entrepris d'arracher les mauvaises herbes. Je n'ai entendu personne, et ce n'est que lorsqu'une ombre est tombée sur moi que j'ai levé les yeux pour découvrir Miles.

— Salut, ai-je dit, et comme il ne répondait pas, se contentant de me dévisager d'en haut, l'air sombre, j'ai continué :

— Ça, ce sont des courgettes. C'est très facile à faire pousser. Il suffit de garder la terre humide. Miles ? Miles !

— Quoi ?

— Qu'est-ce qu'il y a ?

Poussant un soupir, il s'est assis sur l'herbe à côté de moi, sans se préoccuper de son beau costume foncé. Il avait l'air d'avoir chaud. De fines gouttes de sueur perlaient sur son crâne chauve et une moustache de transpiration ourlait sa lèvre supérieure.

— Qu'est-ce que je dois faire, Astrid ?

— Ce que tu dois faire ?

J'ai extirpé avec soin un pissenlit du sol, secouant ses racines pour en ôter la terre.

— Comment ça, faire ?

— Je veux dire, *faire*. Est-ce que je dois dire à tout le monde que c'était une erreur et que finalement ils peuvent rester ? Est-ce que je dois expulser tout le monde sur-le-champ ? Est-ce que je dois virer Dario, au moins, parce qu'il fait de ma vie un cauchemar permanent ? Est-ce que je dois dire à Leah que tout est fini entre nous ? Est-ce qu'on devrait partir, Leah et moi, et vous laisser ici, dans cette maison qui s'est transformée en antichambre de l'enfer ? Est-ce qu'on devrait tous juste…

— Arrête-toi là, Miles. Ça fait trop d'options.

— Est-ce si mal de ma part de vouloir vivre seul avec Leah ?

— Non, ai-je répondu. Je dois reconnaître que j'en ai marre de buter sur ses affaires dans l'entrée.

— Désolé. On n'a pas encore décidé où les ranger. Je vais lui dire de les mettre ailleurs.

— Ne t'en fais pas. Et ça n'a rien de mal.

— Alors, qu'est-ce que j'aurais dû faire ?

— Je n'en sais rien.

— Est-ce que je devrais ne jamais avancer, mais rester à jamais dans cette espèce de communauté de l'adolescence perpétuelle ?

— C'est ce que nous sommes ?

— Tu ne trouves pas que la façon avec laquelle Pippa, par exemple, a délibérément…

— Je ne veux pas prendre parti, Miles. Je sais que personne ne s'est particulièrement bien conduit. Y compris toi. Et Leah.

— Leah surtout, a-t-il affirmé.

— Tu ne peux pas te retrancher derrière elle.

— J'aimais rentrer à la maison avant, mais maintenant j'ai l'impression que tout le monde me hait, m'a-t-il confié.

— Je ne te hais pas.

— Astrid.

Sa voix s'est faite douce et tendre.

— Non. Ne fais pas ça.

— Pas quoi ?

— Tu sais très bien.

— Cette histoire avec Leah. Je crois que j'ai fait une énorme bêtise.

— Alors mets-y fin, si c'est ce que tu veux. Mais ne me mêle pas à ça. Ce n'est pas juste pour elle.

— Elle ne se préoccupe pas d'être juste vis-à-vis de toi, elle.

— C'est son problème.

— Les trucs qu'elle dit sur toi…

— Je ne veux pas le savoir.

— S'il n'y avait pas Leah, les choses pourraient redevenir comme avant.

— Pour un homme intelligent, t'es très con, parfois. Tu ne comprends pas que les choses ne redeviennent jamais comme avant ? C'est du passé, c'est fini, et bien fini. Et ne va pas tout mettre sur le dos de Leah.

— Comment se fait-il que tu sois si sage et angélique tout d'un coup ?

— Je ne le suis pas.

Il a chassé quelques brins d'herbe de son pantalon.

— Au fait, qu'est-ce qui se passe avec Owen ?

— Rien. D'ailleurs, ça ne te regarde pas.

— J'ai vu la façon dont vous vous regardez. Est-ce que vous avez…

— Arrête, Miles.

— Je ne veux pas m'immiscer dans vos affaires. Quand rentre-t-il de son voyage, au fait ?

— Je n'en sais rien, ai-je répondu avec une indifférence étudiée. Jeudi, je crois.

Je savais très bien que c'était jeudi. Je restais allongée dans mon lit le soir à penser à lui, me remémorant la sensation de ses mains sur mon corps, comptant les heures qui nous séparaient de l'instant où nous nous faufilerions dans les escaliers comme des voleurs dans la nuit, et refermerions la porte pour nous glisser sous les draps, nous couvrant l'un l'autre la bouche de la main pour que nul ne puisse nous entendre.

— Il n'est pas assez bien pour toi.

— Pas de ça avec moi, Miles. Aide-moi à arracher les mauvaises herbes ou dégage.

Le soir de la vente, le temps était chaud et lourd, avec de fortes averses tombant de temps à autre des nues grises et basses. Dario et Mick avaient sorti deux tables qu'ils avaient disposées devant la maison, et Pippa et Davy avaient pris une demi-journée de congé pour aider à trier les affaires. Campbell m'avait envoyée à Stockwell l'après-midi et je ne suis rentrée qu'à six heures moins vingt, heure à laquelle on aurait dit que le contenu tout entier de la maison avait été déversé dans le jardin de devant. Les tables disparaissaient sous le bric-à-brac et des objets plus volumineux – parmi lesquels j'ai distingué un vieux vélo, une ou deux chaises en bois auxquelles manquaient des lattes et un grand fauteuil qui perdait son rembourrage, une affreuse bibliothèque métallique, un pied de lampe en bois, un vieux matelas, un vieux lit pliant en toile qui semblait dater de la Première Guerre mondiale, une vilaine peinture à l'huile dont le sous-verre était fêlé. Et ils constituaient les objets *attractifs*, ai-je réalisé, par rapport à ce que Dario et Mick tractaient à présent hors de la maison : une baignoire en plastique peu résistante fissurée sur toute la hauteur d'un de ses flancs, qui traînait à la cave depuis que nous avions emménagé ; un rouleau de grillage à poule, un râteau qui avait perdu presque toutes ses dents ; un carton de tuiles en rab ; des bottes de pluie dépareillées ; une moitié de canne à pêche ; la guitare piétinée par Mick il y a des lustres et qui n'était plus qu'une carcasse de bois éclatée d'où pendaient quelques cordes.

— Ben, mon vieux ! ai-je commenté, tandis qu'Owen sortait en titubant, tirant derrière lui un sac de toile taché.

Il était revenu d'Italie le matin même et, à mon retour du boulot, s'imprégnait de l'esprit de la vente avec une ardeur qui m'a surprise.

— Qu'est-ce que c'est ?

— Une tente, a-t-il répondu. Elle fuit. Elle a toujours fui. Elle fuit tellement qu'on croirait dormir sous une gouttière.

— Bien. Mais tu ne peux pas jeter l'étagère à chaussures de Miles. Il s'en sert. Où sont toutes les chaussures qui vont dedans ?

Owen a haussé les épaules et continué de remorquer sa tente sous mon nez, semant des piquets tordus sur son chemin. Mais il s'est ensuite arrêté pour me lancer un regard qui m'a littéralement liquéfiée.

— Salut, Astrid, a déclaré Pippa en surgissant sur le seuil.

Ses cheveux étaient relevés n'importe comment sur le sommet de son crâne et elle avait une traînée de poussière sur la joue. Elle était en pleine forme.

— S'il y a des trucs dont tu veux te débarrasser, tu ferais mieux de te dépêcher. Les gens arrivent dans un quart d'heure.

— Personne ne va rien acheter de tout ça.

— On parie ?

— Où est Miles, au fait ?

— Je crois que lui et Leah nous évitent.

— Et Davy ?

— Il est parti nous chercher de la bière.

J'ai appuyé mon vélo contre le mur de la maison et me suis approchée de la table. Il y avait des livres (de cuisine, des romans, des biographies, des dictionnaires, des atlas, des récits de voyages, des livres de mathématiques et d'économie, de musique et de droit, des livres qui appartenaient à des bibliothèques et même à des écoles) ; et aussi des ustensiles de cuisine, des cassettes vidéo et des DVD, des coussins ornés de perles, un tapis, un vieux duvet tassé par endroits, des draps déchirés, un balai à franges, un séchoir à cheveux en forme de canard, une boîte à chaussures remplie de carillons à vent, des boîtes à biscuits en métal vides, et plusieurs paquets de cartes à jouer, incomplets, j'en étais quasi certaine.

— C'est joli, ça.

Je me suis penchée sur une boîte de bijoux.

— Ils sont à toi, Pippa ?

— Je ne les porte plus jamais, a-t-elle répondu avec désinvolture.

— Il y en a de ravissants. Tu ne peux pas vendre ces perles.

— Si, je peux.

— Je vais les acheter.

— On est censés faire le vide, Astrid ! s'est exclamé Dario.

Je l'ai arrêté pour examiner son visage. Dario était toujours couvert d'hématomes et enflé, et parlait d'une voix étouffée.

— Comment vas-tu ? ai-je demandé.

— Bien.

— Tu devrais te reposer.

— Non, a-t-il rétorqué. J'ai besoin de faire ça.

Davy est arrivé, portant un sac débordant de canettes qu'il a commencé à distribuer. J'ai pris la mienne et suis montée dans ma chambre, pour voir si je pourrais virer quoi que ce soit. Mais si la chambre de Pippa ressemble à la caverne d'Ali Baba, la mienne est plutôt minimaliste. Je me suis assise sur mon lit pour regarder autour de moi, me rendant compte du peu que je possédais.

J'ai entendu des pas monter les escaliers quatre à quatre, puis s'arrêter. On a frappé à ma porte.

— Qui est-ce ?

— Moi. Owen.

— Oh.

Je me suis levée de mon lit et j'ai passé mes doigts dans mes cheveux.

— Entre.

La porte s'est ouverte et Owen est entré, la refermant derrière lui.

— Je t'ai rapporté quelque chose.

Il m'a tendu une petite boîte.

— De Milan.

— C'est pour moi ? Je ne sais pas quoi dire. Merci.

— Il faut que tu l'ouvres.

— Bien sûr.

Soulevant le couvercle, j'ai découvert une paire de petites boucles d'oreilles en argent, rondes et avec des rayons, comme deux minuscules roues de bicyclette.

— Tu dois faire le rapprochement.

J'ai ôté les boucles d'oreilles que je portais et mis celles-ci.

— Qu'en penses-tu ?

— Elles te vont bien, a-t-il répondu. Mais qu'est-ce que j'y connais ?

Il y a eu un silence.

— Je ferais mieux d'y aller. Des trucs à transporter.

Une douzaine de personnes se pressaient déjà autour des tables. La plupart d'entre elles m'étaient inconnues. Parfois, ça me consternait : cela faisait des années que j'habitais dans cette maison, mais la majorité des gens qui vivaient dans la rue m'étaient toujours étrangers.

M'approchant des étals, j'ai regardé les résidus de notre vie commune, désormais tripotés par nos voisins. Bientôt, ils seraient éparpillés, et nous avec.

Pippa et Dario déballaient des vêtements d'un carton pour les étaler à l'extrémité d'une table. Je suis allée ramasser une longue jupe fleurie, laissant courir mes doigts sur le doux tissu.

— Certains de ces trucs ne sont pas si mal, ai-je commenté. Pourquoi tu t'en débarrasses ?

Pippa m'a jeté un regard de défi, qui semblait suggérer que je ne comprenais rien aux mystères des vêtements et de la mode.

— J'ai une règle, a-t-elle expliqué. De temps en temps, je fais le tour de mes affaires et, si je trouve un truc que je n'ai pas porté depuis six mois, adieu, même si je crois l'aimer beaucoup. Parce que, si je ne le porte pas, il y a forcément quelque chose qui ne va pas.

— Eh bien, je ne t'ai rien vue porter de tout ça, ai-je dit. Je ne roule pas vraiment sur l'or en ce moment mais je prendrai peut-être deux ou trois trucs. C'est combien ?

— Cinq livres pièce, a répondu Dario.

— Vraiment ? a demandé une voix derrière moi.

J'ai fait demi-tour et vu une femme aux longs cheveux bruns et bouclés, vêtue de façon extravagante.

— Tout ?

— Tout doit partir, a dit Dario.

La femme a fouillé avec impatience dans les vêtements, fourrant robes, jupes et chemisiers sous son bras. Son empressement était contagieux, créant une frénésie parmi les autres femmes rassemblées dans les parages. J'avais toujours la jupe à la main et j'ai réussi à saisir un superbe haut noir de style victorien avec un col en dentelle. Tout le reste est parti en quelques secondes et les femmes de Maitland Street et alentour tendaient frénétiquement des liasses de billets à un Dario et une Pippa presque alarmés. J'ai remis mon propre billet de dix livres et remonté mon butin jusqu'à ma chambre, me glissant devant Mick qui franchissait la porte avec un pied de lampe.

— Il nous reste quelques lampes ? ai-je demandé.

— C'est l'été, a répondu Mick.

Le temps que je ressorte, la nouvelle s'était répandue et la clientèle pas mal étoffée. Le seul vêtement encore à vendre était une capote militaire laissée par un précédent locataire. Mais il restait encore plein de choses à se disputer. Des gens dépensaient de l'argent pour acquérir des objets que nous aurions eu du mal à persuader les éboueurs d'emporter. Dario avait fixé le prix du grille-pain qui ne marchait plus à quinze pence. Un vieil homme lui en a offert cinq, et Dario lui a dit que le marché était conclu. J'étais plutôt émue à l'idée que notre toaster pourri serait réparé avec amour et qu'il vivrait une seconde vie à griller pour lui des tartines. C'était comme un cheval enfin rendu au refuge pour animaux après une vie de dur labeur. Seule restait la machine à faire les pâtes et à la poignée manquante, privée d'acquéreur et d'amour.

— Astrid Bell ? a demandé une voix.

J'ai regardé derrière moi. L'interlocuteur était un homme d'une petite soixantaine d'années, portant un costume gris, une cravate et des chaussures noires. Il avait une calvitie naissante et portait des lunettes.

— Moi-même, ai-je confirmé.

— Vous êtes la dernière personne à avoir vu ma femme.

J'allais lui répondre « Pas la *dernière* » mais me suis abstenue, parce que cela me semblait pinailler cruellement sur les mots.

— Vous devez être…

— Joe Farrell, a-t-il dit. Le mari de Peggy.

— Je suis désolée. J'ai vraiment été choquée et bouleversée par ce qui est arrivé.

— Vous voyez ce gosse là-bas, a-t-il demandé, montrant du doigt un adolescent en train d'essayer un vieux baladeur que vendait Dario.

— Je ne le connais pas, ai-je répondu.

— Moi non plus, a-t-il déclaré. Mais je sais qui c'est. Il fait partie de la bande qui a détroussé ma femme après sa mort.

— Ceux qui ont forcé votre voiture ?

— C'est ça.

— Comment le savez-vous ?

— Ils m'ont fait venir au commissariat pour me montrer des photographies. Il y figurait.

Il a tiré un mouchoir de sa poche et s'est mouché bruyamment. Sachant qui il était, je l'ai observé avec attention. Son visage était gris de chagrin, à moins que mon imagination ne me joue des tours. Il avait omis une zone le long de sa mâchoire en se rasant, maintenant qu'il n'y avait plus personne pour le lui faire remarquer. Il me semblait me rappeler qu'on l'avait convoqué pour l'interroger, pas juste en tant que témoin. La police pensait-elle qu'il avait pu assassiner sa femme ?

— Ils n'ont été poursuivis que pour vol, a-t-il repris. On les a remis en liberté sous caution, vous pouvez le croire ? Et maintenant, le voilà. Vous ne trouvez pas qu'il a un sacré toupet ?

Je n'ai rien trouvé à répondre. Tout me semblait inapproprié. J'aurais pu dire que le jeune homme habitait le quartier et que ça n'était donc pas si surprenant, mais cela aurait pu sembler manquer de compassion.

— C'est terrible, ce qu'ils ont fait, ai-je renchéri. Ils n'ont aucune excuse. Mais ils n'ont rien à voir avec la mort de votre femme. Ils n'étaient pas au courant. Ce n'étaient que de stupides gamins forçant une voiture.

— C'est ce que m'a dit la police, a répondu Farrell. Comment peut-on être sûr qu'ils ont raison ? Ils auraient pu l'agresser dans la rue, la laisser pour morte, puis revenir et forcer la voiture une fois la nuit tombée.

— Est-ce que la police l'a envisagé ?

— Je ne sais pas. Je leur en ai parlé et ils ont dit qu'ils enquêteraient, mais je ne crois pas que cela les ait intéressés. Ils ont surtout demandé si ma femme et moi nous disputions souvent et si je la soupçonnais d'être infidèle. Je savais ce qu'ils sous-entendaient. Ils m'ont même fait parler à un foutu psychiatre. Il m'a posé des questions sur ma mère.

— Oui, ai-je approuvé. Je l'ai rencontré, moi aussi.

Farrell n'a prêté aucune attention à ce que je venais de dire. De toute évidence, il avait juste besoin de quelqu'un à qui parler. Les mots se déversaient comme s'ils s'étaient accumulés durant les semaines écoulées depuis le meurtre de sa femme.

— C'est quoi, tout ça ? a-t-il demandé en regardant les scènes de frénésie qui se déroulaient sous nos yeux.

— On s'en va, pour la plupart, ai-je expliqué, du coup certains ont décidé de faire un grand ménage.

Farrell a reniflé bruyamment.

— C'est la chose à faire, a-t-il dit. Je quitterais le quartier si je pouvais. Ça fait plus de trente ans que je vis ici. Ils disent que ça s'améliore. Mais les racailles dans son genre sont toujours là.

Je n'ai rien dit. Je m'inquiétais un peu de ce que le jeune dont il parlait puisse l'entendre et que la situation n'empire encore.

— Peggy était vieux jeu, a dit Farrell. Elle croyait aux relations de bon voisinage. C'est pour cela que vous la connaissiez tous, n'est-ce pas ?

J'ai marmonné quelque chose d'inintelligible en guise de réponse. Je ne voulais pas lui dire que je n'avais pas connu sa femme ; que la première fois que j'avais entendu son nom complet, c'était après sa mort.

— Elle était observatrice, a poursuivi Farrell, et elle croyait qu'il fallait s'impliquer. Ces gamins des cités, ils traînent la nuit à renverser les poubelles, à briser des vitres et à bousculer des gens dans la rue. Les autres habitants faisaient mine de ne rien voir, mais elle n'hésitait pas à les reprendre et elle appelait la police à leur sujet. Non pas qu'ils aient jamais fait quoi que ce soit. Mais ces gosses savaient qu'elle n'était pas du genre à laisser passer. Alors ils y ont remédié.

— J'espère que la police va trouver qui a fait ça, ai-je dit.

— Ils ont laissé tomber. Je n'arrête pas de les appeler et ils assurent que l'enquête suit son cours. Mais quand avez-vous vu un policier par ici pour la dernière fois ?

Je n'ai pas répondu, car je me suis dit que cela ne ferait que rendre les choses encore plus confuses.

— Regardez ce gamin, a indiqué Farrell. Il est en train de piquer cette radio. Je ne vais pas le laisser s'en tirer comme ça.

J'ai agrippé sa manche pour le retenir.

— Ne faites pas ça, ai-je dit. Il va la rapporter chez lui et s'apercevoir qu'elle ne marche pas. Ça suffira comme punition.

Farrell m'a regardée d'un air gêné. Il était à l'évidence sur le point de partir.

— Si jamais l'envie vous prenait de venir prendre une tasse de thé, vous savez, pour parler de choses et d'autres, je suis en général chez moi le soir. Et le week-end. Avant que vous ne déménagiez.

— Avec plaisir.

— Avec des biscuits, a-t-il ajouté.

— Formidable.

Il s'est éloigné.

— Je compte sur vous, a-t-il dit, et je l'ai regardé se frayer un chemin à travers la foule et cheminer tout seul sur le trottoir.

Soudain, j'ai eu envie de fuir l'agitation et le bruit, aussi suis-je rentrée dans la maison, où je suis tombée sur Leah dans l'entrée, devant la chambre de Miles.

— Je ne savais pas que tu étais là, ai-je remarqué.

— Je viens d'arriver, a-t-elle répliqué. C'est un petit spectacle sordide que nous avons dehors.

— Je trouve ça plutôt drôle, ai-je rétorqué. Tu ne croirais jamais ce que les gens ont pu acheter.

Elle a froncé les sourcils.

— Oh, au fait, Astrid, Miles a apporté un sac de vêtements à moi ce matin. Tu les as vus ?

17

J'ai envisagé de prendre mes jambes à mon cou, mais Leah se tenait en travers de mon chemin et il m'aurait fallu la renverser pour pouvoir avancer.

— Je n'ai entendu parler d'aucun sac, ai-je répondu. Je n'étais pas là, vois-tu. Quasiment pas. Je peux y aller maintenant ?

Elle a haussé les épaules et s'est écartée, et je suis passée devant elle au pas de charge. En arrivant à ma chambre, je l'ai entendue traverser l'entrée à toute vitesse et ouvrir la porte. Je me suis assise sur mon lit et j'ai pris mon nouveau chemisier, enfouissant mon visage dans la douceur de son tissu. Il avait une odeur familière, onéreuse. J'ai poussé un soupir et attendu que le tohu-bohu commence.

Ça n'a pas tardé. Il y a d'abord eu un cri, un « Hé ! » lancé par une voix que je ne reconnaissais pas, puis un hurlement de rage à vous vriller les tympans.

Je me suis levée, étalant avec soin ma chemise sur l'oreiller.

Puis de nombreuses voix vociférant, sans que je parvienne à distinguer les mots, suivies d'un fracas et d'un regain de cris perçants.

J'ai descendu les marches en prenant mon temps. La porte d'entrée était grande ouverte et une scène délirante s'offrait à ma vue. Les deux tables avaient, semble-t-il, été renversées, et les choses qui se trouvaient dessus étaient éparpillées dans le jardin de devant et jusque sur le trottoir. Des jeunes farfouillaient en tous sens, au comble de l'excitation, et les gens continuaient d'affluer en masse. Sous mes yeux, une femme plutôt massive, portant un jean usé, un vieux pull surmonté d'un magnifique chemisier en soie orange trois fois trop petit, est passée en courant. Un nouveau cri s'est fait entendre. J'ai cru reconnaître la voix de Pippa, mais elle était hors de vue. Quelqu'un riait et applaudissait.

Peut-être, ai-je pensé, *pourrais-je rentrer dans la maison sans me faire voir, descendre ni vu ni connu au sous-sol, de là sortir dans le jardin, puis remonter l'allée furtivement et m'éloigner.* Mais alors même que je pensais ça, je me suis aventurée dehors pour observer, fascinée, les décombres qui gisaient devant moi. Les gamins des HLM ramassaient autant de débris qu'il leur était possible d'en prendre et j'en ai vu deux commencer à lutter férocement pour le vieux pied de lampe. Un groupe de filles défilaient avec des dessous en dentelle – ceux de Leah, j'imagine – sur la tête, se prenant les unes les autres en photo avec leurs téléphones portables. Leah était dans le coin, se battant avec la grosse femme dont le chemisier orange avait maintenant craqué de l'aisselle à l'ourlet. Davy était avec elles, bondissant d'un pied sur l'autre tout en essayant de les séparer de temps à autre, mais tout costaud qu'il était, leur rage était plus forte encore et il n'avait pas la moindre chance. Quelques résidents de la rue étaient rassemblés en un petit groupe interloqué, certains serrant contre eux des vêtements aux couleurs vives, et contemplaient le chaos, tandis que, sur le trottoir, se formait un attroupement. Un garçon est passé en trombe devant moi, le pied de lampe à la main, suivi par son rival.

Je me suis retournée vers Leah, qui tenait à présent les restes de sa chemise dans ses mains et se dirigeait à grandes enjambées vers un petit groupe de femmes d'âge moyen, décontenancées, debout près de l'allée.

— Rendez-les-moi, a ordonné Leah.

Elles l'ont regardée comme si elle était folle, avant de reculer.

— Mes vêtements, a dit Leah.

— On les a achetés, a répliqué l'une d'elles nerveusement.

— Oui, un prix correct, a ajouté une autre. Ceci m'a coûté cinq livres.

Et elle a exhibé une veste de style militaire avec une doublure rouge.

J'ai senti un coup de coude quand Davy est arrivé à ma hauteur. Il haletait et sa joue était écorchée. J'ai passé mon bras sous le sien.

— Comment c'est arrivé ? Non, ne me dis rien. Laisse-moi deviner. Pippa et Dario.

Il n'a pas répondu.

— T'en fais pas, tu n'as pas besoin de le dire. Essayons de remettre de l'ordre dans ce foutoir.

Je me suis avancée vers Leah et les femmes, enjambant un garçon qui grattait la terre à la recherche de morceaux de bijoux éparpillés. J'ai essayé d'adopter un ton officiel.

— Je crains qu'il n'y ait eu un malentendu, et que les vêtements que vous avez ne soient pas à vendre.

— On les a achetés.

— C'était une erreur. Vous serez remboursées.

— Je ne veux pas être remboursée.

— Moi non plus.

Derrière moi, Leah a émis un son étranglé. Je sentais la chaleur qui émanait de son corps.

— Rendez-nous les vêtements, et nous vous rendrons l'argent. C'est simple.

— Que faites-vous de celles qui sont déjà parties avec les leurs ?

— Je vais chercher l'argent. Cinq livres par article, c'est bien ça ?

De nouveau, Leah a poussé un gémissement de rage.

— Où est l'argent, alors ? Davy ?

— Quoi ?

— L'argent, où est-il ?

— L'argent ?

— La recette, ai-je précisé, aussi patiemment que possible.

— Elle était dans une boîte, a-t-il répondu, regardant autour de lui d'un air désespéré. Sur la table.

— Bien.

— Et puis… tu connais la suite.

— Bien.

Le jardin était un vrai dépotoir, noir de monde. Il restait encore des spectateurs sur le trottoir et, au milieu, Owen qui mitraillait la scène comme s'il se trouvait en zone de guerre. Son appareil photo était comme un talisman, qui le protégeait de toute implication dans l'affaire. Me retournant vers la maison, j'ai vu trois visages regardant tranquillement par une fenêtre du deuxième étage : Dario, Pippa et Mick.

— Donc, nous avons vendu le contenu de la maison, et la garde-robe de Leah. Et l'argent a disparu.

— On dirait bien, a dit Davy.

— Tu trouves ça drôle ?

— Non.

Il a eu un petit rire étranglé et j'ai senti mes propres lèvres s'étirer.

— Ça te fait rire ? m'a crié Leah à la figure.

— Bien sûr que non, suis-je parvenue à nier.

Je me suis dit qu'elle allait sauter sur la seule personne qu'elle avait sous la main : moi.

— Ça te fait rire, bordel ! Tu vends mes vêtements et ensuite tu glousses comme une sale gosse ! Comment tu te sentirais si c'était à toi que c'était arrivé ?

— C'est le cas, ai-je dit.

— Quoi ? s'est exclamé Davy.

— Mon vélo. Je l'avais laissé contre le mur de la maison. Il a disparu.

Davy s'est approché du mur comme si le vélo allait réapparaître comme par magie s'il fixait l'endroit du regard assez longtemps.

— J'ai mis des années à perfectionner ce vélo.

Les conspirateurs – Dario, Pippa et Mick – s'avançaient vers nous, arborant une même expression de surprise innocente, laquelle n'allait pas du tout avec le visage enflé de Dario.

— On était rentrés se reposer un peu, a déclaré Dario, quand on a entendu ce boucan.

Derrière nous, les femmes se sont éclipsées et, quelques secondes plus tard, je les ai vues s'éloigner en trottinant, serrant toujours contre elles les somptueuses affaires de Leah.

— On a vendu des vêtements de Leah, a dit Davy.

— Oh mon Dieu ! s'est exclamée Pippa.

— Vraiment ! a répété Dario.

Mick se balançait d'un pied sur l'autre.

— Comment est-ce possible ? On n'a fait que sortir tous les sacs de vêtements qu'on a vus.

Pippa a haussé les sourcils encore davantage.

— N'est-ce pas, Dario ?

— Oui.

Il a porté sa main à la bouche en une parodie de consternation.

— Mon Dieu, j'espère qu'on n'a pas sorti les tiens par erreur.

Leah les dévisageait avec mépris.

— Ils ont aussi embarqué le vélo d'Astrid, a dit Davy, mais personne n'a paru l'entendre.

Ils étaient enfermés dans leur petit monde de rage et de vengeance.

— Et la caisse, ai-je ajouté.

Ça, ils l'ont entendu. Toutes les têtes se sont tournées vers moi.

— Quoi ? s'est écrié Mick.

— La boîte avec la recette a disparu, ai-je répété.

— Comment ça ?

— Quoi, comment ça ? À ton avis ? Je n'étais pas là. Vous vous êtes enfuis, tous les trois, Leah s'est mise à se battre, Davy a essayé de les séparer, et Owen était occupé à prendre des photos.

Je me suis dévissé la tête pour chercher Owen des yeux. Il parlait à un autre homme muni d'un appareil photo. Mon moral s'est affaissé encore un peu : j'ai reconnu l'un des photographes qui me traquaient depuis que j'avais découvert le corps d'Ingrid de Soto.

— Manquait plus que ça.

— Quoi ?

— On pourra sans doute lire des articles sur nous dans la presse locale de demain. Et voici venir Miles, pour que la famille modèle soit au complet.

Nous l'avons regardé descendre la rue. Il avait l'air chic et décontracté mais, comme il approchait, une expression de perplexité est apparue sur son visage et il a pressé le pas, jusqu'à courir presque pour nous rejoindre.

— Que s'est-il passé ? a-t-il demandé en entrant dans le jardin. Ne me dites pas qu'il y a eu un autre…

— Non, non, a dit Davy. C'était juste…

Il s'est interrompu et a froncé les sourcils.

— Rien.

— Vous avez appelé la police ? Qu'est-ce qui se passe *encore* ?

— Je vais te dire ce qui se passe, a commencé Leah. Et ce que tes soi-disant *amis* ont fait.

— Pas maintenant, ai-je ordonné sèchement.

— C'était ton idée, n'est-ce pas ? a dit Leah, se tournant vers moi.

— C'est moi qui essaie d'arranger les choses.

— C'était une erreur, a dit Pippa.

— Une erreur, a répété Dario, hochant vigoureusement la tête.

— Est-ce qu'on peut s'occuper de tout ça d'abord, avant l'autopsie ? ai-je suggéré. Il faut faire sortir tout le monde de notre jardin.

— Ça devait n'être qu'un vide-grenier, a dit Miles d'une voix hébétée. Je ne comprends pas.

— Attends, ai-je ordonné. Aide-moi juste à les faire sortir. Davy, Mick ?

— Je vais vous aider, a proposé Pippa, joviale.

— Tu en as assez fait pour aujourd'hui.

— Oh, n'allez pas me mettre tout sur le dos. C'était une erreur.

— Oui, c'est ça.

— Il y avait beaucoup d'argent dans cette boîte, a dit Dario d'un air sombre. Je n'arrive pas à croire qu'elle ait disparu sans qu'on s'en aperçoive.

— Étonnant, vraiment, ai-je commenté d'un ton acide. Bon, pourquoi tu ne nous débarrasserais pas de ces filles, là ?

— Qu'est-ce que tu vas faire ?

Je n'ai pas répondu, mais me suis dirigée vers Owen et l'autre photographe.

— Ç'a un peu échappé à tout contrôle, n'est-ce pas, Miss Bell ? a lancé l'homme d'un ton jovial.

— Allez-vous-en.

— Pardon ?

— Vous m'avez entendue. Allez-vous-en. On ne veut pas de vous ici.

— Je ne suis pas chez vous. Je suis dans la rue.

— Partez.

— Mais…

— Sinon j'appelle la police et je leur dis que vous me harcelez. Vous ne me croyez pas ?

J'ai sorti mon téléphone de ma poche et commencé à composer le numéro.

— Une sacrée gonzesse que tu as là, Owen.

— Je ne suis pas une gonzesse et je ne suis pas à lui.

Peu à peu les gens se dispersaient. J'ai rejoint Pippa et Dario, qui tiraient sur des cigarettes au milieu des décombres.

— Où est passée Leah ? ai-je demandé.

— Elle est rentrée.

Dario a jeté son mégot au sol.

— Elle est un peu fâchée.

— Ça t'étonne ?

— Moi aussi, je suis fâché.

— Pourquoi ?

— Je comptais sur cet argent.

— Vous savez ce que je pense ? a dit Pippa. Il faut qu'elle s'en aille d'ici et ne revienne pas tant qu'on ne sera pas tous partis. Ça ne peut pas continuer comme ça.

— Je suis tout à fait d'accord avec la dernière partie.

Elle m'a regardée.

— Alors, tu vas lui dire ?

— Moi ?

— Ça passerait mieux si ça venait de toi.

— Elle me hait, ai-je rétorqué, et elle croit que j'essaie de lui piquer Miles.

— Miles t'écouterait, toi, a dit Pippa d'un air distrait.

— D'ailleurs, pourquoi est-ce qu'elle partirait ? C'est la petite amie du propriétaire, tu te rappelles ?

— Peut-être que Miles devrait partir, lui aussi. Ils pourraient s'en aller tous les deux, a suggéré Dario.

— Génial, ai-je commenté.

— Pas la peine d'être sarcastique.

— Je ne peux pas continuer à vivre comme ça, ai-je dit. Peut-être qu'on devrait déménager tout de suite, camper chez des amis, n'importe quoi d'autre.

— Alors elle aura gagné, a répliqué Pippa.

— Gagné ? Ce n'est pas un jeu. Écoutez, pourquoi ne pas vous excuser, tous les deux ?

— Nous excuser ? s'est exclamé Dario, l'air offensé.

— Ce n'est pas ma faute si Miles a laissé traîner son sac, a dit Pippa d'un ton guindé, bien qu'un peu gêné. Mais si ça peut arranger les choses, je lui dirai que je suis désolée que ses affaires se soient retrouvées vendues par erreur.

Les excuses ne se sont pas déroulées comme prévu. Leah n'était plus en proie à une colère noire : elle était d'un calme glacial et il y avait une lueur dans ses yeux qui m'a remplie d'appréhension.

— Écoute, a dit Pippa, je voulais juste te dire que…

— Non, toi, écoute-moi, a coupé Leah.

— Discutons sans nous énerver, a dit Davy.

— Je suis d'accord, a approuvé Miles.

— Certains ressentent de la colère, a poursuivi Davy.

— Qui se soucie de ce qu'ils ressentent ? a demandé Leah. C'est ce qu'ils ont fait qui compte.

— Mais…

— Je ne pense pas que tu fasses avancer les choses, Davy, a dit Pippa.

— C'est un rêve ? a demandé Dario. Peut-être bien. Ça expliquerait tout.

— J'aimerais bien que ce soit un rêve, a murmuré Miles, et que je puisse me réveiller, maintenant. Astrid, qu'as-tu à dire ?

— Pourquoi lui demander à elle ? s'est exclamée Leah. Vous faites tous ça, toute la foutue coloc. C'est tout le temps « c'est ce que dit Astrid » et « c'est ce que ferait Astrid » et « je vais aller demander à Astrid avant de savoir ce que moi j'en pense ».

— Ce n'est pas juste.

— Vous lui parlez tous derrière le dos de tout le monde. Astrid-l'ex-amante, Astrid-la-future-amante, Astrid-la-confidente, Astrid-la-meilleure-amie. Mais il y a encore des choses qu'elle ne sait pas. N'est-ce pas, Pippa ?

— Mais de quoi tu parles ? a rétorqué Pippa, piquée au vif.

— Tu ne le sais pas ? Peut-être qu'Owen le sait, alors. Owen ?

Owen l'a regardée fixement, et son visage s'est durci.

— Non ? Comme c'est bizarre. J'aurais pensé que c'était évident.

— Qu'est-ce que tu racontes, Leah ? a demandé Miles.

— Ne lui demande pas, ai-je dit. Ne te mêle pas de ça.

— Tu ne veux pas savoir ? a demandé Leah en se tournant vers moi.

Je l'ai ignorée, quittant la table et ramassant mon blouson.

— Après tout, Pippa est ton amie depuis un bail, a-t-elle poursuivi. Je pensais qu'elle te racontait tout, surtout sa vie amoureuse.

— Leah, a lancé Miles.

— Manœuvres de diversion, a soufflé Dario à mon oreille. N'y fais pas attention.

— C'est ce que je fais, ai-je répondu.

J'ai souri à Pippa, mais elle semblait incapable de me rendre mon sourire.

— Pippa et Owen. Tu ne savais pas ? Ils ne t'ont pas parlé de leur petite aventure ?

J'ai plaqué un petit sourire dur sur mon visage et baissé les yeux sur elle.

— Pourquoi l'auraient-ils fait ? ai-je demandé.

Son air triomphal a légèrement vacillé.

— Je croyais que toi et Owen… a-t-elle commencé.

— Eh bien tu te trompais.

Owen et moi avons échangé un regard.

— Autre chose ?

— Tu es une garce, Leah, a jeté Pippa.

— Salope, a aboyé Mick, avant de croiser les bras sur sa poitrine et de s'adosser à sa chaise.

— C'est ce qu'on appelle tirer sur le messager, a dit Miles.

— Et c'est ce que je suis toujours, pour toi, Miles, n'est-ce pas ? a jeté Leah. Ton messager.

Sur quoi, elle est sortie de la pièce avec raideur.

J'ai enfilé mon blouson, les mains tremblantes. J'essayais de paraître digne et pas le moins du monde affectée.

— Astrid…

— Non, Pippa. Ne dis rien. Ça va. Il n'y a aucun problème. J'ai juste besoin d'aller prendre un peu l'air.

— On était un peu ivres. Ce n'était rien qu'une fois.

— Peu importe, ai-je dit. Ça ne me regarde pas.

— Tu vas bien ? a demandé Miles, se levant pour poser une main sur moi, que j'ai écartée d'un haussement d'épaules.

— Pour l'amour du ciel, je vais bien. Pourquoi est-ce que ça n'irait pas ?

— Ne t'en va pas comme ça, a dit Davy. Tu ne crois pas qu'on devrait en parler ?

— Non, Davy, je ne crois pas. C'est peut-être curieux, mais je ne ressens pas le besoin irrépressible d'une séance de thérapie de groupe à ce sujet.

— Où vas-tu ? a demandé Miles.

— Dehors. Faire un tour à vélo.

— Tu n'as pas de vélo.

— Alors à pied.

— Je peux venir ? a demandé Pippa.

— Pas maintenant.

— Astrid…

— Pas la peine de dire *Astrid* comme ça. Il n'y a pas de problème. J'ai juste pas envie de rester là à en discuter.

— Si tu veux de la compagnie… a proposé Miles.

J'ai balayé la pièce du regard.

— Non. C'est bien la dernière chose dont j'ai envie.

J'ai fait une longue promenade, dans la douceur du soir, et ne me suis pas arrêtée avant d'atteindre le parc de Hackney Marshes. Plusieurs équipes jouaient au football sur les terrains, mais au-delà c'était étrangement calme et désert. On se serait presque cru non plus à Londres, mais quelque part non loin de la mer. Un quelque part merveilleusement loin des épouvantables et violentes querelles de la maison.

18

— Comment êtes-vous arrivée ici, Astrid ?

Kamsky me regardait dans les yeux. Le mouvement de ses lèvres ne semblait pas synchronisé avec ce qu'il disait. Et bien qu'il fût si proche de moi que je sentais l'odeur de café de son haleine, il me semblait par ailleurs distant, séparé de moi, comme par une vitre. J'avais l'impression d'être un poisson dans un aquarium, et qu'il m'observait de l'autre côté du verre. Je ne voyais pas de raison pressante de lui répondre. Et même si cela ressemblait à un rêve, ce n'en était pas un. C'était la réalité, et il allait falloir que je me fasse à cette idée.

— Tout va bien, a-t-il dit. Prenez votre temps, Astrid. Nous allons trouver quelqu'un pour vous parler. Aimeriez-vous une tasse de thé ? Un bon thé chaud et sucré ?

Il est sorti de mon champ de vision. J'ai balayé la pièce du regard. Il y avait un mug rempli de café sur la cheminée, une porte de placard ouverte. C'était comme si elle venait de sortir à l'instant, mais pour quelques secondes seulement, parce qu'elle allait revenir finir son café avant qu'il ne soit froid et refermer le placard, parce qu'elle n'était pas du genre à tolérer une porte ouverte. Par l'embrasure, j'apercevais un manteau noir et une veste en laine, une botte, un sac de toile. Peu de vêtements, puisque la plupart circulaient en ce moment dans le quartier de Hackney, portés par d'autres qu'elle. Sur le canapé, une robe de chambre en soie à fleurs et un livre de poche ouvert. Par terre, un carton et plusieurs sacs en plastique. Le carton contenait des assiettes, des carafes et une cafetière. Les sacs étaient remplis de draps, de serviettes, d'oreillers. Je distinguais sur les murs des rectangles plus clairs et des crochets, là où l'on avait ôté des tableaux. Ils reposaient maintenant contre un mur. Je ne voyais que celui à l'avant de la pile, une photographie encadrée d'un homme en costume et d'une femme en robe longue, fixant l'objectif avec raideur. Ses grands-parents. Peut-être ses arrière-grands-parents. Je ne connais pas le nom des miens. Ils avaient vécu, s'étaient mariés, avaient eu des enfants puis s'étaient éteints, et cinquante ans plus tard leur arrière-petite-fille ne connaissait même pas leurs noms. L'un d'entre eux s'appelait-il William ?

L'appartement était bondé à présent.

— Savez-vous qui je suis ? a demandé un homme.

— Oui, ai-je répondu. Vous êtes le docteur Bradshaw. Le docteur Hal Bradshaw. Vous êtes le psychiatre.

— Très bien, Astrid.

— Vous êtes venu vite, ai-je commenté. Vous êtes comme les pompiers ?

— Hein ?

— Vous êtes arrivé vite, ai-je expliqué. Comme un pompier. Sur les lieux d'un incendie, je veux dire.

— Il y a une femme avec moi, a-t-il dit. Elle voudrait faire un prélèvement sur vos mains. Vous êtes d'accord ?

Une femme s'est penchée devant moi. Elle portait un pull fauve. Un minuscule crucifix a glissé de son cou au bout de sa chaîne quand elle s'est inclinée en avant. Elle portait des gants en plastique. Elle s'est saisie de ma main gauche pour en exposer la paume. J'ai baissé les yeux.

— Oh Seigneur ! me suis-je exclamée. Oh, je suis désolée. Oh mon Dieu !

La main était éclaboussée de sang. J'ai senti quelque chose de froid dessus quand la femme l'a essuyée avec un tissu. Elle a mis le tissu dans un sachet transparent. Elle a pris un coton-tige et l'a passé sur le bout de mes doigts, me chatouillant presque.

— Vous permettez ? a-t-elle demandé et, avant que j'aie pu répondre, elle a examiné mes ongles. Ne bougez pas, s'il vous plaît.

Elle s'est emparée d'un petit instrument de métal brillant, semblable à une moitié de pince à épiler, avec lequel elle a gratté le dessous des ongles, un à un. J'avais l'impression qu'après m'avoir nettoyée, on me récurait. Puis elle a fait la même chose avec l'autre main. Comme par magie, l'inspecteur principal Kamsky avait réapparu.

— Astrid, a-t-il demandé, est-ce qu'il y avait une arme ?

— Quoi ?

— Un couteau. Près du corps. Ou sur la table.

J'ai secoué la tête.

— Astrid, a-t-il dit, un peu trop fort, comme si j'étais tout au fond d'une grotte ou perchée sur la saillie d'une paroi. Une femme policier est arrivée. L'agent Lynch. Nous allons vous laisser avec elle et vous allez vous dévêtir. Entièrement. Et vous enlèverez aussi tous vos bijoux et accessoires. Nous avons d'autres vêtements à vous passer. Vous comprenez ?

J'ai tressailli. L'idée me paraissait obscène.

— Pas ici, ai-je protesté. Je ne peux pas.

— Je suis désolé, a-t-il dit. C'est important.

Les hommes sont sortis, l'air gêné. L'agent Lynch a souri.

— Appelez-moi Gina, a-t-elle proposé. C'est la procédure. Ôtez-moi donc ça et enfilez ceux-là, après quoi vous aurez droit à une tasse de thé en récompense.

J'ai regardé autour de moi.

— Vous pouvez fermer les rideaux ? ai-je demandé.

— Je n'ai le droit de toucher à rien, a-t-elle répondu. Ne vous en faites pas. Personne ne peut voir de l'extérieur.

L'agent Gina Lynch a déplié ce qui ressemblait à un sac à linge en polyéthylène. J'ai balancé mes chaussures, roulé et ôté mes chaussettes, passé mon tee-shirt jaune vif au-dessus de ma tête.

— Il est un peu trempé de sueur, ai-je remarqué. Ça fait des heures que je pédale.

Elle a enfilé des gants chirurgicaux en les faisant claquer, avant de ramasser mes affaires. Comme si j'étais porteuse d'un virus quelconque. C'était peut-être le cas.

— On vous les rendra, a-t-elle promis.

J'ai fait glisser mon short de vélo noir le long de mes jambes et par-dessus mes pieds, avant de le lui remettre. Après quoi j'ai tendu la main vers le bas de survêtement.

— Je suis désolée, a-t-elle dit.

— Oh, pour l'amour du ciel, ai-je protesté. Vous n'êtes pas sérieuse ?

J'ai dégrafé mon soutien-gorge et l'ai fait glisser de mes bras. Puis j'ai descendu ma petite culotte et l'ai enlevée. Elle les a mis dans un sac plus petit, et je me suis retrouvée nue dans cet endroit sinistre. Si elle me voyait maintenant... L'agent Lynch a commencé à fouiller dans une sacoche pareille à celles des facteurs, en a sorti une culotte gris-bleu qu'elle m'a tendue.

— Je préfère ne pas savoir à qui elle appartient, ai-je dit.

— Elle est parfaitement propre, a assuré Lynch.

Je l'ai enfilée.

— Pas de soutien-gorge, j'en ai peur, a-t-elle déclaré, avant de me tendre un tee-shirt blanc.

Je l'ai enfilé, ainsi qu'un sweat-shirt bleu et un bas de survêtement rouge.

Elle a fouillé dans un autre sac. Elle m'a tendu une paire de chaussettes roulée en boule et des baskets noires.

— Je commence à me faire une sacrée collec, ai-je remarqué.

— Quoi ?

— Aucune importance.

— On ne savait pas trop pour votre pointure, mais elles vous permettront de rentrer chez vous. Je suis désolée, Astrid, mais je vais avoir besoin de vos boucles d'oreilles, de votre collier et de cette bague.

J'ai vite défait les boucles d'oreilles et ôté le petit collier de perles bleues que j'avais acheté près de l'écluse de Camden l'été précédent.

— Je ne suis pas sûre, pour la bague, ai-je dit. Un petit ami me l'a offerte quand j'avais dix-neuf ans. Je ne l'ai jamais enlevée depuis.

— Si ça pose un problème, on peut demander à quelqu'un de la couper.

— C'est bon, c'est bon, ai-je répliqué.

J'ai tiré dessus. Je n'ai pas réussi à lui faire passer la jointure, mais j'ai léché mon doigt, puis tiré jusqu'à ce que les larmes me montent aux yeux et que mon articulation cède, délivrant l'anneau. *Où était Tom aujourd'hui ?* me suis-je demandé. En lui remettant la bague, j'ai eu le sentiment d'avoir été dépouillée de tout ce qui faisait de moi la personne que j'étais. J'ai enfilé les baskets. Elles ne m'allaient pas trop mal.

— On vous donnera un reçu pour le tout, a expliqué Lynch, et on vous rendra ça en temps voulu.

Quand Kamsky et Bradshaw sont revenus dans la pièce, je m'attendais à ce qu'ils fassent un commentaire taquin au sujet des vêtements ridicules dont j'étais affublée, mais l'un et l'autre avaient l'air sérieux. Kamsky a fait un signe de tête à Bradshaw, suggérant un arrangement préalable entre eux. Kamsky m'a tendu un mug rempli de thé. Je me suis demandé où ils se l'étaient procuré. L'avaient-ils préparé dans sa cuisine ? J'en ai bu une gorgée avant de faire la grimace.

— Buvez, a ordonné Kamsky, penché sur moi comme un parent encourageant un petit enfant. J'ai vu des gens comme vous s'évanouir. Ça va vous faire du bien.

Quelque chose en moi s'est révolté à ces mots. La scène avait quelque chose d'horriblement anglais. Peu importait ce que c'était – une catastrophe naturelle, une scène de crime, le Blitz –, une bonne tasse de thé bien chaude arrangerait tout. Mais il était vrai que je me sentais faible et désorientée, et j'ai siroté la boisson bien trop sucrée pour me donner le temps de réfléchir et de me ressaisir. Chaque fois que je m'arrêtais de boire, Kamsky m'encourageait à continuer d'un geste, et j'avalais une autre gorgée, jusqu'à ce que le mug soit enfin vide et que je le lui rende comme une brave fille obéissante. Il a opiné du chef à l'adresse de Bradshaw, qui a acquiescé à son tour.

— Comment vous sentez-vous, Astrid ? a-t-il demandé.

— Mieux, ai-je répondu. J'étais un peu secouée. Enfin, vous savez…

— Oui, a-t-il approuvé. Nous savons. Avez-vous la tête qui tourne, mal au cœur, ou quoi que ce soit de cet ordre ?

— Je vais bien.

— Savez-vous où vous êtes ? a-t-il demandé.

— Qu'est-ce que vous voulez dire ? Bien sûr que je le sais.

— Je suis désolé, a-t-il continué, mais je dois vous poser des questions qui ont l'air stupides. Je dois déterminer si vous êtes en état d'être interrogée. Donc, vous savez de façon certaine qui nous sommes ?

— J'en ai une vague idée, ai-je répondu.

— Non, vraiment. Savez-vous qui nous sommes ?

— Oui, je le sais.

Il a lancé un regard à Kamsky.

— Qu'en pensez-vous ? a demandé ce dernier, comme si je n'étais pas là.

— Ça devrait aller, a répondu Bradshaw. Mais il vaudrait mieux que je sois présent.

— D'accord.

Il a regardé un policier debout près de la porte.

— Vous pouvez faire entrer Frank maintenant.

L'agent sorti, Kamsky et Bradshaw ont patienté en silence jusqu'à ce qu'un homme fasse son entrée. Vêtu d'un costume gris, il était plus âgé que Kamsky de quelques années, le sommet du crâne dégarni avec des cheveux gris argenté coupés très court sur les côtés. Il a posé sur Kamsky puis sur moi-même un regard dénué de toute expression.

— Astrid, a annoncé Kamsky, voici l'inspecteur principal Frank McBride.

— Bonjour, ai-je dit.

McBride n'a pas répondu. Il s'est contenté de me toiser.

— La situation presse, a affirmé Kamsky. Vous le comprenez, n'est-ce pas ?

— Oui, je comprends.

— Mais je dois vous rappeler que vous avez droit à la présence d'un avocat, si vous le souhaitez.

— Pour quoi faire ?

— Et je dois aussi vous prévenir que, bien entendu, tout ce que vous pourrez dire pourra être utilisé en tant que preuve ainsi qu'au tribunal.

— Je m'en doute, ai-je répliqué. Pour quelles autres raisons le dirais-je ?

— Exactement, a répondu Kamsky, avec un sourire.

Il a jeté un coup d'œil à McBride avant de poser de nouveau les yeux sur moi.

— J'ai bien peur qu'il ne vous faille faire de nouvelles dépositions. Nous allons vous ramener au commissariat, où il y aura des magnétophones, des avocats et beaucoup de paperasserie.

— Je commence à en avoir l'habitude, ai-je remarqué.

Nouveaux échanges de regards. En reprenant la parole, Kamsky avait l'air gêné.

— Ce que nous voulions en fait dire, Astrid, c'est que, si vous aviez quoi que ce soit à nous révéler, ce serait le bon moment.

— Je ne comprends pas, ai-je répondu. Qu'est-ce que vous insinuez ?

— Je vais essayer de dire les choses de la manière la plus simple possible, a continué Kamsky. Des experts examinent chaque centimètre carré de cette scène de crime. Nous allons découvrir la vérité sur ce qui s'est passé ici. Le corps de Leah Peterson se trouve toujours à une dizaine de mètres de l'endroit où nous sommes en train de discuter. Ne serait-ce pas une bonne chose de mettre fin à tout ça ?

J'étais persuadée d'être incapable de ressentir quoi que ce soit d'autre, mais je commençais à distinguer ce qu'on me disait. C'était comme si l'on frappait à coups de poing, sans discontinuer, un bleu nouvellement formé.

— Je ne comprends pas la question, ai-je répondu d'un air hébété. Je crois que vous devriez dire ce à quoi vous pensez.

— Ne tournons pas autour du pot, a dit Kamsky. Il va y avoir une enquête très importante et très minutieuse. Ce n'est que le début. Mais si vous avez quelque chose de concret à nous offrir, ça serait sans doute une bonne idée de le faire maintenant. Si vous êtes impliquée d'une quelconque façon dans ce qui s'est passé, si vous savez quoi que ce soit, si vous avez des soupçons sur quelque chose, je vous promets, Astrid, qu'il serait préférable, pour mille raisons, que vous nous le disiez tout de suite.

— Vous êtes fou ? me suis-je exclamée. C'est moi qui vous ai appelé. Croyez-vous que j'aie quelque chose à voir avec ce cauchemar ?

Kamsky a regardé McBride et haussé les épaules dans un geste d'impuissance, comme pour demander de l'aide. McBride a saisi l'une des chaises de salle à manger, l'a tirée et s'est assis face à moi.

— Eh bien, oui, nous le croyons, a-t-il dit.

Il avait un léger accent écossais.

— Vous avez vu le corps ?

— C'est moi qui ai appelé la police.

— Mais vous l'avez bien vu ?

— Regardez, ai-je répondu en levant les mains.

McBride a fait la grimace.

— Pour l'amour du ciel, a-t-il dit, pourquoi est-ce que personne ne s'est occupé de ça ?

— Ils ont fait des prélèvements.

— Ce n'est pas ce que je voulais dire. Enfin bref, l'état du corps de Leah Peterson vous a-t-il rappelé quelque chose ?

— Il était exactement comme le corps d'Ingrid de Soto. C'est évident. Qu'est-ce que vous voulez que je vous dise ?

McBride a tiré un petit carnet de sa poche pour le consulter.

— Alors pourquoi étiez-vous ici ?

— Pour récupérer un paquet.

— Les gens vont arrêter de vous demander de venir chercher leurs paquets, Miss Bell. Ils vont commencer à se dire que vous portez la poisse.

Je n'ai pas répondu.

— Avez-vous été surprise d'être appelée chez quelqu'un que vous connaissiez ?

— Je ne savais pas qu'elle habitait ici.

— C'est le domicile de la fiancée de votre ex-petit ami ?

— Oui.

— L'inspecteur Kamsky a appelé vos bureaux. Une fois de plus. Ils commencent à avoir l'habitude d'avoir de ses nouvelles. Il a demandé une preuve écrite de la transaction. Ça tombe mal mais ils n'en ont pas.

— Parfois nous faisons des courses pour du liquide, ai-je expliqué. Au noir. Ça arrange tout le monde.

— Pas forcément, a répliqué McBride. Et pourquoi vous ?

— Ils ont insisté pour que ce soit moi.

— C'est inhabituel ?

— Oui. Mais je crois que Campbell m'a vaguement expliqué que la femme avait peur que des hommes viennent chez elle. Il faudra voir ça avec lui.

— Vous pouvez être certaine que nous le ferons, a affirmé Kamsky d'un air sombre.

Puis il y a eu un long silence.

— Miss Bell, a fini par dire McBride, avez-vous quelque chose à nous signaler ? Quelque chose qui pourrait nous épargner à tous tout un tas d'ennuis.

— Je ne vois pas ce que vous voulez dire.

McBride a lancé un regard à Kamsky, puis s'est retourné vers moi.

— Très bien, a-t-il dit. Je vais reformuler ma question. Comment décririez-vous vos rapports avec Leah Peterson ?

19

J'ai fixé McBride, qui m'a rendu mon regard, le visage impassible. Dehors, j'entendais un oiseau chanter et je me suis dit que c'était sans doute le merle que j'avais vu perché dans l'arbre juste devant la maison, à mon arrivée. Cela paraissait loin dans le passé maintenant, un monde entraperçu par le mauvais bout d'un télescope. J'ai songé à la façon qu'ont les choses ordinaires de l'existence de se transformer souvent en instants de bonheur lorsqu'on se retourne sur elles. On ne le comprend pas sur le moment.

— Mes rapports avec Leah Peterson, ai-je répété, d'une voix qui ne semblait pas m'appartenir.

Leah Peterson : cela paraissait si formel.

— Pas ici, Frank, a désapprouvé Kamsky. Pas comme ça.

McBride a haussé les épaules.

— Très bien, dans ce cas…

Kamsky m'a saisie par le coude et m'a aidée à me mettre sur pied ; j'ai tenu bon, tanguant légèrement.

— Venez, a-t-il ordonné.

— Hein ? Où allons-nous ?

— Au commissariat.

— Je veux rentrer chez moi, ai-je dit, bien que ce ne fût pas vrai.

Je ne voulais pas rentrer chez moi si cela signifiait retourner à l'épave en voie de désintégration de Maitland Road. Et soudain, aussi clairement que s'il s'était tenu devant moi, j'ai vu le visage de Miles, son crâne lisse aux veines saillantes et ses yeux marron. Le souffle court, j'ai porté ma main à ma poitrine.

— Qu'y a-t-il ? a demandé aussitôt Kamsky.

— Ils sont au courant ?

— Qui ?

— Miles. Eux tous.

— Vous n'avez pas besoin de penser à ça pour l'instant, a dit Bradshaw, de cette voix rassurante qui me donnait envie de le frapper.

— Mais je…

— Astrid, a coupé Kamsky, et quelque chose dans le ton de sa voix m'a fait froid dans le dos, est-ce que vous comprenez dans quelle situation vous vous trouvez ?

— Ma situation ? Je comprends que Leah est morte.

— Oui, a-t-il approuvé. Margaret Farrell, Ingrid de Soto, Leah Peterson. Toutes mortes.

— Qu'est-ce que vous…

— Et toutes vues pour la dernière fois par vous.

— La voiture attend dehors, a dit McBride. Procédons dans les règles. Hal, suivez-nous, si vous voulez bien.

Ils m'ont fait traverser l'entrée et sortir de la maison dans le jour bleu et chaud. Dehors se trouvaient une ambulance, trois voitures de police et une foule qui s'assemblait déjà. J'ai eu le sentiment d'être en scène : tout ce qui se passait me semblait irréel – les vêtements que l'on m'avait fait mettre étaient un costume, le public de badauds avides les figurants d'une scène de foule ; le corps reposant dans la maison faisait juste semblant d'être un cadavre. J'ai baissé les yeux sur le trottoir, tâchant d'éviter le regard brillant de curiosité de la femme la plus proche de la voiture, et me suis laissé asseoir dedans. Kamsky a pris place à côté de moi et McBride sur le siège du passager. J'ai fixé la nuque du conducteur, rose et boutonneuse sous ses cheveux ras.

— Mon vélo, ai-je commencé. Enfin, il n'est pas à moi. Campbell me l'a prêté et…

Mais je me suis brusquement tue.

— Ça n'a pas d'importance.

J'ai tourné la tête vers la fenêtre pour ne pas avoir à faire face au visage grave de Kamsky en train de me dévisager. J'ai regardé le monde défiler de façon floue : des voitures, des maisons, des gens qui se déroulaient comme un film devant moi. J'ai essayé de ne pas penser au visage tailladé de Leah ni à ses yeux, vides et vitreux, qui me contemplaient sans me voir.

— Nous y voilà, a annoncé Kamsky.

Le policier qui était au volant m'a ouvert la porte. Il a évité mon regard tandis que je sortais de la voiture et que j'entrais dans le commissariat que je ne connaissais que trop bien, McBride et Kamsky m'encadrant de part et d'autre comme s'ils craignaient que je ne prenne mes jambes à mon cou. Une femme d'âge moyen vêtue d'une longue jupe était agenouillée dans le vestibule, gémissant et tâtonnant à la recherche des objets qui avaient dû rouler hors de son sac, mais Kamsky m'a fait faire un écart pour l'éviter comme s'il s'agissait d'une borne sur la route, et m'a menée tout de suite dans une pièce nue, avec une table au centre et des chaises de plastique autour.

— Asseyez-vous, m'a-t-il ordonné, et je me suis posée sur l'une d'elles.

McBride a fermé la porte et en a tiré une autre en face de moi, croisant les bras.

— Vous n'allez pas me proposer une autre de tasse de thé pour le choc ? ai-je demandé à Kamsky. C'est ce que vous faites d'habitude quand je suis ici.

— Écoutez, Astrid, souhaitez-vous la présence d'un avocat ?

— Quoi ?

— Souhaitez-vous…

— J'ai entendu ce que vous avez dit. Je voulais dire, vous voyez bien… *Quoi ?*

— C'est votre droit, a précisé McBride.

Une jeune femme est entrée, munie d'un magnétophone qu'elle a posé sur la table. Kamsky s'est penché pour le mettre en marche.

— Pourquoi diable est-ce que je voudrais un avocat ? Je n'ai rien fait de mal. J'ai trouvé Leah morte et je vous ai appelés, après quoi j'ai attendu que vous arriviez.

J'ai frissonné.

— Assise à côté de son cadavre. Il a changé, même en si peu de temps. Il est devenu encore plus mort, si vous voyez ce que je veux dire. Plus froid, plus gris et plus rigide.

— Dois-je comprendre que vous ne voulez pas d'avocat ?

— C'est ça. Je n'en veux pas et je ne sais pas pourquoi vous pensez que je devrais en vouloir, et de toute façon ce que je veux vous demander…

— Miss Bell, a coupé McBride de sa douce voix à l'accent écossais. C'est nous qui voudrions vous demander certaines choses.

— Il y a quelques semaines, je n'avais jamais vu de mort de ma vie. Pas même étendu au bord de la route après un accident.

— J'aimerais revenir à la question que je vous ai posée dans la maison. Quel rapport aviez-vous avec Leah Peterson ?

— C'était la compagne de Miles, qui est le propriétaire de la maison où je vis.

— Mais vous la connaissiez ?

— Plus ou moins.

— La décririez-vous comme une amie ?

— Non.

— Aviez-vous des rapports amicaux avec elle ?

J'ai jeté un coup d'œil à Kamsky, dont le visage était impassible.

— Non.

— Vous étiez en mauvais termes avec elle ?

— Vous donnez l'impression que c'est mal.

— Vous étiez-vous disputée avec elle ?

— On pourrait dire ça. C'était quelqu'un avec qui il était facile d'entrer en conflit. Elle a fait tout son possible pour nous fâcher tous. Demandez-lui.

J'ai désigné Kamsky de la tête.

— En fait, tous les colocs…

— Nous en viendrons aux colocataires plus tard. Répondez à la question. Aviez-vous eu une dispute particulière avec elle ?

— Oui.

J'ai inspiré profondément.

— Plus d'une.

— À quel sujet ?

— Elle nous faisait expulser de la maison.

J'ai fait une pause.

— Ce n'est pas tout à fait ça. Miles nous jetait dehors parce qu'il est propriétaire. Mais c'est Leah qui voulait nous voir partir, et je peux le comprendre. C'est la manière dont elle l'a fait qui ne nous semblait pas correcte. Miles s'est retranché derrière elle et l'a laissée faire le sale boulot.

J'ai regardé Kamsky.

— Vous l'avez vue à l'œuvre. Et puis il y a le fait que je sois sortie avec Miles. Ça n'aidait pas. Ensuite…

J'ai hésité, me suis éclairci la gorge, avant de reprendre :

— Ensuite elle a essayé de semer la discorde entre Pippa et moi, l'autre femme de la maison, mon amie, en me racontant que Pippa et Owen avaient eu… comment diriez-vous ? des « relations sexuelles ». Oui. Et en plus…

J'étais soudain incapable de continuer.

— Vous voyez le tableau, ai-je dit d'un air misérable.

— Voyons si je vous ai bien comprise, a commenté McBride, la voix plus douce que jamais. Vous étiez tous en train de vous faire expulser de votre maison par Leah Peterson ?

— C'est elle qui poussait à la roue.

— Elle était aussi la petite amie du propriétaire, avec lequel vous avez eu, un temps, une relation intime.

— Oui.

— Elle vous a provoquée avec des informations concernant votre petit ami actuel et une autre femme dans la maison.

— Ce n'est pas mon petit ami.

Je me suis interrompue et me suis frotté le visage de la main qui n'était plus ensanglantée.

— Mais c'était quelqu'un d'important pour moi, ai-je ajouté à voix basse. Leah le savait. Ou le sentait.

— Vous vous êtes disputées hier soir ?

— Oui.

— Vous étiez en colère contre elle ?

— Oui. Et humiliée, j'imagine.

— Et maintenant, elle est morte.

— Oui.

— Et vous avez découv…

— J'ai changé d'avis.

— Pardon ?

— Je souhaiterais la présence d'un avocat.

Il y a eu un silence. Ils m'ont fixée tous les deux.

— Très bien. Avez-vous votre propre avocat ou aimeriez-vous que nous en contactions un pour vous ?

— Je ne sais pas. Je ne me suis jamais retrouvée dans cette situation avant. Je ne sais pas ce que je suis censée faire. Mais non, non… je connais quelqu'un que je peux appeler.

Se penchant en arrière hors de sa chaise, Kamsky a tendu la main vers le téléphone sans fil posé sur l'étagère derrière lui et me l'a passé.

— Je peux faire ça en privé ? Non, ne vous donnez pas la peine de répondre.

— Faites le 9 pour avoir une ligne externe.

Je me suis détournée des deux hommes et j'ai composé le numéro. Mes doigts semblaient trop gros pour les touches et j'ai dû m'y reprendre à plusieurs fois. Dehors, le soleil s'est caché derrière un nuage et la pièce s'est soudain assombrie. J'ai entendu la sonnerie puis une voix enjouée :

— Rathbone and Hurst.

— Bonjour, ai-je dit. Pourrais-je parler à Philippa Walfisch ? Dites-lui que c'est de la part d'Astrid Bell.

— Je vais essayer de vous la passer. Ne quittez pas.

Il y a eu un silence. Le soleil a réapparu et la pièce s'est éclaircie. Ma main glissait sur le combiné.

— Astrid, Dieu merci, tu appelles. Ça fait des heures que j'essaie de te joindre sur ton portable – je voulais te dire à quel point je suis désolée. Je suis stupide et inconséquente et merdeuse, mais j'espère que tu sais que je ne ferais jamais rien qui puisse te blesser et si j'avais cru un seul instant que…

Cela a représenté presque trop d'efforts que de l'interrompre et de lui dire que je ne l'appelais pas pour ça, et que j'avais besoin de son aide.

— Oui, tout ce que tu veux, a-t-elle répondu avec empressement. Demande-moi, et je le ferai.

— Je suis au commissariat de Hackney. Je crois que j'ai besoin d'un avocat.

— J'arrive. Je fonce sans perdre un instant. Dis-moi juste ce qui se passe.

J'ai contemplé le combiné, puis ouvert la bouche. J'ai entendu les mots en sortir, mais cela ne rendait pas la situation plus réelle.

— Leah est morte. Assassinée.

Il y a eu un silence absolu. J'ai pressé le téléphone contre mon oreille, mais je ne l'entendais même pas respirer.

— Je suis désolée, ai-je ajouté, misérable.

— Morte ? a enfin réussi à dire Pippa.

— Oui.

— Leah ?

— Oui.

— Je ne comprends pas. Qu'est-ce que tu fais avec la police ?

— Je… je l'ai trouvée, Pippa. C'est moi qui ai trouvé le corps.

— Seigneur, l'ai-je entendue murmurer. Mon Dieu. Mais qu'est-ce qui se passe ?

— Tu peux venir m'aider ? J'ai peur.

— Je ne peux pas, a-t-elle répondu. Je suis impliquée.

— Oh, ai-je commenté avec lassitude. Qu'est-ce que je fais alors ?

— Ne bouge pas. Je vais contacter quelqu'un. Il s'appelle Seth Langley, et c'est un ami. Ne dis rien avant qu'il arrive.

— Et s'il ne peut pas ?

— Ne t'en fais pas pour ça. Il peut venir au lieu de déjeuner avec moi.

— Seth Langley ?

— C'est ça.

— Pippa ?

— Quoi ?

— On nage en plein cauchemar.

Seth Langley est arrivé. Il était très noir, très grand, très calme. Il a demandé à Kamsky s'il pouvait rester seul avec moi une minute. Kamsky a froncé les sourcils mais accepté.

— Comment vous sentez-vous ? a demandé Seth.

— Un peu sous le choc, ai-je répondu.

— Avez-vous quelque chose à me dire ? a-t-il interrogé.

— Une seule chose : je n'ai rien à voir avec aucun de ces crimes.

— Cela n'est pas tout à fait exact, a répliqué Langley. J'ai parlé avec Pippa avant de venir.

— Je veux dire, je ne suis pas impliquée de manière criminelle.

— Y a-t-il quelque chose que vous voudriez m'avouer ?

— Comme quoi ?

— Si je dois vous représenter, il est préférable que les mauvaises surprises soient révélées d'emblée.

— Je vous l'ai dit, je n'ai aucun rapport avec les meurtres.

— Ce n'est pas à ça que je pense, a répliqué Langley. Y a-t-il quoi que ce soit que vous auriez gardé pour vous, parce que vous avez cru que ça pourrait être gênant ?

— C'est assez gênant comme ça, ai-je répondu. Je me suis retrouvée dans un gros conflit avec Leah. Kamsky, l'inspecteur de police, en a même été en partie témoin.

— Si quoi que ce soit d'autre doit être divulgué, je vous assure qu'il est préférable de l'admettre devant moi maintenant plutôt que d'attendre que les journalistes ou la police le découvrent la semaine prochaine.

— Il n'y a rien d'autre, ai-je réaffirmé. Je n'ai rien à cacher.

— Peu de gens peuvent en dire autant, a commenté Langley. Dans ce cas, faisons-les revenir.

Il m'a appelée « sa cliente » et s'est assis à côté de moi, parlant lentement et clairement, comme si j'étais dure d'oreille. Parfois il me laissait m'exprimer, parfois il me conseillait de ne pas répondre à une question. Ils m'ont redemandé sans fin les mêmes choses – heures, lieux, noms, faits –, se jetant sur chaque erreur, chaque confusion, chaque contradiction. J'avais l'impression que les mots étaient devenus des pièges qui risquaient de se refermer brutalement sur moi sans prévenir.

Ils semblaient en particulier intéressés par ma relation avec Miles. Combien de temps avait-elle duré ? Avions-nous été très proches ? Dans quelles circonstances nous étions-nous séparés ? Avais-je été jalouse de Leah ? Leah avait-elle été jalouse de moi ? Avais-je eu des sentiments d'animosité envers Leah ?

— Oui, ai-je répondu avant que Seth ne puisse m'en empêcher.

— Vous lui vouliez du mal ? a demandé McBride en se penchant en avant.

— Bien sûr que je lui voulais du mal. Je voulais qu'elle souffre et qu'elle se sente coupable. Par moments, je l'ai haïe plus que je n'ai jamais haï qui que ce soit, de mémoire. Je voulais effacer cette expression suffisante de son visage.

— Astrid, a averti Seth.

— Non, écoutez-moi. Et alors ? Il y a plein de gens que je n'aime pas, que je déteste même, ce qui ne veut pas dire que je veuille les voir morts. Ou même si j'avais réellement envie de les voir morts, ça ne veut pas dire que je passerais à l'acte. C'est ridicule.

Et après : quels étaient mes sentiments quand j'avais découvert que mon amant occasionnel – eh oui, ai-je admis d'un air malheureux, j'avais eu des rapports sexuels avec Owen en plus d'une occasion – avait couché avec mon amie ? Et encore : s'il avait couché avec Pippa, était-il possible qu'il ait aussi couché avec Leah ? Était-ce cela que j'avais découvert la nuit dernière ?

— Vous n'y êtes pas du tout, ai-je répliqué.

— Voyons voir, a poursuivi McBride, feuilletant les notes qu'il avait griffonnées. Vous avez eu une liaison avec Miles Thornton, votre propriétaire et le compagnon de Miss Peterson. Ensuite, il y a cet Owen Sullivan, qui vit dans la maison. Vous avez eu des relations sexuelles avec lui, et lui a eu une liaison avec une autre occupante des lieux, Philippa Walfisch.

— Ça n'était pas vraiment une liaison, l'ai-je coupé.

— Enfin bref, ils ont l'air d'avoir pris du bon temps, en tout cas.

— Ce n'est pas le mot que j'emploierais.

— Je vous demandais si Miss Peterson et votre petit ami…

— Qui n'est pas mon petit ami.

— … s'ils avaient pu avoir une relation sexuelle.

— C'est ridicule.

— Pour quelle raison ?

— Owen la déteste, pour commencer.

McBride a levé les yeux de son carnet.

— Assez pour la tuer ? a-t-il demandé.

Je ne voyais pas de réponse qui ne puisse aggraver les choses, et nous avons fait une pause. J'ai pris un café trop fort qui m'a donné la nausée, et une cigarette qui a achevé de me rendre malade. Seth a passé des coups de téléphone. Dehors, le ciel était tout à fait dégagé désormais. J'ai regardé la pendule sur le mur de la salle d'interrogatoire : il était deux heures et demie. Que se passait-il maintenant à Maitland Road ? Savaient-ils que Leah était morte ? J'ai frotté mes yeux endoloris de mes poings : je me sentais engourdie et envahie d'une espèce d'abattement.

Nous avons repris depuis le début – « recommencé », comme l'a exprimé McBride. Cette fois-ci, Hal Bradshaw était également présent, avec son visage compatissant. Je préférais l'expression impénétrable de Kamsky ou même l'hostilité de McBride à la façon qu'il avait de me regarder comme s'il savait sans le moindre doute ce qui se passait dans ma tête. Comment l'aurait-il pu ? Je ne le savais pas moi-même. Il m'a demandé ce que je ressentais vis-à-vis de Leah. Comment j'allais, comme s'il était mon médecin, comme s'il était mon ami. Je lui ai fait des réponses brèves, sans rien de significatif. Il était dans leur camp. Une fois qu'il est apparu clairement que sa tactique consistant à me faire parler, pratiquer la libre association, pour que je me trahisse, ne fonctionnait pas, il a lancé un regard impuissant à Kamsky.

— Nous tournons en rond, a dit Langley. Vous êtes en train de faire perdre son temps à Miss Bell.

— Perdre son temps ? s'est exclamé Kamsky, soudain irascible. Il y a eu trois meurtres. Avec lesquels votre cliente a un lien.

— Elle s'est montrée on ne peut mieux disposée à répondre à toutes vos questions. Si vous avez besoin d'informations, demandez-les-lui. Sinon, je pense que nous devrions mettre fin à cet entretien.

Je m'attendais à ce que Kamsky se mette en colère, à ce qu'il s'emporte, mais il a juste eu l'air las. Il s'est tourné vers McBride.

— Vous pouvez nous laisser un instant ? a-t-il demandé.

McBride nous a gratifiés d'un regard méprisant, Langley et moi, avant de sortir en claquant la porte. Kamsky a pris son temps avant de reprendre la parole. Il a passé un ongle entre deux dents, comme pour déloger un résidu alimentaire coincé.

— J'espère que votre avocat vous a bien conseillée, a-t-il dit.

Il a prononcé le mot « avocat » d'un ton légèrement sarcastique, comme si Langley faisait seulement semblant d'en être un et que je l'avais fait venir sous des prétextes fallacieux.

— Vous avez vu que le visage de la victime était mutilé de la même façon que celui d'Ingrid de Soto ?

— Oui.

— Mais nous n'avons pas retrouvé le couteau. À qui avez-vous parlé du visage d'Ingrid de Soto ?

— Personne.

— Certaine ?

— Oui.

— Je vais formuler la chose aussi clairement que possible, pour que nous sachions tous de quoi il retourne. Un, vous percutez la portière de Margaret Farrell et, quelques minutes plus tard, voire moins, elle est assassinée. Détail mineur, son corps semble avoir disparu pendant plusieurs heures, avant de réapparaître à l'endroit où il a été découvert. Deux, on vous envoie récupérer un paquet chez Ingrid de Soto et vous arrivez pour découvrir que, quelques instants auparavant à peine, on l'a tuée et mutilée. Il n'y a aucun signe d'effraction, pas d'arme sur le lieu du crime, et pas de paquet à récupérer. Trois, on vous envoie ensuite prendre un autre paquet chez quelqu'un, et sur place vous découvrez que, quelques minutes plus tôt, Leah Peterson a été assassinée et mutilée de la même manière qu'Ingrid de Soto. Encore une fois, il n'y a ni paquet ni couteau sur les lieux. Vous ne pouvez pas nous en vouloir de souhaiter vous interroger.

— Je sais, ai-je répondu avec lassitude.

— Les gens se comportent de manière inattendue dans les situations extrêmes, a repris Kamsky, avec douceur maintenant. Ils se rappellent et oublient les choses les plus étranges. Ils font les choses les plus étranges. Presque par accident. Comme s'ils étaient devenus quelqu'un d'autre. Ils ne sont pas eux-mêmes.

— Écoutez, ai-je répliqué, vous n'avez pas besoin de faire appel à la ruse pour me faire parler. Vous n'avez pas besoin de m'amadouer pour me faire tomber d'accord avec un scénario ou un autre. Je n'arrive pas à croire que j'en vienne à prononcer ces mots, mais voilà : je n'ai pas tué Leah et n'ai rien à voir avec sa mort. Je n'ai pas tué Ingrid de Soto, et n'ai rien à voir avec cette mort-là. Je n'ai pas non plus tué Peggy. Mais je resterai ici aussi longtemps que vous voudrez. Je répondrai à toutes les questions que vous poserez.

Après quoi le silence est retombé, qui n'a été brisé que lorsque Kamsky a joint ses mains derrière la tête, s'est adossé à sa chaise et a bâillé à s'en décrocher la mâchoire.

— Vous vous rappelez sans doute, a-t-il dit, que du temps où il n'y avait eu que deux meurtres, nous nous demandions s'il y avait un rapport entre eux. Cela semblait plausible, en raison de votre... voyons, comment dire... présence ? Proximité ? Il ne semblait pas y avoir d'autre lien. À part vous.

— Ce qui nous amène où ? a demandé Langley.

— Et maintenant nous avons le meurtre de Leah Peterson. C'est comme si Dieu avait écarté les nuages et me criait, à moi personnellement : « Tu veux un lien ? Eh bien, voici un putain de lien que tu ne peux pas manquer. »

— Je vous en prie, a dit Langley.

— Je suppose que je ferais mieux de faire attention, a poursuivi Kamsky. Je n'aimerais pas vous fâcher.

— Et pourquoi ça ?

— Regardez les preuves. Margaret Farrell vous blesse...

— Elle ne m'a pas blessée.

— Ingrid de Soto vous énerve.

— Elle ne m'a pas énervée. Je ne la connaissais pas bien.

— Et vous vous brouillez avec Leah.

— Tout le monde s'est brouillé avec Leah.

— Deux options s'imposent à moi, a poursuivi Kamsky. Soit vous avez tué ces femmes, ce qui ne paraît pas très probable, soit quelqu'un voulait que vous les trouviez. J'imagine que ça ne vous dérangerait pas que nous fouillions votre chambre ?

Langley a fait signe à Kamsky de s'écarter, puis s'est penché vers moi pour pouvoir me parler à voix basse.

— Réfléchissez avant d'accepter ceci, a-t-il conseillé. Vous n'êtes pas obligée de les laisser partir à la pêche. Mais ils obtiendront un mandat.

— Peu importe, ai-je répliqué.

— Vous êtes sûre de ne rien avoir en votre possession qui puisse vous causer des ennuis ?

J'ai secoué la tête et me suis adressée directement à Kamsky :

— Si vous pouviez juste tout remettre en ordre derrière vous...

20

Quand on m'a déposée à la maison, abasourdie par la répétition de la même histoire, je me sentais comme un voyageur rentré chez lui après plusieurs années d'absence pour s'apercevoir que tout a changé. Mick était dans l'entrée quand je suis arrivée. Il m'a regardée, l'air soucieux.

— La police ? a-t-il demandé.

— Oui, ai-je confirmé. Ils vont vouloir vous parler, à tous. Alors tu ferais mieux d'avoir une bonne histoire à raconter sur l'endroit où tu étais vers 10 heures ce matin.

— Je ne suis rentré qu'à 3 heures du mat, a répliqué Mick. Donc je dormais.

— Quelqu'un peut le confirmer ?

— Non.

— Pas franchement béton.

— Je te vois plus tard, a dit Mick, avant de franchir le seuil sous mon nez.

J'ai frappé à la porte de Pippa et elle m'a fait signe d'entrer sans un mot. Elle a pris une demi-bouteille de scotch et un verre sur une étagère, puis jeté un coup d'œil autour d'elle. Il y avait un autre verre sur son bureau, à côté de son ordinateur portable ouvert. Il était rempli de stylos, de crayons, d'une chaîne de trombones. Elle l'a vidé bruyamment.

— Ne t'en fais pas, a-t-elle dit. Je prends celui-là.

Elle a sorti le devant de son tee-shirt de sa ceinture et s'en est servie pour essuyer le verre. Puis elle a versé du scotch dans les deux.

— De l'eau ? a-t-elle demandé.

— Ça ira très bien comme ça, ai-je décliné.

— Je serais tentée de dire qu'on doit garder les idées claires, a commenté Pippa. Mais à la réflexion, je n'en vois pas l'intérêt. Santé.

Nous avons avalé un peu trop de scotch à la fois et toutes les deux grimacé, comme de douleur, au même moment. Pippa a souri.

— Seth a été bien ?

— Il a passé la moitié du temps à essayer de me faire taire. Mais merci. Comment ça se passe ici ?

— Grincements de dents, a répondu Pippa, gémissements, vêtements arrachés. Tu t'attendais à quoi ?

— Qui est là ?

— Je suis rentrée tôt. Je n'ai vu ni Mick ni Owen, même si je crois qu'ils sont par ici, tous les deux. Miles traînait dans le coin, on aurait dit un fantôme. En train de gémir. Dario a pété un câble. Je suis montée le voir, il passait toute sa chambre à l'eau de Javel, terrifié à l'idée que les experts médico-légaux trouvent des traces de drogue. J'ai essayé de lui expliquer que la police trouverait les traces d'eau de Javel beaucoup plus suspectes. Il a commencé à délirer sur ce qu'il devrait faire pour éliminer l'eau de Javel. Je suis tombée sur Mel qui sanglotait dans la cuisine, consolée par Davy. Ça, c'est déjà un comportement suspect. Toute personne bouleversée par ce qui est arrivé à Leah doit à coup sûr avoir une case en moins.

— Pippa, pour l'amour du ciel, me suis-je exclamée, elle a été assassinée aujourd'hui ! Tu ne le penses pas, dis-moi.

Pippa a bu une petite gorgée de son verre. Elle ne semblait pas prendre ma réprimande particulièrement à cœur.

— C'est une étrange forme de culpabilité, a-t-elle commenté. On souhaite du mal à quelqu'un et voilà qu'il lui arrive un plus grand mal que ce que l'on souhaitait.

— Je sais.

Pippa a allumé une cigarette et tiré dessus.

— Je suis désolée qu'elle soit morte, a-t-elle poursuivi. Et choquée. Mais je ne vais pas faire comme si je ne l'avais pas détestée.

— Tu ne crois pas que la vie est trop courte pour la gâcher à détester les gens ?

— C'est un peu trop zen pour moi, a répliqué Pippa.

— Est-ce que la police est passée ?

— Deux agents se sont cloîtrés avec Miles pendant des heures. Ils sont partis juste avant que tu arrives. Ils nous interrogeront demain. Ce qui n'a rien d'étonnant.

— Bien.

— J'ai préparé mon alibi. J'étais au travail. C'est quoi, le tien ?

— Que j'ai trouvé son corps mais ne l'ai pas tuée.

— Ton ami Campbell a appelé. Ils l'ont convoqué pour l'interroger, lui aussi.

— Pourquoi ?

— C'est lui qui n'arrête pas de t'envoyer trébucher sur des cadavres.

— Je ne crois pas qu'il ait un mobile sérieux, ai-je répliqué, en dehors du fait qu'il déteste les clients. Comme nous tous. De toute façon, ça n'explique pas Peggy Farrell.

— Tous les chemins mènent à cette maison, a dit Pippa.

— À part Ingrid de Soto.

— C'est toi, n'est-ce pas ? a demandé Pippa, pensive. La seule chose qu'elles ont en commun, c'est toi. Tu crois que quelqu'un tue des gens qui te tapent sur le système ? Pour te rendre service, en quelque sorte ?

— Merci, ai-je dit. Mais la police est déjà sur l'idée.

J'ai regardé mon verre. Il était vide. Comment avais-je fait ?

— Qu'est-ce qui va se passer ? ai-je demandé.

— Comment ça ? a repris Pippa. Pour nous ? Pour le monde ?

— Nous. Cette maison.

— Je fais mes bagages demain, a répondu Pippa.

— Tu sais où tu vas ?

— Je me renseigne. Au fait, je suis désolée.

— À quel sujet ?

— Owen.

— Oh, ça. J'ai l'impression que ça fait un bail, tout ça. Tu as couché avec Owen, j'ai couché avec Owen. Pourquoi devrais-tu t'excuser ?

Entrant dans la cuisine, je suis tombée sur Davy, Mel et Miles serrés autour de la table.

— C'était horrible ? a demandé Davy.

— Question idiote suivante, ai-je répliqué.

— La police va tous nous interroger, a dit Mel.

— Je sais.

— On faisait des courses, a-t-elle dit. Est-ce qu'ils voudront savoir ça ?

— Je suis sûre que oui. De toute façon, ça vous met hors du coup, ai-je répondu.

Je n'avais aucune envie d'entendre les alibis de chacun.

Miles s'est levé. Il semblait avoir vieilli de plusieurs années ; son visage était marqué de rides et de plis que je n'avais jamais vus auparavant. Je me suis avancée vers lui pour le serrer très fort. Ses bras m'ont entourée et, tandis qu'il m'enlaçait, j'ai senti trembler tout son corps. Quelques instants plus tard, nous nous sommes écartés l'un de l'autre. Il a commencé à parler, mais sa voix s'est brisée et il n'a réussi à rien dire d'intelligible.

— Je suis sincèrement désolée, ai-je dit.

Miles m'a dévisagée, toujours incapable de parler. Il a dégluti.

— Nos dernières paroles ont été amères, a-t-il articulé. Chaque fois que j'essaie de me souvenir d'elle, c'est à ça que je pense.

— Ce ne sont pas les derniers instants qui comptent, ai-je dit en désespoir de cause. C'est l'ensemble.

Il a secoué la tête de gauche à droite, comme un animal blessé.

— Tu l'as vue ?

— Oui.

— Est-ce qu'elle avait l'air…

Il s'est interrompu.

— Elle avait l'air plutôt paisible, ai-je dit, comme je l'avais dit à Andrew de Soto à propos d'Ingrid.

C'est ce que l'on est censé dire des morts. Cela réconforte les vivants, à ce qu'on dit.

— Je n'arrive pas à croire qu'elle ne soit plus là.

Les larmes lui sont montées aux yeux.

— Elle était si… si vivante. Tellement énergique.

— C'est vrai.

— J'ai quelque chose pour toi.

Il a tiré une épaisse enveloppe de sa poche et l'a regardée comme s'il était surpris de la voir, puis a jeté un coup d'œil en direction de Davy et Mel.

— Je voulais te demander un service.

— Bien sûr, Miles.

— Pas ici, a-t-il dit.

Il m'a conduite hors de la cuisine, puis en haut des marches. Quand nous sommes arrivés dans l'entrée, il a respiré un grand coup.

— Je ne sais pas si tout a changé. Je n'arrive pas à réfléchir comme il faut. Mais voilà ce que j'ai fait. Leah a dit qu'il le fallait. C'est à peu près la dernière chose qu'elle ait dite. C'est à propos de ça qu'on se disputait.

— Quoi ? Qu'est-ce que c'est ?

— Tiens, a-t-il dit.

Il m'a fourré l'enveloppe dans les mains.

En l'ouvrant, je me suis rendu compte qu'elle était remplie de billets. J'ai regardé de plus près : c'étaient des billets de cinquante livres. Il y en avait beaucoup, une liasse aussi épaisse qu'un livre de poche.

— C'est quoi, ça ?

— Ce sont les vingt mille livres, a-t-il expliqué. C'est pour vous tous. Une sorte d'acompte. Peut-être que vous devriez tous rester. Je n'en sais rien. Prends-le de toute façon. Ça m'est égal maintenant. Je ne savais pas à qui le donner.

— Je ne peux pas prendre vingt mille livres en espèces, Miles !

— Tu feras le partage. Je me fiche de la façon dont tu les répartis.

— Mais c'est ridicule. Je ne peux pas me promener avec tout cet argent. Je n'en ai jamais vu autant.

Miles ne donnait pas l'impression de m'écouter réellement.

— Je vais le mettre quelque part, ai-je dit, et on en rediscute. Tu ne devrais pas penser à ça pour l'instant. Tu ne devrais pas prendre de décisions précipitées.

— J'ai l'impression d'être un meurtrier, a-t-il affirmé.

— Tu ne dois pas. On s'est tous mal conduits, mais…

Je me suis interrompue en entendant des pas dans l'escalier. J'ai refermé l'enveloppe, et Miles et moi sommes restés debout en silence, comme deux personnes qui partageraient un secret coupable, tandis que Davy et Mel passaient devant nous.

— Tout va bien ? a demandé Davy.

— Je t'expliquerai plus tard, ai-je répondu.

— S'il y a quoi que ce soit…

— Oui, ai-je répliqué, trop vite. Oui, merci.

Mick est passé. Il n'a rien dit, mais ses pas ont retenti bruyamment sur le plancher nu de l'escalier.

21

Je suis retournée dans ma chambre, me suis assise sur mon lit puis ai contemplé l'enveloppe pleine d'argent. Je l'ai portée à mon nez. Elle avait une odeur amère, comme si les billets avaient été souillés par tous les doigts sales qui s'en étaient saisis. Combien y en avait-il ? J'ai essayé de faire l'addition de tête et me suis trompée à plusieurs reprises, avant d'y parvenir enfin : quatre cents billets de cinquante livres formant une pile rebondie, flexible, effrayante. J'ai balayé la pièce du regard. Où pouvais-je la mettre ? Dans un tiroir, derrière les livres, dans la boîte de mouchoirs en papier, sous mon matelas ? Toutes ces cachettes me semblaient nulles, et là j'ai pensé à Dario, passant sa chambre à l'eau de Javel dans l'attente des fouilles policières désormais imminentes. Si je cachais l'argent dans ma chambre, la police ne manquerait pas de le trouver, et alors quoi ? Était-ce un crime d'avoir autant d'espèces en sa possession ? Serais-je légalement tenue de m'en expliquer ? Ils pourraient croire que c'était le contenu du paquet disparu chez Ingrid de Soto. Bien sûr, Miles pourrait expliquer la raison d'être de cet argent, mais cela ne ferait néanmoins pas bon effet.

J'ai rangé l'argent dans la poche intérieure de mon blouson. C'était ridicule. Je ne pouvais pas me balader avec comme ça. Je le sentais presque chauffer contre ma poitrine. Il fallait que je règle ça le plus vite possible, avant que tout le monde ne s'éparpille. Je suis restée assise sur mon lit quelques instants, le visage dans les mains, essayant de ne pas voir les visages d'Ingrid de Soto et de Leah – deux beaux visages, tous deux mutilés, et dont les yeux m'avaient fixée d'un air accusateur. J'ai pensé à Kamsky (« Vous voulez un lien ? ») et au père d'Ingrid de Soto (« Que savez-vous, Miss Bell ? ») et me suis creusé la cervelle en vain. Si j'étais ce lien, alors comment, pourquoi ? Si je savais quelque chose sans le savoir, qu'est-ce que cela pouvait bien être ? Tout cela était-il d'une manière ou d'une autre, au-delà des limites de ma compréhension, ma faute ?

Il fallait que je parle à quelqu'un. Inexact. Il fallait que je parle à Owen. Nul autre ne conviendrait. Je me suis levée du lit, me rendant soudain compte à quel point j'étais épuisée – vidée et tremblante de fatigue – et je suis sortie de ma chambre, manquant rentrer dans Dario qui manœuvrait un gros carton le long du couloir.

— Qu'est-ce que tu fais ? ai-je demandé.

— J'ai dit à Miles que je déménageais, a-t-il répondu, tout en jetant des regards nerveux autour de lui. Je ne peux plus rester ici. Mais il a dit qu'il fallait que je débarrasse mes affaires d'abord. Je lui ai proposé de les garder mais il n'en voulait pas. Ça va prendre des jours, et je ne les ai pas. Je n'ai même pas plusieurs heures devant moi. Il peut arriver n'importe quoi. Tout le monde en a après moi. Ils me chopent les uns après les autres.

— Je n'en ai pas après toi, ai-je rétorqué.

— Il était quelle heure ? a-t-il demandé.

— Qu'est-ce que tu veux dire ?

— Quand tu as trouvé le corps. Je veux dire, elle, Leah.

— Environ dix heures et demie.

J'ai vu une expression d'intense concentration se dessiner sur son visage.

— Je crois que j'ai vu Mick, a-t-il annoncé.

— Mick m'a dit qu'il dormait.

— Je fricotais dans la maison, a expliqué frénétiquement Dario. Tout le monde était parti travailler. J'ai croisé le facteur. Il m'a fait signer un truc.

— Je m'en fiche, Dario. Dis ça à la police, pas à moi, ai-je répliqué. Au fait, j'ai l'argent. Je te donnerai ta part avant que tu t'en ailles.

L'expression de Dario s'est radicalement transformée.

— C'est vrai ?

— Il faut que je calcule le montant exact. D'ailleurs, est-ce que tu as vu Owen ?

— Il vient de rentrer.

Il m'a fallu quelques secondes passées à hésiter avec nervosité devant la porte d'Owen pour me décider à frapper. Il n'y a pas eu de réponse, mais j'ai poussé la porte. Un sac de voyage gisait grand ouvert, débordant de vêtements. Les portes de la penderie étaient entrebâillées, laissant apparaître des rangées de cintres vides. Des photographies autrefois entassées le long des murs se trouvaient maintenant empilées sur le vaste bureau. Je me suis assise à côté, et en ai soulevé quelques-unes distraitement pendant que j'attendais. J'en avais déjà vu certaines, d'autres m'étaient inconnues. L'une d'elles, vers le bas de la pile, m'a coupé le souffle. J'ai porté la main sur mon cœur. J'ai senti une vive douleur dans ma poitrine, et pendant quelques secondes n'ai rien pu faire d'autre que respirer avec difficulté.

L'image représentait cette même femme déjà plusieurs fois photographiée par Owen : parfaitement chauve, avec un visage sérieux aux pommettes saillantes et des yeux rapprochés. Mais cette fois-ci les yeux étaient fermés. On l'avait fait poser comme un cadavre et son visage portait des marques. J'ai regardé fixement l'image qui s'est brouillée avant de redevenir nette. De profondes entailles incisées sur sa peau d'albâtre. Sans équivoque semblables aux entailles... De la bile m'est remontée à la gorge.

— Salut.

Je me suis retournée, laissant choir les photos sur la table où elles se sont étalées.

— Owen.

La peur m'assaillait par vagues et j'avais la bouche sèche.

— Tu as l'air crevée.

Il m'a adressé un sourire qui, à n'importe quel autre moment, m'aurait remplie de plaisir.

— Oui.

— Terrible, a-t-il dit. Je veux dire, pour toi.

— Tu veux dire pour elle.

— Pour toi. Tu veux m'en parler ?

— Non.

Je me sentais glacée jusqu'aux os. Glacée, fatiguée, effrayée, misérable et nauséeuse. Je me suis enveloppée de mes propres bras en serrant bien fort.

— Quelquefois, ça fait du bien de...

— Non.

— Très bien.

— Owen, j'aimerais te montrer quelque chose.

J'ai fouillé parmi les photos sur son bureau, remarquant que mes mains tremblaient, jusqu'à ce que je tombe sur celle du visage tailladé.

— Là.

— Et ?

Il m'a regardée, le visage soudain fermé.

— C'est tout ce que tu as à dire ?

— Qu'est-ce que tu veux que je te dise ?

— Je veux que tu me dises… que tu me dises…

Je me suis aperçue que j'avais du mal à former des mots ; ils semblaient pâteux et difficiles à manier dans ma bouche. J'ai serré mes mains l'une contre l'autre et repris :

— … que tu me dises pourquoi les marques sur le visage de cette femme correspondent à celles se trouvant sur les visages d'Ingrid de Soto et de Leah.

Silence absolu. Son expression est devenue sombre, comme si l'éclairage de la pièce avait baissé, et il m'a regardée fixement.

— Eh bien ? ai-je fini par demander.

Il a fait un pas en avant et, bien que je me sois rétractée, m'a saisie par les bras avec une telle brutalité que j'ai senti ses doigts s'enfoncer douloureusement dans ma chair.

— Qu'est-ce que tu dis ?

— Elles étaient mutilées comme ça, ai-je murmuré.

— Leah et l'autre ?

— Oui. Lâche-moi, tu me fais mal.

Il a laissé retomber ses mains mais ne s'est pas éloigné.

— Personne ne le sait. Je n'avais pas le droit de le dire. Comment étais-tu au courant ?

— Tais-toi une minute. Laisse-moi réfléchir.

— Tu devais le savoir. À moins que…

Je me suis interrompue.

— À moins que ce ne soit moi ?

— Oui.

Il a eu un sourire amer.

— Tu crois que j'ai pris les photos, puis que je suis allé tuer une femme – non, *deux* femmes, pour les faire ressembler à ça. Tu veux t'enfuir maintenant, avant que je t'agresse ?

— Arrête, Owen. Dis-moi.

— Quoi ?

Il a émis un rire bref, sans joie.

— Te dire que je ne les ai pas tuées ? Ça te suffirait, tu es sûre ? Un démenti ?

— Elles sont identiques.

— C'est à toi de décider si tu me fais confiance ou pas.

Sans savoir ce que j'allais faire, j'ai levé la main et lui ai administré une gifle cuisante : il a reculé en chancelant, levant le poing.

— Ce n'est pas de toi et moi qu'il s'agit, espèce d'idiot, ai-je dit. C'est de femmes qu'on assassine. Il faut que tu t'expliques.

Owen m'a regardée. Il a baissé son poing, l'a desserré, puis a fait un pas en arrière. Son visage a perdu son expression dure, qui s'est faite sombre et lasse.

— Oui, a-t-il approuvé. Tu as raison.

— Alors ?

— Je ne sais pas.

— Tu ne sais pas ?

— La seule explication qui me vienne à l'esprit, c'est qu'il s'agit d'une désagréable coïncidence. Mais j'imagine que tu en as assez des coïncidences.

— Si j'étais inspecteur de police, je voudrais savoir quand tu as pris cette photo. Quel jour, et à quelle heure.

— Si tu étais inspecteur de police, je te répondrais que je n'en sais rien, a rétorqué Owen. Je pourrais te donner une date approximative.

— L'image n'est pas horodatée ?

— Je n'utilise pas le numérique pour ce genre de travail. On a tous les deux fait des dizaines et des dizaines de prises, jour après jour. Celle-ci date disons…

Owen a réfléchi un instant.

— … d'entre début mai, à peu près, et il y a une ou deux semaines.

— C'est trop vague. Est-ce que…

J'ai hésité et fait mine de chercher le nom de la femme que j'avais vue sur ses photos.

— … Andrea se souviendrait plus précisément ?

— J'en doute.

Il a traversé la pièce pour regarder par la fenêtre.

— Tu as dit exactement les mêmes ?

— À peu près.

Il a ramassé la photographie, l'a observée, puis a ajouté :

— J'imagine qu'il va falloir que je porte ceci à la police, n'est-ce pas ?

— Oui.

— Je sors, là, a-t-il annoncé. Je risque d'être absent un moment.

— Owen ?

— Hum ?

— Qui d'autre a vu ces photos, en dehors de moi ?

— Personne. Pas même mon agent. Ni même Andrea. Elles sont restées ici, dans les cartons à dessin.

— Je suppose que ça pourrait n'être qu'une coïncidence, ai-je dit sans conviction.

— Peut-être que c'est juste comme ça que les hommes voient les femmes, a répondu Owen. C'est ce que tu crois, de toute façon, non ?

J'ai froncé les sourcils.

— Tu trouves ça drôle ?

— Non, je ne trouve pas ça drôle. Pourquoi crois-tu que je m'en aille ?

Il a désigné d'un geste sa valise débordante.

— Tu devrais partir, toi aussi.

— Tu crois ?

— Cette maison est maudite.

J'ai frissonné.

— Parfois j'ai si peur que je n'arrive pas à respirer, ai-je confié. Et parfois j'ai l'impression que ce n'est pas réel et je me dis que je vais bientôt me réveiller et que rien de tout ça ne se sera jamais produit.

— Alors, à qui peux-tu faire confiance ? Astrid, en qui as-tu confiance ?

Je l'ai dévisagé un moment et il a fait de même. Quelque chose en lui semblait changé, plus sombre que ce que j'avais connu.

— Les coïncidences terribles, ça arrive, non ? ai-je demandé.

Owen a fait un pas vers moi pour me scruter. C'était comme s'il essayait de voir quelque chose dont j'ignorais jusqu'à l'existence.

— Je suis désolé, a-t-il dit.

— Mais...

— Pour Pippa.

— Ces histoires-là n'ont aucune signification pour Pippa, ai-je répondu. Mais elles en ont pour moi, et je pensais...

Je me suis interrompue, puis détournée de son regard brûlant.

— Tu pensais qu'elles en avaient pour moi aussi ?

— J'imagine.

— Si tu tiens à le savoir, a-t-il dit, c'était avant qu'il se soit passé quoi que ce soit entre nous. Je voulais que tu le saches. C'est important pour moi.

— Je le savais, ai-je répondu. Pour ce que ça vaut.

— Bon, je vais montrer ça à la police. Pourquoi tu ne commencerais pas à faire tes bagages ?

22

— Tu ne piges toujours pas, Mel ? Ils croient que c'est l'un de nous.

J'étais à l'extérieur de la cuisine, une main en suspens derrière la porte, écoutant ses mots. C'est comme si la peur qui ne me quittait plus avait enflé à cet instant, bouchant ma trachée, m'empêchant de respirer ou d'émettre le moindre son.

— Mais comment peuvent-ils… ?

— Et ce n'est pas tout.

La voix de Davy, plus autoritaire que je ne l'avais jamais entendue, a coupé court aux gémissements de Mel.

— C'est pour ça qu'Owen fait ses valises. C'est pour ça que Dario court partout comme un dératé. C'est pour ça que Miles dégueulait dans la salle de bains et jetait ces lettres de Leah à la poubelle avant qu'on ne l'embarque au poste de police. C'est pour ça qu'Astrid a l'air tout affolée.

J'ai posé la main sur la porte légèrement entre-bâillée, attendant avant de la pousser.

— Mais les policiers se trompent, s'est écriée Mel d'une voix que brisait la détresse.

— Ah oui ?

— Oui, bien sûr qu'ils se trompent. Qu'est-ce que tu insinues, Davy ? Tu ne veux pas dire ça. Tu ne peux pas. C'est horrible, absolument horrible.

— Nous devons regarder les choses en face, ma chérie, et si cela implique de…

— J'ai entendu ce que tu as dit, ai-je déclaré à Davy.

— Je ne cherchais pas à aggraver la situation.

— Non. Je suis d'accord avec toi. C'est ce que pense la police et c'est ce qu'on s'interdit tous de penser, mais qu'on pense quand même.

— Est-ce que la police te traite correctement ?

J'ai haussé les épaules.

— La question n'est pas là. Le commissariat est en ébullition. Il y a un bureau des enquêteurs avec des photos et des diagrammes partout, et une trentaine d'agents qui courent dans tous les sens. Tu as vu Miles ?

— Je crois qu'il est dans sa chambre. En train de faire ses bagages, ou de virer des trucs, ou je ne sais pas quoi. On va tous nous interroger bientôt. Mais chacun est enfermé dans son petit monde, comme si c'était le seul endroit sécurisé qu'il lui reste.

— À part toi.

— J'ai Mel.

— Tu as bien de la chance, ai-je commenté. C'est quoi, vos plans ? Vous déménagez ?

Davy et Mel ont échangé un regard.

— On y réfléchit, a répondu Davy. Et toi ?

— Je crois que je ferais mieux de passer quelques coups de fil, ai-je dit. Je savais bien que ça finirait mal. Mais à ce point…

Je les ai laissés à leurs préparatifs et suis allée trouver Pippa. En passant devant la chambre de Miles, je me suis arrêtée pour écouter. J'ai entendu le bruit d'objets que l'on déplaçait. Un instant, j'ai envisagé d'entrer et d'essayer de le consoler. C'était mon ami, et à une époque il avait été plus que cela. Mais, comme Owen me l'avait demandé, en qui avais-je confiance ? Pas en Miles, plus maintenant. Ni en Miles, ni en Mick, ni en Dario, ni même en Owen ; quoique si Owen frappait à ma porte, je le laisserais entrer ; je rabattrais les couvertures sur nous et, dans l'obscurité, le serrerais contre moi. J'ai continué jusqu'à la porte de Pippa et, entendant sa voix, l'ai poussée et suis entrée.

Si sa chambre avait été en désordre auparavant, elle avait désormais atteint un stade de chaos encore plus avancé. Tous les vêtements naguère dans des tiroirs ou des placards en avaient été sortis et gisaient maintenant en monceaux colorés. Tous les livres autrefois empilés ou rangés sur des étagères étaient éparpillés. Des dossiers étaient ouverts et des papiers jonchaient le sol comme des feuilles à l'automne. Il m'a fallu un moment pour repérer Pippa au milieu de ce foutoir. Elle était assise en tailleur à côté du miroir, farfouillant dans une vaste trousse de maquillage, jetant des fonds de rouges à lèvres et des ombres à paupières desséchées dans un sac-poubelle.

— Salut, ai-je lancé en m'asseyant sur le sol à côté d'elle.

— Sale quart d'heure ?

— On peut le dire.

— Tu veux en parler ?

— Non, je ne crois pas. Il n'y a plus rien à ajouter. Tout ce que je peux dire, je l'ai déjà dit cent fois auparavant. Ça me fait l'effet d'un mensonge, à force. Est-ce que cette couche de chaos supplémentaire signifie que tu fais tes bagages ?

— Ouais. Je vais chez Ned demain soir.

Je n'ai pas demandé qui était Ned. À la place, j'ai ramassé un châle à franges et l'ai pressé contre ma joue, fermant les yeux un bref instant.

— J'ai commandé une benne, a poursuivi Pippa. On pourra jeter les trucs qu'on ne veut plus dedans.

— Il reste quelque chose après votre vide-grenier ?

Pippa et moi avons échangé un regard, mais pas souri. Le souvenir n'était plus si amusant maintenant.

— Tu serais étonnée, a-t-elle répondu.

— La police pourrait s'y opposer, ai-je remarqué. Destruction de preuves.

Elle a fait une grimace.

— Peut-être qu'ils pourraient tout embarquer, a-t-elle suggéré, à condition qu'ils ne rapportent rien.

— J'ai l'argent, ai-je annoncé.

— Où ça ?

— Ici, ai-je dit en tapotant ma poche.

— Seigneur ! Tu te promènes avec l'argent sur toi ?

— Je ne savais pas où le mettre sinon. La police est sur le point de faire une descente chez nous et de tout fouiller. Je me suis dit que ç'aurait l'air bizarre s'ils tombaient sur vingt mille livres dans mon tiroir à sous-vêtements.

— Y a-t-il quoi que ce soit qui n'ait pas l'air bizarre ?

— J'aimerais le répartir. Tu peux calculer qui a droit à quoi ?

— D'accord, a répondu Pippa, l'air distrait.

Elle a ramassé une paire de collants et s'est mise à l'enrouler dans ses mains, avant de tirer dessus pour vérifier s'il était filé.

— Bientôt ?

— Pas de problème.

Je me souvenais de la maison telle qu'elle était lorsque nous avions emménagé, chaque chambre propre, vide et pleine de possibles, les parquets résonnant lorsque nous marchions dessus, la lumière inondant les pièces par les fenêtres sans rideaux. Peu à peu elle s'était remplie, d'objets, de gens, de bruit et d'histoire, jusqu'à en être surchargée, comme un bateau se déformant et chavirant sous le poids de ses trop nombreux passagers. Mais nous entreprenions désormais de la dénuder de nouveau, et de lui restituer son aspect d'origine. Des chambres se vidaient, leurs occupants s'en allaient. Les tableaux descendaient des murs, laissant derrière eux des taches que Dario n'avait jamais trouvé le temps de peindre. Des boules de poils et des moutons flottaient dans les coins. La benne s'est remplie des crasses qui n'avaient même pas mérité qu'on les sorte pour le vide-grenier, et je suis allée contempler par-dessus son rebord jaune des chaussettes dépareillées, des assiettes ébréchées, des draps déchirés, une chaise cassée, une roue de vélo voilée, des journaux jaunis : tout ce qui était fendillé, troué, détraqué et mal-aimé reposait au fond. C'était comme une marée, me suis-je dit, qui serait montée avec les ans, nous emportant avec elle, et se retirait maintenant inexorablement. Bientôt, ne resteraient plus dans la maison que les débris, les épaves flottantes et rejetées de la vie que nous avions menée ici.

Alors que nous nous préparions à partir, les policiers sont arrivés. Certains étaient en civil et mèneraient les interrogatoires avec les occupants du 72 Maitland Road ; les inspecteurs principaux McBride et Paul Kamsky étaient là, et j'ai cru voir l'agent Jim Prebble avec sa face de patate, comme une hallucination d'un autre temps, mais à part eux je n'ai reconnu personne. D'autres sont venus en uniforme, portant des sacs et des appareils photo, le regard fuyant ; ils examineraient chacune de nos chambres et même, cela devint évident, la benne et les sacs-poubelle dans lesquels nous avions avec tant de hâte déversé les objets dont nous ne voulions plus. Si nous nous sommes sentis envahis, c'est que c'était bel et bien une invasion. Ils ont franchi le seuil de notre porte en masse, comme une armée victorieuse, avec leurs badges, leurs titres, leurs carnets, leurs sacoches à indices matériels et leurs soupçons. J'ai vu la maison à travers leurs yeux, et elle était pleine de noirs et terribles secrets ; je nous ai vus à travers leurs yeux, et nous formions une tribu disparate, nerveuse, sur la défensive et effrayée. Il nous était devenu impossible de nous comporter de manière naturelle ou innocente, ou d'avoir le sentiment que nous l'étions.

J'ai regardé Dario mener deux agents, homme et femme, vers sa chambre, le long de l'escalier ; il avait le visage livide et les yeux injectés de sang. Mick leur a jeté un regard si renfrogné que son front s'est ridé et qu'une veine s'est mise à battre sur sa tempe. Il n'était pas en colère, je le savais, mais empli de terreur et d'incertitude, et sans doute tous les cauchemars de son passé se pressaient-ils de nouveau autour de lui. Seule Pippa paraissait plutôt décontractée, presque intéressée. Elle avait l'habitude de ce genre de choses.

Elle évoluait dans le monde du droit et en connaissait le langage.

J'ai lentement descendu l'escalier pour me poster dans l'entrée, devant les chambres de Pippa et de Miles. Au même moment, un policier est remonté de la cuisine et a cogné lourdement à la porte de Miles. Un instant plus tard, ce dernier l'a ouverte. Il était habillé de façon étrangement formelle, vêtu d'un costume sombre et d'une chemise de lin blanche que je lui avais offerte il y avait bien longtemps. Son visage paraissait plus maigre que quelques heures auparavant, à peine, et plus vieux aussi. Il a reculé et l'agent de police est entré dans la pièce. Miles m'a dévisagée un instant, les yeux brillants. Puis il a esquissé un sourire et s'est détourné.

— Astrid ?

Je me suis retournée.

— Eh bien, ne serait-ce pas l'inspecteur principal Kamsky... Vous n'avez pas besoin de m'interroger encore ?

Nous sommes sortis ensemble dans le jardin de derrière. Je l'ai conduit jusqu'à mon potager et le lui ai montré du doigt :

— Fèves, haricots grimpants, pommes de terre, ai-je annoncé. Ça, ce sont des asperges, mais il leur faut deux ans pour pousser, alors je doute qu'aucun d'entre nous en mange. Je déménage, vous savez.

— Il faudra nous communiquer votre...

— Oui, oui, ai-je coupé. Je ne vais pas m'enfuir. Je vais habiter chez mon ami Saul, pas loin d'ici.

Kamsky n'a rien répondu. Il semblait préoccupé par des choses dont il ne pouvait pas parler.

— Quand tout cela va-t-il finir ?

— Tout ce que je peux vous dire, c'est ce que je dis à mon équipe, à savoir...

Mais je n'ai jamais découvert ce qu'il disait à son équipe, car à cet instant un policier s'est avancé vers nous en traversant la pelouse, et Kamsky s'est écarté. Le policier a dit quelques mots, et j'ai vu le visage de Kamsky se figer. Un implacable sentiment d'appréhension s'est emparé de moi.

— Ne laissez personne d'autre entrer, l'ai-je entendu ordonner, comme le policier se détournait.

Puis il m'a de nouveau regardée.

— Vous allez devoir m'excuser, a-t-il dit, avec une curieuse petite révérence, comme s'il me délaissait sur un parquet de danse bien ciré.

— Qu'y a-t-il ? Ils ont trouvé quelque chose ?

— Oui, a-t-il répondu. En effet.

23

Dès cet instant, tout a changé. Soudain, je me suis retrouvée isolée dehors à regarder à l'intérieur, sans rien distinguer. J'ai demandé à Kamsky ce qui s'était passé, ce qu'ils avaient trouvé, mais il a secoué la tête. Il se comportait en fonctionnaire impersonnel désormais, gardant ses distances. Il m'a dit que cela faisait partie d'une enquête en cours et qu'il ne pouvait révéler aucun détail. Je lui ai répondu que je ne comprenais pas. Allaient-ils arrêter quelqu'un ? Nous étions toujours dehors dans le jardin, près de mon potager condamné. Kamsky a repris la parole, hésité, et continué :

— Je pense probable qu'une inculpation soit imminente, a-t-il annoncé.

— Qui ? ai-je demandé. Qui est inculpé ?

— Nous verrons, a-t-il dit, avant de hocher la tête. Venez avec moi.

Ensuite, tout s'est passé très vite. Un processus s'était mis en branle, qui emportait inexorablement les habitants du 72 Maitland Road : nous-mêmes. La maison ne nous appartenait plus. Elle avait même

271

changé durant le peu de temps que Kamsky et moi avions passé au jardin. On aurait cru le site d'un sinistre accident biologique. Des gens se promenaient en blouse blanche, leurs chaussures enveloppées de sacs de nylon blanc. On scellait les chambres du rez-de-chaussée avec du ruban adhésif.

— Nous aimerions que vous nous accompagniez au poste de police, a dit Kamsky. Tous.

— Je peux aller chercher quelque chose dans ma chambre ? ai-je demandé.

— Je suis désolé, a répondu Kamsky. Ce n'est pas possible. Il s'agit d'une scène de crime, maintenant.

— Comment ça, une scène de crime ? me suis-je écriée. Quel crime ?

Dario descendait l'escalier sous la conduite des deux policiers en compagnie desquels je l'avais vu auparavant.

— Astrid, a-t-il dit, ils nous emmènent.

— Silence, a ordonné Kamsky, je ne veux pas que vous vous concertiez.

Du coup, Dario m'a fait des gestes désespérés, presque comiques, tandis qu'on le faisait passer devant moi pour le faire sortir dans la rue. Deux hommes sont entrés portant des lampes à arc sur des pieds de métal. Dans le même temps, je réfléchissais fébrilement. J'avais en poche la liasse de billets. Étais-je suspecte ? Me fouillerait-on au poste de police ? Devrais-je leur remettre tout le contenu de mes poches ? Sans doute pas, à moins que ce ne soit moi qu'on s'apprête à inculper. Auquel cas cela ferait certes très mauvais effet. S'il y avait la moindre chance qu'on tombe dessus, il serait prudent de prendre les devants. Mais je ne trouvais aucune manière de l'annoncer qui ne fasse louche. « Inspecteur principal Kamsky, je crois que je ferais mieux de préciser que j'ai vingt mille livres en espèces dans ma poche. Cela n'a strictement aucun rapport avec l'affaire, mais j'ai pensé que vous aimeriez peut-être être au courant. »

J'ai senti que l'on me touchait le bras et sursauté. C'était Kamsky.

— Nous partons maintenant, si vous voulez bien, a-t-il annoncé.

— Je peux prendre mon vélo, au moins ? ai-je demandé. Il appartient à Campbell, et c'est mon outil de travail.

Il a haussé les épaules.

— D'accord, allez-y. Une voiture de police va vous suivre.

Tandis qu'on nous conduisait dehors, j'ai constaté que la rue semblait désormais bloquée par les véhicules de police, voitures et fourgons aux couleurs vives et autres fourgonnettes banalisées. Du ruban interdisait l'accès à toute une section de Maitland Road, devant notre maison. Derrière cette limite, une foule assemblée regardait ce qui se passait. Croyaient-ils qu'on m'arrêtait ? Que j'étais une suspecte ? Étais-je une suspecte ? Il m'est soudain venu à l'idée que je devrais afficher une expression appropriée. Je ne devais pas sourire. J'aurais l'air dénuée de sensibilité. Je ne devais pas me cacher le visage, avoir l'air en colère ou fuyante. Je devais avoir l'air sérieux, celui d'une femme apportant sa collaboration pleine et entière à la police dans son enquête. Sauf que tout le monde sait fort bien que « collaborer à l'enquête de police » est un euphémisme pour « être le principal suspect qui n'a pas encore été inculpé ». Je devais m'efforcer de prendre un air naturel, comme quelqu'un qui aiderait réellement la police dans son enquête. Ce qui était mon cas, non ?

Des gens dans la foule ont crié mon nom alors que je sortais. J'ai regardé autour de moi par réflexe. Il ne s'agissait pas de voisins ou d'amis. Nous étions à Londres, après tout, où l'on ne connaît pas ses voisins. C'étaient les journalistes et les photographes qui me connaissaient déjà. Que pensaient-ils en me voyant serrée de près par un agent de police ? Les gens ne se souviendraient que du gros titre accompagnant la photographie, quoi qu'il puisse arriver d'autre.

Mon retour au poste de police, à la salle d'interrogatoire, avec ses chaises de plastique, son lino, son papier peint moucheté, s'est déroulé comme un rêve récurrent, où je revenais au même endroit pour raconter la même histoire, remplir les blancs en réponse aux mêmes questions. Sauf que, cette fois-ci, je savais que Mick, Davy, Mel, Pippa, Owen, Miles et Dario étaient assis dans d'autres salles d'interrogatoire, ou sur des bancs à attendre leur tour. Pendant quelques minutes, on m'a laissée seule dans la pièce, et je pouvais presque sentir leur proximité. J'avais l'impression que ce n'était pas seulement que nous nous séparions, de la maison, et les uns les autres. C'était comme si un de ces boulets de démolition avait été balancé sur la maison, pulvérisant un mur entier. J'ai pensé à ces bâtiments à moitié démolis, dont on peut voir le papier peint exposé aux intempéries, et toutes leurs entrailles, les fils électriques, les poutres et les solives, comme autant d'os, de muscles et de tendons que révélerait une plaie.

La procédure suivie pour recueillir ma déposition a été longue et fastidieuse, mais peu à peu je me suis aperçue qu'elle était dénuée de l'hostilité de mes précédents interrogatoires. Un inspecteur subalterne d'à peu près mon âge a recueilli mes déclarations, et il était si mal renseigné que j'ai dû souffler certaines de ses questions. Je connaissais si bien mon rôle maintenant. Mais si ce rôle m'abrutissait, lui était de toute évidence excité d'être impliqué. Quand il n'y a vraiment plus rien eu à dire, il m'a laissée seule une fois de plus. Un moment plus tard, la porte de la salle d'interrogatoire s'est ouverte et Kamsky est entré. J'ai lu dans ses yeux une vivacité nouvelle tandis qu'il prenait place en face de moi.

— Tout va bien ? a-t-il demandé.

— Juste épuisée, ai-je répondu.

— Vous pouvez partir maintenant, a-t-il dit. J'ai bien peur que vous ne puissiez retourner chez vous. Vous savez où aller ?

— Oui, chez mon ami Saul, vous vous souvenez ? Mais…

— Vous devrez nous tenir informés de vos allées et venues, a-t-il dit.

— Vous n'avez pas terminé ?

— Pas tout à fait, a-t-il répliqué, sur quoi son visage s'est éclairé d'un sourire. Nous avons trouvé des preuves : du sang, des cheveux, des trophées prélevés sur les mortes. Je ne devrais peut-être pas vous dire tout ça, mais nous sommes sur le point d'organiser une conférence de presse où nous annoncerons que nous avons inculpé Miles Rowland Thornton des meurtres de Margaret Farrell, Ingrid de Soto et Leah Peterson.

J'ai alors pensé deux choses plus ou moins en même temps. J'ai songé : *Non, oh non, je vous en prie, non.* Et puis : *Il ne m'a jamais dit que son deuxième prénom était Rowland.* Je ne me suis pas rendu compte que je pleurais avant que Kamsky ne me glisse un mouchoir dans la main. Parce que, malgré tout, Miles était mon ami.

— Racontez-moi, ai-je finalement demandé. Racontez-moi tout.

Ainsi que Kamsky ne cessait de le dire, les preuves étaient les preuves. Les mobiles pouvaient bien être incompréhensibles, les explications difficiles à trouver, mais il n'en restait pas moins qu'ils avaient des preuves reliant Miles à la mort de Margaret Farrell, à celle d'Ingrid de Soto et à celle de Leah Peterson.

— Non ! me suis-je exclamée. Comment ? Toutes les trois ?

— Toutes les trois.

— Quoi ?

— L'arme du crime dans un cas. Et des échantillons corporels dans un autre, a-t-il répondu avec une délicatesse grotesque. Des cellules et des cheveux dans le cas de Margaret Farrell, pour être précis. Vous ne voyez pas ? C'est parfait.

Il souriait bel et bien.

— Voilà qui résout le problème du corps de Margaret Farrell. Son corps a été conservé dans la chambre de M. Thornton. Elle a pu être tuée là. Ce qui est certain, c'est que son corps y a été conservé, puis déposé plus tard à l'endroit où il a été découvert. Qui plus est, il y avait également d'autres objets cachés dans sa chambre. Nous pensons que ce sont des trophées.

— Des trophées ? Genre ?

— Vous l'apprendrez bien assez tôt.

— Je ne comprends pas du tout. Pourquoi ? Je veux dire, je peux comprendre pour Leah. Pas *comprendre*, à proprement parler, mais concevoir. Il la connaissait.

Il était son amant. Mais les autres. Peggy, pour l'amour du ciel, il la connaissait à peine. Ce n'était qu'une voisine inoffensive.

À ces mots, Kamsky a eu un sourire entendu.

— Il l'a tuée, pourtant. Dans sa propre chambre.

— Et que faites-vous d'Ingrid de Soto ? Il n'y a pas de lien possible.

— M. Thornton avait en sa possession une invitation de la part d'Ingrid de Soto.

— Hein ?

J'ai dévisagé Kamsky un instant. Puis me suis remémoré Andrew de Soto à l'hôtel, son visage malheureux et creusé.

— Son mari pensait qu'elle avait une liaison, ai-je dit lentement. Vous croyez qu'elle avait une liaison avec Miles ?

— Nous ne savons pas encore, a répondu Kamsky. Nous venons juste de commencer.

J'avais envie de dire que Miles n'aurait pas eu une liaison avec une femme dans le genre d'Ingrid de Soto, mais qu'en savais-je ? Les apparences n'avaient jamais correspondu à la réalité.

— Je ne me sens pas très bien, ai-je commenté.

— J'imagine.

— Je ne crois pas que vous le puissiez, en fait.

— Tout ce que je peux dire, Astrid, c'est qu'il est possible que vous ne compreniez jamais. Parfois les questions restent sans réponses.

— Exact, ai-je répondu.

— Vous devriez rentrer chez vous maintenant.

— Vous oubliez que je n'ai plus de chez-moi.

24

Je pense qu'aucun de nous ne voulait réellement partir et s'en aller de son côté, car cela signifierait que c'était fini. Nous serions éparpillés, soufflés aux quatre vents, telles les aigrettes d'un pissenlit. Après nous être retrouvés devant le poste de police, après les explications décousues, les querelles, l'incrédulité, les larmes et les étreintes, nous avons lentement descendu la rue à pied – poussant le vélo merdique de Campbell pour ma part – et nous sommes arrêtés dans le premier pub venu. Il faisait sombre et chaud à l'intérieur, la musique était trop forte. Les hommes se sont entassés autour d'une table près de la fenêtre pendant que Pippa et moi allions chercher à boire. J'avais l'impression de me déplacer sous l'eau, la fatigue et le choc m'avaient rendue léthargique. Tandis que nous regardions l'homme derrière le bar tirer des pintes de bière, une autre idée pénible m'a traversé l'esprit, et j'ai fait quelque chose qui ne m'arrive jamais, à savoir interroger quelqu'un sur sa vie sexuelle :

— Il t'est arrivé de coucher avec lui ?

— Qui ça ?

— Miles.

— Une fois. Deux, peut-être.

— Oh, pour l'amour du ciel, Pippa.

— C'était après la fin de votre histoire, si c'est la question que tu te poses, mais avant Leah. Je voulais lui remonter le moral, le réconforter.

— Donc tu as couché avec lui. Tu ne pouvais pas juste lui payer un verre, bavarder un peu ?

— C'était une façon de lui tenir compagnie pendant les heures sombres, j'imagine. Ce qui fait donc que j'ai couché avec un meurtrier. Ça, c'est une première.

— Ce n'est pas la chose la plus sympathique que tu aies jamais dite.

— Désolée.

Puis elle m'a regardée.

— Il t'adorait. Peut-être qu'il est devenu fou à cause de ça. Ça arrive, tu sais. Il est malade dans sa tête.

— C'est quoi, ton problème, Pippa ? C'est un comportement animal, comme pour marquer ton territoire ?

Le barman nous a interrompues.

— Excusez-moi. Ça fera dix livres trente, mesdames.

— Tenez.

J'ai sorti l'argent de mon porte-monnaie et l'ai fait glisser sur le comptoir.

— Pourquoi tu l'as jamais dit ? ai-je demandé à Pippa après avoir récupéré ma monnaie.

— Je viens de le faire.

J'ai failli répondre, puis renoncé. À quoi bon ? Le monde était rempli de secrets, chacun d'entre nous dissimulait son vrai moi aux autres, même à ceux que nous appelions des amis.

J'ai réussi à saisir trois des pintes et regagner la table où les garçons étaient assis.

— Santé ! me suis-je exclamée en levant mon verre. Buvons à… à quoi, au juste ? À quoi est-ce que nous buvons ?

— À l'amitié, a suggéré Davy, sans le moindre soupçon d'ironie dans la voix.

Pippa s'est étranglée.

— Non, je suis sérieux, a insisté Davy. Cette histoire nous a fait un choc, plus à Astrid et Pippa qu'aux autres, je sais, mais on est toujours là, non ? Nous six.

— Au moins on sait qu'on peut se faire mutuellement confiance, a ajouté Pippa, avec un petit renâclement.

Davy l'a regardée en fronçant les sourcils. Je lui ai moi-même adressé un regard incrédule.

— Santé, en tout cas, a-t-il dit en levant son verre.

— Ouais, a approuvé Dario.

Nous avons donc trinqué. J'ai pris une petite gorgée de ma bière, avec circonspection. Je n'avais nul besoin d'alcool : le monde tanguait déjà autour de moi. Rien de réel ou de solide.

Qu'arrivait-il à Miles maintenant ? Était-il toujours au commissariat, avec son avocat peut-être ? L'interrogeaient-ils à cet instant même, enregistrant ses mots sur un magnétophone ? Ou était-il assis seul dans une cellule ? Ses parents étaient-ils déjà au courant ? J'avais rencontré sa mère plusieurs fois et son père à une seule occasion, mais mon imagination s'est dérobée quand j'ai essayé de les visualiser en train d'apprendre que leur fils, ce brillant garçon, était accusé de meurtre. J'ai entendu Owen prononcer mon nom, mais ne voyais plus que des images : le visage mutilé d'Ingrid de Soto ; celui de Leah ; les doux yeux marron de Miles plongés dans les miens.

— Ne pleure pas, a dit Davy. Tu ne pleures jamais.

— Désolée, ai-je répondu. Désolée.

— Astrid ? a dit Owen. Ce n'est pas un problème. Pleure si tu veux.

Et devant tout le monde, il a posé sa main sur la mienne pour la porter à ses lèvres.

— Eh ! C'est quoi, ça ?

Les yeux de Dario étaient écarquillés.

— La ferme, a ordonné Owen.

Mais je me suis penchée par-dessus la table, j'ai pris l'étroit visage d'Owen entre mes mains et l'ai embrassé à pleine bouche.

— Tout va bien.

C'était bien entendu loin d'être vrai, mais la boisson commençait à faire effet, et nous avons commandé une autre tournée et, avec une vague hystérie, nous sommes mis à évoquer le bon vieux temps et même à rire un peu. Si c'était dans l'ensemble forcé, cela nous a tout de même aidés à passer la soirée, jusqu'à ce qu'il soit temps pour nous de nous séparer. À l'instant même où nous commencions à nous agiter sur nos chaises et à nous saluer de la tête, je me suis rappelé quelque chose. J'ai sorti l'argent de ma poche.

— Ça peut sans doute passer pour une preuve, ai-je observé. Avant que la police ne mette la main dessus, on ferait mieux de le partager.

Mais Davy m'a arrêtée.

— Pour l'amour du ciel, Astrid, les gens nous regardent déjà. N'exhibe pas de l'argent dans un endroit pareil.

Il y entrait sans doute plus de gêne que de peur, mais j'ai haussé les épaules.

— Je m'occupe des comptes, a proposé Pippa. Comme ça, on peut convenir d'un rendez-vous demain dans un endroit un peu mieux famé. Ça nous fera une excuse pour boire un dernier verre d'adieu.

Tout le monde a opiné du chef tout en se levant, boutonnant sa veste et sortant de conserve dans la rue. La pluie avait cessé et l'obscurité était tombée, bien que les dernières lueurs du jour embrasent encore l'horizon. L'air était tiède, et, sous-jacente aux gaz d'échappement et aux odeurs de curry, je sentais la nature en fleurs.

— Vous n'adorez pas Londres ? ai-je déclaré, rêveuse, à la cantonade.

Avant d'ajouter :

— Oh, merde, on m'a crevé mes deux pneus de vélo.

— C'est vraiment dégueulasse ! s'est exclamée Pippa avec indignation. Tu peux les réparer ?

— Pas sans mon matériel. Tant pis. Je vais devoir laisser le vélo ici et revenir demain, je n'ai pas le choix.

Je les ai tous regardés, groupés sur le trottoir.

— Bon, ben, ça y est, alors.

— Jusqu'à demain.

J'ai enlacé Pippa, serré le bras des autres. Owen m'a arrêtée.

— Astrid, a-t-il dit à voix basse. Ne t'en va pas tout de suite. S'il te plaît.

J'ai hésité, puis lui ai pris la main.

— Saul m'attend. Et puis… le moment est mal choisi pour faire quoi que ce soit d'autre que dormir. Peut-être que ça ne sera plus jamais le bon moment… après ça.

— Ne dis pas ça.

— On se revoit demain, Owen. Je ne vais nulle part.

— Tu as raison. Essaie de te reposer. J'espère que tes rêves seront paisibles.

J'ai eu du mal à partir. Je savais que nous nous retrouverions le lendemain, et pourtant j'avais l'impression que c'était la dernière fois que je les voyais. Finalement, avec un dernier geste de la main, je les ai quittés. Je me suis retournée une fois et j'ai vu le groupe se disperser, se démembrer en entités respectives. Après j'ai descendu la rue en direction de la station de métro, croisant une voiture de police qui, pour une fois, n'avait rien à voir avec moi – autre victime et autre crime. Et à mesure que je marchais, devant les bars bondés et les boutiques fermées, dans les halos de lumière projetés par les réverbères, sous le pont étroit où un couple se tenait enlacé et où nichaient des pigeons, le cauchemar s'est dissipé. Pendant quelques instants, je n'ai pensé qu'au bruit que faisaient mes pas sur le trottoir, n'ai senti que la dernière chaleur du jour sur mon visage, n'ai vu que la route qui s'étirait devant moi et tournait au coin. Cette histoire était finie, mais l'été ne faisait que commencer.

DEUXIÈME PARTIE

25

Astrid représentait le dernier obstacle. Une fois qu'elle serait morte, je serais libre. Et ce ne serait pas si difficile. Ce n'était pas grand-chose. L'astuce était de comprendre qu'il n'y avait pas d'astuce.

La première fois que j'ai tué, ç'a été comme de perdre ma virginité. J'avais franchi une étape. J'avais pris pied dans un nouvel univers, plus adulte, et je m'attendais à ce que les gens le remarquent, à un nouvel éclat dans les yeux, un sentiment de force. Mais ils ne le pouvaient pas et c'était aussi bien. Ça m'a rappelé mon dépucelage à d'autres égards aussi : un tâtonnement maladroit et désordonné, presque grotesque, une lutte sur un canapé, une vague gêne doublée d'incrédulité. Une moiteur. Elle s'appelait Jenny. La première avec qui j'ai couché, je veux dire ; pas la première que j'ai tuée. Elle avait quinze ans, elle était enroulée autour de moi, à moitié habillée, la joue souillée. Elle m'avait soudain semblé lourde. Je me rappelle avoir souhaité qu'elle s'en aille. Ce qui était impossible, vu que ça s'est passé chez ses parents. Et ça m'a fait la même impression avec le meurtre, parce que, juste après, après le spasme, une fois l'excitation et l'intimité envolées, ma principale pensée a été celle-ci : alors c'est ça ? C'est tout ? C'est aussi facile que ça ?

J'avais regardé Jenny, allongée contre moi, un sein à l'air, blottie contre moi. C'était la première fois pour elle aussi. En fait, c'est elle qui avait pris l'initiative, me serrant la main à une fête, m'envoyant même une carte pour la Saint-Valentin, m'invitant chez elle quand sa mère était sortie. J'avais compris alors que c'était sérieux pour elle, que ce qui s'était passé comptait pour elle, que *moi*, j'avais de l'importance pour elle. Elle se penchait à présent au-dessus de moi, m'embrassait la joue et j'étais réellement fasciné. Ceci deviendrait l'histoire de sa première fois, peut-être même de son premier amour, et je n'avais rien ressenti du tout. Pendant l'action, j'avais eu l'impression qu'on était deux acteurs jouant une scène… et la jouant mal. Et puis j'ai réalisé que Jenny ne savait pas qu'elle jouait un rôle. Elle pensait que c'était pour de vrai.

C'est comme le chat qu'on avait quand j'étais petit. Notre jardin tenait dans un mouchoir de poche, avec le remblai du train dans le fond. Mais quand il ne dormait pas, le chat y passait tout son temps, à fixer un buisson du regard. Je ne l'ai jamais vu attraper quoi que ce soit, mais on retrouvait des indices sous la table de la cuisine. Des petits oiseaux décapités, une taupe, le train arrière d'un rat. C'était un pathétique chat domestique nourri avec des conserves, élevé depuis des centaines d'années pour n'être qu'une sorte de peluche, mais quelque part, au plus profond de lui-même, il se prenait encore pour un lion rôdant dans la jungle.

Quelquefois, en grandissant, j'avais envie de crier aux gens : « Vous ne croyez tout de même pas que tout ça est réel ? » Je ne l'ai presque jamais fait, pourtant, rien qu'une fois, à peine. J'avais onze ans et j'étais en première année de collège. On était quelques-uns assis au fond de la classe pendant un cours de maths rasoir et un dénommé Daniel Benton se piquait le bras de la pointe de son compas. Paul Leigh a dit qu'il était capable de se faire saigner et s'est enfoncé la pointe dans l'avant-bras. On s'est penchés en avant, et on a vu un petit point rouge sur sa peau blanche.

J'ai ri et Paul Leigh m'a dit à voix basse, furieux, que je n'oserais pas en faire autant. Aussitôt, j'ai ressenti comme une force. « Donne-moi le compas, alors, lui ai-je dit. Donne-le-moi et tu vas voir. »

Ç'a été une performance inoubliable et unique. Les choses se sont rapidement brouillées mais je me rappelle que quelqu'un s'est mis à crier, qu'un bureau s'est renversé, qu'il y a eu un remue-ménage et qu'on m'a traîné hors de la classe, laissant une traînée rouge derrière moi.

Quand on fait un truc de ce genre, on n'a même pas d'ennuis. C'est trop gros. Ça ne rentre pas dans le système de sanctions. Après l'infirmière et la journée aux urgences, j'ai été convoqué à la fois par mon professeur principal et par le directeur. Ils se sont adressés à moi avec des voix circonspectes et compatissantes. Lorsque je suis ressorti du bureau, ma mère était assise sur le banc, en pleurs. Je l'ai serrée dans mes bras tout en regardant par-dessus son épaule, en espérant que personne de ma connaissance n'irait me repérer.

Pour finir, je suis allé voir un docteur. Il portait un pull et avait un cabinet avec des affiches de couleurs vives aux murs et des jouets par terre. Il m'a montré des illustrations en me demandant de les commenter, puis il m'a posé des questions sur ma vie. Je n'avais que onze ans, mais je crois que j'ai vite compris la marche à suivre. Ce n'était pas un vrai docteur : il ne souhaitait pas m'aider ni me rendre meilleur. Il voulait me mettre à l'épreuve pour voir si je me trahirais, pour démontrer que je n'étais pas comme les autres. C'était comme dans les films de science-fiction quand un personnage pourrait bien être un androïde ou un humain, et qu'il faut l'interroger pour arriver à faire la différence. C'est ce qu'il faisait avec moi. Les images représentaient deux ou trois personnes, et il voulait que je lui parle de leurs relations. Il était évident que j'étais censé les trouver sympas et normales. Alors, j'ai dit de la première qu'il s'agissait sans doute d'une mère et de son enfant, et qu'elle venait peut-être d'aller le chercher à l'école. Il m'a demandé où je pensais que se trouvait le père et j'ai répondu qu'il était sans doute à son travail. J'ai regardé le docteur, il a souri en hochant la tête.

Ce qui est bizarre, quand j'y repense, c'est que je savais très bien ce que je ne devais pas dire au docteur. Je lui ai raconté que cette affaire de compas avait été une erreur. Je ne savais pas ce qui m'avait pris. Ce qui n'était pas tout à fait un mensonge : ç'avait réellement été une erreur. Pour une fois, j'avais laissé tomber le masque. J'avais accompli quelque chose dans le monde réel. J'avais enfreint les règles du simulacre auquel tout le monde se prêtait et leur avait montré du sang et des os, et ils n'avaient pas apprécié ce qu'ils avaient vu.

Le médecin m'a interrogé sur mon père. Il avait dû lire mon dossier scolaire. Je comprenais que l'idée était d'avoir l'air triste mais pas trop, de montrer que mon père me manquait mais pas trop. J'ai dit que c'était de l'histoire ancienne, déjà. Ç'a eu l'air de convenir. L'une des photos représentait un petit enfant avec un chat. Il m'a demandé si j'avais un chat. Même à l'âge que j'avais, je savais ce qu'il voulait me faire dire. Il souhaitait savoir si j'étais cruel avec mon chat. Je ne l'étais pas mais, même si ç'avait été le cas, je ne le lui aurais pas dit. Je lui ai juste raconté la vérité, qui était que j'avais autrefois eu un chat et que je m'en occupais et que je le nourrissais et que parfois il venait dormir sur mon lit. Alors, il a changé de sujet et a commencé à me poser des questions sur autre chose, comme mes hobbies, et si j'avais des amis. Je sentais son intérêt faiblir au fur et à mesure. Il cherchait quelque chose à se mettre sous la dent et je devais faire en sorte qu'il ne trouve rien. Il fallait que j'aie l'air normal et rasoir.

J'ai toujours été doué pour dissimuler, surtout aux yeux de ma mère, même si, avec le temps, je n'étais plus jamais sûr de ce qu'elle voyait et ne voyait pas. Parfois, je la croyais stupide : une femme fortement charpentée, lente, au bassin large, avec des cheveux épais, rêches et pâles comme la paille, un visage rond et une voix douce, un peu traînante car elle était originaire du Somerset. Mais il y avait d'autres fois où je la regardais et lisais dans ses yeux gris une expression qui me mettait mal à l'aise, me dérangeait, comme si, soudain, mes vêtements étaient devenus trop serrés.

Elle s'appelait Mary. Elle avait quitté l'école quand elle avait rencontré mon père et m'avait eu avant ses vingt ans ; elle devait donc être jeune en réalité, mais je l'ai toujours trouvée vieille. Vieille et barbante. Ça m'a donc fait un choc quand j'ai entendu Jerry Barker dire à un de ses potes devant le marchand de journaux qu'elle était plutôt pas mal. Je m'en souviens comme si c'était hier : « plutôt pas mal ». J'ai essayé de la voir à travers les yeux de Jerry, mais sans succès. Elle était assez forte, ne se maquillait jamais ni n'allait chez le coiffeur, et elle portait des vêtements qui la camouflaient, genre tente. D'après ce que disaient les gens, mon père n'était pas ce qu'on peut appeler une affaire, mais elle n'avait même pas réussi à le garder bien long-temps. Nous étions donc seuls elle et moi, jour après jour, semaine après semaine, et les années passaient, monotones. Elle travaillait chez le fleuriste pendant la journée et, le soir, elle repassait pour d'autres. Elle cui-sinait des repas sans ôter son manteau, mais s'asseyait avec moi pour manger et s'efforçait de me poser des questions sur ma journée. Je lui disais toujours ce qu'elle avait envie d'entendre, après quoi je pouvais allumer la télé et faire comme si elle n'était pas là, à m'observer de ses yeux pâles. « À quoi penses-tu ? » me demandait-elle de sa voix douce. Et je répondais à tous les coups : « À rien, m'man », même si je pensais à quelque chose, bien sûr ; je pensais qu'elle ressem-blait à un poisson ; je pensais que j'aimerais qu'elle la ferme et qu'elle me foute la paix. Elle avait une toux chronique. Je l'entendais quand j'étais au lit. Elle tous-sait en bas en repassant, toussait en haut, dans sa petite chambre en face de la mienne, plus grande.

J'ai essayé. J'ai vraiment essayé d'être celui qu'elle voulait que je sois. Bien sûr, je me rappelais toujours la date de son anniversaire, mais je me souvenais aussi d'autres choses. Son anniversaire de mariage, et la date à laquelle il était parti. La date de la mort de son père. Je les notais toutes, même si ce n'était pas nécessaire. J'ai une bonne mémoire. Quelquefois, quand je n'arrive pas à dormir, je reste allongé dans mon lit à me repasser des trucs dans ma tête pour être sûr d'avoir les idées claires. Les anniversaires des autres, leur lieu de naissance, leurs numéros de téléphone, leurs plats, chansons et programmes de télé préférés, les trucs débiles qui leur font peur, des histoires qu'ils m'ont racontées ou que j'ai entendues. On ne sait jamais quand on pourra en avoir besoin. Il faut se tenir prêt, à tout moment.

Quand je suis allé voir le médecin, j'avais déjà volé pas mal de fric, mais il n'était pas au courant. Et pas que du fric. Je ne pouvais pas sortir d'un magasin sans mettre une tablette de chocolat dans ma poche ou glisser un magazine sous ma veste. Ce n'était pas que j'aie besoin de quelque chose ou que je considérais que j'y avais droit. Je piquais bien plus que je ne pouvais en rapporter à la maison sans avoir de problèmes, mais ça ne m'arrêtait pas. Il m'arrivait de jeter un tee-shirt dans une poubelle en sortant du magasin. Je ne me suis jamais fait prendre. Je ne sais pas pourquoi. Ce n'est pas comme si j'étais malin ou que j'avais mis au point un système infaillible. C'est peut-être juste qu'on ne me remarque pas. Quoi qu'il en soit, l'excitation est retombée. Je préférais voler des gens. Et même là, ceux à qui j'avais pris de l'argent ne se rendaient pas compte qu'ils avaient été volés. C'était ça, l'astuce : de prendre juste la somme qu'il fallait, pour qu'ils ne comprennent pas qu'il manquait quoi que ce soit. Parfois, ils avaient l'air un peu surpris en vérifiant leurs poches ou leurs portefeuilles. « Mais où passe tout cet argent ? » leur arrivait-il de dire. Mais il ne s'agissait que de quelques pièces par-ci, d'un billet par-là.

J'ai commencé avec ma mère. La première fois, j'ai pris un billet de cinq livres dans son sac. C'était comme un test, pour voir ce qui allait se passer. Mais rien. Du coup, j'ai augmenté la prise, petit à petit. Un jour où je voulais m'acheter une paire de baskets, j'ai pris vingt livres et, le soir, en les lui montrant, je lui ai raconté que je les avais eues pour dix au marché. Je m'en suis ensuite pris à d'autres, mais en restant toujours très prudent. Ça représentait pas mal d'efforts. Comme d'être un espion.

On décide ce qu'on veut faire et puis on le fait. Ça peut être aussi simple que ça. J'avais une liste de choses à faire absolument. L'une d'elles était de coucher avec une fille avant mes dix-sept ans. Je l'ai fait. Une autre était d'être bon au foot. J'emportais mon ballon sur le terrain vague près de la voie ferrée, le lançais contre le mur et m'entraînais à le maintenir en l'air. Pendant des heures. Je ne serais jamais un des meilleurs, mais je faisais partie de l'équipe de l'école, ce qui était déjà pas mal. Ça voulait dire que j'avais ma place. Je faisais partie de la bande. J'étais cool. J'avais du gel dans les cheveux, des cicatrices sur les jambes et les filles m'aimaient bien ou, en tout cas, c'est ce qu'elles disaient. Tout le monde fait semblant. La différence entre les autres et moi, c'est qu'ils ne s'en rendent pas compte. Moi si. Ça me donne un temps d'avance. Je suis plus honnête que les autres. Je sais qui je suis et je sais que je suis seul.

J'ai toujours eu des amis et j'avais même un meilleur ami, Jonathan Whiteley. Je suis toujours en contact avec lui. Il vit encore à Sheffield. On se téléphone parfois, on s'envoie des textos et, quand on se voit, on reparle du bon vieux temps. Quand on jouait au tennis contre le mur de sa maison. La fois où on s'est saoulés au cidre quand on avait douze ans. Quand on essayait de se faire bien voir en cours de maths. La fois où on était allés camper et où il s'était fait charger par un bélier ; celle où on est allés à un festival pop et où on s'est nourris de bière, de chips et de marshmallows pendant trois jours ; la fois où on a déclenché l'extincteur pendant le voyage scolaire. Mais pas celle où j'ai piqué la carte de crédit de sa sœur. Ni celle où j'ai lancé une pierre à travers sa fenêtre tard un soir après une dispute dont je ne me rappelle même plus. Pas plus que celle où je lui ai piqué son tee-shirt préféré, roulé en boule dans mon sac entre mon cours de physique et celui d'art, et ne le lui ai jamais dit. Je l'ai toujours. C'est un de mes préférés. Il n'a plus l'odeur de Jonathan. Il a la mienne.

J'ai mal à la tête parfois. Ça n'a commencé qu'à treize ans, et à l'époque je ne savais pas ce qui m'arrivait. Par la suite évidemment, j'ai appris à reconnaître la sensation et je savais qu'une crise était imminente au fourmillement de ma peau, à une sensibilité dans tout mon corps, qui devenait douloureux au moindre contact. Mais la première fois, ça a commencé par une sorte d'expectative – pas une véritable migraine, plutôt le pressentiment qu'elle n'allait pas tarder. Suivie d'un élancement douloureux au-dessus de l'œil gauche, comme si on me vrillait un truc dans la tempe. Une sensation de moiteur, des frissons évoluant vers une impression d'angoisse. Des éclairs intermittents. La douleur s'est intensifiée et j'ai dû m'allonger sur mon lit, les rideaux tirés, un bras pressé sur mes yeux, mais même ainsi, je sentais mes globes oculaires battant violemment dans leurs orbites. J'ai fini par m'endormir et, quand je me suis réveillé, la douleur s'était estompée et je me suis senti puissant, pur, plus alerte que jamais auparavant.

Pendant trois ans à peu près, j'ai eu des migraines une ou deux fois par mois et je les guettais impatiemment pour ce que je ressentais après, comme si je rayonnais. Avec le temps, elles se sont raréfiées. Aujourd'hui, je ne souffre plus guère que deux fois par an à peu près, et je me réjouis de l'afflux d'énergie que ce mal répand dans mon corps. J'aime avoir ces maux de tête. Je suis résistant à la douleur. C'est l'un de mes secrets. Je le garde en moi et personne ne le devine. Les gens sont aveugles ; ils sont aveugles parce qu'ils ne veulent pas voir. Les gens sont des imbéciles ; ils sont idiots parce qu'ils ne veulent pas savoir. J'aime renaître.

26

Enfin, après avoir attendu si longtemps, après des années passées à traîner et m'entraîner, j'y étais. J'avais vingt et un ans et j'étais enfin livré à moi-même. Les gens viennent des quatre coins du monde pour être à Londres. Ils fuient sur des embarcations de fortune, se cachent sous des trains ou dans des camions. Pas pour atteindre l'Europe, ni l'Angleterre, mais bien Londres, parce qu'à Londres vous pouvez soit trouver des gens comme vous, qui que vous soyez, soit vous perdre. Il y en a qui, en arrivant à Heathrow, déchirent leurs papiers pour qu'on ne puisse pas les rapatrier. C'est ce que j'aurais fait si j'avais su comment m'y prendre. J'aurais aimé échouer à Londres, littéralement, nu et anonyme, pour pouvoir m'inventer un nouveau nom et me créer une nouvelle identité. Au lieu de quoi, j'ai débarqué en gare d'Euston et recommencé de zéro.

Un vendredi soir glacial, quelques jours à peine après le Nouvel An, j'étais assis dans un pub donnant sur le bassin du canal à King's Cross. J'en étais à ma troisième pinte de bière et commençais à me sentir un peu parti. C'est alors que j'ai vu mon pote Duncan venir vers moi accompagné d'une fille que je n'avais jamais vue auparavant. Je me suis tout de suite rendu compte que c'était le genre de fille qui me rend quasi incapable d'aligner deux mots consécutifs. Elle était grande, avec de longues jambes et des bras minces et musclés, et malgré le temps hivernal, vêtue d'un short et d'un tee-shirt aux couleurs vives. Elle était bronzée et son visage était taché de son par le vent et le soleil. Ses cheveux sombres et bouclés étaient noués en arrière, lui dégageant le visage. Elle avait des yeux sombres des plus saisissants, et qui pétillaient de rire : Duncan lui racontait un truc que je n'entendais pas. Elle tenait une bouteille de bière dans une main, une sacoche et un casque de vélo. Ils se sont approchés de la table.

— Je te présente Astrid Bell, a dit Duncan.

Il s'est tourné vers elle.

— C'est le type dont je t'ai parlé.

— Salut, a répondu Astrid. Duncan dit que tu cherches un endroit où habiter.

Astrid ne ressemblait à aucune des filles que j'avais rencontrées jusqu'à présent. Elle ne flirtait pas, ni ne cherchait à flatter autrui. Elle n'était pas timide, faux cul, ou désireuse de plaire. Elle se fichait que je l'apprécie ou pas. Je ne veux pas dire qu'elle était antipathique ; loin de là. C'est juste qu'elle savait qui elle était et n'avait pas l'intention d'essayer d'être quelqu'un d'autre. Elle était franche et ne trichait pas. Je voyais bien qu'elle ne ferait jamais semblant d'avoir entendu parler d'un groupe qui n'existait pas, ni ne rirait d'une plaisanterie qu'elle n'avait pas pigée, ou ne ferait la sainte-nitouche pour arriver à ses fins. Je savais tout ça à son sujet avant même qu'elle prenne place à table en face de moi, pose son menton dans ses mains et me regarde de ses yeux limpides et sombres. Je l'ai observée au bar tandis qu'elle nous commandait des boissons, ignorant tous les hommes qui la reluquaient. Et je l'ai observée pendant qu'elle revenait vers moi, tenant les deux verres avec précaution pour les empêcher de déborder, tournant la tête pour sourire et dire quelque chose à un ami qui l'interpellait depuis le distributeur de cigarettes. Même dans sa tenue de cycliste légère, elle était dotée de proportions gracieuses. Elle me semblait se détacher plus nettement que n'importe qui d'autre dans le pub, comme si elle était éclairée par-derrière, ou si elle était le point de mire d'une photo dont tous les autres personnages seraient secondaires ou un peu flous.

— À la tienne, a-t-elle dit en prenant une gorgée de sa bière, essuyant de la mousse sur sa lèvre supérieure. Alors comme ça, tu cherches un logement.

— Oui, ai-je réussi à répondre. Celui où j'étais n'est plus disponible. Je dois le quitter le plus tôt possible.

— Il s'agit d'une maison à Hackney. C'est assez central pour toi ? Une jolie maison, vraiment, un peu délabrée peut-être, avec un grand jardin. On est six en ce moment et on cherche un septième.

— La maison est à toi ?

Ça l'a fait rire et rejeter la tête en arrière. J'ai aperçu ses dents blanches et le rose à l'intérieur de sa bouche.

— Est-ce que j'ai une tête à avoir une maison de sept chambres ? Je suis coursière, pour l'amour du ciel. Tout ce que je possède, c'est mon vélo et quelques tenues de rechange. Non, elle appartient à Miles. Il a un vrai boulot mais ne t'inquiète pas. Il est cool. Enfin, en général.

Je me suis efforcé de trouver des questions adultes à poser.

— C'est combien ?

— Cinquante par semaine. Rien du tout, quoi. Mais on partage les frais d'entretien, les factures, ce genre de trucs. Même un peu de décoration. C'est un accord amiable. C'est dans tes moyens ?

— Ça m'a l'air pas mal, ai-je dit. Et pour... genre, les heures de repas ? Vous mangez ensemble ?

— On n'est pas à l'armée. Il n'y a pas beaucoup de règles... Peut-être qu'il devrait y en avoir plus. Mais jusqu'ici, ça a marché. Et c'est plutôt marrant. La plupart du temps. Ça t'intéresse ?

— Ouais, bien sûr.

— Il faudrait que tu rencontres les autres, évidemment. Mais d'abord, je peux te poser quelques questions ?

— Genre ?

Je me sentais nerveux et j'avais la bouche sèche, mais j'ai fait de mon mieux pour avoir l'air détendu, faisant semblant de siroter ma bière. Je n'avais pas envie d'un autre verre pour l'instant. Il fallait que je sois attentif, vigilant.

— Qu'est-ce que tu fais comme travail ?

— Ça fait pas très longtemps que je suis à Londres. J'ai fait des petits boulots...

Juste à ce moment-là, son portable a sonné. Elle l'a sorti de sa poche et a ouvert le clapet d'une pichenette.

— Salut, Miles.

Elle m'a regardé en souriant.

— Je crois que j'ai trouvé quelqu'un pour la chambre. Oui. Je suis avec lui au *Rising Sun*... C'est celui-là – le long du canal... Il m'a l'air OK, globalement.

Elle m'a regardé à nouveau.

— Tu es un mec bien, non ?

— Oui, ai-je dit. Je crois.

— Digne de confiance ?

— À quel sujet ?

Elle s'est mise à rire et a repris sa conversation téléphonique.

— Pourquoi tu ne viendrais pas faire sa connaissance ?

Elle m'a interrogé du regard en haussant les sourcils, et j'ai acquiescé avec vigueur.

— Dans dix minutes, alors.

Il y a eu une pause pendant laquelle elle a écouté, l'air concentrée.

— De mieux en mieux. Amène-la. Salut.

Elle a refermé son portable et s'est tournée vers moi.

— Bon, le grand patron arrive. J'espère que ça te va ?

— Pas de problème, ai-je dit. Il y aura quelqu'un d'autre ?

— Pippa. Elle habite à la maison. On est là depuis le début tous les trois – Pippa, Miles et moi. Les autres ont tendance à aller et venir, mais on s'accroche.

— Donc, c'est un entretien si j'ai bien compris ?

— On n'est pas très impressionnants.

Mais elle avait tort. Elle ne pouvait pas imaginer à quel point on pouvait se sentir insignifiant et terrifié devant quelqu'un comme elle.

J'ai su que c'étaient eux dès qu'ils sont entrés. Lui était grand et élancé, avec une barbe taillée très court, comme s'il n'était pas rasé depuis plusieurs jours, et une tête rasée qui brillait sous les lumières. Il portait un pardessus sur un costume taillé dans un tissu sombre et doux qui avait l'air coûteux, et tenait à la main une mince serviette. Il avait une poignée de main ferme, mais ses yeux n'ont croisé les miens qu'une seconde avant qu'il ne lance un regard à Astrid. Il lui a

301

embrassé la joue et j'ai vu combien son visage s'adoucissait. J'ai enregistré l'information : il avait un faible pour elle. Ça se voyait comme le nez au milieu de la figure. Mais ce n'était pas réciproque. J'en étais certain.

La femme – Pippa – ne s'est pas donné la peine de me serrer la main. Elle s'est plutôt contentée de m'effleurer le bras du bout des doigts en écarquillant les yeux, en souriant de ses lèvres roses impeccablement maquillées. Je pouvais sentir son parfum. Je suis doué pour les odeurs. Je me les rappelle. Ma mère sentait l'herbe. Pippa était aussi grande qu'Astrid, peut-être même plus, mais plus blonde, plus mince, fragile comme de la porcelaine. Elle portait un tailleur crème et des talons hauts. Ses longs cheveux étaient relevés sur le sommet de sa tête et, de temps à autre, elle les touchait d'un geste délicat pour vérifier qu'ils étaient bien en place. Elle avait l'air très sage, mais ses premiers mots ont été :

— Tu dois être complètement cinglé.

— Pardon ?

— De vouloir vivre dans notre asile de fous.

— Ne fais pas attention à ce qu'elle raconte, a dit Astrid.

Je leur ai proposé un verre, pensant que ce serait de l'argent dépensé à bon escient, et tout en patientant au bar, je me retournais pour leur jeter des coups d'œil. Ils se sont penchés les uns vers les autres autour de la table et j'ai entendu un éclat de rire. Est-ce qu'ils parlaient de moi ? Est-ce qu'ils se moquaient de moi ?

Ils m'ont posé des questions. J'ai souri, hoché la tête et leur ai dit ce qu'ils voulaient entendre. Oui, j'étais plutôt facile à vivre. Oui, j'avais des amis à Londres. Oui, je pourrais payer le loyer chaque mois.

Non, ça ne me gênait pas de faire le ménage. Et non, je n'avais pas l'intention de déménager d'ici quelques mois.

— Tu aimes le curry ? m'a demandé Pippa abruptement.

— Oui, j'adore, ai-je répondu, bien que ce ne soit pas vrai. Trop gras et trop salé.

— Allons chercher un plat à emporter et rentrons à Maitland Road, a-t-elle dit. Comme ça, tu pourras voir les autres. Qu'est-ce que t'en dis ?

— Je suis pris ?

— Elle était censée nous consulter d'abord, Astrid et moi, a commenté Miles d'un ton un peu acerbe.

— Désolée, a répliqué Pippa en m'adressant un clin d'œil.

— Vous voulez que je vous laisse quelques minutes, que vous puissiez parler de moi entre vous ?

— Pas la peine, a dit Astrid en se levant et en enfilant un blouson de cuir. Filez devant tous les trois. Je prends mon vélo et je vous retrouve à la maison.

On est sortis dans la nuit. J'ai observé Astrid sous le réverbère en train de détacher son vélo. Elle a bouclé son casque, passé sa sacoche par-dessus son épaule et lancé une jambe mince par-dessus la barre. La buée de sa respiration est montée dans l'air. Tout en elle était svelte et fluide. Mais alors j'ai remarqué que Miles la regardait, lui aussi.

On a pris un taxi. Miles a commandé le repas par téléphone depuis la voiture, et on s'est arrêtés à quelques rues de la maison pour le récupérer. On est rentrés ensemble à pied avec deux sacs en papier fumants de provisions et deux bouteilles de vin que j'avais tenu à acheter en chemin dans un magasin. Je n'étais jamais venu auparavant dans ce quartier de

Londres et je regardais autour de moi, tâchant de me repérer. La rue dans laquelle on se trouvait était une de ces grandes voies qui traversent la ville, pleine de feux de signalisation et encombrée de voitures et de camions. Je me suis tout de suite rendu compte que le coin était miteux, du genre que j'avais voulu fuir en venant à Londres. Les boutiques étaient vieilles, bizarres et plusieurs étaient condamnées ; des tours d'habitations s'élevaient des deux côtés. J'ai remarqué de nombreux visages noirs. Mais les rues qui partaient de cette artère avaient l'air à la fois louches et riches, bordées de hautes maisons anciennes derrière leurs grilles et leurs petits jardins.

— On y est presque, a lancé Pippa.

On a tourné dans une longue rue ombragée, puis de là dans une autre, dans laquelle un groupe d'adolescents jouait au ballon entre des flaques de lumière et des voitures en stationnement. Au bout, une tour barrait l'horizon. Sur la gauche, une entrée de parc miteux.

— On y est !

La maison avait dû être imposante à l'époque de sa construction. Elle comportait trois étages et une façade symétrique de part et d'autre de la porte d'entrée, avec des bow-windows, un petit jardin à l'avant et de larges marches conduisant à la porte. Mais on se rendait compte d'emblée qu'elle avait besoin de gros travaux. De jointoiement pour commencer. Et des ardoises se détachaient du toit. Les cadres des fenêtres étaient fissurés, la peinture écaillée. Des années sans entretien avaient entamé la structure, pourrissant la maison comme une maladie. J'ai vu tout ça alors même que je déclarais d'une voix polie que l'endroit était vraiment super.

— Ne fais pas attention au désordre, a dit Miles en ouvrant la porte d'entrée.

— On est là ! a hurlé Pippa. Avec le dîner !

Astrid a descendu l'escalier. Elle avait enfilé un jean et un tee-shirt vert pâle. Elle était pieds nus et j'ai remarqué que ses doigts de pied étaient vernis en orange et qu'elle portait une chaîne en argent autour de la cheville gauche.

— Je vous ai battus, a-t-elle déclaré. Et tout le monde est là. Je leur ai parlé de toi.

— Bon, ai-je dit. Bien.

— Tu es nerveux ?

— Un peu, ai-je répondu. J'aimerais bien habiter ici. Ça me met en position de faiblesse.

C'était la bonne réponse ; je m'en étais douté. Elle m'a regardé d'un air approbateur et a brièvement posé une main sur mon épaule.

— Entre dans l'antre du lion.

On a descendu l'escalier en file indienne. J'entendais des voix masculines et je me suis soudain rendu compte que je n'avais posé aucune question au sujet des autres occupants. Mais il était trop tard maintenant puisqu'on y était, debout dans le vaste entresol bordélique où trois hommes étaient assis autour d'une longue table, et qu'Astrid me présentait, tandis que Pippa faisait glisser des assiettes ébréchées et dépareillées sur la table, avant de lâcher un paquet de couverts au milieu.

— OK, tout le monde, a déclaré Astrid, et le silence s'est fait.

Ils m'ont tous regardé. Cette première impression serait importante, je le savais.

— Salut, ai-je dit en levant la main.

— Je vous présente Davy, a-t-elle dit.

305

J'ai souri à chacun d'eux. Je les ai regardés un par un dans les yeux. J'ai pris mentalement des notes.

— Tout d'abord, a commencé Astrid en se tournant vers un homme maigre plein de taches de rousseur qui ressemblait à l'avorton rouquin souffre-douleur qui était dans ma classe en secondaire, voici Dario.

— Salut, Dario, ai-je dit. Ravi de te connaître.

— C'est vrai ?

Ses pupilles étaient dilatées et ses mots se bousculaient. *Défoncé*, ai-je pensé.

— Quoi ? Ben oui. En tout cas, je le serai si tu décides que je peux habiter ici.

Une vague d'amusement a déferlé et j'ai senti la confiance me gagner.

— Et là, c'est…

Astrid désignait un homme un peu plus âgé avec une coupe à la tondeuse, qui portait un fin tee-shirt gris trop serré pour son corps trapu. Quelque chose dans son regard bleu pâle m'a mis mal à l'aise.

— … c'est Mick.

Il a grommelé quelques mots. Je n'en obtiendrais rien de plus.

— Et pour finir, et non des moindres…

Je me suis tourné vers le troisième homme en souriant et en tendant la main. J'ai tout de suite su que je ne l'aimais pas, mais pas du tout. Je n'aimais pas ses longs cheveux bruns, ni ses pommettes hautes, ni les paupières tombantes qui dissimulaient ses yeux noirs et impénétrables. Je n'aimais pas sa putain de beauté ni son air rêveur, comme s'il percevait quelque chose que je ne pouvais pas voir. Et je n'aimais pas la façon qu'avait Astrid de le fixer en cet instant ; soudain, elle

306

semblait rayonner, comme si elle dégageait de la chaleur. Ni la façon qu'il avait de lui rendre son regard, le coup d'œil qu'ils ont échangé et l'électricité dans l'air.

On s'est serré la main.

— Owen, a-t-il dit.

— Salut, Owen.

J'ai pris place entre Astrid et Dario, débouché les deux bouteilles de vin et servi un verre à chacun. Pippa a allumé trois bouts de bougies blanches. J'ai écouté, acquiescé, ri aux moments opportuns. Je me suis montré modeste, approbateur. J'ai tapoté dans le dos de Dario quand il a avalé sa crevette de travers. J'ai aidé Astrid à débarrasser les emballages en papier alu. J'ai dit que ça ne me dérangerait pas de m'occuper du nid de guêpes sous les avant-toits au début de l'été. Il n'en a pas fallu plus que ça. J'étais dans la place.

27

Je suis arrivé le samedi matin suivant. Miles m'a fait monter pour me montrer ma chambre, qui avait été refusée par six autres personnes. Elle était tout en haut de la maison et donnait sur la rue.

— C'est un peu sommaire, a dit Miles. On ne s'est pas encore vraiment occupés de la refaire. Dario a promis mais... tu sais ce que c'est...

C'était plus que sommaire, et froid, le radiateur n'ayant pas été allumé depuis des semaines, voire des mois. Il y avait un tapis élimé, un lit avec juste un matelas, une ampoule nue qui pendait du plafond, une tringle à rideaux sans rideaux.

— C'est parfait, ai-je dit, parce que ça l'était.

Avant, j'avais habité dans différents endroits. J'avais squatté chez des collègues de travail. Parfois même dormi sur place dans un sac de couchage.

— Tu as beaucoup d'affaires ? m'a demandé Miles.

— Quelques trucs.

J'avais un sac de blanchisserie plein de vêtements et c'était à peu près tout. Je suis donc allé dans la rue commerçante et j'ai trouvé une boutique curieuse qui vendait de l'équipement ménager d'occasion dans laquelle j'ai acheté une couette et une housse de couette, un oreiller et une taie d'oreiller, un drap, une serviette. Puis j'ai longé la rue et suis entré dans une petite librairie. J'ai parcouru un rayon consacré à la psychologie, la religion, au développement personnel et au jardinage et déniché un livre intitulé *Succès en amitié : Manuel de l'utilisateur*. Quand je l'ai remis à la fille derrière le comptoir, elle m'a regardé d'un air curieux.

— C'est pour un ami, ai-je dit.

— Vraiment ? a-t-elle demandé.

— C'était une plaisanterie.

— Ça fait sept livres quatre-vingt-dix-neuf, a-t-elle répondu avec sérieux.

Ça m'était plutôt égal qu'elle pense ou non que j'étais du genre à avoir besoin d'un livre pour m'expliquer comment me faire des amis. Ce n'est pas à cela que je le destinais, en tout cas pas tout à fait. Je voulais laisser mon ancienne vie derrière moi et, pour ça, je n'avais pas besoin de falsifier un certificat de naissance ni d'usurper une identité. C'était très simple. Je n'avais qu'à ne jamais retourner chez moi, ne jamais téléphoner chez moi. Où était le problème ? Mon ancienne vie finirait bien par me rattraper, comme ça arrive en général, comme quelque chose collé à sa semelle, mais en attendant, Maitland Road constituerait pour moi un essai. J'allais jouer le rôle d'un colocataire normal qui s'entendait bien avec tout le monde. J'allais aborder la situation comme un exercice technique. C'est pour cela que j'avais besoin d'un livre. Il m'aiderait à incarner mon personnage.

J'ai fait mon lit, accroché ma serviette à un crochet derrière la porte et me suis allongé sur le matelas avec mon livre. J'ai lu le chapitre consacré à la conversation. Chaque paragraphe était précédé d'une maxime et je me les suis lues à haute voix : « L'art de la conversation est celui de savoir écouter » ; « Pour rencontrer quelqu'un, vous devez d'abord croiser son regard » ; « Respectez son intimité » ; « Secondez, ne rivalisez pas » ; « Si vous hésitez, parlez boutique » ; « Oui, pas oui mais… »

L'oncle de mon pote Ben m'avait branché sur un gros réaménagement en cours de l'autre côté de la rivière à Camberwell. Deux jours après m'être installé, j'y suis allé et j'ai fait le tour des lieux avec le type à qui l'on avait confié le chantier. C'était un travail plutôt basique, payé de la main à la main, et il y en avait au moins pour trois mois. Tout venait tout seul. La soirée débutait à peine quand je suis rentré à Maitland Road. Je ne savais pas au juste ce que ça faisait d'être un bon colocataire, mais je pouvais éviter d'en être un mauvais. Ne pas utiliser toute l'eau chaude. J'ai pris une douche d'environ une minute. Je suis descendu et j'ai trouvé Pippa seule, en train de lire un magazine. Ne pas se montrer ouvertement pique-assiette, au début surtout.

— J'ai acheté du vin, ai-je dit. Tu en veux un verre ?

— Volontiers, a répondu Pippa. Rouge ou blanc ?

— Comme tu voudras, ai-je fait. J'ai les deux.

— Bon, tu peux rester, a-t-elle dit avec enthousiasme. Du blanc, dans ce cas.

J'ai rempli deux verres et me suis installé dans le canapé, pas trop près d'elle pour respecter son espace. Savoir écouter.

— J'espère que tu ne vas pas prendre mal ce que je vais dire, ai-je commencé, mais tu ne ressembles pas à une avocate.

— J'aime mieux ça ! a-t-elle dit en sirotant son vin.

— Et qu'est-ce que tu fais au juste ?

Elle était très drôle quand elle m'a parlé des personnalités de ses collègues et de ses clients excentriques et exigeants. J'écoutais avec une grande concentration. Le livre expliquait que, dans une conversation, les hommes rivalisent et les femmes se montrent solidaires. Je me comportais donc en vraie femme. Une femme franchement formidable. « Ouais, ouais, c'est vrai », je disais. « Je vois ce que tu veux dire. Ouais, c'est ça, tout à fait. Oh, c'est génial. J'y crois pas, t'as fait ça, sérieux ? Et qu'est-ce qu'il a dit ? Putain, quel con. » Je n'arrêtais pas de la resservir. Je la regardais dans les yeux. Je n'envahissais pas son espace personnel. J'ai tendu la main vers la bouteille pour remplir son verre encore une fois mais elle était vide.

— On passe au rouge ? ai-je demandé.

Elle a glissé sur le canapé et a envahi mon espace personnel. Elle a posé une main sur mon avant-bras.

— Tu sais quel est l'un des gros problèmes quand on partage une maison ? m'a-t-elle demandé.

— Non.

— Non, tu sais pas, mais je vais te le dire. C'est la tension sexuelle. Ça pourrit l'amitié et ça crée des problèmes.

— Je vois ce dont tu parles.

— Impossible, je ne l'ai pas encore dit. Quand on est ensemble, il y a tout ce flirt ridicule et ces « alors ils vont le faire ou pas ? » et, après, il y a presque toujours une rupture affreuse. C'est terrible pour le couple et presque autant pour tous les autres. Tu es sans doute au courant pour Astrid et le pauvre Miles.

— Pas vraiment.

— En gros, ils se sont mis ensemble alors que ça ne pouvait pas marcher, elle l'a largué et, depuis, il traîne comme une âme en peine.

— Je suis désolé.

— C'était chiant, je te jure. Ça fait *toujours* chier. Il a une nouvelle petite amie, à présent. Il la brandit devant Astrid comme une arme. Tiens. Regarde ce que tu m'as fait faire.

Pippa m'a caressé le bras d'un air pensif avant de reprendre :

— Maintenant que tu es là, il va y avoir une nouvelle tension.

— Tu crois ?

— C'est inévitable. On va se frôler constamment. On va se croiser enroulés dans une serviette en revenant de la douche.

— Je ne veux pas compliquer les choses, ai-je dit.

Elle m'a ignoré et s'est encore rapprochée.

— La seule façon de régler ça, c'est de l'évacuer dès le départ.

— Comment ça ?

Elle a caressé mon visage et affiché un sourire lent et nonchalant.

— Tu sais très bien, a-t-elle répondu.

— Quoi ? Maintenant ?

Je la sentais se blottir contre moi.

— Ce n'est pas obligatoire, a-t-elle dit, mais ça serait sympa. Et comme ça, on pourrait rester amis après.

— Mais où ça ?

Elle a fait la grimace.

— Ben, pas ici. Quelqu'un pourrait rentrer. On n'a qu'à aller dans ma chambre.

— J'emporte le vin ?

— Non, on le boira plus tard.

Elle m'a pris par la main et fait monter un étage, tout en parlant. Quelque chose au sujet des habitudes de la maisonnée ou des mauvaises manières de je ne sais qui. Mais je n'arrivais pas à me concentrer sur les détails. Le sang se ruait dans mes oreilles. Je l'entendais. J'avais chaud. La situation avait échappé à mon contrôle et je ne savais pas bien comment ça allait se terminer. Elle m'a fait pénétrer dans la pièce donnant à l'avant de la maison à côté de la porte d'entrée. Soudain, j'ai eu l'impression que tout ça arrivait à quelqu'un d'autre, ou en tout cas à quelqu'un d'autre en même temps qu'à moi. J'imaginais très bien qu'on puisse trouver sa chambre charmante dans son désordre, avec les vêtements éparpillés partout, le lit défait, les rideaux tirés. J'ai été assailli d'odeurs : parfum, déodorant et savon. Ça m'a dégoûté. J'avais envie de les balayer et d'ouvrir les fenêtres en grand, de faire entrer la lumière et l'air frais.

Pippa a empoigné son tee-shirt et l'a fait passer au-dessus de sa tête, dévoilant un soutien-gorge noir qui masquait ses petits seins. Elle a envoyé promener ses chaussures et déboutonné les boutons de la braguette de son jean. Elle s'est assise sur le lit et s'est penchée en arrière.

— Tire, a-t-elle ordonné.

Elle était aussi terre à terre que si on allait jouer au squash. J'ai saisi le bas de chaque jambe de son jean et j'ai tiré. Elle s'est soulevée du lit et je l'ai fait glisser. Elle a dégrafé son soutien-gorge avec une rapidité experte, a baissé sa culotte, s'est mise au lit en rabattant la couette sur elle. J'avais aperçu ses tétons sombres et ses poils pubiens soigneusement taillés. Un autre aurait trouvé ça très beau. Et n'en aurait pas cru ses yeux.

— À toi maintenant, a-t-elle dit.

J'ai ôté mes vêtements avec le sentiment sinistre de m'être laissé entraîner plus loin que je n'aurais voulu. Je n'arrivais pas à imaginer comment ça pourrait marcher. Je l'ai rejointe dans le lit et elle a pressé son visage contre le mien. Je l'ai embrassée. Je sentais le vin sur sa langue. J'avais la sensation désagréable d'être du mauvais côté, comme un gaucher qui essaierait de faire quelque chose de la main droite.

Elle a posé une main sur mon bras et l'a fait glisser sur ma poitrine et plus bas, au bas de mon ventre.

— Oh, a-t-elle dit.

— Je suis désolé, ai-je bredouillé. Je ne suis pas… Je ne…

— Non, tout va bien.

— Non, je veux dire, je…

— Tout va bien, dit-elle avec un large sourire. On n'est pas pressés.

Elle a embrassé ma poitrine et commencé à descendre, tout en continuant de m'embrasser. Je l'ai attrapée par les épaules.

— Non ! me suis-je exclamé.

— Cool.

— Non.

Je l'ai repoussée et suis sorti du lit. J'ai été obligé de chercher mes vêtements. Pendant un instant de désespoir, j'ai cru qu'ils avaient peut-être disparu à tout jamais dans le chaos de sa chambre. Mais j'ai fini par les trouver puis ai enfilé mon caleçon, me tenant stupidement en équilibre sur une jambe, puis sur l'autre. Tout en passant mon jean, j'ai remarqué qu'elle m'observait, l'air amusé.

— C'est pas grave, a-t-elle dit.

— Bien sûr que c'est pas grave, ai-je répliqué.

— Je veux dire, c'est pas un drame.

— C'est facile pour toi de dire ça. Je suppose que tu fais ça avec un tas de types.

Cette fois-ci, elle avait l'air perplexe, mais toujours amusée.

— Où veux-tu en venir ?

Elle était assise sur le lit. Elle n'avait pas remonté la couette pour dissimuler ses seins, comme le font les actrices de films pouvant heurter la sensibilité des jeunes téléspectateurs. C'était sans doute la dernière fois que je les verrais jamais. Je me suis approché d'elle, ratatiné, humilié, le sang me cuisait le visage.

— Si tu racontes ça à quelqu'un… ai-je dit.

— Tu feras quoi ? demanda Pippa.

— Ne le fais pas, c'est tout, ai-je rétorqué.

— Oh, ne sois pas stupide, Davy. Pourquoi je ferais ça ?

J'ai claqué les talons, suis sorti de sa chambre et de là, directement dehors, où un crachin glacé a bientôt transpercé mes vêtements. Mes yeux me faisaient mal. J'étais furieux contre elle de s'être jetée sur moi de la sorte, de ne pas m'avoir laissé une vraie chance. Et furieux contre moi de mon fiasco. Ce n'était pas seulement qu'une bataille nous avait opposés et qu'elle avait gagné, qu'elle m'avait dominé et humilié. Qu'elle m'avait humilié à mes propres yeux. Mais que ça s'était produit dans cette maison, où je devais repartir de zéro, devenir un autre. Je venais de me rabaisser. Elle le raconterait aux autres. Je l'avais entendue bavasser. Elle serait incapable de résister. Ou peut-être que si, parce que ça lui donnait l'air d'une pute, de sauter au paf d'un type qui venait juste de débarquer d'on ne savait où.

J'étais à tel point perdu dans ces pensées que j'ai heurté quelqu'un de plein fouet et dû retenir cette personne pour l'empêcher de tomber. Mais elle a lâché ses sacs de provisions, des boîtes ont roulé par terre et un paquet de riz s'est déchiré sur le trottoir. Je l'ai regardée, secoué, comme si j'avais été inconscient et soudain ramené à la réalité et que je ne savais pas où j'étais.

— Je suis vraiment désolé, ai-je dit. C'est entièrement de ma faute. Je vais vous aider.

— Oh mon Dieu, a-t-elle répondu, énervée. Regardez-moi ce gâchis.

Le riz s'était répandu autour de nous, et plusieurs pommes vertes roulaient sur le trottoir en direction de la chaussée.

— Mais c'est sans doute ma faute. Je suis si maladroite. Mon mari n'arrête pas de me le reprocher.

Je me suis penché et j'ai commencé à remettre ses courses à leur place.

— Je vous achèterai un autre paquet de riz. Voyons voir. Du basmati.

— Ce n'est pas la peine, je vous assure. C'était un accident. La plupart des gens ne se seraient même pas arrêtés. Ils auraient crié quelque chose en prenant la fuite.

— Je suis content de ne pas en être, alors. Ces pommes sont écrasées, j'en ai peur. Je vous en rachèterai aussi quelques-unes.

— N'en faites rien, je vous prie.

— Au moins, laissez-moi porter vos sacs. Vous habitez près d'ici ?

— À quelques mètres à peine. Au numéro cinquante-quatre.

— J'habite au soixante-douze. Nous sommes voisins !

J'ai transféré les paquets dans ma main gauche et lui ai tendu la droite.

La femme a rougi et l'a serrée.

— Bonjour, a-t-elle dit avec timidité. J'aimerais qu'il y en ait d'autres comme vous dans cette rue.

— Je viens d'emménager. Je m'appelle David.

— Moi, c'est Margaret, a-t-elle répondu, mais mes amis m'appellent Peggy.

28

On a descendu la rue ensemble, et j'ai remarqué qu'elle tapotait ses cheveux subrepticement et qu'elle rajustait sa grosse veste tout en marchant. Je la mettais mal à l'aise. J'en voulais à Pippa. Un sentiment s'était installé dans ma tête. Maintenant, il s'évacuait.

Sa maison était plus petite que celle dans laquelle j'avais emménagé, et en bien meilleur état. Les encadrements de fenêtres étaient fraîchement repeints, et la porte d'entrée d'un vert foncé soyeux. Quand elle a ouvert la serrure et poussé le battant, j'ai vu que l'intérieur était aussi net. Trop net. Anormalement net. Même de là où je me trouvais, je sentais l'odeur de détergent, d'encaustique et de solitude.

— Merci mille fois.

— Ce fut un plaisir, Peggy, ai-je dit. Je vous guetterai dans la rue.

— Vous voulez une tasse de café ? Ou un verre de vin, peut-être. Il est plus de 6 heures.

— Je prendrais volontiers un café.

J'ai franchi le seuil de la porte avec les paquets.

— C'est vrai ?

318

— Je ne connais personne par ici, ai-je répondu. Vous êtes le premier visage amical que je rencontre.

Elle a hoché la tête.

Il n'y avait pas une once de poussière dans la cuisine. Même les douzaines de figurines en porcelaine sur le buffet étaient propres. Peggy a mis un tablier – comme si on avait besoin d'un tablier pour faire du café – et rempli la bouilloire. Je me suis assis à la petite table ronde et je l'ai observée. Elle était plutôt petite, pas mince mais pas ronde non plus. Compacte. Ses cheveux étaient coupés au carré et d'un brun sombre brillant qui me paraissait naturel. Elle avait les joues roses et la peau encore assez lisse, malgré les fines ridules que je voyais au-dessus de sa bouche et sous ses yeux mais, quand j'ai examiné son cou, j'ai estimé qu'elle devait avoir dans les cinquante-cinq ans, à peu près comme ma mère. Sous sa veste, elle portait un col roulé bleu pastel et une jupe bleue à mi-mollet sur laquelle elle passait les mains avec nervosité, pour s'assurer qu'elle n'était pas froissée ou qu'elle ne remontait pas. Elle portait de solides chaussures et, au travers de ses bas, j'ai deviné les premières traces de varices.

— Alors, Peggy, ai-je dit, ça fait combien de temps que vous habitez Maitland Road ?

Elle a disposé des biscuits sur une assiette.

— Presque vingt-sept ans.

— Vous étiez encore enfant alors ?

— Non !

Déjà roses, ses joues se sont empourprées.

— Vous vous moquez de moi. Non, on a acheté cette maison juste après notre mariage. C'était différent à l'époque. Mon mari dit qu'on devrait déménager. Il n'aime pas ce que devient le quartier.

— C'est-à-dire ?

— Le genre de gens qui vivent par ici maintenant.

— Vous avez envie de partir, vous ?

— Je ne sais pas. J'aime la maison.

— Elle est jolie.

— Mais je n'ai pas vraiment l'impression d'être chez moi. Nous ne sommes pas comme les autres habitants de la rue. Voilà. Vous prenez du lait ?

— Un petit peu. Pas de sucre. Qu'est-ce que vous voulez dire par « les autres habitants » ?

— Eh bien, votre maison, par exemple. Tout le monde y est si…

Elle a hésité un instant.

— Continuez.

Elle a plissé les yeux.

— C'est le genre de gens qui viennent, restent un moment, a-t-elle expliqué, puis s'en vont. Qui ne font que passer. Pas comme de vrais voisins. C'est comme ça pour toute la rue.

— Je crois que je comprends ce que vous ressentez, ai-je répondu.

— C'est vrai ?

— En fait, Peggy, je suis à Londres depuis très peu de temps. J'ai grandi dans un petit village, où tout le monde se connaissait et faisait attention aux autres. C'était une véritable communauté. Si quelqu'un avait des ennuis, on l'aidait. Si quelqu'un faisait quelque chose de mal, il était démasqué. C'est comme ça que ça fonctionnait. Et depuis que maman est morte…

Je me suis interrompu tout à coup.

— Oui ? m'a-t-elle encouragé.

— Je n'ai pas l'habitude d'en parler. Mon père est mort quand j'étais petit, je me souviens à peine de lui aujourd'hui, et ma mère est morte d'un cancer il y a quelques mois. Ça faisait très longtemps qu'elle était malade, et je suis resté là-bas pour pouvoir m'occuper d'elle et être à ses côtés. J'étais son unique enfant. Elle n'avait personne d'autre.

J'ai regardé Peggy droit dans les yeux.

— Moi non plus.

— Oh, pauvre petit.

— Ça va bien, je vous assure. Je suis juste encore un peu triste. Ces choses prennent du temps. Peut-être que je vous raconte tout ça parce que vous me faites penser à elle.

— Ah bon ?

— D'une certaine façon. Vous avez des enfants, Peggy ?

— Non. Ça ne s'est pas fait, a-t-elle dit simplement.

— Je suis désolé. Ç'a dû être difficile.

— Ça fait longtemps maintenant.

— Certes.

On est restés assis à boire notre café. Elle a insisté pour que je mange deux biscuits, et elle m'a indiqué les boutiques où faire mes courses et celles à éviter. Il y avait cinq cartes posées sur le rebord de la fenêtre et j'ai profité d'un silence pour lui demander quand était son anniversaire.

— Il y a deux jours. Je n'y attache plus beaucoup d'importance aujourd'hui. Ce n'est pas quelque chose dont on a envie de se souvenir.

— Il y a deux jours. Vous voulez dire jeudi dernier ?

— Oui.

— Mais c'est aussi le jour de mon anniversaire.

— Non ! Quelle coïncidence extraordinaire.

— Incroyable, ai-je dit. On devait se rencontrer, c'était écrit.

Je me suis juré de noter quelque part la date de jeudi dernier avant de l'oublier et de faire une gaffe. Peggy s'est excusée et a quitté la cuisine. J'ai attendu quelques secondes et, quand je l'ai entendue monter l'escalier, me suis penché pour attraper son sac. Il y avait plusieurs billets pliés dans son portefeuille. J'en ai pris un de dix livres, avant de remettre le sac à sa place. Après tout, j'en étais de ma poche avec tout le vin que j'avais acheté pour la maison, et je pourrais dépenser une petite part de cette somme pour le riz basmati que je lui avais promis. Ça lui ferait plaisir.

Ce samedi soir, la maison était presque vide. Pippa n'était pas là quand je suis rentré, et j'ai croisé Astrid dans l'escalier alors que je le montais ; manifestement elle sortait. C'était la première fois que je la voyais en robe : courte, droite et toute simple en soie rouge. Avec ses longues jambes dorées et ses bras minces et bronzés, ses cheveux bruns ramenés en arrière et ses lèvres écarlates, elle était superbe. J'ai essayé de ne pas la regarder avec trop d'insistance, mais j'avais la poitrine serrée comme dans un étau.

— Salut, Davy, tout va bien ? m'a-t-elle demandé.

— Ça va, ai-je répondu. Je suis content d'être là.

— Nous aussi, on est contents que tu sois là. Je te vois plus tard, alors.

— On pourrait peut-être prendre un café ensemble demain ?

— Bien sûr, a-t-elle répondu d'un ton dégagé.

Sur ce, en me saluant de dos, elle a disparu. Je commençais à me faire aux habitudes des occupants de la maison. Il ne fallait être ni trop sérieux ni trop lourd.

Les gens ici étaient libres à un point jusque-là inconnu de moi.

Miles était sorti lui aussi, ainsi qu'Owen – mais pas avec Astrid, j'étais content de le savoir. Ne restait plus que Dario – qui était allongé complètement défoncé dans la cuisine au sous-sol – et Mick, qui était dans sa chambre, la porte fermée et sans doute à clé. J'ai décidé de tenter le coup.

J'ai commencé par la chambre de Miles. C'était de loin la plus chouette de la maison et ça m'a contrarié qu'il se soit donné aussi peu de mal pour la mettre en valeur. Les vastes bow-windows donnaient sur la rue, et un grand placard occupait tout un côté de la pièce. J'ai ouvert un des battants et inspecté l'intérieur. En plus des serviettes et des draps, il y avait plusieurs cartons pleins de vieux magazines de musique, des revues trimestrielles universitaires, des cartes d'état-major et des dossiers qui se révélèrent, après examen, remplis de factures et de lettres. Je n'avais pas le temps d'en lire une seule maintenant, mais je me suis promis de le faire plus tard. J'ai refermé le placard et porté mon attention sur le reste de la pièce. Il n'y avait rien de très surprenant. La penderie contenait des costumes et des chemises de marque. J'ai ouvert les tiroirs de la commode et n'y ai rien trouvé d'intéressant, à part une boîte de préservatifs au milieu des sous-vêtements. Il était temps de passer à la suite.

Je suis entré sans bruit dans la chambre de Pippa, enjambant le foutoir en m'efforçant de ne pas le déranger. On aurait pu penser qu'elle serait incapable de remarquer le moindre changement, mais même un chaos comme celui-là avait son ordre à lui. J'ai vu un flacon de vernis à ongles posé par terre, et je me suis souvenu d'elle, assise sur le lit, les seins à moitié découverts et un sourire amusé aux lèvres. J'ai dévissé le bouchon et l'ai renversé du pied de façon qu'il se répande sur un chemisier délicat. J'ai déniché plusieurs paires de collants et passé mes ongles dessus pour y faire des échelles. J'ai craché dans un petit pot de baume à lèvres. Bien fait.

J'ai monté l'escalier aussi silencieusement que possible, pour que Mick ne m'entende pas, et ouvert la porte de la chambre d'Astrid. Pendant quelques secondes, je me suis contenté de rester debout au milieu, savourant le calme de son espace. Je me suis rendu compte que sa chambre était la jumelle de la mienne, qui se situait à l'étage au-dessus et donnait aussi sur la rue. Mais celle-ci était repeinte depuis peu et sentait la noix de coco, l'agrume et la lavande. J'ai fait les quelques pas qui me séparaient de l'étagère sur laquelle étaient rangés ses produits de beauté et les ai reniflés un à un, pour les graver dans ma mémoire. C'était propre, ordonné et paisible, juste comme j'aime que soient les chambres. J'ai rapidement passé en revue les vêtements pendus dans l'armoire. Il y en avait peu – Pippa devait en posséder dix fois plus – mais j'ai apprécié ce qu'il y avait. Pas de frous-frous, rien de trop recherché ni de mauvaise facture. J'ai enfoui mon visage dans les replis et respiré son odeur. Puis je suis passé à la commode, ouvrant les tiroirs l'un après l'autre et fouillant leur contenu. J'ai fourré une culotte noire dans ma poche. Elle avait très peu de produits de maquillage. J'ai pris un brillant à lèvres.

J'ai cru entendre un bruit en provenance de la chambre de Mick au-dessus, et je suis sorti sur le palier, aux aguets. Rien. J'ai poussé la porte de la chambre d'Owen et suis resté sur le seuil. Il y avait des photos entassées contre chaque mur, certaines à l'envers mais d'autres en pleine vue. Des visages de femmes en noir et blanc en quadrichromie me fixaient sans me voir, et soudain mes membres sont devenus lourds et ma peau s'est mise à fourmiller. Ça recommençait dans ma tête. J'étais sous l'eau, les objets ondulaient autour de moi, leurs contours se brouillaient.

J'ai entendu s'ouvrir la porte d'entrée. J'ai reculé et tiré doucement la porte, puis fait demi-tour et regagné ma chambre pour m'allonger sur mon lit, attendant que cesse le battement de mon œil gauche. J'entendais des voix. Celle de Miles, m'a-t-il semblé, et celle de quelqu'un d'autre : une femme, mais pas Astrid ni Pippa. Je ne sais plus combien de temps je suis resté là, si j'ai dormi ou non, mais quand je suis descendu, Dario était réveillé, assis sur le canapé en train de fumer une cigarette, tandis que Mick, devant la cuisinière, faisait frire des œufs. L'odeur m'a de nouveau rendu malade. Miles était là, ainsi que la femme dont j'avais entendu la voix. Elle était grande et d'une beauté saisissante, avec un teint irréprochable, mais son visage affichait une expression mécontente et son regard ne reflétait pas son sourire. Elle m'a fait penser à un oiseau de proie, un faucon peut-être. Je me suis dit que je devais me montrer prudent.

29

Mick était assis à table et Astrid était aux fourneaux. Elle portait un jean et un tee-shirt marron clair. Elle était de nouveau pieds nus, s'agrippant d'une main pour attraper une casserole sur une étagère en hauteur. L'effort soulevait son tee-shirt, révélant la peau lisse et brune du bas de son dos.

— Désolé, ai-je dit en faisant mine de repartir.

— Tout va bien, a dit Astrid. Joins-toi à nous.

J'ai pensé à mon manuel d'instructions.

— Je peux faire quelque chose ?

Elle a ri.

— Je suis en train de préparer une de mes recettes spéciales. Des pâtes au pesto de tomates séchées et d'épices acheté chez le traiteur, saupoudrées de fromage, accompagnées de vin rouge.

— Ça m'a l'air formidable, ai-je dit.

— Ça l'est, a répondu Astrid. Même moi, j'arrive pas à le louper.

Je trouvais Mick déconcertant. Il était comme une paroi lisse n'offrant aucune prise. Ça ne semblait pas le déranger de garder le silence. Il m'a regardé un instant, avant de se lever et d'aller chercher des assiettes, des fourchettes et des verres, trois de chaque. Il a sorti une bouteille de vin d'un sac posé par terre, l'a ouverte et en a versé dans chaque verre. J'ai pris le mien.

— Santé, ai-je lancé, trop tôt.

Astrid était en train de mélanger les pâtes dans la casserole et Mick s'est contenté de fixer son verre. Il y a eu comme un malaise, mais là-dessus Astrid a souri, pris son verre et bu une gorgée.

— Mick et moi, on parlait voyages, a-t-elle dit. Tu as beaucoup bougé, Davy ?

Le mensonge, c'est comme un très bon outil. C'est un outil qui sert à manipuler les gens, à les contrôler. On peut leur dire ce qu'ils ont envie d'entendre ; on peut leur faire croire qu'on est quelqu'un de spécial. Le truc avec le mensonge, c'est d'en avoir plusieurs en fonction des gens. Des personnes différentes *induisent nécessairement* des mensonges différents, de la même manière que des métiers différents nécessitent des outils différents. Si on sert le même mensonge à tout le monde, autant dire la vérité, parce que la vérité est beaucoup plus facile. Quand on dit la vérité, on n'a pas besoin de réfléchir parce qu'elle s'emboîte parfaitement toute seule. Ça ne marche pas comme ça avec les mensonges. Il faut les faire coïncider. Il faut se rappeler quel mensonge on dit, à quel moment et à qui, et s'il colle avec tous les autres mensonges qu'on a dits et être sûr qu'il ne puisse rien arriver, aujourd'hui, demain ou après-demain, qui risque de le dévoiler. Savoir quand ne pas mentir fait partie de la technique. Je savais – je le savais d'instinct – que Mick et Astrid parlaient de voyages parce qu'ils avaient beaucoup voyagé. Et j'aurais tant voulu pouvoir répondre oui, pour pouvoir être des leurs. Mais alors, ils me demanderaient où j'avais été, je dirais un nom et il se trouverait que l'un d'eux y était allé, et tout s'écroulerait. Il suffirait d'un tout petit rien de ce genre pour anéantir tous mes efforts sous ce toit et me contraindre à partir.

— Non, ai-je dit. Vous avez été où ?

— Surtout en Europe, a répondu Astrid. En Inde, un peu en Extrême-Orient, en Australie. Rien à voir avec Mick.

— Tu as été où, toi ? ai-je demandé à Mick.

Il a fait un geste évasif.

— Je rentre juste d'Amérique latine, a-t-il dit. J'y ai passé quelques années.

J'ai pensé à mon livre, mon manuel pour devenir quelqu'un. Encouragez-les à parler d'eux-mêmes, conseillait-il. Le raseur n'existe pas. Tout ce qu'il faut à un bon parleur, c'est une bonne audience.

— Quel est l'endroit que tu as préféré ? ai-je demandé à Mick. Qu'est-ce que tu recommanderais ?

Il a réfléchi un instant.

— Le Brésil, a-t-il dit.

— Pourquoi ?

— Un… (Il a levé un doigt.)… pour la forêt tropicale. Deux : l'Amazone. Trois : les villes, grandes, bruyantes, excitantes. Quatre : la danse. Cinq : la *cachasa*. (Il a continué avec les doigts de l'autre main.) Six : la musique. Sept : les plages. Huit : la dope, excellente.

C'était la première fois que j'entendais Mick parler autant, mais il a poursuivi.

— Et puis il y a les femmes.

— En numéro neuf sur ta liste, ai-je lancé d'un ton badin, ravi de voir Astrid sourire, mais Mick s'est renfrogné comme si je me moquais de lui.

— Ce sont les femmes les plus incroyables du monde. Celle-ci exceptée.

— Oh, arrête, Mick, a répondu Astrid en chargeant les assiettes de pâtes.

— Et ce n'est pas cher.

— Ç'a l'air super ! me suis-je exclamé. Tu parles bien espagnol ?

Mick a regardé Astrid.

— Portugais, en fait, a corrigé Astrid. C'est au Chili, au Pérou et dans le reste de l'Amérique latine qu'on parle espagnol.

— Oui, je le savais, ai-je dit. Je voulais dire quand tu voyages dans le reste de l'Amérique du Sud. En fait, il se trouve que j'envisageais d'apprendre le portugais.

— Ah bon ? a demandé Astrid. Tout le monde dit que c'est une belle langue.

Merde, ai-je pensé. *Merde merde merde merde.* J'avais dit la vérité pour ne pas avoir l'air stupide et j'avais quand même eu l'air stupide.

Le lendemain, je suis allé à la librairie et j'ai trouvé un guide sur l'Amérique du Sud. Le Brésil avait vraiment l'air pas mal. Dix jours plus tard, j'étais assis dans une classe d'un institut à Clapton en compagnie d'hommes d'affaires, de quelques retraités aux cheveux blancs et de deux personnes plus jeunes que je n'arrivais pas à situer. Une initiation au portugais faite par une femme d'âge moyen à lunettes, grosse, portugaise, mais pas du tout du genre de celles qu'avait évoquées Mick. Quatrième semaine. On était désormais fin mars et j'avais raté les semaines une, deux et trois, mais j'avais dit à la secrétaire que je rattraperais le retard.

Quelques jours plus tard, en croisant Mick dans l'entrée, je lui ai lancé d'un ton enjoué :

— *Bom dia !*

Il a eu l'air surpris.

— C'est pas une blague ?

— Je t'ai dit que je voulais apprendre.

— L'espagnol est vraiment plus utile, a-t-il déclaré. À moins que tu projettes d'aller au Brésil. Ou en Angola ou au Mozambique.

— Ou au Portugal, ai-je ajouté.

— Ouais, a-t-il répondu d'un ton peu convaincu. C'est à cause des femmes ? J'ai peut-être exagéré à leur sujet.

— Non, j'aime la sonorité de la langue.

L'expression de Mick s'est détendue.

— Moi aussi, a-t-il dit. Je suis désolé. Je ne me foutais pas de ta gueule. *Boa sorte.*

— Quoi ?

— Bonne chance.

Les semaines suivantes, j'ai mené une vie heureuse et compartimentée. Il y avait le compartiment portugais, dans lequel j'étais quelqu'un projetant quelque chose au Brésil. Il y avait le compartiment travail. À Camberwell, j'étais le jeune apprenti curieux d'apprendre. Il est toujours utile de faire semblant d'en savoir moins qu'on ne sait réellement. Je voyais bien que Dario menait ses colocataires de Maitland Road en bateau. Il payait soi-disant son loyer en nature, en rénovant la maison. Il s'agissait surtout de travaux de peinture, mais il faisait aussi un peu d'électricité, de menuiserie, et même un chouïa de maçonnerie et de plomberie. Il travaillait comme un sagouin. Quand il peignait une pièce, il ne se donnait pas la peine de protéger les encadrements en bois. Je lui avais fait la remarque une fois, mais il m'avait répondu que c'était une perte de temps. Il suffisait d'avoir la main sûre. Le résultat, c'est qu'il y avait des éclaboussures de peinture sur les boiseries. Son œuvre de menuisier était toute en coupes irrégulières, vis mal vissées et jointures mal faites. Si son travail électrique était du même acabit, on courait sans doute un risque d'incendie.

J'ai envisagé d'en parler à Miles et de provoquer une dispute, mais ça ne collait pas avec le rôle que je me créais. Pour le moment, je jouais le colocataire idéal, celui qui faisait la vaisselle et apaisait les conflits. Ça pouvait toujours servir d'avoir des munitions pour plus tard.

Je voulais arriver à connaître les colocataires un par un. Un soir, je suis sorti dans le jardin chercher une chemise sur la corde à linge et j'ai trouvé Dario dans un coin, en train de fumer un joint. Il me l'a tendu et j'ai pris une taffe.

— C'est de la bonne, pas vrai ? m'a-t-il demandé.

Ça ne m'a jamais fait beaucoup d'effet. J'avais toujours eu du mal à comprendre pourquoi c'était aussi important pour d'autres, pourquoi ils y accordaient tellement d'attention.

— Oui, ai-je dit. Tu as raison, c'est de la bonne.

J'ai rendu le joint à Dario qui en a pris une bouffée redoutable, en en faisant flamber le bout.

— Je peux t'en trouver, si tu veux, a-t-il proposé. À un bon prix. T'as qu'à demander.

Je n'ai pas répondu. C'était donc comme ça qu'il gagnait son argent de poche.

— Mais n'en parle pas à Miles, a ajouté Dario en laissant tomber le filtre et en l'écrasant par terre. Il est un peu parano à ce sujet.

Peu de temps après mon arrivée, j'ai appelé Astrid sur son portable un vendredi après-midi au sujet de courses à faire. Elle a suggéré qu'on se retrouve dans un pub où elle se rendait en fin de semaine. Quand je suis arrivé au *Horse and Jockey*, c'était plein d'autres coursiers à vélo, qui se déversaient en masse sur le trottoir, et jusque sur la chaussée. On aurait dit une énorme fête trépidante à laquelle je n'avais pas été invité, sauf que si. J'ai regardé autour de moi et repéré Astrid assise avec un type noir d'une trentaine d'années, costaud, qui portait un jean et un tee-shirt, la tête toute rasée. Je me suis demandé s'il s'agissait d'un autre petit ami, mais elle me l'a présenté sous le nom de Campbell, son « soi-disant patron ». J'ai été leur chercher un verre à chacun ainsi qu'à un autre type lui aussi assis à son côté, plus un pour moi, et ils m'ont fait une place à leur table. Ça m'a bien plu de me retrouver là à observer cette faune bizarre. Il y avait des coursiers avec des maillots jaune vif, comme des coureurs du Tour de France ; il y avait des jeunes débraillés en jeans coupés et débardeurs, des types plus vieux, grisonnants et très bronzés, avec des cheveux longs en dreadlocks ou queue-de-cheval. Je suis resté assis à siroter mon verre tandis qu'ils se charriaient, échangeaient des ragots et se plaignaient de leurs clients.

— Le problème, a dit Campbell qui revenait avec une autre tournée de boissons, c'est qu'ils passent leur vie à pédaler d'un riche à un autre. Ils franchissent le seuil, ils voient ces gens avec leurs domestiques et leurs entrées chic, et ils remontent sur leur vélo.

— C'est bien vrai que vous détestez les gens chez qui vous livrez ? ai-je demandé à Astrid.

Elle a ri, le regard pétillant, et s'apprêtait à répondre quand Neil, l'autre type à notre table, l'a interrompue.

— En gros, on fournit un service, et ils sont libres d'utiliser ce service comme ils l'entendent, qu'il s'agisse d'aller livrer des objets de valeur ou d'aller leur chercher un hot-dog.

Astrid a ri à nouveau.

— Et nous, on est libres de dire que ce sont des salopards coincés trop friqués.

— Des objets de valeur ? ai-je demandé.

— Surtout des documents, a-t-elle répondu en adressant un clin d'œil à Neil.

Se pouvait-il qu'il soit lui aussi un ex-petit ami ?

Et puis il y avait Peggy. Je la considérais comme un exercice, un peu comme les devoirs que je faisais à la maison pour mon cours de portugais. Je la trouvais barbante et peu attirante, et je me demandais ce qu'elle pensait de moi. Voyait-elle en moi le fils qu'elle n'avait jamais eu ? Ou même le jeune amant de ses fantasmes ? C'était une pensée grotesque, mais pas impossible. Ou peut-être un mélange des deux. Les mères flirtent souvent avec leurs fils, même si elles seraient scandalisées si on le leur faisait remarquer. Et il est possible que les femmes âgées ne se considèrent pas comme vieilles. Elles conservent le fantasme qu'elles pourraient séduire un jeune homme, qui saurait voir dans ce qu'elles sont devenues celles qu'elles étaient autrefois. Je trouvais ça effrayant d'imaginer que des femmes du genre d'Astrid devenaient des femmes comme Peggy.

J'ai décidé de m'adresser à Peggy comme si elle était aussi jeune qu'Astrid, et non pas la vieille femme qu'elle était. Je l'ai croisée plusieurs fois dans la rue ces semaines-là, et d'habitude elle me proposait de venir prendre le thé. La troisième fois, j'ai accepté le verre de vin qu'elle m'offrait. Elle a sorti une bouteille à moitié pleine du réfrigérateur. On l'a bue dans son jardin parce qu'il faisait chaud et que les soirées rallongeaient un peu plus chaque jour. Je me suis assis près d'elle, la touchant parfois pendant qu'on devisait, comme le font les jeunes, posant une main sur un bras pour souligner son propos. J'apercevais une lueur dans ses yeux quand je le faisais, y lisais un oui. Ce qui était marrant, c'est que quand je parlais à Peggy en m'imaginant que si elle était jeune, je m'en sortais mieux qu'en parlant à de vraies jeunes femmes. L'idée m'a traversé que je devrais m'adresser aux jeunes femmes en faisant comme si je parlais à une vieille femme qui ferait semblant d'être jeune. La vie n'est pas simple.

À chaque fois, quand elle me laissait seul dans la cuisine quelques minutes, je lui piquais un peu d'argent. J'y voyais une contribution à mon autre rôle de colocataire généreux, qui rentrait à la maison avec des bouteilles de vin. La troisième fois, ce soir de mai, j'ai pensé qu'on s'entendait si bien, qu'elle m'était si reconnaissante de l'attention que je lui portais, que j'en ai pris un peu trop : vingt ou trente livres. Mais je me suis dit que ça lui serait égal. Ce serait une sorte d'honoraires pour le bon temps qu'elle passait avec moi.

J'aimais l'idée de ces différentes vies que je menais et, tout ce temps-là, je sentais mon pouvoir augmenter. Les colocs se connaissaient tous depuis plus longtemps, mais je savais tant de choses qu'ils ignoraient. Je les avais observés. J'avais inspecté leurs chambres. Je savais ce que Dario faisait à la maison. Je savais quel genre de photos prenait Owen. Je connaissais Margaret Farrell. Aucun d'entre eux ne la connaissait ni ne savait que je la connaissais. J'avais vu Pippa nue. Elle m'avait vu nu. Ça n'avait pas marché. Quelle importance ? Quand je l'avais croisée après, elle s'était montrée tout aussi amicale qu'avant. C'était comme s'il ne s'était rien passé. Est-ce qu'elle ressentait de la compassion pour moi ? De la pitié ? Du mépris ? Ou bien ne ressentait-elle rien ? Il avait dû y avoir d'autres hommes depuis et je doutais qu'ils aient échoué là où moi j'avais merdé. Je n'étais qu'un autre nom sur la liste, sauf que je n'y figurais pas réellement. Je me suis demandé si je devrais refaire une tentative. Sauf qu'il se pourrait que j'échoue à nouveau. C'était plus facile pour les femmes.

30

Ça m'a fait tout drôle de voir Astrid planer dans les airs et, malgré tout ce qui s'est passé par la suite, l'image s'est très nettement gravée dans ma mémoire : la façon qu'elle a eue de tendre les mains devant elle en décollant de son vélo, telle une nageuse professionnelle prête à plonger, et ensuite la façon dont elle s'est d'instinct roulée en boule, tout comme les parachutistes apprennent à le faire avant l'impact. Elle n'a pas eu l'air étonnée le moins du monde ; elle fronçait juste un peu les sourcils, comme si on lui avait soumis un problème de maths épineux. Même après avoir heurté le sol, après que son corps s'est déboîté en tous sens, que ses membres se sont désarticulés et que sa joue s'est écrasée sur le goudron, son expression est restée curieusement stoïque. On aurait dit qu'elle attendait toujours ce qui venait de se produire. Un instant, elle a fermé les yeux et elle est restée allongée sans bouger au milieu de la rue, son vélo complètement tordu à côté d'elle. J'ai pu imaginer à quoi elle ressemblerait morte.

J'étais assis sur les marches du perron avec Dario et un de ses potes. C'était une de ces soirées de forte chaleur qui se maintient la nuit, et j'avais les yeux mi-clos. Je faisais comme si j'étais dans un autre monde tout en écoutant Dario marchander – si tant est qu'on puisse marchander en chuchotant – avec l'autre type le prix de ce qu'il y avait dans le sac en plastique qu'il croyait que je n'avais pas remarqué sous sa veste. J'ai su qu'Astrid approchait de la rue avant même de la voir. Et voilà qu'elle a surgi, ramassée sur sa selle. Et voilà que Peggy Farrell était assise dans sa voiture garée, sans doute en train d'écouter la fin d'une émission rasoir à la radio, à quelques mètres de l'endroit où j'étais assis. Elle m'a aperçu et une drôle d'expression a paru sur son visage, mi-furtive mi-implorante. L'irritation m'a gagné et j'ai fait semblant de ne pas la voir. Elle a ouvert sa portière à la volée. À point nommé. Astrid : un oiseau prenant son envol, bientôt ramassé sur le sol.

Je me suis précipité avec Dario, qui poussait des cris suraigus, mais Peggy nous a devancés. Elle se répandait en excuses, tandis qu'Astrid grommelait des trucs genre « putain » et « fichez-moi la paix ». Peggy allait me dire quelque chose, mais je l'ai dévisagée comme si je ne l'avais jamais vue et son visage s'est décomposé. Je me suis penché sur Astrid, qui avait l'air sonnée et n'arrêtait pas de s'inquiéter de son vélo, pendant que du sang lui dégoulinait sur la figure. J'aurais voulu la relever et la soutenir, mais je savais que, même blessée, elle n'apprécierait sans doute pas ou me donnerait l'impression d'être gauche et bête, aussi me suis-je contenté de lui demander comment ça allait. J'ai affiché mon expression la plus compatissante, même si je me suis vite rendu compte que ce n'était pas grave. Elle ne serait pas expédiée aux urgences, ni même alitée et impotente quelques jours, elle aurait juste mal un peu partout. J'étais conscient que Peggy me fixait du regard, attendant que je la salue, mais j'ai continué à l'ignorer.

Astrid s'est relevée, refusant ma main tendue, et Dario a ramassé le vélo défoncé. J'ai vu que Peggy avait du mal à refermer la portière tordue de sa voiture. Elle a cherché mon aide du regard, mais je ne lui ai accordé que mon mépris. Ses joues se sont empourprées, elle a eu l'air vieille et ridicule. Je lui ai tourné le dos pour passer mon bras autour d'Astrid avec délicatesse. Elle ne m'a pas repoussé. Elle s'est appuyée sur moi. Ses cheveux effleuraient ma joue et son sang avait taché ma nouvelle chemise blanche. Je sentais sa transpiration et son shampooing. Le pote junky de Dario nous a croisés en saluant de la main, et Dario a marmonné quelque chose dans sa barbe.

— C'est qui ? a demandé Astrid.

— Personne, a répondu Dario. Comment va ta tête ?

Puis il m'a lancé un regard furieux et s'est mis à raconter qu'on était assis tous les deux sur les marches au moment de son accident. Astrid n'était donc pas au courant que Dario dealait, ce qui signifiait sans doute qu'aucun autre colocataire ne le savait non plus.

Nous avons avancé en titubant jusqu'à la maison, Dario avec le vélo et moi avec Astrid, tout en hélant d'une même voix Miles, qui a surgi sur le perron. À voir son expression horrifiée, on aurait pu croire que je portais le cadavre d'Astrid. On a néanmoins réussi à la conduire sans ménagement à l'intérieur, où l'on s'est emparé d'elle au milieu d'exclamations d'horreur, et je me suis retrouvé planté à côté de la porte ouverte avec le vélo, furieux que tout le monde prenne le relais de cette façon. J'ai essayé de suspendre le vélo à son crochet, mais il était voilé et ne voulait pas tenir. Pippa est descendue juste à l'instant où j'expliquais qu'il aurait besoin qu'on s'occupe de lui, et m'a dit que c'était d'Astrid qu'il fallait s'occuper, avant de dévaler l'escalier avec les autres pour prendre soin de la blessée, me laissant seul. Le nœud dans ma poitrine s'est resserré et j'ai senti le bourdonnement habituel derrière mes yeux. C'est alors que j'ai vu Peggy gravir les marches du perron.

— David, a-t-elle dit.

— Quoi ?

Je n'avais pas la force d'être poli avec elle. Mais au lieu de prendre l'air troublé ou gêné, comme elle aurait fait en temps normal, elle a levé le menton et pris une expression butée.

— Il faut que je vous parle.

— J'ai pas le temps, ai-je dit, et j'allais lui fermer la porte au nez quand elle a tendu la main pour la retenir.

— J'ai dit qu'il fallait que je vous parle.

J'entendais des rires monter du sous-sol. J'ai regardé Peggy et demandé :

— À quel sujet ?

— L'autre jour, a-t-elle dit. Chez moi.

Elle m'avait donc vu prendre l'argent. Mon mal de tête s'est amplifié. Je me sentais oppressé et acculé, je l'ai saisie par le bras et lui ai dit :

— Pas ici.

Je l'ai fait entrer et l'ai poussée dans la chambre de Miles, dans laquelle on ne pourrait pas nous entendre, refermant la porte derrière nous.

— Si vous aviez besoin d'argent, il fallait me demander, a-t-elle dit.

— Je ne comprends rien de ce que vous racontez.

— Je croyais que vous appréciiez ma compagnie, a-t-elle poursuivi. Quelle idiote !

Je me suis enjoint d'être charmant. J'ai essayé de parler, mais son visage, tout blessé et venimeux, dansait devant mes yeux.

— Vous aviez déjà pris de l'argent avant, n'est-ce pas ?

Elle a continué sans attendre ma réponse.

— Mon mari va me trouver tellement bête quand je vais lui raconter, car c'est ce que j'ai décidé de faire. Il pensera que c'est bien fait pour moi.

Elle n'arrêtait pas de me saouler avec cette histoire. J'avais juste envie de la faire taire, cette fouineuse bavarde et importune. Tout était sa faute. Sa faute de m'avoir pris pour le fils qu'elle n'avait pas eu, d'avoir pensé que je la trouvais séduisante, d'avoir imaginé que j'étais content de m'asseoir dans sa petite cuisine sinistre et de lui faire du charme, d'avoir cru que c'était tout ce à quoi j'étais bon et que ma vie était aussi insignifiante et misérable que la sienne. À quoi s'attendait-elle ? Qu'est-ce qu'elle espérait ? Quoi au juste ? Ma prise s'est resserrée.

J'avais toujours un voile rouge devant les yeux et un grondement dans la tête, mais au moins sa voix s'était tue. Au moins, elle était inerte et j'ai pu desserrer mes mains de sa gorge et l'allonger par terre, d'où elle m'a regardé fixement, le visage violacé et les yeux vitreux, la bouche entrouverte, si bien que je voyais les plombages de ses dents. Sa jupe était remontée et je me suis penché pour lui couvrir les genoux.

J'ai entendu un halètement, semblable au bruit que ferait un chien assoiffé, et je me suis rendu compte qu'il émanait de moi. Je frissonnais, tremblais presque. Je me suis assis sur le lit de Miles et me suis forcé à prendre de profondes inspirations. Je devais rester calme. Je devais garder les idées claires. J'étais dans la chambre de Miles et il pouvait entrer à tout moment. Mais si je traînais le corps de Peggy dans l'entrée, je pouvais croiser n'importe qui. J'ai jeté un œil autour de moi : les grands placards. C'était ça, la solution, je n'avais qu'à la mettre dedans en attendant une occasion de me débarrasser du corps de manière définitive.

Maintenant que j'avais un plan, je me sentais assez fort et solide. La douleur de ma tête s'estompait, comme des volutes de brouillard emportées par le vent. D'autres auraient craqué et paniqué dans une situation similaire, mais je pouvais y arriver. J'ai ouvert la porte du placard et poussé les piles de serviettes et de draps pour faire de la place. J'ai passé les mains sous les aisselles de Peggy et entrepris de la traîner à travers la pièce. Elle était lourde, comme si la mort avait grimpé dans son corps pour s'y installer. Sa chaussure s'est prise dans les lattes du parquet et a valsé. Sa tête ballottait. Le plus difficile a été de la faire entrer dans le placard. Il a fallu que je la pousse par-derrière et ses membres se sont coincés dans l'embrasure, sa jupe gênait, l'empêchant de glisser. Mais j'ai fini par y arriver. Je l'ai recouverte avec les serviettes et les draps, même s'il suffirait d'un simple coup d'œil pour voir qu'il y avait quelque chose de volumineux dessous.

Tandis que je refermais la porte et me relevais, des voix et des pas à l'extérieur de la chambre m'ont figé sur place. Mais ils ont continué le long de la volée de marches suivante. J'ai attendu jusqu'à ce que je sois sûr qu'il n'y avait personne, puis j'ai ouvert la porte et me suis glissé dehors. Mais aussitôt sorti, j'ai eu l'impression d'avoir oublié un détail. Est-ce que j'avais bien rangé la chaussure tombée de son pied avec le corps ? J'en étais quasi certain, mais j'ai dû résister à la tentation de retourner vérifier. Avais-je bien refermé le placard, ou allait-il s'ouvrir tout seul sur le corps ? Est-ce que j'avais quelque chose sur moi susceptible de me trahir ? J'ai baissé les yeux sur ma chemise blanche. Il y avait des traînées de l'huile du vélo. Je me suis planté devant le miroir de l'entrée. J'ai été impressionné d'avoir l'air si normal. J'étais pas mal. Le teint frais, l'œil vif, détendu. Je me suis souri et suis monté dans ma chambre. En passant devant la salle de bains, j'ai entendu l'eau couler et j'en ai déduit qu'Astrid devait prendre un bain. J'avais quelques minutes devant moi avant d'être obligé de me confronter à quiconque.

J'ai changé de chemise et me suis aspergé le visage d'after-shave. J'ai pris quelques profondes inspirations. Là. J'ai pensé au corps de Peggy dans la chambre de Miles. Miles, inquiet à l'idée qu'on fume de la drogue dans la maison. C'était presque drôle. Pas presque. *C'était* comique. Évidemment, il suffirait que Miles ouvre le placard et tout était fichu. Mais il y rangeait le tout-venant. Je ne courais sans doute pas de risque pour l'instant. Dès que possible, il faudrait que je trouve un moyen de sortir le corps du placard et de la maison. C'était ce soir qu'on avait prévu depuis longtemps de passer la soirée tous ensemble, et je devrais donc me débrouiller je ne sais comment pendant que tout le monde était là. Mais c'était peut-être une bonne chose.

Je suis monté rendre visite à Astrid. Il y avait plusieurs personnes dans la chambre, j'ai poussé la porte et me suis glissé discrètement à l'intérieur. Elle était allongée, vêtue d'un bas de survêtement et d'un tee-shirt, et Dario était assis au pied de son lit. Mick était debout près de la fenêtre. Pippa hurlait quelque chose depuis la salle de bains. Il y avait une atmosphère de fête, qui s'est accentuée quand Miles nous a rejoints, s'est assis à côté d'Astrid, sa main effleurant presque la sienne, et que Dario a allumé un gigantesque pétard.

— Tout s'est passé comme au ralenti, disait Astrid.

— Tu as dû tomber de façon très naturelle, ai-je dit. C'est pour ça que tu ne t'es pas gravement blessée. C'est assez impressionnant. C'est comme ça qu'ils entraînent les parachutistes. Mais toi, tu l'as fait naturellement.

Dario a tiré une grosse taffe de son joint et j'ai observé la colonne de cendre s'allonger, avant de se désagréger et s'écrouler par terre et qu'il ne pose son pied par-dessus, l'incrustant en douce dans le tapis.

Ils parlaient tous à la fois. Mick s'est assis sur le lit pour examiner Astrid. Pippa a apporté une bouteille de désinfectant. Je m'entendais dire des choses. Mais tout ce temps-là, je réfléchissais. Je me sentais sur le qui-vive, fort.

— Je vais déboucher une bouteille, ai-je annoncé. Pour une fois qu'on est tous réunis, il faut trinquer.

Je leur ai souri à tous, en songeant à quel point c'était incroyable, merveilleux que j'aie tué quelqu'un et caché son corps dans le placard en bas sans qu'aucun d'eux ne se doute le moins du monde que quelque chose n'allait pas.

— Vous ne pouvez pas savoir comme je suis heureux de vivre ici avec vous.

Astrid m'a souri depuis son lit, une lueur dans ses grands yeux sombres.

— Davy, a-t-elle dit, tu es le colocataire idéal.

Je me suis légèrement incliné.

— Tout à fait moi, ai-je répondu.

31

La soirée s'est déroulée comme dans un rêve. J'étais
là et en même temps je n'étais pas là. Ils devaient sûrement se rendre compte de la différence qui s'était
opérée en moi, l'éclat dans les yeux, la conscience du
pouvoir, le savoir. Mais j'ai réalisé qu'ils ne le pouvaient pas, et cela a accru mon impression de contrôle.
Quand Owen est arrivé avec le dîner, il a eu un choc
devant l'état d'Astrid, mais tout ce qu'il a dit, c'est :
« Tu t'es battue ? »

Il s'est approché d'elle, trop près. Elle a fait comme
si de rien n'était. Je suis allé m'asseoir à côté d'elle.

— Elle est très courageuse, ai-je dit, avant de me
sentir gêné.

Est-ce que je donnais l'air de rivaliser avec Owen
pour gagner les faveurs d'Astrid ? Il fallait que je fasse
attention. Dans l'excitation du moment, avec le sang
qui se ruait dans mon corps, je risquais d'en faire trop.
Il fallait que je me calme. Par chance, personne n'a
rien remarqué. Astrid était toujours au centre de
l'attention générale. Quand j'ai repris mes esprits, ils
étaient en train de se répartir les provisions et de se
comparer aux Sept Nains. Cela m'a mis en colère. On

m'a oublié pendant qu'ils attribuaient en plaisantant et affectueusement des noms de nain à Pippa, Mick, Dario et Miles. Cela m'a rappelé toutes ces fois dans la cour de récréation où ils avaient constitué des équipes et l'impression que ça faisait d'être choisi en dernier, d'être celui dont personne ne voulait. Du coup, j'ai plaisanté à mon tour et me suis attribué Timide, celui que personne ne voudrait être. Timide. Qu'est-ce qu'ils en savaient ?

J'ai enfourné de la nourriture dans ma bouche, sans en sentir le goût. Je me suis laissé bercer par la conversation. De temps en temps, je prononçais une phrase. Je souriais de choses supposées être drôles. J'ai même souri à Pippa qui m'a rendu mon sourire. J'ai balayé la tablée du regard. Ils étaient amis, mais combien d'entre eux s'aimaient vraiment ? J'ai remarqué qu'Astrid ne parlait pas et ne mangeait rien. J'ai regardé Miles, qui affichait subitement une expression sérieuse.

— Écoutez, a-t-il dit. Ça m'ennuie de vous interrompre, mais c'est très rare qu'on soit tous réunis comme ça. Rien que nous sept. Ne t'avise pas de recommencer, Dario.

Soudain, tout m'a semblé évident. C'était comme ça qu'il fallait procéder.

— Tu as raison, ai-je dit, c'est en effet rare. Pourquoi ne pas faire une photo de groupe pour marquer le coup ?

Miles a hoché la tête.

— On a même un photographe professionnel parmi nous, a-t-il dit.

Merde, ai-je pensé. J'avais oublié Owen. Mais j'avais aussi oublié son arrogance. Il s'est vanté de ne pas prendre d'instantanés et Astrid a rappelé ironiquement qu'il était un artiste.

— Je vais la prendre, ai-je dit.

— Mon appareil photo est dans le tiroir, juste là, a dit Miles.

Dieu me tourmentait-il exprès ? Je me suis levé d'un bond pour ouvrir le tiroir. L'appareil numérique de Miles était sur le dessus. Je l'ai planqué avec tout ce qu'il pouvait bien y avoir dans le tiroir, des brochures, des menus et autres catalogues.

— Il n'y est pas. Tu as dû le mettre ailleurs.

— C'est plutôt quelqu'un qui s'en est servi et a oublié de le remettre.

— J'en ai un là-haut, ai-je déclaré en sortant en toute hâte pour éviter tout autre contretemps.

C'était si simple. Je ne pouvais même pas m'autoriser à envisager l'éventualité d'être pris. J'ai ouvert la porte du placard, écarté les diverses couches et vu les yeux vides et fixes levés vers moi. Je n'ai rien ressenti. Je me suis agenouillé, j'ai pris son bras, l'ai hissée par-dessus mon épaule et me suis relevé lentement, en faisant craquer les jointures de mes genoux. J'ai refermé du pied la porte du placard, puis me suis retourné pour vérifier qu'il ne restait pas de truc débile genre un chapeau ou un sac à main pour gâcher mon crime parfait. En ressortant dans l'entrée, j'ai même souri à l'idée qu'un des colocataires pourrait me surprendre comme ça. Je suis monté en souplesse au premier étage, puis au deuxième. J'ai un peu écarté le lit et l'ai allongée derrière par terre de façon qu'on ne puisse pas l'apercevoir depuis le seuil. Ça suffirait. Personne ne viendrait dans ma chambre ce soir.

J'ai dévalé l'escalier à pas feutrés. C'était si simple. Avant d'entrer dans la cuisine, je me suis arrêté. L'appareil photo. Je l'avais oublié. Je suis remonté et redescendu en courant, si bien qu'en arrivant, l'effort m'avait fait perdre le souffle. Mais aucun d'entre eux n'a rien remarqué.

Après la photo, après que Miles a aimablement fait diversion en expliquant à tout le monde qu'il nous flanquait dehors, après qu'on a débarrassé les emballages et lavé la vaisselle, je suis monté, me suis allongé sur mon lit sans ôter mes chaussures, Peggy à côté de moi par terre, et j'ai attendu que le silence se fasse dans la maison. J'ai entendu des pas dans l'escalier, des planches craquer, de l'eau couler, des portes claquer, des bruits de chasse d'eau, mais à minuit et demi tout avait cessé. Je me suis obligé à être patient. J'ai regardé ma montre une nouvelle fois. Une heure.

Une idée m'est venue. J'ai tâté ses poches et trouvé un porte-monnaie. J'ai retiré la petite montre travaillée de son poignet et détaché le fermoir de son collier. Comme ça, on attribuerait la mort à un vol.

J'ai jeté un coup d'œil à ma montre. Une heure et quart. Le temps s'écoulait par à-coups, pas de façon régulière. Aussi silencieusement que possible, je suis sorti de ma chambre et descendu. J'ai collé l'oreille à toutes les portes sans rien entendre. La dernière était celle de Pippa au rez-de-chaussée. Là aussi, tout était silencieux. La voie était libre mais, alors que je commençais à remonter, j'ai entendu des voix. Elles venaient de l'extérieur, de l'autre côté de la porte d'entrée. J'ai pensé que c'étaient des passants, mais c'est là que j'ai perçu le bruit d'une clé dans la serrure.

J'ai grimpé les marches en courant jusqu'au demi-palier, hors de vue. La porte s'est ouverte et j'ai entendu des pas. La voix de Pippa et celle de quelqu'un d'autre, une voix d'homme. Qu'est-ce qui ne tournait pas rond chez elle ?

— C'est là, tout droit, a-t-elle dit en le conduisant dans sa chambre. Tu veux un verre ? Je vais remonter quelque chose.

J'ai attendu son retour. J'ai entendu le tintement des verres et sa porte se refermer. Je me suis assis sur les marches du haut dans la pénombre. Je distinguais le vieux papier peint à motifs, qui se décollait et le plâtre qui apparaissait en dessous, mais pas sa couleur. Au bout de quelques minutes, j'ai entendu des murmures provenant de chez Pippa. En faisant vite, ça devrait aller. Je suis remonté à pas feutrés. En me retrouvant dans ma chambre, les risques que je prenais me sont clairement apparus pour la première fois. Il y avait six – non, sept – occupants dans la maison. Ils se couchaient souvent tard, quittaient leur chambre pour aller boire quelque chose, prendre un bain ou pisser. Il suffirait d'un seul. Je n'avais besoin que de deux ou trois minutes de battement, mais Dieu me les accorderait-il ? J'ai hissé Peggy par-dessus mon épaule, je suis sorti de la pièce et j'ai entamé la descente, ressentant le moindre grincement de tout mon corps.

Je n'avais même pas pensé à ce que j'allais trouver dehors. J'ai ouvert la porte d'entrée délicatement et me suis glissé à l'extérieur, dissimulé par les ombres du porche. Il n'y avait personne. Vingt pas et je serais libre. J'ai pris pied sur le trottoir comme si j'entrais en scène, une scène entourée de fenêtres obscures. Quelqu'un pouvait être debout derrière n'importe laquelle, en train de regarder dehors. J'ai compté les pas. Il en a fallu vingt-sept avant d'atteindre sa porte. J'ai descendu les marches qui menaient aux poubelles et l'ai laissée glisser doucement sur le ciment. Je l'ai tirée derrière les bennes et l'ai dissimulée sous les sacs d'ordures. On ne la trouverait peut-être pas avant plusieurs jours.

32

Quand j'étais encore à l'école et qu'on me connaissait sous le prénom de David, pas Davy, les professeurs me traitaient comme si j'étais débile. Ma prof d'anglais, qui était grande, plate et amoureuse d'écrivains trépassés, disait que je manquais d'imagination et que mon style était lourd. Quant à mon prof de français, il ne savait même pas qui j'étais. J'étais de ceux au fond de la classe, qui passent inaperçus. Mon prof de sciences me qualifiait de « consciencieux », celui de technologie de « compétent », et mon prof de maths disait que j'étais « un élève moyen ». En tout cas, je n'étais plus moyen aujourd'hui, plus dans la moyenne du tout. J'étais le seul sur des millions.

J'ai mis un certain temps à m'y faire. Cette nuit-là, j'ai à peine dormi, et le peu que j'ai dormi, j'ai fait des rêves denses et bizarres. Mon corps tout entier me semblait étrangement vif et vigilant : chaque grincement ou bruissement me faisait sursauter. J'écoutais les pas dans la rue au-dehors et restais aux aguets, des fourmillements sur la peau, pour entendre s'ils s'arrêteraient à notre porte. Je n'aurais pas su dire si cette pulsation intense qui battait en moi et derrière mes yeux était de l'excitation ou de la peur. Je me suis éveillé à l'aube, prêt pour la journée à venir, bien avant quiconque dans la maison, mais j'ai mis longtemps avant de descendre. Je me suis planté devant le miroir, vêtu d'un jean et d'une chemise bleue propre, et me suis tapoté les joues avec de l'after-shave en travaillant mon sourire modeste et bon garçon. Je me suis assis sur le lit, les mains sur les genoux et le dos bien droit, et j'ai inspiré et expiré, inspiré, expiré. J'ai entendu Astrid dans la chambre au-dessous se lever et aller aux toilettes, puis descendre. Des voix me parvenaient faiblement de la cuisine : la sienne, celle de Pippa, celle de quelqu'un d'autre, sans doute l'homme avec qui Pippa avait passé la nuit. Je me suis levé et posté près de la fenêtre pour voir Astrid partir. Même si elle boitait un peu et que j'étais à même de voir depuis le dernier étage qu'elle avait le visage contusionné, elle avait toujours sa démarche aérienne et son haut port de tête. Elle s'est éloignée. Parvenue à la hauteur de la maison de Peggy, elle a continué son chemin sans hésiter.

Je suis resté où j'étais. Le facteur remontait la rue, à pas lents, s'arrêtant à chaque porte. J'ai retenu mon souffle et l'ai observé fouiller dans sa sacoche, en sortir quelques enveloppes avant de pousser le portillon du numéro cinquante-quatre. Il est passé devant les poubelles en se grattant la tête sous la chaleur, a glissé les lettres dans la boîte et regagné la rue. Je l'ai vu bâiller et j'ai senti un sourire s'étaler sur mon visage. J'ai dû retenir un ricanement : il s'était trouvé à quelques centimètres de son cadavre et n'avait rien vu, rien senti, rien remarqué. Dans la chambre à côté, Mick a toussé, grommelé. Les cloisons étaient trop minces dans cette maison.

D'habitude, je n'aime pas le petit déjeuner, mais le matin j'avais faim. En descendant dans la cuisine, j'ai trouvé Pippa et un grand type au visage osseux. Il portait un costume élégant et tripotait sa cravate d'une main nerveuse en resserrant sans arrêt le nœud avant de le desserrer à nouveau. *Marié*, me suis-je dit. Marié et rêvant de s'éclipser ; il était plus nerveux que moi. Pippa avait l'air d'avoir dormi comme un bébé. Elle portait un tailleur gris dont la jupe s'arrêtait juste au-dessus du genou, une chemise blanche avec un bouton défait de trop, de sorte que j'apercevais le haut de son soutien-gorge, à dentelle, et ses cheveux étaient relevés sur le dessus de sa tête, avec quelques mèches éparses lui encadrant adroitement le visage. Elle m'a adressé un sourire éclatant de ses lèvres fardées et m'a présenté à l'homme, qui se trouvait s'appeler Jeff et être sur le point de partir.

— La nuit a été un peu agitée, vous ne trouvez pas ? ai-je demandé pour voir, mais Pippa n'a pas réagi et Jeff est devenu écarlate ; il a dû penser que je faisais allusion à eux.

J'ai trouvé un demi-paquet de bacon dans le réfrigérateur et deux œufs périmés dans la boîte, et me les suis fait frire, avec des haricots blancs à la sauce tomate, du pain revenu dans la poêle, ajoutés à une grande tasse de café au lait. C'était le meilleur petit déjeuner que j'aie jamais pris et, le temps que j'en engloutisse la moitié, Mick a débarqué ainsi qu'Owen, l'air débraillé et pas rasé, mais dans le genre conscient et délibéré. Personne n'a dit grand-chose mais, d'un autre côté, c'est toujours comme ça le matin. J'étais certain qu'aucun d'eux ne soupçonnait quoi que ce soit et j'ai été tenté de dire un truc qui les fasse sortir de leur contentement béat.

En partant travailler, je suis passé devant le numéro cinquante-quatre aussi lentement que possible, jetant un coup d'œil en direction des poubelles. C'était frustrant de penser que je ne serais pas là quand on la découvrirait et, une fois parvenu au bout de la rue, j'ai fait demi-tour pour retourner à la maison, feignant d'avoir oublié quelque chose, pour pouvoir repasser devant le cadavre dissimulé. Toute la journée, ce secret m'a titillé et j'ai quitté le boulot de bonne heure, excité comme un amoureux. Jusqu'à ce qu'on découvre le corps de Peggy, c'était comme si j'écrivais une lettre capable de bouleverser mon existence mais sans la poster.

À cinq heures et demie, je suis descendu du bus au bout de notre rue et c'est alors que j'ai vu les éboueurs et que je me suis arrêté net, le cœur enflant littéralement dans ma poitrine, la bouche sèche, la rue semblant se rétrécir, puis s'élargir sous mes yeux. Ils étaient deux sur le trottoir, en train de soulever des poubelles et de les accrocher à l'arrière du véhicule, que conduisait le troisième. Ils n'en étaient qu'au numéro vingt-huit. Dans la chaleur du jour, on sentait les ordures. Je ne pourrais jamais faire ce travail. Il faut vraiment être désespéré pour supporter la viande pourrie et les couches de bébés. Ils avaient l'air plutôt joyeux. L'un d'eux sifflotait.

Je suis resté là où j'étais et j'ai allumé une cigarette. D'habitude je ne fume pas quand je suis tout seul, j'offre juste des clopes aux autres, mais l'occasion semblait particulière et j'avais besoin de faire quelque chose de mes mains. Quand les éboueurs sont arrivés devant le numéro cinquante-deux, j'ai recommencé à marcher sans me presser le long de la rue jusqu'à ce que je sois assez près pour distinguer ce qui se passait.

Là, j'ai fait une halte et fait semblant de relacer ma chaussure. Numéro cinquante-quatre. On y était. Ils ont tiré deux poubelles sur le trottoir, une verte pour le recyclable et une bleue pour les déchets ordinaires, et les ont hissées dans la benne. Quelques morceaux de papier se sont répandus sur le bitume, ainsi qu'un flacon de shampooing vide. Nul n'a crié ni poussé d'exclamation. Un groupe de jeunes est passé en crânant.

Un des types a rebroussé chemin pour aller ramasser les sacs d'ordures que j'avais remis en place hier soir. Il a empoigné un sac des deux mains et l'a hissé sur son épaule. C'était presque comique. Il s'est interrompu, a regardé un long moment, avant d'appeler son collègue en faisant de grands gestes. J'apercevais maintenant l'une des jambes de Peggy, puis la silhouette du conducteur qui sautait lestement de son siège. Il y a eu des cris et de l'agitation.

C'est incroyable la vitesse à laquelle se répandent les nouvelles. En l'espace d'une minute à peine, trente à quarante personnes faisaient cercle autour du corps, et tous ces gens hurlaient, regardaient hébétés ou pianotaient comme des sourds sur leurs portables. Ils semblaient sortis de nulle part, et même s'ils s'agglutinaient les uns aux autres, aucun n'approchait trop près. C'était comme s'il y avait une ligne invisible qu'ils ne pouvaient se résoudre à franchir, séparant les vivants des morts. Alors que moi, j'avais franchi cette ligne. Je me suis joint à la foule en restant derrière, jetant des coups d'œil par-dessus les épaules des gens pour voir ce qu'ils voyaient. En fait, elle n'avait pas beaucoup changé depuis que je l'avais laissée la veille. Un peu moins femme, un peu plus chose.

En entendant des sirènes, je me suis éloigné d'un pas nonchalant et suis allé m'asseoir dans le petit café où Astrid se rendait quelquefois avec Pippa, où j'ai bu un mug de thé. Le thé est une boisson zen.

J'avais l'impression de diriger un orchestre. En rentrant à la maison, j'ai raconté à Dario qu'il se passait quelque chose la rue, il a prévenu Mick, ils sont sortis tous les deux pour voir et sont revenus contaminés par l'excitation de la foule.

— Je crois que quelqu'un s'est fait agresser, un truc dans le genre, a dit Dario, et j'ai émis quelques gloussements.

— Ou pire, a souligné Mick. C'est ce qu'ils disent dans la rue. Assassiner.

J'ai mis la main devant ma bouche, comme font les gens dans les films quand ils apprennent une mauvaise nouvelle.

— Dans notre rue ? ai-je demandé.

Est-ce que j'en faisais trop ? Il m'a semblé que non. Je me suis dit que j'allais exploser si je ne le racontais pas moi-même à quelqu'un. À qui ? Astrid bien sûr : il fallait que ce soit moi qui la mette au courant, et je l'ai appelée sur son portable. Elle était au *Horse and Jockey*, mais je lui ai dit qu'elle ferait peut-être bien de rentrer. Je ne lui ai pas dit pourquoi. Je voulais voir sa tête quand elle apprendrait la nouvelle. Mais Astrid est rentrée, et ressortie peu de temps après, comme si ce qui se passait n'avait pas pour elle un grand intérêt, et je me suis retrouvé avec un sentiment d'amertume, mon plan n'avait pas fonctionné comme je le souhaitais. Quand Miles est rentré, je les ai persuadés, Pippa et lui, de venir avec moi jeter un coup d'œil à la maison, dont l'accès était à présent interdit par un ruban de police. Il y avait encore des voitures de police, mais l'ambulance était partie. Je me suis adressé à un jeune policier pour lui demander ce qui se passait.

— Un incident, a-t-il dit.

— Quelqu'un a été assassiné ? C'est ce que tout le monde dit.

Il s'est contenté de me regarder.

— De qui s'agit-il ? C'est la maison de qui ? On habite plus haut dans la rue, ce qui fait qu'on est voisins de la victime.

— Il y a eu un incident, a-t-il répété, sans rien ajouter.

Un incident.

— Allez viens, Davy, on le saura bien assez tôt, a dit Pippa en passant la main sous mon bras et en m'entraînant. Tu es à Londres maintenant, pas dans une petite ville. C'est le genre de choses qui arrive. Tu vas t'habituer.

— Mais c'est difficile à croire, quand même, non ? ai-je dit. Juste sous notre nez.

Les trois policiers qui sont venus à la maison ne m'ont pas inquiété, en particulier celui qui était chargé de l'affaire, l'agent Prebble. Jim, nous a-t-il dit s'appeler, en nous souriant à tous comme s'il voulait devenir notre ami. Il était grassouillet, avec un visage rond et un gros nez aplati. J'ai tout de suite senti qu'il m'avait à la bonne. J'avais bon genre et j'essayais de coopérer, tandis que les autres… eh bien, il avait l'air de trouver qu'ils formaient une drôle d'équipe, et ça n'avait rien d'étonnant, à vrai dire. Dario était fébrile et parlait d'une voix stridente. Mick était silencieux au point d'en être grossier. Miles semblait s'ennuyer. Pippa en a tellement fait avec son numéro de séductrice qu'à un moment donné, j'ai vu Prebble échanger un coup d'œil avec l'un de ses collègues. Leah, la petite amie de Miles, est arrivée juste après eux et a fait comme s'ils étaient invisibles, ce qui était plutôt difficile dans une pièce aussi bondée. Je leur ai proposé du thé, ils se sont assis à table avec leurs carnets et nous ont demandé si nous avions entendu quelque chose de particulier la nuit dernière.

— Rien, a dit Dario. Rien du tout.

— C'est toujours assez bruyant dans le coin, a ajouté Pippa.

— J'ai entendu des gens crier durant la nuit, ai-je dit.

— À quelle heure à peu près ?

— Je ne sais pas. Désolé. Tout ce que je sais, c'est que je me suis réveillé et qu'il y avait du bruit, mais ça ne m'a pas paru sortir de l'ordinaire. Comme l'a dit Pippa, la rue n'est pas particulièrement tranquille. Ce que je peux dire, c'est qu'il faisait nuit.

— Nuit, a répété Prebble d'un air sombre, avant de griffonner quelque chose dans son carnet. Et il n'y avait que vous sept ?

— Pas moi, a dit Leah. Je n'habite pas ici.

— Pas encore, a marmonné Dario dans sa barbe, avant de pouffer de rire.

— Astrid était là, elle aussi, ai-je dit. Elle est sortie pour le moment. Et aussi…

Je me suis interrompu et j'ai regardé Pippa.

— C'est tout, a-t-elle répliqué sur un ton de défi. On a passé la soirée ensemble et on s'est couchés tard.

Elle m'a souri, me mettant au défi de la contredire, et je lui ai rendu un sourire rassurant. Son secret était bien gardé avec le gentil Davy, sur qui on pouvait compter.

— Et personne n'a rien remarqué d'inhabituel ?

— Non, a répondu Mick.

Je crois bien que c'est le seul mot qu'il a prononcé pendant tout le temps que la police a passé avec nous.

— Qui est mort ? a demandé Owen.

— Une certaine Margaret Farrell. L'un d'entre vous la connaissait ?

On a tous échangé des regards interrogateurs avant de secouer la tête. Non, on ne connaissait aucune Margaret Farrell.

— C'est déprimant, non ? ai-je remarqué. Que quelqu'un puisse habiter à quelques maisons de la nôtre et qu'on ne connaisse même pas son nom ? Je veux dire, avant qu'elle meure.

J'ai secoué la tête d'un air désolé.

— C'est vrai ce qu'on raconte ? a demandé Pippa. Qu'on l'a tuée et cachée derrière les poubelles ?

— J'en ai bien peur.

— Quelle horreur !

— Mais vous allez les attraper, ai-je dit.

— On va faire notre maximum.

Il a refermé son carnet et s'est levé.

— Les autres policiers vont prendre vos noms et numéros de téléphone. Si quelque chose vous revient, surtout n'hésitez pas à nous contacter.

Il a sorti une carte et l'a posée sur la table.

— Bonne chance, ai-je dit. J'espère que vous les retrouverez rapidement.

La meilleure partie de la soirée a eu lieu après. Astrid était revenue et Owen avait disparu je ne sais où. On était tous assis en bas, désœuvrés mais peu désireux d'aller nous coucher tout de suite. J'étais assis sur le canapé à côté d'Astrid, et de temps en temps je changeais de position pour que mon bras effleure le sien, nu et doré. Je faisais semblant d'étudier mon portugais, Astrid feuilletait un magazine, Miles a allumé la télévision et on a regardé la fin d'une émission de déco puis le début d'une de ces émissions de cuisine dans laquelle une femme souriante prépare un plat raffiné en laissant ses longs cheveux pendre dans les ingrédients. Miles a changé de chaîne, il y avait un film qui commençait juste, que personne n'avait envie de regarder, mais aucun d'entre nous n'avait le courage d'éteindre. Dario est entré dans la pièce en courant, excité comme un gosse.

— Allumez la télé !

— Elle est allumée ! a répondu Miles.

— « ... le corps de Margaret Farrell, âgée de cinquante-sept ans, a été retrouvé hier soir. La police a ouvert une enquête pour meurtre... »

Il fallait que je choisisse mon moment. J'ai attendu, et Pippa a dit :

— Margaret Farrell... mais c'est Peggy !

— Peggy ! a répondu Astrid en écho.

C'est là que j'ai parlé, d'une voix basse emplie de stupéfaction.

— On l'a vue hier soir. Moi et Dario et Astrid. On l'a vue.

Je dois dire que je l'ai fait à la perfection. Les gens qui jouent au tennis évoquent l'impact magique sur la raquette, le côté grisant du coup parfait. C'était venu si naturellement, comme si je ne pouvais pas faire d'erreur. Je me suis à peine déplacé et j'ai senti la peau chaude et palpitante d'Astrid contre la mienne, ses cheveux agréablement parfumés m'effleurer la joue. J'ai fermé les yeux et savouré l'instant.

33

— Ça te dirait de boire un verre ? a demandé Ross.
— Bien sûr, ai-je répondu.
— Je te rejoins alors, a-t-il dit.

Ross avait débarqué sur le chantier quelques jours auparavant. Il était beau garçon, avec juste ce qu'il fallait d'assurance et de décontraction dans la façon de se coiffer et de s'habiller. Je n'arrivais pas à comprendre pourquoi il faisait ce travail. Sans doute juste pour gagner un peu de fric avant de mettre les voiles. Le jour de son arrivée, j'avais essayé d'engager la conversation. Il m'avait regardé d'un air bizarre et j'avais bafouillé n'importe quoi. Je m'étais senti rougir et m'étais détesté pour ça – et l'avais détesté lui aussi. Les jours suivants, on avait travaillé dans des parties différentes de la maison, et on s'était ignorés. Je m'occupais de l'électricité, de la plomberie, du plâtre. Il faisait de la peinture et des finitions. Il ne m'accordait plus aucune attention.

La règle la plus importante, d'après Petra Davies, l'auteure de *Succès en amitié : Manuel de l'utilisateur*, est de s'intéresser aux autres. Petra Davies était dans l'erreur. Dans l'erreur la plus totale. Le secret, comme j'étais en train de le découvrir, est de *ne pas* s'intéresser à autrui. Je m'en étais rendu compte au travail, après le meurtre. Tout me paraissait sans importance désormais, une comédie dans laquelle personne ne jouerait sauf moi. Ma tête bourdonnait d'images de Peggy morte et de Peggy vivante, de la police, de mes colocs, et je travaillais de façon machinale et détachée. Mais j'ai remarqué à certains murmures et hochements de tête approbateurs que je travaillais plus vite et plus efficacement qu'avant. J'ai plâtré l'un des murs de ce qui allait devenir la chambre principale. J'étais à tel point perdu dans mes pensées que je savais à peine où j'étais ni ce que je faisais. Mais quand j'ai eu fini, j'ai reculé et j'ai été surpris par ce que j'avais fait. C'était un travail splendide, lisse et plan sur toute la surface.

Je ne m'intéressais plus à Ross. Il me semblait que ça faisait des milliers d'années que je m'étais inquiété de ce qu'il pouvait penser de moi. Une fois, je l'ai aidé à réparer une corniche, mais à part ça, on échangeait à peine quelques mots. Si bien que, quand il m'a demandé si je voulais boire un verre, j'ai cru à une blague. Mais c'est bien à moi qu'il s'était adressé.

On n'a guère pu que se rincer les mains mais ça irait comme ça, et ç'a été encore mieux quand on est arrivés dans le jardin du pub où Ross avait rendez-vous avec sa petite amie, Laura. Elle et sa copine, Melanie, travaillaient dans une galerie, et le contraste entre les jeunes femmes habillées et coiffées avec soin et les hommes poussiéreux et sales m'a semblé des plus comiques. Laura, en particulier, qui parlait comme si elle revenait tout juste d'un concours hippique, trouvait très amusant que son petit ami soit un maçon crasseux et elle lui a caressé les cheveux d'un air faussement consterné.

— Je suis plutôt étonnée qu'ils vous aient laissés entrer tous les deux, a-t-elle dit. Y a pas une pancarte indiquant que c'est interdit aux maçons et aux Gitans ?

— Je vais chercher à boire, ai-je lancé.

Je suis rentré à l'intérieur et revenu avec une bouteille de vin fraîche et humide, et une poignée de verres. Ils ont évoqué des gens et des endroits que je ne connaissais pas. Il y a eu une pause et Laura m'a regardé de haut en bas d'un air approbateur, comme si j'étais un pensionnaire de son écurie.

— Et celui-là, tu l'as connu comment ? a-t-elle demandé.

— C'est lui, l'expert, a dit Ross. C'est le meilleur.

Je n'ai pas joué les faux modestes. Je n'ai pas rougi en protestant, oh, mais non, pas tant que ça. Je regardais Laura de près, de si près que je pouvais voir le duvet sur sa joue, les mèches de cheveux qui s'étaient échappées et lui balayaient le front.

— C'est vrai ? a-t-elle dit. Vous avez d'autres chantiers après celui-là ?

— Pas encore, ai-je dit.

— Bien, a-t-elle commenté. Je ne vous oublie pas.

— Attention, a dit Ross, et Laura et lui se sont mis à rire.

Il a posé son regard sur sa montre, puis sur elle.

— Oui, a-t-elle dit. Ross et moi on doit… Vous voyez…

— Bien sûr, ai-je répondu. À plus, alors.

Tout en me levant, j'ai regardé l'amie de Laura pour la première fois. Elle n'avait presque rien dit. Elle était très nettement dans l'ombre de Laura. Elle avait des cheveux bruns coiffés sans aucune recherche. Du coup, avec ses yeux sombres, son teint paraissait encore plus pâle. Quand elle s'est aperçue que je l'observais, le sang lui est monté au visage. Elle ne m'attirait pas le moins du monde, et ça m'a soudain intrigué. Rien n'avait d'importance, il n'y avait aucun enjeu.

— Mel, ai-je dit.

— C'est Melanie, en fait.

— Tu voudrais aller manger un morceau ? ai-je proposé.

Elle a murmuré quelque chose, a rougi et a marmonné encore autre chose, puis a dit : « D'accord, oui, très bien. » Elle s'est levée et j'ai découvert la façon dont elle était habillée : un haut vert pâle à manches courtes avec un col blanc à frous-frous, une longue jupe blanche et des sandales, un ensemble très léger, estival et jeune fille.

— Il faut que je passe à la maison prendre une douche et me changer, ai-je dit. Mais t'as qu'à m'accompagner, comme ça tu feras la connaissance de mes colocs.

Dans le métro, je lui ai décrit les occupants de la maison, en les caricaturant pour la faire rire. Je lui ai dit que la situation était un peu délicate parce qu'on allait tous être flanqués dehors. Je lui ai parlé du meurtre et de l'enquête de police et elle a écarquillé les yeux.

— Tu la connaissais ? a-t-elle demandé.

— C'est marrant, non ? ai-je répondu. Les victimes de meurtre sont comme des célébrités. Les gens sont fiers de les connaître. Ou de connaître quelqu'un qui les connaît.

— Je suis désolée, a-t-elle dit. Ce n'est pas ce que je voulais dire.

Petra Davies m'aurait conseillé de rassurer Melanie, de répondre : « Bien sûr, je le sais bien. » Je n'ai rien dit. Je me suis contenté de la regarder. Je me suis soudain demandé si j'avais commis une erreur. Est-ce que j'avais vraiment envie de passer toute une soirée avec cette femme, puis une autre, et encore une autre, jusqu'à ce que, aux alentours de la quatrième, nous puissions avoir un rapport sexuel maladroit et décevant ?

En ouvrant la porte de Maitland Road, j'ai trouvé tout le monde dans l'entrée, avec des sacs de provisions et des bouteilles. Ils ont tous inspecté Melanie du regard. Un instant, je me suis senti comme celui qui ramène sa première petite amie chez ses parents.

— Je vous présente Mel, ai-je annoncé.

Elle a été quasi submergée par une vague de salutations.

— Venez pique-niquer, a suggéré Astrid.

Melanie a eu l'air affolée.

— On sortait dîner, a-t-elle dit.

Ça m'a décidé.

— Excellente idée ! me suis-je exclamé. C'est un rite d'initiation, mais je te protégerai. Laissez-moi prendre une douche d'abord.

On formait un groupe hétéroclite, en route vers le parc. Ça m'a rappelé des excursions scolaires, en rang par deux, escortés le long des rues. Tout le monde était là, excepté Owen. Et Pippa était avec un type en complet, qui avait l'air encore plus mal à l'aise que Melanie.

Alors qu'on s'installait sur l'herbe, Owen est arrivé et s'est mis à nous tourner autour avec son appareil et à prendre des photos. J'ai servi du vin dans un gobelet en plastique pour Melanie, et dans un autre pour moi.

— Ça fait des années que je n'ai pas pique-niqué, a-t-elle murmuré.

Elle s'est rapprochée, son épaule contre la mienne.

— Des fourmis, ai-je dit, et aucun endroit convenable pour s'asseoir. Pas moyen de tenir son assiette et son verre en même temps.

— Moi, j'aime bien ça, a-t-elle répliqué.

Je lui ai rempli une assiette. J'ai trempé un bâtonnet de carotte dans un pot de houmous et l'ai porté à sa bouche. J'ai surpris le regard d'Astrid sur moi. Je voyais bien ce qu'elle pensait. Oh, comme c'est mignon, le gentil Davy s'est trouvé une petite amie. Tant pis, au moins je leur montrais que je n'étais pas un pauvre laissé-pour-compte. J'étais en train de caresser les cheveux de Melanie quand j'ai senti une présence à côté de moi. Astrid. J'ai regardé Melanie.

— Tu nous laisses deux minutes ? lui ai-je demandé.

— Oh, bien sûr, a-t-elle dit, avant de s'éloigner pour s'asseoir seule en faisant semblant de siroter son vin.

Astrid s'est rapprochée de moi et m'a parlé d'une voix à peine plus forte qu'un chuchotement. J'ai pensé à Melanie en train de nous regarder. Elle s'imaginait sans doute qu'on était des anciens amants. Astrid était assez secouée, parce qu'elle avait été à nouveau interrogée par la police. J'ai d'abord cru qu'elle avait peut-être des soupçons, mais je me suis rendu compte qu'elle avait la vague impression qu'il y avait quelqu'un d'autre sur le perron au moment de son accident. Je me suis efforcé de garder les idées claires. Était-il préférable de lui dire la vérité d'emblée ou de le laisser devenir un vague et mystérieux suspect à l'arrière-plan ? J'étais furieux contre moi de ne pas y avoir pensé plus tôt. J'ai décidé d'être manifestement évasif pour le compte de Dario. Ça allait brouiller un peu les choses, mais je n'étais pas sûr que ce soit la meilleure solution.

— Peut-être qu'il y avait quelqu'un, ai-je dit. Mais si c'est le cas, c'est à Dario que tu devrais poser la question.

Astrid n'a pas été dupe une seconde. Ou plutôt, si. Le client de Dario allait donc apparaître au grand jour. La seule catastrophe possible, ce serait qu'il ait vu Peggy me suivre, mais j'étais quasi certain qu'il avait décampé avant. Astrid avait, semble-t-il, ruminé les faits parce qu'elle tournait maintenant son attention sur Pippa, déclarant que Jeff devait se présenter et tout raconter. C'était marrant de voir Pippa au supplice, comme un scarabée transpercé d'une épingle.

— Ce n'est pas franchement une bonne idée, a-t-elle dit.

Cela ne faisait pas partie de ma stratégie, mais je n'ai pas pu résister.

— Marié, par hasard ? ai-je demandé.

Elle m'a lancé un regard furieux mais je le lui ai rendu, un peu narquois.

— Ce serait gênant, a-t-elle convenu.

Les lumières du soir devenaient dorées, les ombres s'allongeaient. J'observais Astrid et Owen et il m'a semblé qu'il faisait plus froid ; là-dessus, Miles est arrivé et a commencé à se plaindre des événements qu'il avait déclenchés, et il a fait encore plus froid. La magie avait disparu et tout le monde s'est mis à s'affairer et à ramasser les restes sales et poisseux du pique-nique. Sur le chemin du retour, j'ai pensé à ce qui allait se passer et me suis demandé si j'avais des raisons de m'inquiéter.

— Je ferais sans doute mieux de rentrer, a dit une voix à côté de moi.

J'ai baissé les yeux. J'avais presque oublié Melanie. J'ai secoué la tête.

— J'ai quelque chose à te montrer, ai-je dit.

On n'a plus échangé une parole avant d'être arrivés à la maison. Tandis que les autres descendaient prendre un café et fumer, j'ai saisi Melanie et l'ai conduite à l'étage, dans ma chambre. Je l'ai menée jusqu'au lit, puis j'ai posé les mains sur ses épaules, la maintenant ainsi, tout en plongeant mon regard dans ses grands yeux. Le col de sa chemise était noué par un ruban de soie blanche. Si j'arrivais à le défaire facilement, ce serait la preuve que Dieu voulait que je la baise. Elle a commencé à parler mais j'ai secoué la tête. J'ai attrapé une extrémité du ruban et tiré. Il s'est défait comme un lacet de chaussure mal serré. J'ai attrapé le bas de sa chemise et l'ai fait passer par-dessus sa tête. Elle a dû lever les bras pour me faciliter les choses. J'ai dégrafé son soutien-gorge et l'ai laissé tomber. J'ai descendu sa jupe et sa culotte d'un seul mouvement. Elle a été obligée de soulever ses pieds chaussés de sandales pour les enjamber. Je l'ai fait asseoir sur le lit et lui ai enlevé ses sandales.

Au début, quand je me suis enfoncé en elle, je me suis imaginé que je baisais Pippa et je me suis enfoncé de plus en plus fort, et j'ai entendu Melanie pousser un cri sous moi. Puis j'ai pensé à Astrid. J'ai imaginé son visage sur le corps de Melanie.

Et là, à l'instant même où j'ai joui, dès le tout premier instant où j'ai senti que j'allais jouir, j'ai tout regretté : d'avoir rencontré Melanie, d'avoir passé la soirée avec elle, de l'avoir ramenée ici, de l'avoir dans mon lit. Je sentais ses mains sur mes épaules, ses talons à l'arrière de mes cuisses. Elle me serrait fort en elle.

— Davy, a-t-elle dit au bout d'un long moment. Jamais je n'ai fait un truc pareil.

Là-dessus, j'ai entendu un reniflement et me suis aperçu qu'elle pleurait.

Une fois qu'elle s'est endormie, je me suis levé pour aller dans la salle de bains. J'ai relevé le store et contemplé le jardin. Quelque chose bougeait et il m'a fallu un certain temps pour distinguer ce que c'était. Qui c'était. Ce qu'ils étaient en train de faire. Je le savais. Je ne sais pas comment, mais je le savais, putain. Astrid et Owen, comme des animaux, se fichant pas mal qu'on les voie. Le tressautement dans mon œil, qui s'accentuait. Et moi avec ce goût amer au fond de la gorge, comme si j'allais vomir.

34

J'ai vu les photos d'Owen avant Astrid. Je me suis introduit chez lui un jour où Dario dormait et où tous les autres étaient sortis. Moi-même, je ne travaillais plus désormais. Cela prenait trop de temps et ne rapportait pas assez. Je compensais une part du manque à gagner grâce à la négligence des gens. Pippa était la mieux. Elle laissait des billets traîner dans sa chambre et ne remarquait jamais s'ils disparaissaient. Depuis la mort de Peggy, j'avais perçu quarante livres de sa part. Et vingt de Miles, un jour où il avait laissé par erreur son portefeuille à la maison. Quelques pièces d'Astrid, jusqu'ici. C'était plus difficile avec Mick et Owen, et Dario n'avait apparemment jamais d'argent sur lui. Une fois, pourtant, j'ai piqué de l'herbe dans sa chambre et la lui ai revendue. J'ai raconté que quelqu'un me l'avait donnée au boulot et que je n'en voulais pas, mais que je m'étais dit que lui en voudrait peut-être. Il a insisté pour m'en donner quelque chose, et j'ai bien vu qu'il se sentait un peu coupable de m'arnaquer.

Pour moi, l'instant critique s'était produit à l'achèvement des travaux de la maison, que le propriétaire

pornographie. Ce n'est pas parce qu'il n'y a pas de couleur que le sang n'est pas du sang, que la chair n'est pas de la chair. Ça m'a fait rire. Il avait convaincu une femme d'enlever ses vêtements en lui racontant que c'était de l'art. Puis je suis tombé sur la femme au visage mutilé. Je l'ai saisie et maintenue devant la fenêtre pour mieux la voir. Il était doué, j'étais obligé de l'admettre. Il était vraiment doué. Je me sentais jaloux de lui. J'ai caressé du doigt chaque entaille. *Maintenant je te connais*, ai-je pensé. *Je te connais, mais tu ne me connais pas.*

J'ai entendu la porte s'ouvrir en bas et des bruits de voix : Astrid et Owen. J'ai reposé la photo, suis vite sorti de la chambre et suis remonté dans la mienne, où je me suis allongé sur mon lit. Je les ai entendus parler à voix basse dans l'entrée, puis l'écho de leurs pas gravissant les marches ensemble. J'ai replié mes bras autour de mon corps et fermé les yeux très fort. Le vent rabattait la pluie contre la vitre par vagues, mais j'avais l'impression que cela se produisait dans ma tête. Ils allaient tous deux dans la chambre d'Owen, où ils seraient ensemble, entourés de ces images. Je voyais les corps nus des femmes d'Owen, puis j'ai vu Astrid et Owen nus eux aussi et j'ai eu le sentiment que ça enflait dans ma tête. J'ai descendu furtivement une volée de marches et écouté à leur porte. Astrid disait quelque chose. Quoi ? J'ai collé mon oreille contre la porte.

— Tes femmes n'ont pas de visage.

Alors comme ça, il lui montrait les photos. Je n'ai pas entendu ce qu'ils disaient ensuite ; rien que des murmures, sa voix à lui puis celle d'Astrid. Ensuite, le silence. Un putain de silence. Mis à part le rugissement sous mon crâne.

Quelquefois les choses s'emboîtent toutes seules, de façon presque inéluctable. On ne fait pas de plans, mais on se tient prêt et disponible et les plans s'offrent à vous, vous tombent dans les mains comme un cadeau.

Le jour suivant, je me trouvais par hasard près du *Horse and Jockey* vers l'heure à laquelle Astrid finit d'ordinaire de travailler, alors je suis entré, balayant la pièce du regard dans l'espoir de l'entrapercevoir. Elle n'était pas là, et j'ai fait demi-tour pour partir.

— Davy ! Par ici, mon pote !

C'était l'un de ses copains coursiers. Je ne me rappelais pas son nom, même si je l'avais rencontré plusieurs fois ici et qu'il me traitait à chaque fois comme si on était potes depuis toujours.

J'ai rejoint le groupe.

— Tu cherches Astrid ? a-t-il demandé.

— Je ne faisais que passer.

— Ah oui ?

Il a souri d'un air entendu.

— Elle n'est pas là. Mais je t'offre un verre.

— T'es bien généreux tout à coup, a commenté l'un des autres coursiers, qui avait le crâne rasé et un anneau dans le nez.

— J'ai reçu un pourboire de la Reine Ingrid aujourd'hui. Vous vous rendez compte ?

— La Reine Ingrid ? a demandé Crâne Rasé.

— Tu sais bien. Cette garce de Soto dans son palais fortifié, là-haut à Highgate.

— Le bronzage est naturel : elle part souvent en vacances.

— Et tu as eu droit à un pourboire ? En quel honneur ? Un complément de services ?

Des sourires moqueurs se sont affichés un peu partout, même de la part d'une ou deux filles.

— Je n'ai pas eu cette chance. Elle avait besoin qu'on lui déplace quelques meubles. Alors qu'est-ce que ça sera, Davy ?

— Un demi de blonde, ai-je répondu. Ils n'ont pas de domestiques pour ce genre de choses ?

— Apparemment il n'y avait personne.

Je suis resté assis dans l'atmosphère enfumée, prenant mon temps pour boire, souriant quand ils souriaient et riant quand ils riaient, guettant toujours Astrid du coin de l'œil, l'esprit au travail.

Tôt le lendemain matin, j'ai acheté un plan de Londres chez le marchand de journaux en haut de la rue, ai pris le métro jusqu'à Highgate et fait le reste du trajet à pied, la carte à la main, comme un touriste. Ça montait sans cesse. Au bout, j'ai eu le sentiment d'être parvenu dans un lieu qui dominait le commun des mortels s'affairant en tous sens dans l'agitation de la ville.

Century Road partait de la rue principale, et je n'aurais pas dû m'inquiéter de savoir si j'allais repérer la maison des Soto : elle était en retrait de la route, derrière une clôture de fer ; une alarme anticambrioleurs clignotait au-dessus du porche, et ses hautes fenêtres miroitaient sous le soleil du matin. Deux voitures étaient garées dans la cour, une Jaguar et un Range Rover. L'une pour monsieur, l'autre pour madame. J'ai regardé autour de moi, soudain embarrassé. Il me semblait bêtement suspect de rester planté dans un quartier résidentiel à regarder une maison de riches. J'ai continué ma route et traversé un square pour tomber dans une rue commerçante. J'ai regagné Century Road muni d'un journal et d'un café. Je me suis assis sur le bord du trottoir, ai siroté mon café en faisant semblant de lire le journal. Maintenant je ressemblais à des douzaines de personnes quelconques, dont la présence se justifiait tout à fait et faciles à oublier.

À huit heures moins vingt, un homme en costume est sorti de la maison, monté dans la voiture, a démarré et s'est éloigné, descendant la colline. J'ai fait mine de boire dans mon gobelet vide et commencé à lire vraiment le journal. Un attentat à la bombe dans un marché de Bagdad. Un accident de train en Égypte. À 8 h 25, le facteur a passé le portail et remonté l'allée. Il a appuyé sur un bouton et parlé dans une petite grille. Quelques secondes plus tard, la porte s'est ouverte et il s'est avancé. Il tenait un paquet à la main, mais la personne qui avait répondu était cachée dans l'ombre. Il a fait demi-tour, et j'ai entraperçu une femme qui disparaissait à l'intérieur, regagnant ce monde dans lequel elle se sentait en sécurité. La porte s'est fermée.

Il était évident que je ne pouvais pas entrer par effraction dans une maison comme celle-là. Il devait y avoir des alarmes auxquelles je ne connaissais rien. J'avais besoin qu'on m'invite à entrer, comme il fallait que je sois sûr qu'elle était seule, sans ouvriers, majordomes ou jardiniers. C'était là le défi. J'ai réfléchi un moment, puis un frisson d'excitation m'a parcouru. Je me suis levé et j'ai soigneusement fourré le journal et le gobelet de café dans une poubelle. Les gens qui sèment des ordures se font remarquer.

À présent que ma décision était prise, je brûlais d'agir, mais il me restait encore un jour et une nuit entière à tenir. J'ai mis environ une heure à rejoindre la galerie où travaillaient Melanie et Laura. J'ai poussé la porte et suis entré dans la pièce, fraîche et plongée dans un silence étouffé. Il n'y avait aucun client, mais Laura et Melanie étaient là. Melanie portait une robe de coton fleurie qu'Astrid n'aurait pas mise pour tout l'or du monde. Elle avait les lèvres roses et ressemblait à une enfant qui s'apprête à aller à un goûter d'anniversaire.

— Davy.

Elle a rougi et levé une main pour vérifier qu'elle était bien coiffée.

— Je ne t'attendais pas !

— Pourquoi tu m'attendrais ? ai-je demandé avec brutalité. Salut, Laura.

— Salut, Davy.

Elle m'a regardé d'un air approbateur et j'ai senti monter la colère.

— Elles sont un peu chères, non ? ai-je dit, désignant avec dédain une des toiles.

— Eh bien, pas si tu...

— Y a-t-il un endroit où on peut parler en privé ?

— Vous pouvez aller dans la réserve, a proposé Laura. Ce n'est pas comme si on était débordées.

Melanie m'a conduit dans l'arrière-boutique. Au travers de la vitre en verre dépoli, je voyais la silhouette de Laura se déplacer dans la galerie en même temps que j'entendais le claquement de ses chaussures sur le plancher.

— Tu vas bien, Davy ? m'a demandé Melanie.

— Oui, pourquoi ?

— Je pensais que je n'entendrais plus parler de toi.

— Eh bien, me voici.

— J'étais inquiète.

Tout en parlant, elle a fait un pas en avant et levé son visage vers moi. Son expression était anxieuse et pleine d'espoir. Je savais qu'elle voulait que je l'embrasse, un baiser chaste et tendre pour l'assurer de l'affection que je lui portais.

Je ne l'ai pas embrassée, mais là, sous l'ampoule nue, au milieu des boîtes d'archives, pressée contre l'ordinateur qui bipait et ronronnait, j'ai soulevé sa robe à fleurs et baissé sa sage culotte blanche, l'ai fait passer par-dessus ses chaussures confortables et l'ai mise dans la poche de ma veste. J'ai poussé ma main entre ses jambes. Elle a essayé de m'arrêter. Elle avait le regard affolé et elle s'est débattue en silence, surveillant la porte par-dessus mon épaule. Puis elle a cessé de lutter, j'ai défait ma braguette et me suis enfoncé en elle. Quand j'ai eu fini – ça n'a pas pris longtemps – elle a passé ses bras autour de mon cou et enfoui son visage contre ma poitrine, m'a dit que tout allait bien, qu'elle comprenait, qu'elle m'aimait et qu'elle était si heureuse que je sois venu la retrouver. Elle m'a embrassé sur la bouche, m'a appelé « Chéri » et m'a ramené dans la boutique en me tenant par la main, la robe froissée et l'air fière.

J'avais essayé de la jouer cool. De faire l'attentionné. Et ça n'avait pas marché. Mais quand on se montrait cruel, quand on était indifférent, les gens ne vous en aimaient que plus. Quand on les traitait vraiment mal, ils tombaient amoureux de vous. C'était leur faute.

35

C'était assez marrant de préparer le paquet. Et presque dommage que personne, à part moi, ne soit jamais appelé à le voir. J'ai rassemblé un paquet de préservatifs que j'avais pris dans la chambre d'Owen, un des strings de Pippa, une écharpe que Mel avait oubliée, et le rouge à lèvres que j'avais piqué dans la chambre d'Astrid. J'avais aussi prélevé une enveloppe matelassée d'une pile dans la chambre d'Astrid, assez petite pour entrer dans la boîte aux lettres. Je l'ai adressée à Jonathan Whiteley, le garçon dont j'avais été le meilleur ami à l'école, dans Century Road, mais à un autre numéro. Les de Soto vivaient au numéro vingt-sept. J'ai écrit le chiffre sept. Suffisamment loin pour qu'elle ne sache sans doute pas qui habitait là, suffisamment proche pour qu'il puisse s'agir d'une erreur compréhensible de la part du postier.

De même, en rentrant de chez Melanie, je m'étais rendu dans une boutique que j'avais repérée près de Brick Lane. On y vendait des lance-pierres et des crans d'arrêt aux nostalgiques et aux doux rêveurs. J'ai choisi un couteau à large lame crantée. Il fallait qu'il fasse peur. L'homme de l'autre côté du comptoir avait le front très dégarni mais une longue queue-de-cheval derrière la nuque. Qui essayait-il de duper ? Il a mis le couteau dans un sachet en papier :

— Impec pour découper le cerf, a-t-il dit.

— Vous voyez souvent des cerfs dans l'East End ? ai-je demandé.

— Des fois dans la Lea Valley, ouais, a-t-il répondu.

Il aurait dû m'être impossible de dormir cette nuit-là. J'aurais dû tout passer en revue minutieusement dans ma tête, vérifiant et revérifiant que ça pouvait marcher. Mais quand mon alarme s'est déclenchée à 6 heures, j'ai eu l'impression qu'on me tirait d'un puits de sommeil profond. Tout d'abord, je n'ai pas reconnu l'endroit où je me trouvais et pensé que j'étais chez moi, comme si Londres n'avait été qu'un rêve.

En descendant les marches de la maison endormie, j'ai croisé Astrid dans l'entrée.

— Tu es matinale, ai-je dit.

— Je dois remplacer quelqu'un, a-t-elle répondu avec un gémissement. Et toi ?

— Pareil, ai-je dit. Plus ou moins.

Je ne pouvais pas me permettre de traîner autour de la maison cette fois-ci. Ce n'était pas non plus nécessaire. J'ai attendu à l'autre bout de la rue qu'arrive le postier. De loin, j'ai vu la Jaguar de Mr de Soto sortir de son allée et mon sang n'a fait qu'un tour. Voilà l'effet que ça devait produire d'être un boxeur sur le point de monter sur le ring, une rock star rejoignant la scène. De savoir qu'il y a là une foule bourdonnante, impatiente, qui attend de vous un moment fort. Sauf que, dans le cas présent, les spectateurs ne savaient pas qu'ils allaient constituer le public. Ils ignoraient que leur vie en serait transformée.

Le postier a surgi dans la rue juste après 8 heures. C'était comme si je les poussais de-ci, de-là comme des jetons sur un plateau. Ce serait si simple : il suffit d'entrer dans la maison, vérifier qu'elle est seule. Si elle ne l'est pas, partir, sans dommage, retenter le coup ailleurs. Si elle est seule, la menacer, l'immobiliser, voler ce que je désire à ma guise. M'en aller, sans laisser de trace.

Le postier est passé de maison en maison, parcourant les allées, aller, retour, aller, retour. Quel boulot ! Un boulot qu'on ne peut pas faire bien ou mal. On livre le courrier, ou on ne le fait pas, un point c'est tout.

J'ai patienté jusqu'à ce qu'il soit assez loin, puis ai commencé à remonter la rue. Tout en marchant, j'ai sorti mes gants de chirurgien et pris le paquet dans le sac en plastique. J'ai tout minuté à la perfection. Le postier a émergé de l'allée des de Soto et s'est éloigné de moi. J'ai attendu qu'il disparaisse au coin de la rue. Puis j'ai remonté l'allée d'un pas rapide et poussé le paquet dans la boîte aux lettres. Il passait tout juste. Trop tard pour reculer maintenant. J'ai regagné la rue, tout en ôtant les gants. Il fallait que je laisse passer dix minutes pour que cela ait l'air convaincant. J'ai jeté un coup d'œil à ma montre. 8 h 27, précisément. Je me suis chronométré en m'éloignant. À 8 h 32 et trente secondes, j'ai fait demi-tour et suis retourné d'un pas décidé à la maison. J'ai appuyé sur la sonnette. Le moment était venu d'entrer en scène.

Un grésillement s'est fait entendre.

— Allô ?

— Bonjour, ai-je dit en souriant à l'adresse du petit objectif au-dessus de l'interphone.

— Oui ?

— Bonjour, mon nom est Jonathan Whiteley. J'habite au numéro sept. Je viens de parler au postier

381

au sujet d'un paquet et il a dit qu'il vous l'avait peut-être livré par erreur.

— Oh mon Dieu ! a fait la voix grésillante. C'était donc pour vous ? Ne bougez pas.

Alors que la porte s'ouvrait, j'ai fait un pas en avant pour entrer.

Ingrid de Soto était ravissante. Voilà ce que ça faisait d'avoir de l'argent. Elle ne vivait pas sur la même planète que nous autres. Sa luxueuse chevelure était ramenée en un chignon serré. Elle portait une robe de chambre en soie bleue sous laquelle je pouvais deviner le gonflement de ses seins, l'éclat d'une chaîne en or, aussi fine qu'un fil de fer autour de son cou, un autre autour du poignet, une montre. En comparaison, Pippa était pauvrement vêtue, Astrid débraillée, Melanie faisait *cheap*. Mais j'étais sur le même terrain maintenant. J'ai balayé les lieux du regard. Manifestement, elle était seule.

— Je suis désolée, a-t-elle dit. Je ne comprenais rien du tout. Désolée, j'ai fait une erreur idiote.

Elle m'a souri d'un air contrit, de ses dents magnifiques, qui transpiraient l'argent.

C'était à mon tour de ne plus rien comprendre.

— Qu'est-ce que vous voulez dire ? l'ai-je interrogée.

Avais-je merdé quelque part ?

— Ne vous en faites pas, a-t-elle répondu. Voilà.

Elle m'a remis le paquet. Je me suis forcé à sourire.

— Non, sérieusement, ai-je insisté. Quelle erreur ?

Elle a ri.

— C'est idiot, a-t-elle dit. On reçoit des tas de paquets dans des enveloppes comme celle-là. J'ai cru que c'était un de ceux qui échouent à la mauvaise adresse. Je viens juste d'appeler un coursier pour venir le chercher.

Elle a vérifié l'heure à sa montre.

— Merde alors, ils seront là d'un instant à l'autre.

Elle a souri de nouveau.

— Ce n'est pas votre problème.

Je l'ai frappée, fort, et elle est tombée par terre. La férocité avec laquelle je l'ai attrapée par la nuque était en fait essentiellement tournée contre moi-même. J'avais mis au point un plan super ingénieux pour voler quelqu'un avec qui je n'avais aucun lien, et le seul résultat était qu'un coursier allait débarquer et me prendre sur le fait. J'étais si furieux de ma propre bêtise que j'ai à peine senti battre ses bras et ses mains contre moi, à peine entendu les gargouillis et l'étranglement. Je l'ai pressée contre terre, lui ai cogné la tête contre le sol et j'ai serré mes mains autour de sa gorge jusqu'à ce que je voie que ses yeux ne me regardaient plus, ni quoi que ce soit d'autre. Je l'ai relâchée.

— Pauvre imbécile, ai-je dit, et je ne savais pas si c'était à elle que je m'adressais ou à moi-même.

Je me suis retrouvé au-dessus d'elle, pris de panique. Elle gisait de tout son long par terre, les mains étalées. J'ai regardé ma montre et me suis contraint à respirer lentement et calmement. 8 h 35. Je pouvais m'accorder deux minutes. Pas plus. J'ai regardé autour de moi. Il y avait tout ce que j'avais imaginé, tout ce dont j'avais rêvé. Mais, pour m'en tirer désormais, je devais faire le contraire de ce que j'avais prévu. Je devais faire en sorte que cela *n'ait pas* l'air d'un cambriolage. Je devais faire en sorte qu'on pense que j'étais fou. Que faisaient les fous quand ils tuaient des femmes ? J'ai pensé à Owen et à ses foutues photos, et j'y ai vu comme un clin d'œil.

J'ai pris le couteau dans ma poche intérieure et fait sauter la sécurité. J'ai attrapé d'une main ferme la tête d'Ingrid de Soto, puis tailladé ses joues et son front d'un geste assuré, conformément à ce que je me remémorais de la photographie d'Owen. Les incisions n'ont pas saigné. J'ai pris l'une de ses boucles d'oreilles entre mes doigts, l'ai arrachée avec soin de son lobe à la courbe impeccable, et l'ai mise dans ma poche. Soudain, c'est devenu une horrible vision, ces yeux morts et vides, vitreux. Je l'ai retournée, face contre terre, le regard fiché dans le sol. J'ai vérifié ma montre. Le délai était écoulé.

Je suis allé à la porte. Il ne me restait qu'à atteindre le portail, puis l'autre côté de la rue, et je serais libre. C'est là que je me suis souvenu : le fichu paquet. Je ne pouvais pas laisser ça là comme ça, hein, le string, les préservatifs, l'écharpe ? J'ai fait demi-tour, enjambé le corps affalé et regardé partout. Ah, il était là, sur l'étagère d'un vaisselier près de la porte. Je l'ai pris. Une pensée m'est venue et j'ai aussi pris un presse-papiers en verre ovale, orné de motifs en spirale, ainsi qu'une invitation sur un carton blanc épais. J'ai regagné la porte d'entrée ; mes chaussures claquaient sur le carrelage, en résonnant. J'ai fait un pas dehors, tiré la porte derrière moi et l'ai entendue se refermer avec un clic. J'ai descendu l'allée, le gravier faisait du bruit sous mes pas. *Ne cours pas.* Les gens se souviendraient de quelqu'un en train de courir. Portail franchi, sans regarder d'aucun côté. J'ai traversé la rue. Et maintenant ? En me cachant, j'ai posé mon front contre un tronc d'arbre, dont je sentais l'écorce rugueuse. C'était vivant, et cette femme était morte. Puis une pensée subite m'a traversé l'esprit : pourquoi l'avais-je tuée ? Pour me protéger, parce que ça avait mal tourné ? *Non,* me suis-je dit, *ce n'est pas vrai. Tu n'avais qu'à prendre ton paquet et t'en aller. Elle se serait excusée auprès du coursier.* Et c'était tout.

Ç'avait été une erreur. Sous le coup de la panique, j'avais pris la mauvaise décision. Peut-être que cela me protégerait aussi bien. Je n'avais même pas de réel motif. Cette femme gisait par terre de manière tout à fait fortuite – il se pouvait que j'aie laissé mes empreintes digitales partout. J'ai jeté un regard méfiant derrière le tronc d'arbre, prêt à rentrer, et c'est alors – j'aurais dû m'y attendre, franchement, parce que ça tournait à la blague – qu'a paru un vélo avec, comme il se devait, Astrid au guidon. Elle était encore assez loin, mais je voyais son visage briller sous l'effort ; elle remontait la pente, mais n'était pas trop essoufflée. Elle en avait l'habitude. Elle était merveilleuse à voir. Pourquoi se retrouve-t-on toujours avec celle dont on ne veut pas vraiment ? Melanie me prenait pour son petit ami. Cette femme était morte par erreur. Ainsi va la vie.

Astrid est descendue de son vélo d'un bond et l'a tiré sur le gravier. C'était comme d'observer quelqu'un à l'école en train de résoudre un problème difficile. Elle a pressé la sonnette, recommencé. Elle a sorti son portable et passé un appel. Elle a jeté un œil par la boîte aux lettres. Elle avait vu quelque chose. Je pouvais l'observer en train de réfléchir. Elle a regardé autour d'elle. Je me suis fait tout petit derrière mon arbre. Je l'ai entendue parler de nouveau au téléphone. Je ne distinguais pas ses mots mais percevais l'urgence, presque l'hystérie, de son ton. C'était peut-être une ambulance ou même la police. Il était temps de s'en aller.

Je me suis éloigné furtivement en longeant l'autre côté de Century Road. Avant de tourner au coin, j'ai entendu le vacarme que faisait une fenêtre qu'on brisait. Cette Astrid. Formidable.

36

Ce n'était pas une coïncidence. Ça devait arriver. Elle n'en savait peut-être encore rien ; mais moi si, et une fois que je l'ai su, tout m'est apparu sous un jour différent. Je me suis assis dans le parc et j'ai sorti le presse-papiers. Quand je l'ai regardé, suivant les lignes de couleurs jusqu'en son centre clair, illuminé, c'était presque comme si je voyais ma propre vie. J'avais tué Peggy, et Astrid avait été présente. J'avais tué Ingrid et, encore une fois, Astrid était là. Elle était mon témoin, mon public, et c'était pour elle que je le faisais. Tous les autres se sont évanouis, et il n'est plus resté que nous deux. Astrid et ses yeux rieurs.

Je ne sais pas combien de temps je me suis attardé là. Le soleil s'est élevé dans le ciel. Les couleurs se sont approfondies, et les ombres raccourcies. Je n'avais pas faim, n'étais ni anxieux ni fatigué. Je sentais mon cœur battre à la vitesse normale, ni plus ni moins, et le sang circuler en pulsant dans mon corps. J'ai serré les poings et senti les muscles se tendre dans mon avant-bras. Je me suis redressé sur le banc du parc et j'ai senti mon corps tel que je m'y attendais, léger et puissant. J'ai jeté un coup d'œil autour de moi et mes yeux ont tout enregistré : les arbres élancés, la courbe de l'allée, une femme en train de promener une poussette le visage quelque peu contrarié, un enfant avec une sucette fourrée dans sa bouche, les trois canards qui se dandinaient derrière, l'unique nuage, de la forme d'un mouton, à l'horizon, les détritus emportés par un tourbillon, l'homme au tatouage sur l'avant-bras. Le monde pénétrait sous mon crâne et je pouvais l'y garder. Tout ce que je voyais, tout ce que j'entendais, goûtais, touchais, pouvait tenir en moi. J'ai souri et senti le sourire sur mon visage. J'ai cligné, et mes yeux étaient comme un appareil photo en train de zoomer, capturant l'image que je voulais conserver.

Je me suis éloigné du parc au pas, pour entrer dans un magasin où j'ai acheté une grande bouteille d'eau, que j'ai bue sur place, jusqu'à la dernière goutte. Je sentais le liquide froid se répandre en moi. J'ai commencé à rebrousser chemin en direction de la maison, mais je savais qu'il s'écoulerait un certain temps avant que la police en ait fini avec elle, aussi ai-je changé d'avis et suis allé à la galerie de Melanie à la place, pour m'occuper. Elle n'en revenait pas quand j'ai poussé la porte et suis entré. La deuxième fois en deux jours ! Son visage s'est éclairé d'une sorte de bonheur médusé qui la faisait paraître encore plus jeune qu'elle n'était. Elle ne s'est pas débattue cette fois-ci, même si j'ai été brutal avec elle. Il y avait des marques rouges et des bleus sur sa peau quand j'ai eu terminé. J'ai fermé les yeux pour ne pas la voir me regarder. Je suis parti avant qu'elle ait eu fini de boutonner sa chemise.

Ils auraient dû s'écouter parler, ils se seraient alors rendu compte à quel point ils avaient l'air cons. Bla-

bla-bla. Miles pontifiant et en même temps blessé, et Pippa qui n'en finissait pas avec les droits des locataires. Dario en train de geindre entre deux nuages de fumée toxique, Mick, de grommeler, Leah glissant ses remarques venimeuses. Owen n'a pas dit grand-chose, mais c'était sans doute parce qu'il était trop occupé à jouer la vedette qui aurait débarqué dans le mauvais film et devait maintenant y assister jusqu'au bout. Je faisais comme d'habitude le Gentil Garçon, mais sans trop forcer la dose. Ma bouche souriait, mes yeux croisaient ceux des autres autour de la table, je hochais la tête en signe d'acquiescement, fronçais les sourcils d'un air pensif. De temps à autre, je m'entendais prononcer des propos ternes, raisonnables, mais tout cela m'arrivait comme de très loin.

Parce que j'attendais Astrid. La moindre cellule de mon corps était sur le qui-vive, le moindre petit son vibrait en moi. J'entendais chaque voiture qui ralentissait en passant devant la maison, chaque porte qui claquait, chaque pas posé dehors sur le trottoir.

Elle est enfin arrivée. Personne d'autre n'a semblé remarquer que la porte d'entrée s'était ouverte, puis refermée doucement. J'ai tendu l'oreille mais n'entendais rien. Elle devait être dans l'entrée, hésitant, se demandant si elle montait dans sa chambre ou descendait nous retrouver. Peut-être qu'elle ne descendrait pas du tout. Je ne pensais pas être en mesure de le supporter.

— Tu te comportes comme un gamin débile, a balancé Leah à Dario.

J'ai envoyé un coup de coude à Pippa.

— Je crois que j'ai entendu rentrer Astrid, ai-je chuchoté. On lui demande de venir se joindre à nous ?

— Astrid ? C'est toi ? a-t-elle aussitôt lancé.

Sa voix était étonnamment forte pour une fille si svelte.

— Viens, s'il te plaît ! On a besoin de toi.

— On t'emmerde, a rugi Dario. Tu fais exprès de déformer les choses, mais tu t'en tireras pas comme ça, tu sais.

Ses pas étaient légers dans l'escalier. Je me suis efforcé de ne pas fixer le seuil où elle allait faire son apparition, du coup je n'ai eu qu'un intense aperçu d'elle, emmaillotée dans un jean trop grand et un grand pull bleu. Comme une miséreuse. Ou une orpheline. Je me suis autorisé à la regarder pour de bon quand elle a traversé la pièce pour s'effondrer dans le vaste fauteuil, marmottant une ineptie pour dissimuler que je la dévorais du regard. Son visage était pâle, ses yeux sombres immenses. Quelque chose battait dans son cou, ainsi qu'une minuscule veine bleue sur sa tempe, à peine visible sous ses cheveux noirs. Elle n'avait jamais été plus belle ; c'est tout juste si j'ai pu me retenir d'aller vers elle et de la prendre dans mes bras. Mais les autres étaient tous tellement pris par la dispute qu'ils ne l'ont presque pas remarquée. Imbéciles aveugles, et sourds, tous autant qu'ils étaient. Elle restait simplement assise, silencieuse et sans expression, à les écouter s'aboyer dessus. J'ai vu sa façon de lever une main pour repousser les cheveux de son visage. Elle avait de longs doigts fins, dénués de bagues. Ses ongles étaient coupés court. De temps à autre, elle fermait brièvement les yeux. Ses cils épais reposaient sur sa peau lisse. Que lui passait-il par la tête ? À la fin, je n'y ai plus tenu. Je suis allé la rejoindre, m'accroupissant assez près pour respirer son odeur, et lui ai demandé si elle allait bien. Elle a tourné la tête et m'a adressé un pâle sourire. Nos regards se sont croisés, et j'ai plongé le mien dans le sien, profondément, et su alors que si elle ne comprenait pas encore le lien qui existait entre nous, un jour elle le ferait.

Quand elle a enfin pris la parole, ses mots ont tranché dans le brouhaha.

— T'es une garce, y a pas à dire, a-t-elle asséné à Leah.

Elle a affirmé qu'elle se fichait de l'argent. Du coup, tout le monde a eu honte. Et là, elle leur a raconté. Je l'observais. Sa façon de serrer les poings quand elle parlait. Les petites lueurs dans ses pupilles. Sa façon de se mordre la lèvre avant de donner les détails. Tout le monde s'est rassemblé autour d'elle mais j'étais arrivé le premier. Au milieu de tous ces cris excités, je me suis permis de tendre une main et de lui toucher l'épaule, là où s'arrêtait le chandail et où commençait sa peau. Mienne, mienne, mienne.

Parfois, c'est trop facile. Comme le jour où j'ai parlé à Leah de Pippa et Owen. J'étais dans la cuisine quand elle est entrée et, sans lui poser la question, je lui ai tendu une tasse de café, noir et sans sucre, comme elle l'aimait, avant de lui préparer une mangue ; elle ne mangeait pas de trucs genre pain ou céréales, mais elle aimait les fruits, avais-je remarqué.

— Tu as l'air un peu fatiguée, lui ai-je dit.

Ce n'était en fait pas le cas : elle était aussi éclatante, éveillée et élégante que d'habitude ; mais la sympathie dans ma voix l'a amadouée.

— Je le suis, je pense, a-t-elle dit en glissant une tranche de mangue dans sa bouche, puis essuyant ses lèvres avec une serviette en papier.

— Ça doit être difficile pour toi, Leah.

— Quoi donc ?

— Cette maison. Je veux dire, c'est dur pour moi, et je ne suis qu'un locataire, pas le petit ami du propriétaire. T'en fais ce que tu veux, mais je te trouve franchement impressionnante.

— Tu es sérieux ?

— Bien sûr, ai-je répondu d'un ton solennel.

— Pour être honnête, je suis parfois tentée de jeter l'éponge et de laisser Miles se débrouiller avec le bordel qu'il a semé tout seul.

— J'imagine, en effet.

— Mais pourquoi est-ce que tu trouves ça dur, toi ? T'as l'air d'être si sociable.

— Je crois que oui. Mais c'est un peu compliqué, tout ça, non ?

— C'est rien de le dire !

— Genre, je pige pas bien qui sort avec qui. Pippa, par exemple.

— Ha ! C'est pas compliqué : elle sort avec tout le monde.

— Ouais, bon, je suis au courant pour Mick.

— Tu veux dire qu'elle… ?

— Ensuite, il y a eu Owen, bien sûr.

— Owen !

— Ouais… mais tu étais au courant, non ? Non ? Oh, merde, j'ai mis les pieds dans le plat, on dirait. Je pensais que les gens le savaient. Ce n'était qu'une aventure sans lendemain, j'en suis sûr.

— Alors comme ça, Pippa et Owen.

J'ai vu briller ses yeux.

— Tu n'en parles pas, hein ? Surtout pas à Astrid. Je crois qu'Astrid et Owen, enfin, tu vois… Mais j'aurais mieux fait de la fermer.

Je me suis légèrement frappé la tempe.

392

— Quel con…

Elle a posé une main sur mon épaule. Ses ongles manucurés se détachaient en rouge vif sur ma chemise bleue.

— Pas con du tout, mon cher Davy.

J'ai offert le string de Pippa et le rouge à lèvres d'Astrid à Melanie, qui a réagi comme si je lui avais offert un solitaire. J'ai décidé d'utiliser les capotes d'Owen. Et je me suis mis à observer tout le monde dans la maison d'un œil plus attentif. Je voyais que la situation se corsait. La police ne verrait pas une coïncidence dans le fait qu'Astrid ait été présente sur les lieux des deux meurtres. Ils ne comprendraient pas comment cela s'était trouvé, comment elle était devenue mon destin, ma destinée tant aimée. Mais ils allaient la passer au crible, ainsi que tous ceux qui l'entouraient. Il fallait que je garde un temps d'avance.

Mais surtout, j'ai épié Astrid à en avoir le sentiment qu'il n'était rien que j'ignore à son sujet. Ce qu'il y avait dans ses tiroirs, quels messages dans son portable, combien de fois par semaine elle se lavait les cheveux, quel shampooing et après-shampooing elle utilisait, quel déodorant et quelle crème pour le visage, qui elle voyait après le boulot, quels légumes elle avait plantés dans son jardin et combien de fois par jour elle arrosait et désherbait le petit carré. Une ou deux fois, en inspectant son porte-monnaie, je me suis servi. Je connaissais ses gestes et ses habitudes : sa manière de repousser ses cheveux en arrière d'un geste impatient, la façon qu'avait son nez de se plisser quand elle riait, sa manière de balancer ses chaussures et de replier ses longues jambes sous elle dans le fauteuil, de souffler deux fois sur son café avant d'en aspirer une gorgée, la couleur du vernis de ses ongles de doigts de pieds. J'engrangeais chaque détail en moi. Il fallait que je me tienne prêt.

37

Quelques jours plus tard, j'étais allongé sur mon lit, enlacé avec Melanie, quand on a toqué furieusement à la porte.

— Oui ? ai-je répondu.

— Attends, a dit Melanie, mais trop tard.

La porte s'est ouverte et Dario est entré. Il n'a prêté aucune attention aux efforts qu'elle faisait pour remettre ses vêtements en place.

— T'es au courant ? a-t-il demandé.

— De quoi ?

— Il y a un inspecteur, a-t-il continué. Dans la cuisine, en train de parler à Astrid.

Je n'ai pas répondu. J'essayais de voir si j'avais pu commettre une erreur, s'il y avait un lien que j'aurais oublié. C'est le problème, avec le mensonge. Il fallait se rappeler comment tout ça s'emboîtait. La vérité, c'était simple. Elle se prenait en charge toute seule. Sur ce, j'ai regardé Dario, en nage, l'œil écarquillé, et me suis détendu. Leah, Owen, Pippa, Mick, Miles, même Astrid. On avait tous nos secrets. J'ai senti le bras de Melanie se glisser sous le mien.

— Et alors, c'est quoi, le problème ? a-t-elle dit.

— Je descends, a dit Dario. On devrait tous faire comme si tout allait bien.

— Mais *tout va bien*, a remarqué Melanie.

— C'est ça, a rétorqué Dario, surtout pour lui-même. Aucun problème. Tout baigne.

— Dario, ai-je demandé, t'as fumé ?

Inutile de poser la question : ses pupilles étaient comme des têtes d'épingle toutes noires.

— Juste pour me calmer, a-t-il dit.

Il s'est éclipsé dans l'escalier. Le visage de Melanie s'est niché dans mon cou.

— On descend ? a-t-elle suggéré avec un sourire.

Je l'ai regardée.

— Arrange-toi un peu d'abord, ai-je répondu.

— Ben évidemment, a-t-elle dit. Désolée. J'allais le faire.

Quand nous sommes entrés dans la cuisine, enlacés dans notre pose d'amants dans le vent, on aurait dit qu'on débarquait en pleine fête. Au centre de tout, attablé, se trouvait l'inspecteur. Il portait un costume et une cravate dénouée, et le bouton du haut de sa chemise était défait. Ses cheveux grisonnants étaient coiffés en arrière. Il avait un visage étroit, avec des yeux vifs et souriants, qui se posaient furtivement sur chacun, enregistrant tout. Il m'a aussitôt été antipathique. Et inspiré méfiance. *Attention*, me suis-je dit. *Pas de faux pas*. Melanie et moi avons pris place à table et accepté chacun un verre du vin que versait Pippa. Melanie s'est aussitôt adressée à l'inspecteur, en rougissant, d'un ton séducteur. Je lui ai demandé s'il était venu recueillir des dépositions. Il m'a nettement jaugé du regard, cette fois-ci.

— Pourquoi ? a-t-il dit. Vous avez quelque chose à dire ?

Merde, ai-je pensé. *Merde, merde, merde.* J'avais tenté de me fondre dans la foule et voilà que j'avais attiré l'attention sur moi.

— Pas spécialement, ai-je bégayé.

— Mais d'autres, si, a dit Leah.

J'ai dû retenir le grand sourire qui me montait aux lèvres. L'attention s'était déportée sur les secrets d'autrui, et tout ça, grâce à moi. Leah était comme une vilaine petite mécanique que j'aurais remontée et lâchée : elle piétinait désormais tout sur son passage en semant le bordel et en brouillant toutes les pistes. Le comble a été atteint avec brio quand elle a déposé un sachet de dope sur la table, sous le nez de l'inspecteur principal Paul Kamsky. Dès cet instant, la soirée n'a fait qu'aller de mal en pis.

La seule bonne nouvelle, c'est que Kamsky est parti sans arrêter Dario, ni même lui donner un avertissement. Mais à partir de là, la situation n'a fait qu'empirer.

Les deux jours suivants, je me suis tenu en retrait tandis que le groupe commençait à se déchirer. Je ne pouvais pratiquement aller nulle part sans voir des personnes chuchoter ensemble, manigancer des trucs contre d'autres qui étaient jusque-là des amis, ou des amants. Parfois, il ne s'agissait que de regards froids échangés dans la cuisine. Le meilleur, ç'a été le jour où l'un des ex-amants de Pippa a débarqué et hurlé sur le perron, avant de balancer une brique sur Leah par la fenêtre. Un à un, les secrets refoulés pour que ces gens puissent bien s'entendre ensemble se sont retrouvés dévoilés aux yeux de tous.

Dans l'ensemble, j'ai trouvé ça marrant de voir ce qu'ils se faisaient les uns aux autres, mais parfois c'était presque trop, et je finissais par croire que ça se passait dans ma tête, comme si Dario avait tiré un trait dans mon cerveau, comme si les manigances de Leah, les négociations de Pippa et de Miles, ce qu'Astrid pouvait bien fabriquer avec Owen, et Mick, et tous les autres, comme si ce n'étaient que des voix en train de s'engueuler les unes les autres. J'avais envie de me saouler pour les faire taire et me ficher la paix, sauf que je savais que je devais garder les idées claires. Une seule erreur, un mot de travers, et j'étais cuit.

J'ai préféré quitter la maison et errer de rue en rue jusqu'à ce que je me retrouve dans un parc où j'ai regardé des couples bras dessus bras dessous, et des mères en train de promener des poussettes et un petit garçon essayant sans succès de faire voler un cerf-volant. J'ai été tenté de l'aider, parce que ça m'énervait, cette façon qu'il avait de donner de grands coups en tirant sur les ficelles au mauvais moment, mais je me suis alors rappelé qu'il arrivait de sales trucs aux gens qui s'approchaient des petits enfants dans les parcs. Je me demandais où en étaient les deux enquêtes sur les meurtres. J'ai essayé de me souvenir de ce que Kamsky avait dit, ou de ce que les autres avaient rapporté à son sujet, ensuite j'ai essayé de m'empêcher d'y penser tout court. Parce que c'était comme d'avoir affaire à une femme. Le seul moyen de s'en sortir, c'était de laisser couler. C'est quand on réfléchit trop qu'on se fait choper. Mais c'était en y réfléchissant que je me tirerais de là. Que j'irais au Brésil au soleil. Ça, c'était la vraie connerie. J'avais commis un meurtre pour de l'argent, et n'en avais pas vu la couleur pour autant. Pas de fric, juste cette anxiété et cet étau dans la tête.

En rentrant à la maison, je me suis senti plus mal que jamais. Mon cerveau grésillait des pensées que j'essayais de supprimer. J'ai gravi les marches en courant et suis entré dans ma chambre. Melanie y était. Elle a légèrement sursauté. Puis m'a adressé un sourire hésitant. J'ai balayé les lieux du regard. Quelque chose avait changé dans la pièce.

— Tu m'as fait peur, a-t-elle dit.

— Qu'est-ce que tu fais ici ?

— Dario m'a laissée entrer, a-t-elle répondu.

— Mais qu'est-ce que tu fais ici ?

— Écoute, a-t-elle repris en me remettant des billets. Ce sont des billets pour les Floralies de Chelsea. Quelqu'un me les a donnés au bureau. On pourrait y aller.

Je les ai regardés sans comprendre.

— Et pourquoi j'aurais envie d'aller à une exposition florale ?

— Je n'en sais rien, a-t-elle dit. J'ai pensé…

Encore une fois, j'ai regardé la pièce.

— Qu'est-ce que t'as fait ?

Elle s'est mise à bégayer.

— J'ai apporté des bricoles. Un carillon. Quelques fleurs. J'ai fait un peu de rangement, viré quelques trucs.

Je l'ai rejointe et j'ai passé ma main droite autour de son cou, plutôt doucement. Je l'ai fait reculer lentement. Puis, une fois qu'elle s'est trouvée proche du mur, je l'ai poussée, de façon à lui cogner la tête. Pas de façon à faire de réels dégâts, mais assez fort. Ses yeux se sont remplis de larmes. J'ai recommencé.

— Davy, a-t-elle dit, tout juste capable de parler.

— Arrête, ai-je dit.

Je l'ai relâchée et elle s'est mise à tousser.

— Va-t'en.

— Non, Davy, s'il te plaît.

Cette fois-ci, j'ai repris la parole plus doucement, tout en lui administrant de toutes petites claques sur la joue, guère plus qu'un léger soufflet contre sa chair.

— Tu ne touches pas mes affaires.

Gifle.

— Tu n'entres pas sans me le demander.

Gifle.

— Pigé ?

Gifle.

Elle a hoché la tête.

— Maintenant, dégage. Je t'appellerai.

Presque comme dans un rêve, elle s'est évanouie, et j'ai entendu ses pas dans l'escalier. Je me suis allongé sur le lit pour me relever presque aussitôt d'un bond quand on a brusquement toqué à la porte. Je l'ai ouverte. C'était Astrid. Elle portait un jean trois-quarts marron et un haut rouge. Elle avait l'air soucieuse.

— Je viens de croiser Mel dans l'escalier, a-t-elle dit. Quelque chose ne va pas ?

— Non, ai-je dit. Entre.

Elle est entrée et a arpenté la pièce, en regardant comme si elle était à peine consciente de l'endroit où elle se trouvait.

— Et *toi*, ça va ? ai-je demandé.

— Je viens de voir un psychiatre complètement cintré, a-t-elle dit.

J'ai essayé d'adopter une mine compatissante.

— Il y a un problème ?

— C'est la police qui m'a envoyée le voir. Il était censé être expert dans l'établissement du profil psychologique des meurtriers.

J'ai ressenti un frisson. J'ai essayé d'imaginer comment répondrait une personne modérément intéressée.

— Et qu'est-ce qu'il a…, ai-je commencé. Je veux dire, qu'est-ce qu'il en pense ?

— Il pense à un tanneur balafré, a-t-elle dit. Si t'en croises un, dis-le-moi.

J'ai failli éclater de rire de soulagement, puis regardé ma main gauche. Je tenais toujours ces billets débiles. Astrid était la seule personne de ma connaissance à s'intéresser aux jardins.

— J'ai quelque chose pour toi, ai-je dit. J'ai pensé que ça pourrait te remonter le moral.

J'ai inventé une histoire de billets qui m'auraient été donnés au bureau. Ils avaient l'air de l'emballer aussi peu que je l'avais été moi-même quand Melanie me les avait offerts, mais elle s'est montrée très polie. Elle a demandé si elle devait porter un chapeau, comme si elle cherchait une excuse pour ne pas y aller. Puis elle m'a adressé un sourire de toute évidence forcé, s'est penchée et m'a déposé un baiser sur la joue, du genre de ceux qu'on fait à une vieille tante, et dit merci. Je savais qu'elle n'irait pas. Elle trouverait une excuse. C'était sans doute mieux comme ça. Et si elle y croisait Melanie et qu'elle lui en touchait un mot ? Je me suis demandé si les choses auraient été différentes si je m'étais montré dédaigneux envers Astrid. Est-ce qu'elle m'aurait désiré alors ? Le problème, c'est que ça ne marche pas comme ça. Il faut vraiment n'en avoir rien à foutre du tout d'elles pour qu'elles vous aiment bien. Si j'avais fait semblant de ne pas aimer Astrid, elle se serait comportée avec moi tout à fait comme maintenant : elle m'aurait traité comme un élément du décor. Elle serait plutôt gentille avec moi, mais elle ne remarquerait même pas si je n'étais pas là.

Tout en arpentant la pièce, elle touchait des objets et a fait dessus quelques commentaires. Elle a animé le carillon d'une pichenette, soulevé une écharpe en soie laissée par Melanie et l'a fait glisser entre ses doigts. Elle s'est arrêtée devant le manteau de la cheminée et ce n'est qu'à cet instant que j'ai remarqué que, en rangeant ma chambre, Melanie avait trouvé le presse-papiers en verre que j'avais dérobé dans la maison d'Ingrid de Soto. Elle l'avait pris dans le tiroir et mis bien en évidence. Il fallait juste qu'Astrid poursuive son chemin et je pourrais le remettre hors de vue. Mais elle s'est arrêtée pile devant, comme perdue dans ses pensées. J'allais prononcer son nom, pour la distraire, mais avant que j'aie pu prendre la parole, elle l'a soulevé et fait pivoter dans sa main, l'exposant à la lumière, comme si elle le gravait à jamais dans sa mémoire. Les couleurs ont chatoyé.

— Il n'y a jamais de papiers sous les presse-papiers, tu as remarqué ?

J'ai marmonné une réponse évasive. On a échangé des propos anodins quelques secondes. Je crois qu'elle a parlé du fait qu'elle cherchait où aller habiter. Je n'entendais pas vraiment. Les mots étaient noyés par le sifflement dans ma tête. Elle m'a rendu le presse-papiers et je l'ai soigneusement remis en place sur la tablette sans qu'elle le quitte des yeux. Elle a dit qu'elle sortait danser.

— Sympa, ai-je dit, après quoi je me suis tu.

J'avais envie de lui dire qu'elle ne devait jamais permettre à Owen de la toucher à nouveau. Pas un baiser. Pas une caresse. Rien. Ou alors…

Je me suis retrouvé tout seul, à fixer le presse-papiers. Melanie ne s'en souviendrait pas, mais Astrid, oui. Ce n'était pas juste. Ce n'est pas comme ça que j'avais prévu les choses. Je n'étais pas comme ça. Je n'étais pas un vrai meurtrier. Tout ce que j'avais voulu, c'était recommencer de zéro, et pouvoir enfin être moi-même. Non, ce n'était pas juste.

38

Il y avait tant à faire et tellement de petits détails à gérer. C'était à moi de tout contrôler dans ma tête, et je savais que, si je laissais échapper quoi que ce soit, ça pourrait causer ma perte. Et une fois lancée, l'horloge dans ma tête s'est remise en marche, impossible de l'arrêter. Je me suis rendu compte que j'étais plutôt bon dans les situations de crise.

Comme la maison s'effondrait, il m'est devenu facile de mettre mes projets à exécution sans qu'on me remarque : c'en était comique. J'étais invisible. Leah fusillait Miles du regard. Miles regardait Astrid et essayait de ne pas prêter attention à Leah. Owen, lui aussi, avait les yeux tournés vers Astrid. Astrid rendait son regard à Owen et, même si elle l'ignorait encore, assistait elle aussi à la comédie qui se jouait sous ses yeux. Pippa ne voyait qu'elle, comme d'habitude. Dario ne regardait pas et, quand il le faisait, de toute évidence, ne remarquait rien. Il allait encore plus mal après s'être fait casser la figure. La peur l'avait rendu encore plus confus. Qui sait ce que voyait Mick ? Mel n'avait d'yeux que pour moi, très bien, mais Mel était idiote : elle ne voyait que ce qu'elle voulait voir.

J'observais tout, et tout le monde. J'attendais, prêt à frapper quand l'heure serait venue. Entre-temps, c'est moi qui ai appelé les journalistes au sujet d'Astrid, moi qui ai attisé la haine de Leah. Désormais, c'était moi qui menais la barque.

Le soir du vide-grenier, il m'a semblé que tout marchait comme sur des roulettes. J'ai semé le doute par-ci et jeté un froid par-là, tout en faisant mine d'être le sympa Davy, Davy, le conciliateur, le gentil, l'invisible Davy, sur qui l'on pouvait compter. J'avais presque envie de leur dire la vérité, rien que pour voir l'expression sur leurs visages. J'étais comme un magicien qui avait envie de leur révéler les dessous du tour, leur montrer combien il avait été facile de les duper.

C'est moi qui ai tuyauté Pippa sur le sac de vêtements de Leah, et Dario sur les chaussures de Miles. Pendant que le tapage montait et que la violence commençait à prendre un tour assez moche, j'ai tranquillement poussé le vélo d'Astrid au milieu de la cour, où on l'a fauché. Après coup, j'ai fourré la recette dans ma poche – bien plus que je n'aurais imaginé, grâce à la ruée sur les vêtements de Leah – et jeté la boîte dans les buissons.

Devant la maison, où la vente avait échappé à tout contrôle, on aurait dit un feu de forêt. Il ne restait plus qu'à me tenir en retrait. Leah se battait avec une grosse Black au milieu d'une foule. Dario et Pippa la regardaient, savourant le désastre. Owen prenait des photos. J'ai fait un pas en avant et posé un bras sur l'épaule de Leah : Davy essayant d'aider. J'ai senti quelque chose tinter à mes pieds et baissé les yeux. Prudemment, je me suis agenouillé et j'ai ramassé les clés que Leah venait de laisser tomber. Je les ai mises dans ma poche. Voyons voir, qu'allais-je pouvoir en faire ?

Il y a eu mieux. Parce que Leah l'a dit à Astrid, pour Pippa et Owen. Devant tout le monde. Comme une petite bombe jetée au milieu d'un groupe déjà branlant et hébété. Et quand Astrid est sortie de la pièce (sans craquer, brave petite), suivie de tous les regards, j'ai su que l'heure était venue de frapper.

Ce soir-là, je n'ai pas dormi, ne pouvais pas dormir, ne le voulais pas. Je savais qu'il s'agissait d'un moment critique dans ma vie, et qu'à partir de demain, tout serait différent. J'avais besoin de savourer l'instant et non pas de le gâcher dans l'inconscience. Après avoir préparé de grands mugs de thé pour tous et leur avoir dit que tout allait s'arranger, qu'on devait juste prendre du recul par rapport à ce qui venait de se passer, je les ai vus regagner leurs chambres un à un, penauds et malheureux. Je les ai entendus traîner des pieds dans les couloirs, se gargariser et tousser dans la salle de bains, se retourner et renifler dans leurs lits comme des animaux. J'ai entendu Miles ronfler. J'ai entendu – bien plus tard – Astrid rentrer. Elle a gravi les marches rapidement et d'un pied léger, et je pouvais imaginer son visage, sérieux mais pas éperdu, la mâchoire ferme. Un instant, j'ai envisagé de la rejoindre. Peut-être qu'elle me ferait part de ce qu'elle ressentait et pleurerait sur mon épaule. Je pourrais la serrer contre moi et l'embrasser enfin sur la joue ou dans ce petit creux qu'elle avait dans le cou. Ce cou gracile. Non, ça ne marcherait pas.

Enfin, le silence et la nuit se sont faits dans la maison, et j'ai su qu'il n'y avait plus que moi de réveillé, assis bien droit sur mon lit, les mains posées sur mes genoux, respirant tranquillement, le regard fixé sur un point de mon mur, juste au-dessus de la porte. Je me sentais grandir et devenir plus fort, assis là, chaque respiration me rendait plus puissant, mieux préparé. Mon passé s'éloignait : le Davy que son père n'avait pas cherché à connaître, qu'on martyrisait à l'école, qui avait flatté sa mère aux yeux de cocker, celui qui était si avide de plaire, qui avait été humilié par Pippa, qui sortait avec une fille comme Melanie au lieu de quelqu'un comme Astrid, qui devait tout le temps faire semblant d'être un autre. Ces jours touchaient à leur fin.

À l'aube, je me suis lavé et rasé avec soin. Je suis descendu et me suis préparé un toast, mais au bout d'une bouchée, l'ai jeté à la poubelle. Ne plus manger ni dormir avant de l'avoir fait. En général, Astrid était la première à se lever, et c'était le cas ce matin.

— Café ? lui ai-je demandé, comme elle entrait dans la cuisine.

Ses cheveux bruns étaient encore humides après sa douche, mais elle était déjà habillée pour aller travailler, en short et débardeur. Elle avait le visage resplendissant, dénué de tout maquillage, et de longues jambes bronzées. Je distinguais les muscles de ses mollets. Les yeux me cuisaient rien que de la regarder. Les joues me piquaient déjà des larmes que je verserais, quand ce serait fait.

— Merci, Davy. Tu t'es levé tôt.

— Je ne pouvais pas dormir.

— Moi non plus. On est vendredi, c'est déjà ça.

Elle est allée ouvrir la porte qui donnait sur le jardin.

— Ça va être une belle journée.

— Ah bon ?

407

— Sûr. Regarde la brume monter de la pelouse. C'est la meilleure époque de l'année.

Je sentais bien qu'elle faisait un effort pour se montrer joyeuse après la soirée calamiteuse de la veille, mais je lui ai néanmoins laissé une chance.

— Je suis tout à fait désolé pour ce qui s'est passé hier soir, Astrid.

Elle a haussé les épaules, mais j'ai continué :

— Si tu veux mon avis, je pense qu'Owen s'est comporté comme un idiot et…

— Mais je n'ai pas envie de savoir, m'a-t-elle répondu avec fermeté et froideur.

Très bien. Sa dernière chance était passée. Elle n'avait pas compris ce qu'elle avait fait. Les joues m'ont cuit.

— Toasts ? ai-je réussi à dire.

— Je grignoterai quelque chose plus tard. Passe une bonne journée.

— C'est ça. Euh… toi aussi, Astrid. Et fais gaffe sur ton vélo.

— Je n'ai plus de vélo, a-t-elle dit. Tu te rappelles ?

— Désolé, ai-je répondu. Qu'est-ce que tu vas faire ?

— Emprunter celui de Campbell. Encore une fois.

— Je vais faire quelques courses, après je vais voir Mel, ai-je dit. Tu as besoin de quelque chose ?

Elle a ri et secoué la tête.

— Désolée si je viens d'aboyer à l'instant.

Elle m'a souri gentiment, et là-dessus, s'en est allée, sortant de la cuisine à grands pas et montant les marches deux à deux. Je l'ai entendue ouvrir la porte, puis la refermer derrière elle.

Je suis resté où j'étais. J'ai vu Miles partir, sans même prendre sa tasse de thé habituelle. J'ai fait du café pour Pippa quand elle a émergé, délicate et l'air sage. Leah est entrée d'un pas décidé dans la pièce, très jeune cadre dynamique : robe drapée marron foncé, ombre à paupières discrète, mince serviette, méprisante dans l'ensemble.

— Bonjour, ai-je dit.

Elle n'y a pas fait attention.

— Café ? Sans lait, c'est ça ?

Elle s'est mise à trancher une pomme dans un bol, avant d'ajouter une poignée de son et une cuillerée de yaourt.

— Très sain, ai-je dit.

Elle n'a pas répondu.

— Alors comme ça, la journée va être chargée au bureau aujourd'hui, Leah ?

— Très, a-t-elle répondu en expédiant le mélange plâtreux dans sa bouche.

— T'en as pour la journée ?

— Oui.

— Ça va bien, depuis hier ?

Elle s'est interrompue pour me regarder.

— Et comment ça pourrait aller ?

— Euh, en effet, ai-je bredouillé.

— Ne me cherche pas, tu veux, a-t-elle dit en se levant et en rinçant son bol dans l'évier. Bon, ben j'y vais.

— À plus tard.

— Peut-être.

Et là-dessus, elle était partie, elle aussi.

Je suis remonté. Dario et Mick étaient encore au lit, mais j'entendais Owen se déplacer dans sa chambre – ce qui était sans doute une chance pour lui : vu mon humeur, j'aurais pu changer d'avis et le choisir lui, plutôt, pour le remercier d'avoir posé ses sales pattes sur mon Astrid. J'ai enfilé mes gants et farfouillé au fond de mon tiroir à sous-vêtements en quête du petit paquet de tissu contenant la boucle d'oreille d'Ingrid de Soto. J'ai sorti le presse-papiers et l'invitation d'Ingrid, et tiré la montre travaillée et le collier de Peggy Farrell d'une paire de chaussettes noires roulées en boule, du même tiroir. Tous ces indices. Toutes ces carottes que je baladais sous leurs nez stupides. Je les ai frottés avec un mouchoir en papier, ai effacé toutes traces. Puis descendu les marches aussi silencieusement que possible et suis entré dans la chambre de Miles, refermant la porte derrière moi. J'ai largué la boucle d'oreille dans une boîte d'allumettes presque vide et l'ai posée sur la tablette de sa cheminée ; fourré les affaires de Peggy dans une de ses paires de chaussettes à lui. *Jolie symétrie*, ai-je pensé. J'ai déposé le presse-papiers dans l'une de ses chaussures. J'ai entendu Owen descendre l'escalier en direction de la cuisine, et me suis immobilisé un moment. Auprès du lit se trouvait un carnet noir. Je savais que c'était le carnet d'adresses de Miles parce que j'avais copié celle de Leah dedans quelques jours auparavant. J'y ai inséré l'invitation d'Ingrid de Soto, comme un marque-page. Était-ce trop flagrant ? Quand j'ai eu la conviction qu'il n'y avait personne dans les parages, j'ai regagné ma chambre pour y prendre ma veste, vérifier que la clé de Leah se trouvait bien dans la poche. *Allons-y*.

La maison de Leah était déjà en vente. À mon grand agacement, la cabine téléphonique la plus proche était en panne, et j'ai dû marcher environ dix minutes pour en trouver une autre. J'ai appelé Campbell à son bureau et, quand il a répondu, ai dit :

— Bonjour, c'est bien le service coursiers ?

— C'est ça. Que puis-je pour vous ?

— Je vous ai trouvés dans les Pages jaunes. J'aimerais qu'on vienne chercher un paquet, s'il vous plaît. Aussi vite que possible.

— Où êtes-vous ?

Je lui ai donné l'adresse de Leah.

— Et c'est pour ?...

— Holborn, ai-je dit, tout en sentant mes méninges entrer en action.

— Maison ou appartement ?

— Maison. Il y a une sonnette. Mais j'ai une requête. Je dois m'en aller tout de suite, je ne serai donc pas là, mais ma femme, oui. Et j'espère que vous n'allez pas trouver ça bizarre, mais elle ne va pas très bien ces temps-ci, et je crois qu'elle se sentirait plus en sécurité si vous pouviez envoyer une *coursière*. C'est possible ?

Campbell était manifestement irrité par la chose et a tenté de démontrer avec insistance qu'il n'y avait aucune différence, mais j'ai joué le rôle du mari anormalement inquiet, et j'étais un client et le client est roi, et Campbell a fini par l'admettre, oui, il avait bien une *coursière*, et oui, il l'enverrait. Ma femme devrait attendre un peu plus longtemps. Ça irait, ai-je dit, impeccable. Ma femme n'avait rien d'autre à faire.

39

Leah habitait une maison mitoyenne à Kentish Town. Elle était plus petite que celle de Maitland Road mais paraissait néanmoins trop grande pour une personne seule. En m'y introduisant, je me suis demandé si je commettais une erreur. Et s'il y avait des locataires ? Des invités ? Mais je savais que non. Elle avait mentionné vivre seule. Miles avait parlé d'elle perdue dans son immense hôtel vide. Comment en avait-elle les moyens ? D'où ces gens tenaient-ils leur argent ? Parents fortunés, sans doute. Peu importait. J'avais d'autres choses en tête.

J'ai inspecté son entrée. Il fallait que je trouve quelque chose de lourd. Astrid n'était pas comme Ingrid de Soto. Elle était grande et forte, plus forte que moi, probablement. Mais un coup porté avec un objet lourd démolirait n'importe qui.

Leah était en train de préparer son déménagement. Les tableaux avaient été décrochés et reposaient contre les murs, prêts à être raccrochés à Maitland Road. J'ai traversé la maison en direction de la cuisine. Il y avait un petit patio derrière. J'ai ouvert quelques tiroirs et trouvé un couteau à pain. Ça irait pour après. Mais je ne trouvais pas l'objet lourd approprié. Je suis retourné au salon. Il y avait un tapis roulé. Sur une table basse se trouvait un morceau de papier réglé intitulé « À faire », suivi d'une liste de choses, chacune d'elles soigneusement cochée. Foutue Leah.

Sur le manteau de la cheminée, j'ai trouvé ce que je cherchais. Il y avait une petite sculpture symbolique, une pierre avec un trou dedans, et dans le trou une silhouette de bronze. Je l'ai soupesée dans ma paume, en ai senti la masse froide, rugueuse. Elle était parfaite.

J'ai regagné l'entrée et me suis assis dans l'escalier. J'ai placé le couteau à pain sur une marche, posé la sculpture en équilibre dans mes mains, la balançant de l'une à l'autre, et attendu. Je sentais que mon cœur battait vite, je le sentais dans ma poitrine et dans mes bras, mes jambes, je le sentais battre dans mes oreilles. Il ne faudrait rien de plus que cet acte décisif, la suppression de la personne qui pouvait me trahir, et je serais libre.

Je me rendais peu compte du temps qui passait, mais ça m'a semblé plus rapide que ce à quoi je m'attendais quand j'ai entendu des pas dehors et vu une silhouette au travers du verre dépoli de la porte d'entrée. J'ai fait un pas en avant, tenant la sculpture dans ma main droite. On allait sonner, j'ouvrirais de la main gauche, en restant caché pour qu'Astrid ne puisse pas me voir, elle entrerait et repousserait la porte, un coup, un seul.

Mais la sonnette n'a pas retenti. J'ai entendu farfouiller, puis j'ai perçu le cliquetis d'une clé dans la serrure. Je me suis figé. J'étais incapable de penser ou de bouger. La porte s'est ouverte et Leah est entrée. Elle a fermé la porte, s'est tournée, m'a vu, et a sursauté de façon presque comique. Ses yeux se sont écarquillés.

— Davy ? Qu'est-ce que… ?

Elle ne pouvait même pas trouver de question appropriée à poser.

Je me suis mis à bredouiller.

— J'ai trouvé tes clés, ai-je dit. Je te les ai rapportées.

Tout en parlant, je savais que ça n'avait aucun sens, que cela ne tiendrait pas plus d'une seconde de réflexion.

Leah s'est adressée à moi, l'air égarée.

— J'ai une clé de secours, a-t-elle répondu, comme si elle avait besoin d'expliquer. Mais qu'est-ce que tu fais là ? Pourquoi le… ?

C'est là qu'elle a vu la sculpture et elle n'a jamais fini sa phrase. Je l'ai frappée avec toute la violence de ma colère, contre Leah, pour être venue ici et avoir tout gâché, mais aussi envers la vie, le monde, pour être si bordélique et compliqué. Le granit l'a atteinte au bord de la tempe, de plein fouet, avec un craquement. Ses genoux ont flanché et elle est tombée de côté, se râpant le long du mur dans le même mouvement. Elle gisait par terre, ses jambes prises de soubresauts sonores. Il m'a semblé presque charitable de me pencher et de prendre sa gorge dans mes mains gantées pour les faire cesser et disparaître. J'ai tendu la main vers le couteau à pain et balafré son visage, comme j'avais prévu de le faire à Astrid. C'était la première fois que je me rendais compte à quel point elle était jolie.

À ce moment-là, précisément, je me suis mis à penser de la manière la plus étrange. Mon esprit était à la fois clair et confus. Je me voyais, comme d'au-dessus, penché sur cette morte avec des incisions dégageant des bulles sur la figure. Les gens penseraient de celui qui avait fait ça que c'était un fou qui tuait les femmes pour les mutiler. Un psychopathe. Mais ce n'était pas tout à fait ça. Ce n'est pas ce que je suis.

Je n'arrivais pas à décider ce qu'il y avait de mieux à faire. Devais-je attendre Astrid et suivre mon plan ? J'ai examiné le couteau. Non. Je l'ai reposé avec soin. J'ai regardé autour de moi. Devais-je emporter quelque chose avec moi ? Avais-je apporté quoi que ce soit ? Je n'arrivais pas à m'en souvenir. Est-ce qu'il valait mieux prendre le couteau, ou le laisser ? Je l'ai ramassé de nouveau. J'ai couru dans la cuisine pour le rincer sous le robinet. J'ai arraché quelques feuilles d'essuie-tout et en ai enveloppé la lame. J'ai mis le tout dans un sac en plastique et l'ai roulé. Est-ce que j'oubliais un détail ?

Un vague fragment de mon plan m'est revenu à l'esprit. Melanie. Pour mon alibi. Il me fallait un alibi, surtout maintenant. Je fixais autour de moi sans rien voir, l'esprit en ébullition, en vain, et c'est là que j'ai vu sur la table de l'entrée une boîte bleu foncé, relativement plate, tapissée de papier de soie rose. Leah s'était offert de la lingerie de luxe. J'ai chopé la boîte en vitesse et l'ai pressée contre ma poitrine, jetant un dernier regard à Leah qui me fixait, l'œil vitreux. Est-ce que je l'imaginais, ou y avait-il un sourire méprisant sur ses lèvres ? Je lui ai donné un coup de pied, puis j'ai franchi la porte d'entrée et suis sorti. Astrid pouvait arriver d'une minute à l'autre, mais il n'était plus question pour moi de rester pour l'observer. Il fallait que je me tire. Y avait-il du sang sur mes vêtements ? Je me suis forcé à m'examiner. Apparemment pas.

Pars maintenant. Sans te presser. Marche, ne cours pas.

J'ai poussé la porte mais elle ne voulait pas fermer. Il y avait quelque chose en travers, qui la bloquait. Leah, bien sûr. Je n'avais plus le coup de main.

La sueur me picotait le front, et je me sentais étourdi et un peu écœuré ; parvenu à la hauteur de Regent's Park, je me suis arrêté quelques minutes pour m'asseoir sur un banc juste derrière les grilles. Un autocar plein de petits écoliers s'est déversé ; ils babillaient avec excitation. Ils devaient être en route pour le zoo. Je les ai regardés passer, se tenant par la main, balançant les boîtes en plastique contenant leurs déjeuners. J'ai senti des larmes me piquer les yeux. Tout allait bien pour eux.

Je me suis forcé à repasser en esprit ce qui venait juste de se dérouler. Avais-je laissé derrière moi quoi que ce soit de compromettant ? Non, je ne pensais pas. Aurais-je pu agir autrement ? Non. Ce n'était pas ma faute si Leah était rentrée chez elle. Elle avait dit qu'elle allait au bureau, non ? Je n'aurais pas pu deviner qu'elle changerait d'avis. Trop con, trop con, trop con. Je commençais à sentir monter une migraine. Ne manquait plus que ça. D'abord, devoir tuer Leah comme ça, et maintenant un foutu mal de crâne qui allait m'empêcher de me protéger convenablement. Je me suis relevé du banc avec difficulté, plissant les yeux sous les rayons du soleil qui se plantaient en moi, et, traversant la rue, j'ai gagné une pharmacie où j'ai acheté des cachets et une bouteille d'eau. J'ai avalé trois pilules, puis me suis aspergé la figure. Je me suis efforcé de respirer calmement en attendant que la douleur reflue. Je n'avais pas beaucoup de temps.

Quelques instants plus tard, j'arrivais à la galerie de Melanie. Laura s'y trouvait, en compagnie d'un homme d'âge moyen. Avec ses yeux exorbités, on aurait dit qu'il se faisait étrangler par la cravate ridicule nouée autour de son cou.

— Davy ?

Laura m'a regardé avec un déplaisir à peine dissimulé. Elle portait une chemise à jabot et une jupe avec un gros nœud autour de la taille – comme un paquet préparé pour Noël.

— Bonjour, Laura.

J'ai tenté de lui sourire, senti mes lèvres s'étirer en arrière sur mes dents. La tête me cognait violemment.

— Mel est là ?

— Elle est dans la réserve. Mais elle est assez occupée, en fait…

— Merci. Je connais le chemin.

Je suis passé devant eux pour me rendre dans l'arrière-boutique, où Mel était assise devant l'ordinateur. Elle fronçait légèrement les sourcils et ses lèvres formaient une moue mais, quand elle m'a vu, elle s'est aussitôt levée d'un bond, passant ses mains dans ses cheveux en m'adressant un sourire anxieux.

— Je ne m'attendais pas…

— Chut… ai-je dit.

J'ai posé la boîte sur la petite table, me suis approché d'elle, ai passé mes bras autour des siens et l'ai embrassée à pleine bouche. Je me sentais carrément malade maintenant. Malade, moite et fiévreux. Je gardais les yeux fixés sur un point au-dessus de son épaule.

— Je pensais à toi, ai-je dit, quand je l'ai relâchée.

— Oh, Davy !

Elle m'a dévisagé en se mordant la lèvre et levant une main pour écarter une mèche de mon front. Je me suis interdit de tressaillir.

— Je m'inquiétais pour toi.

— Pas la peine. Tu vois ? Au lieu d'aller travailler ce matin, comme j'aurais dû le faire, je suis allé faire du shopping. Jette un œil.

Je lui ai remis la boîte. Ses yeux se sont écarquillés.

— *Lolita's* ? a-t-elle dit. Tu m'as acheté quelque chose là-bas ? Eh ben, ça a dû te coûter une fortune.

— Tu le mérites, ai-je dit.

Elle a soulevé le couvercle, poussé un petit cri, et sorti un déshabillé noir, à dentelles. Pas du tout son style.

— Eh ben, c'est...

— Tu l'aimes ? Attends. Tu n'as pas à connaître le prix !

Je me suis penché, ai arraché le ticket de caisse de la boîte et l'ai froissé dans ma main. Je faisais gaffe sur gaffe. Elle aurait pu le voir et constater que ça n'avait pas été acheté aujourd'hui, finalement.

— Si je l'aime ? On ne m'a jamais offert un truc pareil.

— J'espère bien. Tu es tout à moi.

Elle s'est pendue à mon cou encore une fois, mais je me suis dégagé.

— Il faut que j'y aille, ai-je dit. Je vais déjà avoir assez d'ennuis au boulot comme ça.

— Tu veux dire, tu es juste venu me donner ça et maintenant tu refais tout le trajet ?

— J'avais envie d'être là, ai-je dit. On se voit plus tard ?

— Oh, oui, a-t-elle répondu en jubilant. Oui. Merci, Davy. Je suis très émue, crois-moi. Je n'en reviens pas. Et juste quand je pensais que tu ne voudrais plus entendre parler de moi.

J'ai quitté la galerie. Encore une chose. Je suis passé devant plusieurs boutiques, puis entré dans une pâtisserie que j'avais repérée plus tôt. Il y avait des cakes, des gâteaux d'anniversaire, des gâteaux avec des nounours et des personnages de dessins animés. Tout ce sucre et ces couleurs vives m'ont donné la nausée. J'ai choisi un gâteau au chocolat, bien lourd, bien riche, bien dense, le tout recouvert de copeaux de chocolat ; du chocolat avec un supplément de chocolat. Idéal pour célébrer quelque chose.

40

Quand je suis arrivé à la maison, Miles s'y trouvait, ce qui était la preuve définitive qu'il y a un dieu. Ou bien celle qu'il n'y en a pas. L'un des deux. Il était assis dans la cuisine en train de gribouiller quelque chose à la hâte sur un bout de papier. Il a levé les yeux, le regard absent.

— Salut, Davy, a-t-il lancé.

— Je vous croyais au bureau, Leah et toi.

— J'ai changé d'avis. Et elle devait passer récupérer un truc chez elle, a-t-il répondu. Mais je crois qu'elle allait quand même au travail après ça.

Encore mieux. Il savait qu'elle allait chez elle et personne d'autre n'était au courant. Le carton contenant le gâteau était fermé par du ruban frisé qui bouclait au bout. Le nœud étant trop serré pour qu'on le défasse, je l'ai coupé avec un couteau de cuisine. J'ai posé le gâteau sur une assiette. Miles a fait une drôle de tête.

— Mais qu'est-ce que c'est que ça ?

— Je l'ai aperçu dans une vitrine, ai-je répondu. Je n'ai pas pu résister. Peut-être que les autres en voudront avec leur café. Tu veux du café ?

— Si t'en fais.

J'ai rempli la bouilloire et l'ai mise en marche. J'avais apporté le couteau avec moi et le déballais maintenant, puis l'ai posé à côté du gâteau. J'ai vu qu'il était toujours taché du sang de Leah. J'ai arraché deux feuilles au rouleau d'essuie-tout. De l'une, j'ai pris le manche, et de l'autre, l'ai essuyé pour ôter l'essentiel de la tache sombre, mais pas complètement. J'ai pris le paquet de café moulu au réfrigérateur, en ai versé quelques cuillères dans la cafetière. Une fois le café prêt, j'ai emporté deux mugs à table et pris place en face de Miles.

— Tu fais quoi ? ai-je demandé.

— Il y a plein de trucs à régler dans cette maison, a-t-il dit. (Il a avalé une gorgée de café.) Merci.

— Où est Mick ?

— Je ne l'ai pas vu, a répondu Miles.

— Apparemment, il n'y a pas grand monde, ai-je ajouté.

J'avais besoin de savoir si Miles avait vu quelqu'un qui pourrait lui fournir un solide alibi.

— Je crois que j'ai entendu Dario là-haut, a-t-il dit. Tous les autres sont sortis.

Il continuait à écrire, des colonnes de chiffres, puis il a poussé un soupir avant de les barrer.

— Je suis désolé si je te dérange, me suis-je excusé.

— Non, ce n'est pas ça, a-t-il dit. C'est l'argent. Peut-être que vous pouvez vous débrouiller entre vous.

— Je ne crois pas que je vais en récupérer des masses, ai-je dit.

Miles a haussé les épaules, malheureux. Il s'est levé pour arpenter la cuisine.

— Ça n'aurait pas dû se passer comme ça, a-t-il annoncé, mais je ne sais pas comment y mettre fin. J'ai l'impression que tout ce que je fais ne fait qu'empirer les choses.

— Prends une part de gâteau, ai-je proposé. Ça te fera du bien.

Il a émis une sorte de rire.

— C'est un peu tôt pour moi, a-t-il déclaré.

— Ce n'est pas très reconnaissant de ta part, ai-je répliqué.

— Plus tard, peut-être, a-t-il concédé d'un ton distrait. Je veux dire, tu sais qu'on est sortis ensemble, Astrid et moi. Et Leah n'a rien d'une diplomate.

— Pendant que t'y es, tu peux me couper une part ? ai-je lancé, l'interrompant brusquement.

— Hein ?

— Gâteau.

Miles a eu l'air désorienté.

— Oh, ouais.

Il a pris le couteau et m'a coupé une part, puis une pour lui-même.

— Tu m'as tenté.

Il a pris une bouchée et fait la grimace.

— Merde, c'est riche !

— Mais c'est bon, ai-je rétorqué.

Quelques minutes plus tard, Miles sortait de la cuisine et j'ai entendu claquer la porte d'entrée. J'ai ôté les restes de gâteau de la lame du couteau et l'ai remis dans le sac en plastique. Aucun signe de Dario ou Mick. La chambre de Miles était en désordre. Leah y avait emménagé, quand tous les autres déménageaient. Il y avait des piles de ses vêtements par terre, du maquillage et des petits flacons de verre et de plastique sur toutes les surfaces. J'ai ouvert quelques tiroirs du bureau de Miles. Celui du bas contenait de vieilles photos et des cartes postales, un trophée de tennis de sa jeunesse, deux ou trois vieilles prises électriques. Finalement, j'ai glissé le sac contenant le couteau entre deux matelas, l'endroit où les gens cachent les choses dans les films et où on finit toujours par les retrouver.

Une fois sorti de la chambre de Miles, j'ai appelé Melanie à son travail. Je lui ai dit que je l'aimais, que je voulais la voir et qu'elle devait venir tout de suite ici après le boulot. Que je voulais la voir et que je voulais lui parler de quelques trucs. Elle était si heureuse et si excitée qu'elle riait et pleurait presque en même temps. J'entendais des bruits en provenance de la chambre de Dario mais, comme je n'avais envie de parler à personne pour l'instant, je suis monté m'allonger sur mon lit. Pendant plusieurs heures, je m'étais senti bien concentré. Maintenant, j'avais l'impression de revenir de chez le dentiste, et que l'anesthésique commençait à ne plus faire effet. Pendant des heures, il y avait eu un engourdissement mais, maintenant, il y avait une sensation de picotement dans ma tête alors que la réalité s'y frayait un chemin.

Astrid devait savoir à l'heure qu'il était. La police devait être au courant. Si j'avais fait quelque chose de vraiment, vraiment, trop con, si j'avais laissé tomber un truc ou laissé une trace, il était trop tard pour intervenir et, bientôt, on toquerait à ma porte. La police enquêtait désormais sur trois meurtres et ça allait faire du bruit. J'avais mal à la tête. Il y avait ce qui s'était passé, et ce que j'avais voulu faire croire. Il fallait que je distingue bien les deux. Les experts allaient maintenant examiner le moindre détail, la moindre fibre. Je n'avais qu'un avantage. Ils allaient chercher un lien intelligent, logique, ou peut-être dément. Mais je n'étais pas intelligent, pas logique, et pas dément non plus. Ces meurtres n'étaient reliés que par la malchance. Avais-je, par maladresse, tracé une piste impossible à remonter ? Sauf pour Astrid. On en revenait toujours à elle.

Je me sentais si fatigué. J'avais juste envie de revenir à l'époque où je n'avais encore rien fait de tout ça. Mais je ne pouvais pas remonter dans le temps, alors je devrais tirer un trait, m'en aller et recommencer. Recommencer. Encore une fois. D'ici là, j'allais devoir me retaper la comédie une nouvelle fois. Comment cela se passerait-il ? Qui l'apprendrait en premier ? J'imaginais qu'Astrid aurait droit à son unique coup de fil et téléphonerait ici. Mick ou Dario répondraient et répandraient la nouvelle avec excitation, avec cette étincelle dans les yeux, cette décharge électrique qu'ont les gens quand ils ont de très mauvaises nouvelles à vous communiquer. Soudain, je me suis rendu compte que je devais partir d'ici. Je ne pouvais pas être là quand tomberaient les premières infos, quand les gens s'agglutineraient, se ruant sur les moindres miettes, spéculant sur ce qui avait bien pu se passer, au juste.

J'ai dévalé les marches, adressant un signe de tête à Dario au passage. Il m'a demandé si je pouvais lui rendre un service. J'ai secoué la tête. Lui ai dit qu'on venait de m'appeler. Que j'avais un travail urgent à faire.

— Rien ne va plus, a-t-il dit.

Je lui ai dit que je le rejoindrais plus tard. En m'éloignant de la maison, j'ai rappelé Melanie au bureau.

— Tu ne me lâches plus les baskets, a-t-elle dit.

C'était la première fois qu'elle me taquinait. Est-ce que j'avais l'air paumé ? En position de faiblesse ?

— Ça pose un problème ? ai-je demandé.

— Non, non, bien sûr que non, a-t-elle répondu.

Je lui ai dit que je passerais la prendre au boulot. Il fallait que je lui parle de quelque chose. Elle quittait sa galerie à 5 h 10. J'avais plus de quatre heures à tuer et rien à faire. La journée s'est écoulée à un rythme effréné, confusément. J'ai erré dans les rues, à regarder les passants, des hommes aux pantalons tachés en train de boire de la bière et de parler tout seuls, des gens avec des casques sur la tête, d'autres très occupés à faire leurs courses. Chacun d'eux se frayant un chemin dans une foule d'étrangers. Qu'est-ce que ça pouvait bien faire s'il en manquait deux ou trois ? Dans cent ans, il y aurait toujours une foule ici, des pochetrons en train de parler tout seuls, des clients affairés, mais c'en seraient d'autres. Les vieux seraient morts.

J'ai emmené Melanie boire un café. J'ai fait quelques allusions au fait qu'on devait tous quitter la maison et elle a rougi, souri et dit qu'on pourrait peut-être envisager de chercher une location ensemble, et j'ai hoché la tête et souri et dit qu'on devrait y penser et qu'on ferait peut-être bien de rentrer.

Quand j'ai ouvert la porte, Dario se tenait dans l'entrée, les yeux écarquillés. Il s'est approché de nous et a pris doucement la parole.

— Davy, a-t-il dit. Mel.

À ce moment-là, j'ai eu besoin de Melanie comme d'autres ont parfois besoin d'une cigarette. Ce n'est pas qu'on ait particulièrement envie de fumer. C'est juste que ça vous occupe les mains. Quand on fait tout ce cirque pour sortir la cigarette du paquet, la mettre entre ses lèvres et tripoter les allumettes ou le briquet, ça évite de se sentir gêné. Quand Melanie était là, m'enlaçant, faisant ce que je lui disais, toujours d'accord avec moi, je devenais quelqu'un d'autre : Davy-et-Mel. Si mignons, si jeunes et amoureux. Les gens arrêtaient de prêter attention. Mieux que ça, elle pouvait réagir pour deux. J'ai fait mine d'être assommé par la nouvelle, tellement choqué que je ne pouvais même pas parler. Et j'ai observé Melanie comme si elle était une actrice en pleine représentation. Et quelle interprétation. Son visage pâle s'est empourpré, ses yeux remplis de larmes, elle a bégayé et posé des questions et dit qu'elle n'y croyait pas, et serré mon bras et tenté de se rappeler quand elle avait vu Leah pour la dernière fois, et ce que Leah avait dit. Je restais tout contre, un bras passé autour d'elle, sans dire un mot. Je sentais l'odeur de ses cheveux doux, qu'elle venait de laver.

Pippa nous a entendus et elle est sortie de sa chambre. C'est elle qui affichait l'expression la plus posée de tous. Soudain, j'ai réalisé à quel point Melanie avait l'air ridicule, avec ses joues couvertes de traînées noires, sanglotant pour une personne qu'elle connaissait à peine et dont elle n'avait rigoureusement rien à foutre.

— Qu'est-ce qui va se passer ? ai-je demandé.

— Qu'est-ce que j'en sais ? a-t-elle dit. Miles est en bas. Allez le voir.

— Ça ne serait pas mieux si tu y allais ?

Elle a souri.

— Non, a-t-elle dit.

Les deux jeunes amoureux sont donc descendus retrouver Miles assis tout seul à table, les yeux perdus dans le vague. On a préparé du thé et ouvert des boîtes de biscuits ; on s'est assis en se tenant la main, puis on a chuchoté et hoché la tête pendant que Miles racontait n'importe quoi, pleurait, parlait à bâtons rompus. Trop

426

de bla-bla. Ça m'embrouillait, c'était trop à garder en mémoire. J'avais peur de dire une bêtise mais n'arrivais pas à trouver d'excuse pour m'en aller et le planter là. C'est là qu'a débarqué Astrid. Elle portait d'étranges vêtements informes : un bas de survêtement et un tee-shirt qui de toute évidence n'étaient pas les siens. Elle avait l'air épuisée et ébouriffée, et pourtant elle avait cet éclat qu'a celui qui a approché la scène.

— C'était horrible ? ai-je demandé, avant de réaliser à quel point c'était débile et Astrid me l'a aussitôt fait remarquer.

Miles s'est levé et j'ai bien vu qu'il y avait plus d'intimité entre lui et Astrid qu'avec le reste d'entre nous. Il s'était accommodé de notre présence parce qu'il n'y avait personne d'autre avec qui parler. Il aurait aussi bien pu parler tout seul. Maintenant, avec Astrid, il baissait la garde et l'étreignait, et s'adressait à elle sur un autre ton, froid. Nous les avons observés avec curiosité.

— J'ai quelque chose pour toi, a-t-il dit, avant de nous regarder l'air gêné et d'ajouter qu'il lui parlerait dehors.

Ils sont sortis de la cuisine et Melanie s'est tournée vers moi.

— C'était quoi, ça ?

— J'en sais rien. Allez viens, on monte.

Pendant qu'on gravissait les marches, j'ai vu Miles et Astrid serrés l'un contre l'autre comme deux conspirateurs. J'ai entendu – ou cru entendre – Astrid dire :

— Je ne peux pas prendre vingt mille en espèces, Miles !

Mais ils ont regardé autour d'eux, m'ont vu et se sont tus. En m'excluant. Nous nous sommes glissés devant eux.

— Tout va bien ? ai-je demandé.

Astrid s'est détournée de moi.

— Je t'expliquerai plus tard, a-t-elle dit.

— S'il y a quoi que ce soit…

— Oui, a-t-elle coupé. Oui, merci.

Mais j'ai vu l'argent dans ses mains.

41

Peut-être que tout finirait bien. Peut-être que j'obtiendrais ce que j'avais voulu, après tout. Le plus important, c'était que je reste calme. Très calme. Pas un faux pas. J'avais peur d'ouvrir la bouche au cas où je dirais quelque chose qui me confondrait, et je devais me forcer à croiser le regard des autres parce que je croyais qu'ils pourraient deviner les pensées qui fourmillaient dans ma tête. Je pouvais à peine sourire ou grimacer sans m'inquiéter de ce que cela puisse causer ma perte. Il m'était difficile de respirer avec régularité. Des pas dans l'escalier me donnaient le vertige. Ils venaient me chercher. Toc à la porte, main sur l'épaule. Le sol se dérobait sous mes pieds. La vue se brouillait devant moi. Mais si je parvenais à avancer à tâtons dans l'obscurité, si seulement je pouvais conserver mon équilibre, je pouvais encore me sortir de ce mauvais pas.

J'avais fait tout ça, tué toutes ces femmes – non, ce n'était pas moi, pas le vrai moi ; ce n'était pas ma faute, rien qu'un stupide accident – et à chaque fois, je m'étais retrouvé les mains vides. Et maintenant, c'est Astrid qui avait tout ce fric. Je l'avais vue remonter avec. Vingt mille livres en espèces. Astrid me posait un problème, et Astrid détenait l'argent. J'avais toujours mal à la tête, mais aussi l'impression qu'il y avait un truc qui me démangeait à l'intérieur que je ne pouvais atteindre. Me débarrasser d'Astrid, prendre le fric. Mais toute la situation était renversée maintenant, parce que, d'une minute à l'autre, les policiers feraient une descente dans la maison et qu'ils trouveraient les affaires dans la chambre de Miles et que je ne pourrais pas lui imputer *encore* une mort s'il se trouvait à l'antenne de police, non ? Merde, merde, merde. Pourquoi est-ce que je n'y avais pas pensé ? Trouver quelqu'un d'autre. Owen. Parfait. Bien fait pour lui. Qu'il dégage. Astrid et moi au Brésil. Mais même au milieu de la folle tempête de mes pensées embrumées, je voyais bien que ce serait pousser le bouchon trop loin que d'essayer de trouver un autre pigeon aussi chouette que Miles. Deux assassins sous le même toit. Non. Ça ne le ferait pas.

Branle-bas de combat dans ma tête ; branle-bas dans la maison. Les gens faisaient leurs bagages en pleurant. Dario descendait un grand carton dans l'escalier en le cognant et en parlant tout seul. Pippa jetait des vêtements par la porte de sa chambre, jusqu'à ce que le seuil s'en retrouve jonché. J'ai ouvert ma fenêtre et passé la tête dehors, et perçu des voix qui s'élevaient vers moi depuis la chambre d'Owen. Astrid s'y trouvait. Elle n'aurait pas dû faire ça, franchement : ça n'a fait qu'aggraver ma colère. Je n'entendais pas tout ; rien que des fragments de leur conversation. Il était question de partir. De photos. *Photos.* J'ai tendu l'oreille pour en apprendre plus. Leurs voix sont retombées, puis de nouveau élevées. Il était question de Pippa. Bien !... Peu importe le temps, Pippa serait toujours là, ce premier mensonge de leur relation.

La photo. Je me suis essuyé le front du dos de la main tout en déglutissant un bon coup. Il allait trouver la police avec la photo, voilà. Tout se resserrait. Je ne pouvais pas respirer. Il ne me restait plus d'air. Rester calme. Leurs voix retombaient de nouveau. Un murmure. Je ne comprenais pas les mots. Silence. Est-ce qu'ils s'embrassaient ? Se touchaient ? Baisaient ? Vraiment ? Et alors ?… Ça n'avait plus grande importance. Tout ça serait bientôt terminé.

Melanie est entrée dans la chambre un mug de thé à la main. La douce, la gentille Melanie, gentille à m'en donner des haut-le-cœur. Arborant un air soucieux bien féminin, mais elle était contente maintenant, je le sentais bien. Elle s'est assise à côté de moi sur le lit et j'ai posé mon visage sur son épaule parce que, si je voyais son expression de tendresse compatissante, je serais obligé de la cogner pour la faire disparaître.

— Tiens, mon chéri, bois ça.

— Merci.

— On est tous en état de choc.

J'ai marmonné quelque chose. Mon esprit était pris dans un tourbillon. Astrid. Le fric. Le Brésil. Je voulais le fric. Qui n'en voudrait pas ? C'est ça ! Elle était dans la ligne de mire de tous, à présent. Oui. Le sifflement dans ma tête a décru, comme des parasites électrostatiques qu'on réglerait progressivement. Remue la boue, me suis-je dit. Attise la peur. Fais en sorte qu'ils ressentent tous la confusion et la terreur que je ressentais alors.

— Viens, ai-je dit en sautant du lit et en prenant Melanie par la main.

— Quoi ?

— On descend.

— Mais je viens de te faire du thé.

— Je peux pas rester là comme ça.

Je l'ai fait descendre de force, croisant Dario qui remontait. Je lui ai fait un signe de la tête.

— La police sera bientôt là, ai-je chuchoté. Tu ferais mieux de te préparer. Ils vont mettre ta chambre sens dessus dessous, tu sais.

Ses yeux se sont écarquillés et il m'a dévisagé, le regard affolé, avant de grimper les marches quatre à quatre.

Melanie et moi sommes entrés dans la cuisine et je l'ai assise à table. J'entendais Miles sangloter dans sa chambre. C'est ça, mon pote, pleure. T'as pas encore tout vu.

— Mel, ai-je dit d'une voix forte.

— Oui ?

— Tu comprends pourquoi je suis aussi mal ?

— Bien sûr que oui, a-t-elle répondu avec animation. Tu ne serais pas humain si tu n'étais pas bouleversé par ce qui vient d'arriver. Leah vivait pratiquement ici. Et en dépit des difficultés de chacun, elle était pleine de…

— Non, ai-je dit, interrompant son radotage. Je veux dire, est-ce que tu piges ?

J'entendais des pas qui descendaient. À leur seule rapidité, j'ai su que c'était Astrid.

— Tu ne piges toujours pas, Mel ? ai-je continué encore plus fort. Ils croient que c'est l'un de nous.

J'ai entendu Astrid marquer une pause derrière la porte. C'est ça, ma fille. Tu restes là et tu écoutes, comme je te le demande. Tu te crois libre ? Personne n'est libre. Ils font tous partie d'un plan.

— Et ce n'est pas tout, ai-je poursuivi, couvrant le gémissement de protestation de Mel. C'est pour ça qu'Owen fait ses valises. C'est pour ça que Dario

432

court partout comme un dératé. C'est pour ça que Miles dégueulait dans la salle de bains et jetait ces lettres de Leah à la poubelle avant qu'on ne l'embarque au poste de police. C'est pour ça qu'Astrid a l'air tout affolée.

Quand Astrid est finalement entrée, Mel avait les doigts dans ses oreilles comme un gosse, refusant d'écouter ce qu'elle ne pouvait supporter d'entendre. J'ai adressé un sourire triste à Astrid. J'étais celui qui disait la vérité à contrecœur, le bon ami fidèle. Celui qui voyait ce que personne d'autre ne pouvait supporter de regarder en face.

Les policiers ont débarqué comme une armée, certains d'entre eux vêtus normalement, d'autres en uniforme, portant des sacs et des appareils photo. Mes mains étaient mal assurées, et j'ai dû passer un bras autour de Melanie. Mon cœur battait si fort que j'avais mal dans la poitrine. Je sentais perler des gouttes de sueur sur mon front et des points lumineux me brouillaient la vue. Il m'était difficile de saisir la signification des sons qui m'entouraient, de les détacher en mots.

— Pourriez-vous nous montrer votre chambre, monsieur ?

C'est à moi qu'il s'adressait. Je me suis obligé à regarder le visage qui se penchait vers moi. J'ai hoché la tête d'un air grave.

— Bien entendu.

Je l'ai conduit en haut de l'escalier, ses pas me suivaient pesamment. Étais-je sur le point de me rendre compte que j'avais commis quelque terrible erreur ?

— Ici, ai-je annoncé.

Ma voix avait l'air on ne peut plus naturelle.

— Merci.

— Je… euh… je vais attendre en bas, d'accord ? Je ne sais pas trop comment ça marche, ces choses-là.

Ébauche de sourire sur son visage sévère. Je l'ai laissé et suis descendu dans la cuisine. Astrid était dehors avec Kamsky. Ils étaient à côté de son potager et elle levait les yeux vers lui avec l'expression franche que je lui connaissais si bien. Je l'ai observée. Je ne l'ai pas quittée du regard quand un policier est passé à grands pas devant moi pour continuer dans le jardin. Il a presque couru vers eux. Quand Kamsky a fait un pas dans sa direction, j'ai vu son visage se crisper. Il s'est retourné vers Astrid et lui a dit quelque chose, avant de la laisser plantée là. Pendant quelques instants, elle n'a pas bougé, mais elle a posé sa main contre son cœur comme s'il lui faisait mal. Puis elle s'est dirigée vers la cuisine et, quand elle a levé la tête, son regard m'a littéralement traversé. Comme si je n'étais pas du tout là.

À la condition qu'il soit possible de franchir une porte juste au moment où elle se referme en claquant. À la condition qu'il soit possible de saisir l'unique intervalle dans le trafic incessant et de réussir à passer de l'autre côté. Qu'il soit possible de le programmer à la fraction de seconde près. Trop tôt et on se met en danger. Trop tard et on se fait prendre. Un seul instant : il ne fallait pas que je le rate.

Quand la police m'a interrogé, j'ai bien senti qu'ils ne s'intéressaient pas vraiment à moi. Ils ne m'ont pas bombardé de questions, n'ont pas cherché à me piéger. Ils voulaient juste savoir des trucs idiots tout simples, comme ce que j'avais fait la veille durant la matinée. Qui avais-je vu dans la maison quand j'étais rentré de mon petit tour de shopping pour Melanie ? Voyons voir, laissez-moi réfléchir. Hmm. Eh bien, j'avais vu Miles. C'est ça. Miles. J'avais trouvé bizarre qu'il ne soit pas au bureau. Ce qu'il avait dit ? Ah, laissez-moi réfléchir : si, il avait dit qu'il savait que Leah passait chez elle prendre quelque chose. J'en étais sûr, oui. Avait-il l'air troublé ? Ah ça, oui, monsieur l'agent, il était très tendu et nerveux, en effet. Et c'était avant qu'il apprenne la mort de Leah ? Oh oui, monsieur l'agent, il était visiblement agité bien avant ça. Mais – soudain froncement de sourcils – pourquoi est-ce que vous me posez la question ? Vous n'allez quand même pas ima-giner que c'est Miles ? Oui, monsieur l'agent, j'ai peur que Miles ne se soit disputé avec Leah. Absolument. Oui, je ne veux pas trahir les confidences de la maison, mais il avait l'air obsédé par Astrid.

Dehors, dans la rue enfin, sous le crachin. Pippa s'y trouvait déjà et on s'est assis sur le muret. Elle a passé son bras sous le mien et posé sa tête sur mon épaule.

— Putain de cauchemar, a-t-elle dit.

— Oui, ai-je acquiescé.

Je lui ai posé un baiser sur le dessus du crâne.

— Tu ne trouves pas ça affreux quand tout ce que tu as fait ou dit devient suspect ? Je vais te dire, je serai meilleure dans mon métier, après ça.

Donc elle n'était pas encore au courant.

Owen nous a rejoints et j'ai compris qu'il ne l'était pas non plus. Il se tenait debout devant nous, l'air morose, shootant des gravillons sur le trottoir, les mains au fond de ses poches. Il a jeté un regard mauvais à Pippa quand elle a tendu la main, et reculé d'un pas, avant de prendre place sur le mur à côté de moi, lui aussi. Elle a haussé les épaules, s'est levée et a sorti son portable de sa poche. Dario est parti tout ébranlé du commissariat. Il avait les cheveux relevés en pointes orange et le visage blafard.

— J'avais envie d'avouer, a-t-il dit, rien que pour qu'ils s'arrêtent. Pour que ça cesse. Il y a un mot pour ça, se sentir coupable d'un truc qu'on n'a pas fait ?

— La ferme, a dit Owen, qui se roulait une cigarette.

— Très bien, a répondu Dario, comme si Owen l'avait utilement conseillé.

Il s'est mis à marcher de long en large, marmonnant entre ses dents.

Puis ç'a été le tour d'Astrid. Elle était pâle et son pas avait perdu son élasticité. Elle s'est assise entre Owen et moi. Owen lui a passé la cigarette. J'ai passé un bras autour d'elle. Elle s'est laissée aller contre moi. J'avais ses cheveux contre ma joue. Je la sentais respirer. Je sentais la liasse de billets bien tassée dans sa veste.

— Ça va ? ai-je dit.

Elle s'est contentée de se tourner pour me regarder.

Dario s'est ramené vers nous.

— On attend quelqu'un ? a-t-il demandé.

— Juste Mick et Miles. Ils ne vont pas tarder, je pense.

Je l'ai dit d'un air dégagé, mais Astrid s'est écartée de moi d'un bond et m'a dévisagé. Ses yeux lui dévoraient le visage.

— On t'a pas dit ?

Je les ai regardés, comme si c'étaient eux qui faisaient du cinéma, pas moi. Mick en train de descendre les marches dans notre direction. Tout le monde qui levait les mains, secouant la tête dans un déni horrifié, la bouche ouverte, pleurant et sanglotant, enlacés. Et moi à l'origine de tout ça. J'ai passé mes bras autour d'Astrid avant qu'Owen n'ait le temps de le faire, et entendu des mots sortir de ma bouche qui m'ont semblé les mots appropriés, ceux que personne ne remarquerait. Mick n'arrêtait pas de parler de fibres et de cheveux. J'ai serré Dario dans mes bras lui aussi, sentant à quel point il avait les os pointus, à quel point il avait la peau fraîche ; son haleine sentait l'ail. On était tous trempés par la bruine. Nos vêtements nous collaient à la peau. Des gouttes de pluie roulaient le long de nos visages. J'ai dit un truc genre : « Miles, Seigneur ! » et « Trois femmes ! ». Ça n'avait guère d'importance. Personne n'écoutait personne, on tournait en rond sur le trottoir, sans savoir quoi faire après.

Dario a suggéré d'aller au pub. Mauvais plan, ça. Je ne l'avais pas prévu. Il fallait qu'on se sépare, maintenant. Il ne restait pas beaucoup de temps. Vu que tous les autres pensaient que c'était une bonne idée, j'ai évidemment acquiescé, et nous avons longé le trottoir, tandis qu'Astrid poussait son vélo. Je ne me sentais pas très bien. Quelque chose sifflait dans ma tête, j'avais la gorge comme du papier de verre. Et mal aux yeux.

Je ne sais pas de quoi les autres ont parlé. J'entendais les mots et je savais comment répondre de temps à autre de façon à donner l'impression que je partageais les vives émotions qui déferlaient sur la troupe, mais ce n'était pas le cas. Je réfléchissais. Je patientais. Je sentais les minutes s'écouler une à une. Je ravalais ma nausée. Je m'interdisais d'imaginer ce qui arriverait si les choses dérapaient.

Quand nous avons fini nos premiers verres, j'ai offert de payer la prochaine tournée. Mais je suis d'abord allé dehors. J'ai sorti mon canif de ma poche et lézardé les deux pneus du vélo d'Astrid. Tu ne rentreras pas là-dessus, Astrid. Tu devras trouver un autre moyen. Je suis retourné dans la chaleur, le bruit et la lumière aveuglante, ai pris les boissons et regagné la table.

Astrid fouillait dans sa veste.

— Ça peut sans doute passer pour une preuve, a-t-elle dit. Avant que la police ne mette la main dessus, on ferait mieux de le partager.

— Non, ai-je coupé, le sang battant dans mes oreilles à tel point que je m'entendais à peine parler. Pour l'amour du ciel, Astrid, les gens nous regardent déjà. N'exhibe pas de l'argent dans un endroit pareil.

J'ai lancé autour de moi un regard nerveux. L'excuse semblait piètre, mais Astrid a hoché la tête. Peut-être que ça leur donnait une raison de ne pas se séparer pour de bon, de ne pas s'éloigner chacun de son côté.

— Je m'occupe des comptes, a dit Pippa. Comme ça, on peut convenir d'un rendez-vous demain dans un endroit un peu mieux famé. Ça nous fera une excuse pour boire un dernier verre d'adieu.

— Super, ai-je dit.

Je bouillais dans la chaleur moite du pub. Des gouttes de sueur me chatouillaient dans le cou comme des douzaines de petites mouches.

Enfin, Pippa a dit qu'il fallait qu'elle y aille et tout le monde s'est levé, enfilant sa veste. Astrid était debout. Elle mettait son manteau, nouait sa ceinture. Toute la bande est sortie, dans la nuit fraîche, pour tomber sur les pneus déchirés. C'est pas dégueulasse, ça ? Tant pis. Marcher jusqu'au métro. Le récupérer plus tard. Elle a dit qu'on se retrouverait tous demain. C'est ça. Rêve, ma chérie. Rêve.

Elle m'a pris par le bras en disant au revoir et son contact m'a brûlé à travers mes vêtements. Je jure que ça me faisait l'effet d'un tison sur la peau. Elle a embrassé Pippa. Maintenant, elle parlait à Owen à mi-voix. Il lui parlait. Leurs têtes étaient rapprochées, se touchaient presque. Elle lui a pris la main. Lâche-la. Immédiatement. Lâche-la. Recule. Il n'en est pas question. Pas question qu'ils s'en aillent ensemble. Ils ne pouvaient pas. J'ai lentement serré les poings et cru que j'allais devoir hurler d'une seconde à l'autre, pour soulager la pression intolérable qui montait en moi. J'allais exploser. Éclater. Ma tête tambourinait.

— Bien, alors.

Astrid s'est enfin détachée d'Owen, et j'ai senti un soulagement déferler en moi, me laissant étourdi et aussi faible qu'un chaton.

Enfin, elle est partie, saluant d'une main levée tout en marchant. Lui accorder jusqu'à dix avant de la suivre. J'ai tenu jusqu'à six, puis ai eu peur de la perdre. Personne ne me regardait, de toute façon. Je voyais Astrid longer le trottoir. Ne te laisse pas distancer, attends un endroit isolé. J'ai tâté dans ma poche. Le canif que j'avais utilisé sur les pneus de son vélo. Le poids d'une clé froide. Un coup par-derrière. Elle ne s'en rendrait même pas compte.

— Monsieur Gifford ?

Je me suis retourné. J'ai été tellement pris par surprise qu'il m'a fallu quelques secondes pour réaliser
qu'il s'agissait de l'inspecteur principal Kamsky.

— Qui ça ? Moi ? ai-je répondu bêtement.

Devant moi, Astrid a disparu à l'angle de la rue.

— On peut discuter un moment ?

42

Ça y est, c'était foutu. Évidemment. J'avais laissé tomber quelque chose quelque part, oublié un détail. Il restait toujours un indice inexpliqué, même si on faisait très attention. Malgré tout, j'ai tenu bon. Je me suis demandé comment faire l'innocent. Poser des questions, avoir l'air perplexe. Le visage me cuisait et j'avais un tic au coin de la bouche que je n'arrivais à pas à contrôler, mais j'ai réussi, on ne sait comment, à ne pas m'effondrer. Je me suis dit que c'était normal d'être un peu paniqué. La police rendait nerveux les gens normaux. Seuls les vrais criminels sont désinvoltes et amusés qu'on les arrête. Kamsky n'a pour ainsi dire pas ouvert la bouche pendant le trajet jusqu'au commissariat.

— Il y a un problème ? ai-je demandé, conscient que ma voix sortait un peu rauque et cassée.

J'ai toussé un coup pour me racler la gorge.

— Vous avez autre chose à me demander ?

— Il y a quelqu'un qui aimerait vous dire un mot.

— Qui ça ?

— Vous verrez.

— C'est quelqu'un que je connais ?

441

Kamsky a marqué une pause, comme s'il pesait le pour et le contre.

— Vous verrez, a-t-il répété pour finir.

J'étais si intensément plongé dans mes pensées que j'ai à peine remarqué que le chauffeur se garait dans un parking derrière le commissariat et qu'on me faisait traverser le macadam fissuré, puis franchir une porte de service, longer un étroit couloir jusqu'à une pièce où l'on m'a livré à moi-même, à marcher de long en large. Je n'en étais sorti que quelques heures plus tôt mais ce n'était pas comme avant. Personne ne m'offrait de thé. Je ne savais pas si c'était la même pièce. Ça me semblait plus sombre. J'ai essayé de me ressaisir. Pas trop tout de même. Je ne devais pas avoir l'air sur la défensive. Les nouvelles n'étaient pas si mauvaises. Non. S'ils m'avaient arrêté, tout simplement, ils l'auraient fait sur-le-champ. On m'aurait prévenu. N'était-ce pas comme ça que ça se passait ?

Kamsky est entré, portant un magnétophone. Derrière lui se tenait un autre homme en complet. Il était massif, avec des cheveux gris qu'on aurait tout juste repeignés, trop fort, contre le crâne. Kamsky m'a fait signe de prendre place à table. Les deux autres ont tiré des chaises de l'autre côté et se sont assis. Kamsky a posé le magnétophone sur la table et l'a regardé un moment mais sans le mettre en marche.

— J'aimerais vous présenter à mon collègue, Bill Pope, a-t-il dit.

— Que se passe-t-il ? ai-je demandé.

Je sentais la clé à écrous dans ma poche.

— L'inspecteur principal Pope nous est arrivé ce matin de Sheffield.

J'ai serré les poings avant de les relâcher, et entendu craquer mes jointures. Je me suis efforcé de paraître alarmé, mais sans plus. J'ai senti mes traits adopter une expression, mais n'avais pas la moindre idée de l'image que j'offrais à autrui.

— Il s'est passé quelque chose ? ai-je demandé.

Abeilles sous mon crâne. Bzz, bzz.

Pope a pris un carnet dans une poche et l'a ouvert. Il a mis une paire de lunettes non cerclées et jeté un coup d'œil dedans.

— David Michael Gifford, a-t-il dit.

— Oui, ai-je répondu. Qu'est-ce qu'il y a ?

— Vous habitiez avant au 14, passage Donegal.

— En effet. Il s'est passé quelque chose ?

— Quand y avez-vous été pour la dernière fois ?

— Je n'en sais rien, ai-je dit.

Était-ce ma voix ? Oui.

— Il y a cinq ou six mois.

— Qui habite là maintenant ?

— Maman, j'imagine.

Pope a froncé les sourcils.

— Vous imaginez ?

— Ça fait quelque temps que je n'ai pas pris de nouvelles.

— Pourquoi ?

J'ai haussé les épaules.

— Quand je suis venu à Londres, je voulais prendre un nouveau départ.

— Pour quelle raison ?

Il y a eu un temps mort pendant que j'essayais d'imaginer comment répondrait une personne qui ne savait pas ce qui se passait.

— Je suis désolé, ai-je dit. De quoi s'agit-il ? Il s'est passé quelque chose ?

Pope jouait avec le stylo qu'il avait à la main, clic, clic.

— Pourquoi ? a-t-il dit. Ça devrait ?

— S'il vous plaît, ai-je dit, sur un ton censé sonner inquiet et déconcerté. Je ne comprends pas de quoi vous parlez.

— Pourquoi avez-vous quitté Sheffield ? a demandé Pope.

— Écoutez, de quoi s'agit…

Je me suis interrompu. Ne te plante pas, Davy. Une minute.

— J'ai toujours su que je voulais aller à Londres. On m'a proposé un job à Londres. Le moment était venu, je crois. S'il vous plaît, pourriez-vous me dire de quoi il s'agit ? Vous me faites peur.

J'ai essayé de lui sourire. Je n'ai pas pu. La peau de mon visage était aussi raide que du carton.

Pope a fermé son carnet et s'est adossé à sa chaise.

— Des résidents du passage Donegal ont fait part de leur inquiétude. Il y a deux jours, des policiers ont forcé l'entrée des lieux et ont trouvé un corps.

On y était. Le grand moment dont dépendrait toute la suite. J'y avais longuement réfléchi.

— Ma mère ? ai-je demandé.

— Le corps était là depuis un moment. Des mois. Mais nous avons tout de même pu… Enfin bref, on nous a confirmé qu'il s'agissait du corps de Mary Gifford.

Je sentais leurs yeux fixés sur moi. Leur regard posé sur mon visage brûlait comme le soleil.

— Morte ? ai-je dit. Qu'est-ce qui s'est passé ? Comment a-t-elle… ? Je veux dire, pourquoi est-ce que personne ne l'a trouvée ?

J'étais incapable de pleurer mais je me suis frotté les yeux, fort, en murmurant des choses inintelligibles. Un instant, j'ai posé mon visage dans mes mains, pour me dérober à leurs regards et m'accorder le temps de réfléchir. Puis j'ai relevé les yeux. Les deux inspecteurs me dévisageaient, imperturbables.

— Je suis désolé, ai-je dit. J'aurais dû prendre des nouvelles. Je n'ai pas appelé. Je ne l'ai pas vue une fois depuis que je suis parti. Mais je n'ai jamais pensé… Je n'ai jamais imaginé…

J'ai recommencé à me frotter les yeux durement, en laissant échapper quelques gémissements.

— Les policiers ont parlé aux voisins, a dit Pope. Ils ont mentionné un fils. Ils ne vous avaient pas vu depuis un moment. Ni elle.

— Elle n'allait pas bien, ai-je dit. Elle n'était pas très valide.

— Son corps était dans son lit.

— Son lit, ai-je repris d'un air hébété. Elle y passait une grande partie de la journée.

— Personne ne savait où vous étiez passé, a dit Pope. Puis votre nom a surgi dans le système. Imaginez notre surprise. J'ai pensé que je ferais mieux de venir vous trouver.

— Je serais venu, ai-je dit. Vous êtes sûr ? Ma mère ? Maman ? Elle est vraiment morte ?

— Nous avons d'autres questions, a dit Pope. Je dois maintenant vous avertir que, dans le cadre des charges évoquées ici, ce que vous direz pourra être utilisé comme preuve devant la justice. Je dois par ailleurs ajouter que vous avez le droit de demander la présence d'un avocat. Si nécessaire, nous pouvons vous en trouver un. Vous comprenez ?

— Non, ai-je dit lentement, comme en état de choc. Je ne comprends pas. Il y a eu un crime ?

— C'est une éventualité, et c'est pour cela que je suis ici.

— On l'a cambriolée ? On ne l'a pas... On l'a agressée ?

— Vous avez compris mon avertissement ? Voulez-vous un avocat ?

J'y avais réfléchi longuement à l'avance et savais ce que j'allais répondre.

— Un avocat ? Pour quoi faire ?

— Comme vous voudrez, a noté Kamsky.

— Ma mère est morte, ai-je dit. Je l'aimais. Je n'aurais jamais dû la laisser seule. Je répondrai à toutes les questions que vous voudrez. Je ferai tout ce que je peux pour aider.

Kamsky a enclenché le magnétophone et annoncé la date, l'heure et le lieu, les noms des policiers en présence, mon nom entier, et qu'on m'avait lu mes droits et que j'avais accepté qu'on me questionne en l'absence d'un avocat. Ils ont commencé à me poser des questions, mais franchement, au cours de l'heure qui a suivi, j'ai appris bien plus de choses qu'ils ne l'ont fait. J'étais, à dessein, vague et maladroit dans mes réponses. Après tout, j'étais un fils à qui l'on venait d'apprendre que sa mère était morte et qui, en dépit de sa détresse, s'efforçait d'aider de son mieux. Si j'avais été précis au sujet de mes moindres faits et gestes, et de mes déplacements durant les semaines qui ont précédé mon arrivée à Londres, et que j'avais expliqué avec force détails pourquoi je n'étais jamais rentré ni n'avais donné de nouvelles, c'est ça qui aurait été suspect.

Il est clairement apparu que, après la chaleur de ces dernières semaines, le corps avait été si décomposé qu'il avait été assez difficile de procéder à l'identification et impossible de trouver quoi que ce soit d'autre de significatif. J'imaginais le tableau. D'abord les mouches, ensuite les vers, un tapis grouillant de vers, récurant absolument tout. Il était évident qu'ils n'avaient pas le moindre indice, mais ils m'avaient fait venir pour m'observer, pour m'arracher une réaction. Je n'avais pas besoin de faire le malin. Plus j'avais l'air désemparé et désespéré, mieux ça valait.

— J'en suis malade, ai-je dit à un moment donné. Je pensais que ses amis s'occuperaient d'elle. Je ne sais pas comment ça a pu arriver.

— Elle avait beaucoup d'amis ? a demandé Pope.

— Quelques-uns, ai-je dit. Moins depuis qu'elle était malade.

— Elle était malade à quel point ?

— Je ne sais pas ce qui n'allait pas chez elle, mais je pense qu'elle souffrait par moments, ai-je dit, le regard vide. Je sais qu'elle essayait de me le cacher. Mais elle était si courageuse. Peut-être qu'elle en a trop fait.

J'avais envie de continuer à faire l'idiot. Je savais que c'était la chose à faire. Mais je n'ai pas pu résister. J'avais besoin de savoir. J'ai tenu jusqu'à ce que le flot des questions semble se tarir.

— Je ne comprends pas, ai-je continué. Pourquoi est-ce que vous êtes tous les deux là ?

— Je dois envisager toutes les possibilités, a dit Kamsky.

— On a trouvé ma mère morte dans son lit. À Sheffield. Qu'est-ce que vous voulez dire par possibilités ?

— Cette affaire ne me plaît pas du tout, a déclaré Kamsky.

C'était bien ma faute. C'est moi qui avais rendu la chose possible. J'ai décidé que l'heure était venue de me fâcher.

— Qu'est-ce que vous voulez insinuer par là ? ai-je dit. Quelle affaire ? Vous venez de m'apprendre que ma mère est morte. Mais de quoi vous parlez ? Vous avez arrêté cette ordure de Miles. Qu'est-ce que vous allez chercher ? Demandez-moi tout ce que vous voulez. Je m'en fous. Mais venez pas m'emmerder.

Trop de gros mots. Ce n'est pas comme ça que s'exprimait Davy. Ça faisait théâtral. J'ai lâché un sanglot rauque pour rattraper le coup.

— Du calme, a dit Pope, d'un ton plus apaisant. Parlez-moi de votre mère. Vous étiez proche d'elle ?

Ils ont essayé de sonder ma psychologie mais ça ne menait nulle part. J'ai réussi à les raser jusqu'à ce qu'ils jettent l'éponge. J'ai reniflé un peu, balbutié. J'ai tourné en rond sans fin. J'ai sangloté encore un petit coup. Me suis recaché le visage dans les mains. Finalement, il y a eu un temps mort et Kamsky a regardé Pope, hoché la tête, avant de se pencher et d'éteindre le magnétophone. Ils avaient tous les deux l'air discrètement irrités par cette perte de temps.

— Je vous prie d'agréer mes condoléances, a dit Pope.

Je n'ai pas répondu. Je me souvenais des mois d'énervement contre ma mère qui s'étaient accumulés comme un bruit dans ma tête. Il n'avait fallu qu'un oreiller sur sa figure et le bruit avait cessé. Ç'avait été si facile, comme si je l'avais juste laissée en train de dormir. Pope s'est emparé de son carnet et l'a remis dans la poche de sa veste.

— On vous contactera au sujet de l'enquête, a-t-il dit. Vous voudrez sans doute vous occuper des obsèques. Et il va falloir prendre des dispositions pour la maison.

La maison. Elle était là depuis le début, à m'attendre.

— Vous m'entendez, Mr Gifford ?

— C'est un peu soudain, ai-je expliqué. J'essaie de réaliser. Que je suis orphelin. Tout ça.

Je les ai regardés à mon tour. Ç'avait l'air de passer.

43

J'avais une maison. Ils n'avaient rien contre moi et maintenant j'étais propriétaire d'une maison. Pas grande, pas jolie, pas dans un coin super, pas une maison dans laquelle j'envisagerais jamais de vivre. Mais à moi. Combien pouvait-elle bien valoir ? Il y avait trois chambres, un jardin, et je ne croyais pas aux fantômes. On pouvait venir à bout de la mauvaise odeur. Cent mille ? Je n'avais quasiment plus besoin de l'argent dans la veste d'Astrid, mais il ne fallait pas cracher dessus – ça pourrait quand même servir. Mettons, cent vingt mille livres. Pas mal, pas mal du tout. Je n'aurais jamais pu m'en faire autant chez Ingrid de Soto. Marrant comment les choses tournent.

Ou comment les choses *pourraient* tourner, me suis-je rappelé. Il restait encore des trucs à faire. Des obstacles en travers de mon chemin. Il y avait le presse-papiers. Il suffisait qu'Astrid en entende parler, et qu'elle se souvienne.

J'avais peur et me sentais fatigué bien avant que Kamsky m'ait tapé sur l'épaule mais, désormais, c'était du passé, tout ça. J'étais de nouveau en super forme. Je sentais mes pensées s'éclaircir dans ma tête.

Je sentais mon cœur battre régulièrement à nouveau et la brume annihilante de mes pensées se lever, tel un brouillard matinal.

J'ai regardé ma montre. Il était minuit bien sonné. Trop tard pour aller trouver Astrid maintenant. Elle devait dormir quelque part, bordée dans son lit, ses grands yeux clos et ses membres dorés détendus sous les draps, inconsciente de ce qu'apporterait le lendemain. Il était également trop tard pour me trouver un endroit où crécher. J'ai envisagé un instant d'aller chez Melanie. Elle m'accueillerait, quelle que soit l'heure. D'ailleurs, elle devait être réveillée dans son lit, guettant mon appel ou mon arrivée. Mais je ne pouvais pas aller chez Melanie, pas ce soir, jamais plus. C'était du passé. Je pouvais à peine me résoudre à évoquer son visage, son regard naïf, son sourire craintif, sa main agrippée.

J'ai trouvé un petit café mal famé aux vitres sales, encore ouvert. Il n'y avait que deux personnes à l'intérieur – un vieux aux longs cheveux gris ramenés en queue-de-cheval graisseuse, attablé, en train de mélanger du sucre dans une tasse de café noyé dans du lait, et une jeune femme au comptoir. Elle avait des cheveux blonds hérissés et une bouche boudeuse.

— Vous servez encore à manger ? lui ai-je demandé.

— Le chef est rentré chez lui. Je pourrais vous faire un sandwich, si vous voulez.

— Parfait.

— Bacon ?

— Parfait.

— Mais on ferme dans quelques minutes.

— Très bien.

Le pain était rassis. Le bacon épais, gras et froid, il me laissait des morceaux entre les dents. La femme renversait les chaises sur les tables et balayait des miettes autour de mes pieds. L'homme aux cheveux gras est sorti d'un pas traînant. Quand j'aurais mon fric, j'irais dans des restaurants chic aux fenêtres propres et aux tables bien astiquées où des serveurs en costard noir rempliraient mon verre de vin et s'inclineraient poliment devant moi, en m'appelant « monsieur ». J'ai mastiqué très lentement quelques petites bouchées, sans avoir faim le moins du monde mais pour attendre mon heure, puis commandé un café, même si je n'en avais pas besoin pour rester éveillé. J'étais déjà bien réveillé, gonflé à bloc. Les prochaines vingt-quatre heures s'allongeaient devant moi comme une route, droite et dégagée. J'ai tâté la clé à écrous dans ma poche. J'ai vérifié mon portable pour être sûr qu'il était assez chargé. Il y avait plusieurs appels en absence de la part de Melanie, mais je les ai ignorés.

Peu après une heure du matin, la serveuse s'est mollement penchée sur la porte, a retourné le panonceau « ouvert » sur « fermé » et m'a demandé de partir.

J'ai marché. Dépassé des queues devant des boîtes de nuit, puis un groupe d'ivrognes en costard, dépassé des SDF sur des pas de porte jonchés de mégots. Jusqu'à la rivière. Je me suis assis sur un banc et j'ai regardé ma montre. Il était 3 heures. Dans deux heures, environ, il ferait jour. J'ai fermé les yeux et tout passé en revue dans ma tête. Quand je les ai rouverts, il était cinq heures et demie et le jour pointait à l'horizon. Je ne m'étais pas rendu compte que le temps avait pu s'écouler si vite et ne conservais aucun souvenir d'avoir rêvé, mais je me suis dit que j'avais sans doute dormi. Je me suis levé et étiré. J'ai vérifié que ma chemise était correctement boutonnée, pris un peigne dans la poche intérieure de ma veste et me suis recoiffé. Puis je suis revenu sur mes pas. À 7 h 20, je me suis arrêté dans un café pour y prendre une tasse de thé, mais n'ai pu avaler que quelques gorgées. J'avais mal au bide. J'ai acheté des chewing-gums à la menthe à un marchand de journaux : il faudrait que ça me tienne lieu de brossage de dents ce matin. J'ai encore acheté une bouteille d'eau, et me suis rincé la bouche. Je me sentais comme un coureur attendant de prendre sa place dans les starting-blocks.

À huit heures et demie, je suis allé dans une cabine téléphonique, me suis servi de mon portable pour retrouver le numéro d'Astrid et j'ai pressé les touches.

— Allô ?

— Astrid ! Je te réveille ?

— C'est toi, Davy ?

— Oui. Mon portable est dans mes sacs et je suis dans une cabine téléphonique.

— Je suis réveillée depuis des plombes.

— Moi aussi. Écoute, je sais qu'on se retrouve tous plus tard, mais j'avais très envie de venir te voir avant. J'ai quelque chose à t'apprendre.

J'ai pensé qu'elle me demanderait au moins d'expliquer, et tenais ma réponse prête, mais elle ne l'a pas fait. Sa voix était chaleureuse, naturelle.

— Ça marche. Pourquoi ne pas venir ici à… quelle heure ? 10 heures, dix heures et demie ? Comme ça, on pourra aller ensemble à Maitland Road après.

— Super. Mais il faudrait que tu me dises où c'est, « ici ».

Si elle était avec une amie, je devrais modifier mes plans.

— Oh, pardon. (Elle a eu un étrange petit rire du nez.) Je suis chez mon ami Saul – tu l'as déjà rencontré une ou deux fois. Je nourris son chat et j'arrose ses plantes pendant quelques semaines en son absence. Désolée. Je m'égare. C'est dans Capulet Road, juste à côté de Stoke Newington Church Street. Au numéro soixante-six A.

C'était si typique que ça m'a fait sourire. J'avais passé la nuit à errer dans les rues pendant qu'Astrid avait déjà trouvé un endroit où aller, avec plantes et chat. Jamais je ne ferais partie du monde où les gens font ce genre de trucs et connaissent d'autres gens qui le font aussi.

J'ai marché jusqu'à Stoke Newington. Ce n'était qu'à deux ou trois kilomètres et ça m'a éclairci les idées. En arrivant dans la rue principale, je suis entré dans une boutique plutôt classe qui vendait des vêtements pour hommes et me suis acheté une nouvelle chemise. Elle était de couleur vert olive, et sentait bon le coton frais. Je me suis regardé dans le miroir et j'ai apprécié ce que j'ai vu. J'étais satisfait du jeune homme mince au franc regard gris au milieu d'un visage reposé, et – je me suis penché pour sourire à mon reflet – oh, oui, un sourire modeste et engageant qui disait : « Tu peux me faire confiance, tu peux compter sur moi, tu peux me dire ce qui te tracasse. Je ne te décevrai pas. »

Je n'allais pas me décevoir. Je m'en étais bien tiré jusqu'ici, et j'étais dans la dernière ligne droite de mon voyage.

À dix heures moins dix, je quittais Stoke Newington Church Street pour emprunter Capulet Road. Je suis passé devant le soixante-six A, mais il était trop tôt. Sans lever les yeux, j'ai poursuivi mon chemin. À dix heures moins trois, je me suis arrêté pour mettre les deux dernières tablettes de chewing-gum dans ma bouche, les ai mâchées vigoureusement, puis crachées sur le trottoir. Après quoi j'ai remonté Capulet Road. J'ai atteint le numéro soixante-six, une petite échoppe de cordonnier qui avait l'air tout droit sortie du Moyen Âge. La porte bleu foncé sur la gauche indiquait « 66a », en chiffres dorés. Je suis resté devant quelques secondes. J'ai rajusté ma veste par-dessus ma chemise. Inspiré profondément plusieurs fois. Passé mes doigts dans mes cheveux. Me suis léché les lèvres, ai composé mon expression. Et enfin pressé la sonnette.

Quelques secondes à peine se sont écoulées avant que j'entende le bruit caractéristique des pas d'Astrid dévalant l'escalier : légers et rapides. Elle a poussé la porte. Ses pieds étaient nus et elle portait un jean délavé avec un gilet vert à col montant suffisamment court pour dévoiler une bande de son ventre bronzé. On est coordonnés, ai-je pensé, aujourd'hui plus que jamais. Mais il y avait quelque chose de changé en elle et il m'a fallu quelques instants pour comprendre ce que c'était. Elle me souriait et semblait très contente que je sois là. Bien sûr, elle s'était toujours montrée tout à fait amicale et accessible auparavant, mais à Maitland Road, on s'était rarement trouvés seuls et j'avais toujours l'impression d'être sur la touche dans sa vie. Aujourd'hui, il n'y avait plus qu'elle et moi. Personne ne venait de partir et personne n'allait arriver. Ses yeux étaient fixés sur les miens ; son expression, attentive. Elle a posé les mains sur mes épaules et m'a embrassé, d'abord sur une joue, puis sur l'autre.

— Salut, Davy, a-t-elle dit. Ça me fait bien plaisir que tu sois là. Je me suis sentie tellement abattue par cette histoire.

Elle n'avait pourtant pas l'air. Son visage respirait la vie et la santé. Elle avait le cheveu brillant et les lèvres laquées. Elle sentait le citron et la rose.

— C'est bien normal, ai-je répondu en franchissant le seuil et en refermant la porte derrière moi.

Je l'ai suivie dans l'escalier. Les petites boucles de cheveux dans le creux de sa nuque étaient encore humides ; elle devait sortir de la douche, me suis-je dit. Son dos était élancé. Elle m'a conduit dans une pièce qui servait de cuisine et de salon. Tout gisait pêle-mêle et en pagaille. Il y avait des géraniums dans une jardinière, et un chat roux roulé en boule en train de ronronner dans le vieux canapé en velours côtelé. Il a ouvert un œil jaune, m'a examiné, puis l'a refermé.

Astrid m'a regardé avec sollicitude.

— Où as-tu passé la nuit ?

J'ai vaguement expliqué que j'étais chez un ami.

— T'as une sale tête.

— Merci, ai-je dit.

— Je me demandais si tu voulais prendre une douche ou autre chose.

— J'en ai déjà pris une.

Elle a ri.

— Ce n'était pas un reproche. Assieds-toi. Ne fais pas attention au désordre de Saul.

D'un geste, elle a débarrassé le canapé d'un manteau et d'un sac.

— Café ? Thé ? Jus de fruits ? Enfin, je crois qu'il y a du jus de fruits, je n'ai pas encore eu le temps d'inspecter le réfrigérateur.

— Café.

J'avais envie de faire durer l'instant ; de la contempler pendant qu'elle me servait, de regarder la façon qu'avait son gilet de se tendre sur ses seins quand elle levait le bras pour attraper des tasses.

— Un tout petit peu de lait et pas de sucre, c'est ça ?

— Tu te souviens.

— Évidemment.

Elle m'a souri et j'ai senti ma gorge se serrer de désir.

— Tu vas rester combien de temps ici ?

— J'en sais rien. Au moins quinze jours. Je n'arrive pas à voir au-delà. Je n'ai aucune idée de ce que je vais faire ensuite. Peut-être que je devrais grandir et essayer de faire quelque chose de ma vie. Qu'est-ce que tu en penses ?

— De… ?

— De ce que je devrais faire après.

Je l'ai dévisagée, enregistrant le moindre détail de son visage.

— Je ne pense pas que tu devrais projeter quoi que ce soit au-delà des minutes qui viennent, Astrid, en ce moment.

Elle s'est détournée pour enfourner plusieurs cuillerées de café moulu dans une cafetière avant d'ajouter de l'eau bouillante, en remuant énergiquement.

— Ça va peut-être être un peu fort.

Elle s'est assise sur le canapé à côté de moi, repoussant le chat au bout sans le réveiller. Sa jambe a frôlé la mienne ; son épaule était à quelques millimètres de la mienne. Quand elle a penché la tête pour prendre une gorgée de son café, j'ai scruté la courbe de sa joue, ses longs cils noirs. De la buée s'est élevée vers son visage, humidifiant sa peau.

— Tu trembles, lui ai-je dit avec douceur.

— Ah bon ?

Elle a levé sa main libre.

— En effet. Je suis fatiguée, Davy. Fatiguée, effrayée, seule, paumée.

Elle a posé une main sur mon genou.

— Tu comprends cette impression ?

J'ai posé ma main sur la sienne.

— Si je comprends ? Astrid, j'ai passé toute ma vie à me sentir comme ça.

Des larmes me sont montées aux yeux mais je n'ai rien fait pour les contenir. J'avais fini de faire semblant. Mon heure était venue, mon jour J. J'ai reposé ma tasse de café et pris sa main entre les deux miennes.

— J'aurais dû faire plus attention, a-t-elle dit.

Elle m'a laissé lever sa main vers mes lèvres et l'y garder un moment.

— Tu es le seul dans cette maison à s'être bien tiré de tout ça. Tous les autres se sont effondrés ou montés les uns contre les autres, sauf toi. Tu es toujours resté calme et gentil. Surtout envers moi. Tu crois que je ne l'ai pas remarqué ?

— Tu sais pourquoi, Astrid ?

— Je crois.

Elle a mis sa main contre ma joue. Elle m'a regardé droit dans les yeux, puis s'est penchée et m'a donné un délicat baiser sur la bouche. Je l'ai attirée à moi. Ses lèvres se sont ouvertes sous les miennes, je sentais ses seins contre ma poitrine. J'ai enfoui ma main dans ses cheveux et l'ai embrassée de nouveau, plus brutalement, un goût de sang dans la bouche, mais peu importait. Mon Astrid. Ma destinée. Ma fin et mon commencement.

Je l'ai repoussée sur le canapé. Je l'ai embrassée doucement, puis ai commencé à faire des trucs que j'avais eu envie de faire depuis la première seconde où je l'avais rencontrée. J'ai mis une main sur son sein. Elle m'a adressé un sourire troublé et j'ai passé ma main sous son gilet et senti son ventre chaud, lisse, puis le tissu râpeux de son soutien-gorge. J'avais envie d'elle. J'avais envie de tout lui faire en même temps. J'ai descendu ma main sur son jean et commencé à tripoter le bouton.

— Attends, a-t-elle dit d'une voix rêveuse. On a le temps, Davy. On a tout le temps qu'il faut.

— J'ai attendu si longtemps, ai-je dit.

— Je sais. Je sais.

Elle s'est assise, m'a caressé les cheveux et m'a embrassé.

— Je crois que je te dois quelque chose, a-t-elle ajouté.

— Quelque chose ?

J'avais du mal à parler.

Elle m'a ôté ma veste et très délicatement a défait le premier bouton de ma chemise.

— C'est toi qui m'as débarrassée de Miles, non ?

— Peut-être. Qu'est-ce que ça peut faire ?

Elle m'a souri et m'a embrassé de nouveau. Je sentais son haleine, humide et sucrée. Elle a défait le second bouton.

— Pour moi, ça compte, a-t-elle déclaré, m'embrassant les lèvres, la figure.

Elle m'a embrassé l'oreille et a chuchoté :

— Raconte-moi. J'ai besoin de savoir. Je veux tout savoir sur toi.

— C'était facile, ai-je dit.

Elle a défait le troisième bouton et ouvert ma chemise. Elle a posé ses lèvres contre mon cou. J'ai gémi. Je n'ai pas pu me retenir.

— Alors, qu'est-ce que tu as fait ?

Elle s'est adossée au canapé. Je me suis penché et j'ai embrassé ses lèvres. J'ai embrassé ses cheveux, les ai respirés. Cette douce odeur de propre était une drogue qui me rendait étourdi, comme enivré par sa présence. Elle a lâché un murmure.

— C'était le presse-papiers, ai-je dit.

— Mmm ?

J'ai posé la main sur la fermeture Éclair de son jean et, cette fois-ci, elle n'a pas essayé de m'interrompre. J'ai défait le bouton, puis descendu le zip. J'ai vu sa petite culotte bleue, le haut bordé de dentelles. J'ai mis ma paume dedans. J'ai senti ses poils entre mes doigts, chauds sous la main.

— Raconte-moi, a-t-elle dit.

— Le presse-papiers.

Je lui lâchais les mots entre deux baisers.

— Tu l'as vu dans ma chambre. Je l'ai juste mis dans celle de Miles.

J'ai poussé ma main plus bas dans sa culotte.

— Non, a-t-elle dit. Mon haut. Enlève-le d'abord.

J'ai défait le premier bouton. Elle s'est allongée avec les mains au-dessus de la tête, offerte.

— Peggy, ce n'était qu'une erreur, ai-je dit en défaisant le second bouton, puis le troisième. Mais ça s'est passé dans sa chambre, du coup les traces y étaient déjà.

— C'était toi ? a-t-elle demandé.

— Oui, ai-je répondu.

— Parfait, Davy. Parfait.

Et je ne comprenais pas si elle parlait de moi, en train de caresser et d'embrasser son corps superbe, ou si c'était parce qu'elle pigeait maintenant que c'était moi qui étais au courant de tout, et qui avais tout fait. J'ai défait le dernier bouton et ouvert le gilet.

— Non, c'était une erreur. Leah et Ingrid.

Mes mains sont remontées sur l'épaisseur bleue filigranée qui recouvrait son soutien-gorge.

— C'est quoi, ça ? ai-je dit, au moment où je découvrais un cordon noir qui courait tout du long, et jusque dans son dos.

Je l'ai regardée : son expression avait tout à coup changé, comme un nuage couvrirait le soleil, et j'ai su ce que c'était et compris qu'il allait se passer du vilain. Tout allait s'écrouler. La nuit retomberait sur toute chose, comme déferlerait une vague glacée. J'ai tendu la main vers ma veste, pour y prendre la clé dans la poche. Je pouvais l'emmener avec moi. Un coup. Elle lèverait la main. Ça lui broierait le poignet. Le coup suivant l'atteindrait au visage, la paralysant. Après cela, je pourrais réduire ces merveilleux traits en bouillie. Mais la veste était hors de portée : la salope l'avait envoyée valser.

Je me suis levé du canapé, la repoussant d'une main de sorte que sa tête a heurté le bras en bois, et là j'ai entendu un fracas dehors, des pas lourds. La porte s'est ouverte à la volée et la pièce a été envahie de monde. Je me suis laissé plaquer contre un mur. Ils m'ont poussé fort, ça a fait tomber quelque chose d'une étagère, qui s'est cassé. La douleur à l'arrière de ma tête était comme de l'eau froide, mais un mince filet de lucidité filtrait dans mon esprit confus.

— Vous êtes en état d'arrestation, a dit une voix familière.

Kamsky. Une vraie fête-surprise. On croit qu'on passe une soirée tranquille et, soudain, tous vos copains débarquent. On croit que personne ne peut nous entendre et, pendant tout ce temps, ils ont écouté, épié, fureté, espionné.

— Non ! ai-je dit. Ne faites pas ça. Écoutez, écoutez, c'est une erreur. Une erreur stupide, je ne faisais qu'entrer dans le jeu d'Astrid. Je disais des cochonneries pour l'exciter. Vous pouvez comprendre ! C'était une blague.

Astrid était assise sur le canapé la tête entre les mains. Kamsky l'a regardée avec inquiétude.

— Ça va aller ?

Elle s'est levée, puis s'est rappelé dans quel état elle était. Elle a remonté sa braguette. Une femme flic s'est approchée pour lui retirer le câble et le microphone. Elle a dû entourer Astrid de ses bras pour le dégager de son soutien-gorge. Tout ce temps-là, Astrid me regardait, avec une expression quasi inquisitrice, comme si elle m'observait à travers les barreaux d'une cage. Ses lèvres se sont retroussées.

— Tu… a-t-elle commencé, avant de s'interrompre.

— Vous avez été formidable, Astrid, a dit Kamsky. Formidable, ma chère, vraiment.

— Il m'a touchée, a-t-elle sifflé. Je l'ai laissé faire. Je l'ai *laissé*.

Sa main est montée à sa bouche. Ses yeux ont croisé les miens une seconde, puis elle a quitté la pièce en courant. J'ai entendu vomir, et revomir de plus belle. Pas très flatteur. Les policiers ont commencé à s'affairer. Ils fouillaient dans mes poches. Des doigts malpropres me tâtaient et me sondaient. Des yeux me regardaient de travers. Vilaine palpitation dans ma tête. Un nerf tiquait juste au-dessus de ma lèvre. J'ai essayé de la mordre pour l'en empêcher, mais n'ai pas réussi à l'arrêter.

— Espèce de petite ordure, a dit une voix.

Un homme en uniforme a brandi la clé devant ma figure.

— C'est quoi ça, bordel ?

— Je suis…

Je n'arrivais pas à me rappeler le mot. Que se passait-il ? Des pans de mon cerveau se disloquaient comme du plastique écaillé ; mots et pensées tombaient en cascade.

— Un maçon, ai-je enfin pu dire. J'ai toujours des outils dans la poche.

— Reconnaissez que c'est vous, a dit Kamsky. Épargnez-nous tout un tas d'ennuis. Sortez votre ami de prison.

Il fallait que j'aie l'air perplexe. J'ai essayé de composer mes traits comme il convenait. Mon visage était de gomme et de carton. Ma bouche engourdie, comme si j'avais eu une attaque ou on ne sait trop quoi.

— Sortir un coupable de prison ? ai-je dit enfin.

J'ai ri, essayé de rire. Kamsky s'est un peu reculé.

— Et pourquoi je ferais un truc pareil, mon pote ?

L'expression de Kamsky était mi-colérique, mi-médusée.

— Les types de votre genre ne renoncent jamais, hein ?

Mon genre. Comment ça, « mon genre » ? Il ne savait rien du tout de moi et ne saurait jamais qui j'étais. Je n'étais d'aucun genre. J'étais quelqu'un d'autre, quelqu'un de différent, et ils ne comprendraient jamais.

— Tous ces trucs que vous avez dits avant, ai-je lancé, sur ce que je pouvais dire, utilisés comme preuve contre moi. J'espère qu'on a noté que je n'arrête pas d'essayer de vous expliquer que vous avez commis une erreur, que je suis totalement innocent.

— C'est tout enregistré, a dit Kamsky.

— Je vous l'ai dit, ai-je rétorqué. Je jouais son jeu.

— On vous a en train d'avouer. Vous n'avez pas d'alibi. On a les sous-vêtements que vous avez volés à Leah Peterson. Parfaitement. On a parlé à votre petite amie. Il semblerait que votre tentative d'alibi ne l'ait pas complètement convaincue.

— Sale petite pute, ai-je lancé.

J'avais la langue pâteuse. J'avais de la bave sur le menton, mais je l'ai essuyée.

— J'ai eu ces sous-vêtements à notre vide-grenier.

Kamsky a souri.

— Raison pour laquelle la carte de crédit de Leah Peterson a été débitée la veille de sa mort. On vous tient, Davy. Vous feriez aussi bien d'avouer ce que vous avez fait. D'épargner les familles des personnes que vous avez tuées.

Je tombais. Un étau se resserrait autour de mon crâne, et rien ne viendrait jamais plus m'en délivrer.

— Non, ai-je dit. Non. Non. Vous vous trompez sur toute la ligne. Ce n'était pas moi.

Parce que c'était le cas. Ce n'était pas vraiment moi.

Épilogue

Mon portable a sonné.

— Coucou, Emlyn, ai-je dit.

— Tu fais quoi ?

— Tu sais ce que je fais. Je suis en train d'arracher des broussailles.

— Je sais. Mais j'aime te l'entendre dire. Ça m'aide à le visualiser.

— Tu ne peux pas te contenter de chater pour ce genre de trucs ?

— J'ai pris rendez-vous pour aller voir une maison tous les deux. L'agent immobilier nous y attend dans une demi-heure.

— Une maison ? Pour quoi faire ? On a déjà une maison.

— Astrid. C'est au 72 Maitland Road. Un de mes amis est passé devant en voiture et a vu le panneau « à vendre ».

— Oh, ai-je dit, et j'ai eu froid soudain, et le jardin, aux couleurs automnales, est devenu gris. Je ne savais pas qu'il la vendait. Il ne l'a jamais dit. Mais pour quelle raison as-tu fait ça ?

— Je suis curieux de la voir à cause de tout ce qu'elle a représenté pour toi. Et je veux la voir avec toi. Tu as toujours dit que tu avais besoin d'y retourner au moins une fois. Mais seulement si t'as envie.

Je me suis tue un instant.

— D'accord, ai-je répondu.

À notre arrivée, l'agent immobilier patientait déjà sur le trottoir, un bloc-notes sous le bras, un portable à l'oreille. Quand nous sommes sortis de la voiture, il a levé la main pour signaler qu'il nous avait repérés mais a poursuivi sa conversation.

— Ouais ben, tu sais ce qu'on dit des accords verbaux, a-t-il dit, avant de rire. Ciao, mon pote. À plus.

Il a remis son téléphone dans sa poche et s'est tourné vers nous. Il a semblé un moment décontenancé par notre apparence. Emlyn portait un costume gris et une chemise bleue à col ouvert. Pour ma part, j'incarnais la parfaite jardinière-paysagiste qu'on aurait interrompue en plein travail.

— On dirait que quelqu'un est en train de se faire doubler, a déclaré Emlyn.

— Ce n'est pas ce que je dirais, a répondu l'agent. Mais le marché semble prometteur en ce moment. Très prometteur.

Il a tendu la main et s'est présenté :

— Mart Ponder.

— Emlyn Kaplan, a répondu Emlyn, et voici Astrid Bell.

— On vous a prévenus qu'il y avait déjà une offre, a précisé Ponder, mais le propriétaire pourrait être sensible à une contre-proposition judicieuse.

— Évidemment, a confirmé Emlyn en m'adressant un regard en coin. En attendant ?...

— Oui, oui, a dit Ponder. Allons-y.

Il a pris une clé familière avec une étiquette qui ne l'était pas dans son dossier et a ouvert la porte d'entrée. Soudain, j'ai ressenti un coup au cœur.

— Le propriétaire est là ?

— Il est à l'étranger, et depuis un bout de temps. Une bonne offre en espèces et l'acheteur pourrait emménager demain.

Je m'attendais à avoir un choc à la vue de planchers nus et d'espaces vides sur les murs, mais ce n'était pas précisément comme ça. Miles n'était jamais revenu et n'avait jamais achevé son déménagement. Il n'avait pas trouvé le courage de retourner dans la maison, trop pleine de souvenirs. Les tableaux familiers étaient toujours accrochés au mur. J'apercevais un tapis par la porte ouverte de l'ancienne chambre de Pippa. Il n'en restait pas moins clair que la maison était abandonnée depuis des mois. Il régnait une odeur de grotte ou de cave, humide et stagnante, comme si l'air et la lumière avaient été bannis des lieux.

— Comme vous le verrez, la maison a besoin d'être retapée, a annoncé Ponder.

Il regardait les crochets sur le mur juste à côté de la porte.

— Quelqu'un devait accrocher son vélo ici. Et il n'était pas trop soigneux en l'ôtant et en le remettant.

Emlyn a haussé un sourcil et m'a adressé un sourire ironique. Je ne le lui ai pas rendu. Tout d'un coup, j'avais l'impression d'être un spectre revenu hanter une maison où j'avais autrefois été heureuse, ou en tout cas, jeune. Un fantôme dans une maison déjà pleine de fantômes.

— Vous avez quelque chose à vendre vous-même ? a demandé Ponder.

Emlyn a secoué la tête.

— Eh bien, chapeau si vous pouvez vous payer ça comme première acquisition.

J'ai eu l'impression qu'il ne savait pas très bien s'il devait être dubitatif ou très impressionné.

— Commençons par ici, a-t-il dit en entrant dans l'ancienne chambre de Miles. C'est un peu brut de décoffrage, mais l'endroit parle de lui-même. Vastes pièces, grandes fenêtres – regardez-moi cette vue sur le jardin. Plein de caractère, si c'est ce que vous aimez. Je vais être honnête, vous allez tomber là-haut sur du bricolage maison plutôt douteux, mais on peut facilement y remédier.

J'ai ouvert une porte de placard. Un manteau, une veste et deux ou trois chemises familières pendaient toujours à l'intérieur. J'ai inspiré : sous la mauvaise odeur et le moisi, j'ai cru détecter celle de Miles. Soudain mes yeux se sont remplis de larmes. Je les ai chassées d'un battement de cils et me suis tournée vers l'agent.

— Est-ce qu'on peut faire le tour tout seuls ? C'est plus facile de se faire une idée de la maison comme ça.

— Pas de problème. Il faudrait un bon coup de ménage, j'en ai peur. Essayez de voir au-delà, le potentiel exceptionnel. Et appelez-moi quand vous êtes prêts.

Quand il a été parti, je me suis assise sur le lit – le lit dans lequel Leah avait dormi – et j'ai regardé fixement autour de moi. Emlyn s'est approché de moi et m'a caressé les cheveux.

— Ce n'était pas une bonne idée ?

— Davy n'a rien avoué, pour autant que je sache, mais ils pensent que c'est sans doute ici qu'il a tué Peggy. La première femme. Enfin, la seconde, si on compte sa pauvre mère. Il l'a tuée ici, a caché le corps dans le placard, avant de la traîner on ne sait comment dans la rue.

— Ça fout les jetons, a dit Emlyn.

— Mmm. C'était une gentille femme, je crois. Une femme bien. Seule. Dangereuse quand elle ouvrait sa porte de voiture.

Je me suis levée brutalement.

— Sortons d'ici.

— Et on va où ?

— Je vais te faire faire la visite guidée.

La chambre de Pippa, autrefois si bordélique, était vide et nue, exception faite d'un tube de rouge à lèvres sur le tapis près de l'endroit où se trouvait son miroir. J'ai ouvert sa penderie, en faisant cliqueter les cintres, et n'ai trouvé qu'une paire d'escarpins rouges qu'elle appelait ses pompes de vamp. J'ai tressailli. Un instant, j'ai pu la voir assise en tailleur sur son tapis jonché de bijoux, entourée de tas de vêtements colorés.

— On se croirait à bord de la *Mary-Celeste*, a dit Emlyn.

— On est partis en catastrophe.

Je l'ai mené en haut des marches. Il y avait des moutons sur le palier. Les fenêtres étaient sales et l'une d'elles présentait une nouvelle fêlure. Une araignée pendait depuis l'ampoule dans la salle de bains. Nos pas ont résonné de façon métallique.

— Ça, c'était ma chambre, ai-je annoncé, poussant la porte et entrant.

Un rectangle de lumière se dessinait sur le tapis.

— C'était joli du temps où j'y habitais. Simple.

— Tu as oublié des boucles d'oreilles, a dit Emlyn en les ramassant sur le rebord de la fenêtre pour les présenter dans la paume de sa main : de minuscules roues de bicyclette en argent.

— Laisse, ai-je dit. Elles doivent rester ici.

— Tu n'es pas obligée de continuer, tu sais, a-t-il dit quand nous sommes sortis de la pièce.

— Mais j'y tiens. Par là.

— La chambre d'Owen, ai-je dit, en me tenant sur le seuil.

— Ton… ?

— Oui.

La photo de la nageuse au milieu de son rond dans l'eau était toujours accrochée au mur. Je suis restée devant un moment, assaillie par les souvenirs. Combien nous avions eu faim l'un de l'autre, un jour. Avec quel besoin pressant. Comme nous nous étions agrippés l'un à l'autre, un temps. Désormais, il était redevenu un étranger. Un jour, j'arriverais à peine à me remémorer son visage.

— Tu as toujours des nouvelles ?

J'ai secoué la tête.

— Ce qu'il y a, c'est que je ne l'aimais pas vraiment, en fait. Quoi qu'il ait pu se passer entre nous, il n'a jamais vraiment été mon ami. Du coup, quand ça s'est terminé, et ça l'a été assez vite – eh ben, l'affaire était classée.

— On sort de là.

Il m'a tirée hors de la pièce.

Au dernier étage, je l'ai brièvement conduit dans la chambre de Dario, en trébuchant sur un transat malpropre, défoncé, réchappé on ne sait comment du vide-grenier comme de la benne, puis dans l'espèce de boîte réservée à Mick, aujourd'hui déserte.

— Et pour finir en beauté, ai-je dit, devant la porte fermée, c'est là qu'était Davy.

— Tu veux entrer ?

— Non, ai-je répondu.

Derrière cette porte régnait une nuit glacée. Si je l'ouvrais, elle se déverserait sur moi.

— Non, je n'ai pas du tout envie d'y entrer.

Il m'a pris la main et ses doigts étaient forts et chauds sur les miens, bien vivants.

Nous avons regagné le rez-de-chaussée, où nous attendait Ponder.

— Attendez de voir la suite, a-t-il dit. Celui qui mettra un peu d'argent dans la cuisine, qui arrangera les portes-fenêtres, aura une pièce vraiment incroyable.

— Et ça, c'est quoi ? a dit Emlyn.

Il a traversé la cuisine, décroché un papier sur le mur qu'il m'a remis. En le regardant, j'ai senti une douleur dans ma poitrine, un picotement derrière les yeux. C'était la photo, la seule photo de nous tous ensemble, les Sept Nains. On l'avait trouvée à hurler quand Davy l'avait imprimée ; on était écroulés, surexcités, un peu éméchés. Mais heureux, oui, on avait l'air heureux alors, resserrés dans le cadre, flous et collés les uns aux autres, battant des bras, les bouches ouvertes, hilares ou râleurs. Aujourd'hui, en regardant la photo, j'essayais de lire au fond des yeux rieurs de Davy ce qu'il savait et que nous ignorions, ce qu'il sait encore et que nous ne savons toujours pas. Comment avait-il pu faire ça, prendre cette photo de groupe, pendant que le corps de Peggy Farrell gisait à l'étage ? Était-ce sa façon à lui de se moquer de nous ?

— On peut faire un tour au jardin ?

— Pas de problème, a dit Ponder en déverrouillant la porte de service. Laissez-moi vous prévenir, il va falloir faire travailler un peu votre imagination.

Nous sommes sortis sous le soleil de fin d'automne, qui me réchauffait les joues. J'ai regardé mon jardin et aussitôt senti des larmes brûlantes sur mon visage. J'ai dû prendre un Kleenex dans ma poche et faire semblant d'éternuer. Les légumes, les pois, courgettes et pommes de terre avaient poussé avant de s'effondrer, pourrir et regermer au hasard, puis de pousser de nouveau. Il y avait un immense buisson sinistre de rhubarbe. Et des chapelets de vieilles tiges serpentant sur le sol.

— Je ne sais pas ce que ça pouvait bien être, a dit Ponder, mais le jardin fait trente mètres de long. Faites venir un de ces paysagistes, comme ceux qu'on voit à la télé, dessinez quelques allées, taillez les haies – ça pourrait faire un coin sympa pour un barbecue.

On a soudain entendu le son électronique d'une chanson à la mode qui me disait vaguement quelque chose. Ponder a sorti son portable de sa poche.

— Excusez-moi.

Emlyn contemplait la façade extérieure. Je l'ai rejoint, et embrassé sur la joue.

— Merci.

En nous approchant de la maison, j'ai remarqué une tache sombre sur les pavés. Je me suis agenouillée et l'ai touchée du doigt, puis reniflée. Rien. Mais je savais ce que c'était : l'huile du vélo quand je l'avais réparé ici. Emlyn m'a interrogée du regard. Je lui ai répondu d'un sourire en secouant la tête. Ponder a refermé son téléphone d'un coup sec.

— Alors, mes amis, on en pense quoi ?

— J'espère que ça sera acheté par quelqu'un de sympa, ai-je dit. Avec des enfants. C'est un endroit où on doit se sentir bien.

— Mais pas pour vous ?

— Pas pour moi.

— Très bien.

— Allez viens, mon ami, ai-je dit à Emlyn. Mon amour.

J'ai mis ma main dans la sienne et l'ai conduit hors d'ici, l'endroit où j'ai vécu un temps, dans un autre monde. Il y avait des visages aux fenêtres et des voix dans le silence. Des histoires dans les ombres. Ma maison chargée de souvenirs ; pleine de fantômes. Je n'y reviendrais plus.

Emlyn et moi avons longé la route ensemble et je n'ai pas regardé en arrière, parce que c'était fini. Désormais, j'avais tourné la page.

Vous avez aimé
Jusqu'au dernier,
découvrez en avant-première
le premier chapitre du
**nouveau thriller de
Nicci French
*Plus fort que le doute***
à paraître aux éditions
Fleuve Noir
le 12 mai 2010

NICCI FRENCH

PLUS FORT
QUE LE DOUTE

*Traduit de l'anglais
par Marianne Bertrand*

Fleuve Noir

Titre original :
What To Do When Someone Dies

Le Code de la propriété intellectuelle n'autorisant, aux termes de l'article L. 122-5, 2ᵉ et 3ᵉ a, d'une part, que les « copies ou reproductions strictement réservées à l'usage privé du copiste et non destinées à une utilisation collective » et, d'autre part, que les analyses et les courtes citations dans un but d'exemple ou d'illustration, « toute représentation ou reproduction intégrale ou partielle faite sans le consentement de l'auteur ou de ses ayants droit ou ayants cause est illicite » (art. L. 122-4).
Cette représentation ou reproduction, par quelque procédé que ce soit, constituerait donc une contrefaçon sanctionnée par les articles L. 335-2 et suivants du Code de la propriété intellectuelle.

© Joined-Up Writing, 2008. All rights reserved.
© 2010, Fleuve Noir, département d'Univers Poche,
pour la traduction en langue française.
ISBN : 978-2-265-00000-0

1

Il y a des moments où la vie bascule. Avec dans tous les cas, un avant, un après. Éventuellement, un coup discret à la porte entre les deux. On m'interrompait en plein ménage. J'avais mis de côté les journaux de la veille, de vieilles enveloppes, des bouts de papier, les avais rangés dans le panier à côté de la cheminée, prête à faire du feu après le dîner. Le riz bouillonnait gentiment. J'ai d'abord pensé que c'était Greg qui avait oublié ses clés, mais ensuite je me suis rappelé qu'il ne pouvait les avoir laissées ici puisqu'il avait pris la voiture ce matin. De toute façon, il ne toquerait sans doute pas, il crierait plutôt par la fente de la boîte aux lettres. Un ami, peut-être, ou un voisin, un Témoin de Jéhovah, le cri de relance d'un jeune démarcheur à domicile tentant à tout prix de vendre des chiffons à poussière et des pinces à linge. Je me suis détournée de la cuisinière pour gagner la porte d'entrée, l'ouvrant sur une bouffée d'air froid.

Pas Greg, ni un ami, ni un voisin, et pas non plus un étranger vendant religion ou produits domestiques. Deux agents de police, deux femmes, se tenaient devant moi. On aurait dit de l'une une écolière, avec une frange lourde qui couvrait ses sourcils et ses oreilles décollées ; de l'autre, son professeur, avec un menton carré et des cheveux grisonnants coupés court, comme un homme.

— Oui ?

M'étais-je fait prendre en plein excès de vitesse ? En train de semer des détritus sur la voie publique ? Cependant, j'ai alors lu une expression incertaine, et même de surprise, sur leurs deux visages, et me suis sentie oppressée par une sorte de pressentiment.

— Madame Manning ?

— Mon nom est Eleanor Falkner, ai-je répondu, mais je suis mariée à Greg Manning, alors j'imagine que...

Je n'ai pas fini ma phrase.

— Qu'y a-t-il ?

— Pouvons-nous entrer ?

Je les ai menées dans le petit salon.

— Vous êtes l'épouse de M. Gregory Manning ?

— Oui.

Rien ne m'a échappé. J'ai vu de quelle façon la plus jeune regardait la plus âgée en prononçant ces mots, et remarqué qu'elle avait un trou dans ses collants noirs. La bouche de la plus âgée s'est ouverte et refermée sans sembler pour autant synchrone avec les mots qu'elle prononçait, aussi ai-je dû faire un effort pour en saisir la signification. L'odeur du risotto m'est parvenue depuis la cuisine, et je me suis souvenue qu'il risquait d'avoir séché car je n'avais pas éteint le feu sous la casserole. Puis je me suis souvenue, lente d'esprit, hébétée, que peu importait, évidemment, s'il était foutu : personne ne le mangerait plus désormais. Dans mon dos, j'ai entendu le vent projeter quelques feuilles sèches contre le bow-window. Dehors, il faisait nuit.

Noir et froid. D'ici quelques semaines, les horloges reculeraient d'une heure. Dans deux mois, ce serait Noël.

Elle a dit :

— Je suis vraiment désolée, votre mari a été victime d'un accident mortel.

— Je ne comprends pas.

Mais si je comprenais. Les mots avaient un sens. Accident mortel. J'avais l'impression que mes jambes ne savaient plus comment me porter.

— Est-ce qu'on peut vous apporter quelque chose ? Un verre d'eau, peut-être ?

— Vous dites…

— La voiture de votre mari a quitté la route, a-t-elle repris lentement, patiemment.

Sa bouche s'est étirée, rétractée.

— Mort ?

— Toutes mes condoléances, a-t-elle répété.

— La voiture a pris feu.

C'était la première fois que la plus jeune intervenait. Son visage était plein et pâle ; il y avait une légère trace de mascara sous l'un de ses yeux marron. « Elle porte des verres de contact », ai-je pensé.

— Madame Falkner, vous comprenez ce que nous avons dit ?

— Oui.

— Il y avait un passager dans la voiture.

— Pardon ?

— Il était avec quelqu'un. Une femme. Nous nous sommes dit… Eh bien, nous avons pensé que ça pouvait être vous.

Je l'ai dévisagée, interdite. Attendait-elle de moi que je lui présente mes papiers d'identité ?

— Savez-vous qui ça pourrait être ?

— J'étais en train de préparer le dîner. Il aurait dû être rentré, à cette heure-ci.

— La passagère de votre mari.

— Je n'en sais rien. (Je me suis frotté la figure.) Elle n'avait pas de sac avec elle, quelque chose ?

— Ils n'ont pas pu récupérer grand-chose. À cause du feu.

J'ai pressé une main contre ma poitrine et senti mon cœur cogner sourdement.

— Vous êtes sûres que c'était Greg ? Il a pu y avoir une erreur.

— Il conduisait une Saxo rouge, a-t-elle répliqué.

Elle a baissé les yeux sur son carnet et lu la plaque d'immatriculation à haute voix.

— Votre mari est bien le propriétaire de ce véhicule ?

— Oui, ai-je confirmé.

Il m'était difficile d'articuler convenablement.

— Peut-être quelqu'un de son bureau. Il les emmenait parfois avec lui quand il allait rendre visite à ses clients. Tania.

Je me suis rendu compte, tout en parlant, que je ne parvenais pas à éprouver du chagrin si Tania était morte, elle aussi. Cela me perturberait peut-être par la suite, je le savais.

— Tania ?

— Tania Lott. Une collègue.

— Vous avez son numéro de téléphone à son domicile ?

J'ai réfléchi un moment. Il devait figurer dans le portable de Greg, qu'il avait avec lui. J'ai dégluti péniblement.

— Je ne pense pas. On l'a peut-être quelque part. Vous voulez que je regarde ?

— On va le trouver.

— Je ne veux pas vous sembler mal élevée, mais j'aimerais que vous partiez, maintenant.

— Vous avez quelqu'un à appeler ? Un proche ou un ami ?

— Pardon ?

— Il ne faut pas que vous restiez seule.

— J'ai envie d'être seule, ai-je répondu.

— Peut-être aurez-vous envie de parler à quelqu'un.

La plus jeune des deux femmes a sorti un dépliant de sa poche : elle avait dû l'y mettre avant qu'elles ne quittent le commissariat ensemble. Toutes préparées. Je me suis demandé combien de fois elles faisaient ça par an. À force, elles devaient s'habituer à se tenir sur le pas des portes par n'importe quel temps, affichant une expression de compassion.

— Vous avez là un grand nombre de thérapeutes qui peuvent vous aider.

— Merci.

J'ai pris le dépliant qu'elle me tendait et l'ai posé sur la table.

Après quoi elle m'a remis sa carte.

— Vous pouvez me joindre à ce numéro si vous avez besoin de quoi que ce soit.

— Merci.

— Ça va aller ?

— Oui, ai-je affirmé, plus fort que je n'en avais eu l'intention. Excusez-moi, le dîner a dû brûler, je pense. Il faut que j'aille voir. Vous trouverez la sortie ?

J'ai quitté la pièce, dans laquelle se tenaient toujours gauchement les deux femmes, et me suis rendue dans la cuisine. J'ai ôté la casserole de la plaque de cuisson et touillé le fond collant de risotto brûlé avec une cuillère en bois. Greg adorait le risotto : c'était le premier plat qu'il ait jamais préparé pour moi. Du risotto avec du vin rouge et une salade verte. J'ai soudain eu une vision nette de lui assis à la table de la cuisine dans les vieilles sapes qu'il aimait porter à l'intérieur, en train de me sourire et de lever son verre à ma santé, et j'ai fait volte-face, m'imaginant que si j'étais assez rapide, je pourrais l'y surprendre.

Toutes mes condoléances.

Accident mortel.

Ce monde n'est pas le mien. Quelque chose ne va pas, ne tourne pas rond. Nous sommes un lundi soir d'octobre. Je suis Ellie Falkner, âgée de trente-quatre ans, mariée à Greg Manning. Même si deux agents de police viennent de me rendre visite pour m'annoncer qu'il est mort, je sais que ce n'est pas possible parce que cela arrive dans un autre monde, celui des autres.

J'ai pris place à table, et attendu. Je ne savais pas ce que j'attendais au juste ; peut-être d'éprouver quelque chose. Les gens pleurent quand ils perdent un proche, non ? Hurlent, sanglotent, avec des larmes qui roulent sur leurs joues. Greg était sans le moindre doute mon bien-aimé, ce que j'avais de plus cher au monde, mais je ne m'étais jamais sentie aussi loin des larmes. Mes yeux étaient secs et me brûlaient ; j'avais un peu mal à la gorge, comme si j'avais attrapé un coup de froid. J'avais aussi mal au ventre, et j'ai posé ma main dessus quelques secondes, fermé les yeux. Il y avait des miettes sur la table, des restes du petit déjeuner. Toasts et marmelade. Café.

Qu'avait-il dit en partant ? Mon cerveau ne répondait pas. Ce n'était qu'un lundi matin habituel, ciel gris, trottoir semé de flaques. Quand m'avait-il embrassée pour la dernière fois ? Sur la joue ou sur les lèvres ? Nous nous étions bêtement disputés un peu plus tôt

8

dans l'après-midi au téléphone, à propos de l'heure à laquelle il rentrerait. Étaient-ce là nos derniers mots ? Quelques chamailleries avant le grand silence. Un moment, je n'ai même pas pu me remémorer son visage, mais après, il m'est revenu : ses cheveux bouclés, ses yeux sombres, la façon qu'il a de sourire. Qu'il *avait*. Ses mains fortes, habiles, sa solidité réconfortante. Il devait s'agir d'une erreur.

Je me suis levée, ai soulevé le combiné de son support sur le mur et composé le numéro de son portable. J'ai attendu pour entendre sa voix et, au bout de quelques minutes, comme rien ne venait, j'ai reposé soigneusement le téléphone et suis allée presser mon visage contre le carreau. Un chat marchait d'un pas délicat le long du mur du jardin. Je voyais briller ses yeux. Je l'ai observé jusqu'à ce qu'il disparaisse.

J'ai pris une cuillerée de riz dans la casserole et l'ai portée à ma bouche. Il n'avait aucun goût. Peut-être devrais-je me servir un verre de whisky. Voilà ce que faisaient les gens en état de choc, et j'étais certainement en état de choc. Je doutais toutefois que nous ayons du whisky dans la maison. J'ai ouvert l'armoire à liqueurs et contemplé son contenu. Une bouteille de gin, pleine au tiers. Une autre de Pimm's, mais ça, c'était pour les longues soirées d'été, chaudes, à des années-lumière d'ici, de maintenant. Un petit flacon de schnaps. J'en ai dévissé le bouchon et pris une gorgée, pour voir, sentant son filet brûlant dans ma gorge.

La voiture a pris feu. Pris feu.

Je me suis efforcée de ne pas voir son visage, son corps dévoré par les flammes. J'ai pressé mes paumes sur mes orbites, et un petit son ténu s'est échappé de ma gorge. Il régnait un tel silence dans la maison. Les sons provenaient tous de l'extérieur : le vent dans les

9

arbres, le bruit que faisaient les voitures en passant, des portes qui claquaient, des gens qui continuaient de vivre, normalement.

Je ne sais pas combien de temps je suis restée là, comme ça, mais pour finir j'ai gravi l'escalier, m'agrippant à la rambarde et hissant mon poids de marche en marche comme une vieille femme. J'étais veuve. Qui réglerait le lecteur vidéo pour moi, qui m'aiderait, sans succès, à faire mes mots croisés le dimanche, qui me tiendrait chaud la nuit, me serrerait fort dans ses bras, veillerait sur moi ? J'ai formulé ces pensées, sans les ressentir. Je suis restée debout dans notre chambre quelques minutes, fixant ce qui m'entourait, puis me suis assise pesamment sur le lit – de mon côté, prenant soin de ne pas déranger celui de Greg. Il lisait un guide de voyage : il voulait que nous partions en Inde ensemble. Il y avait un marque-page au tiers du livre. Sa robe de chambre – à rayures gris et bleu –, pendait au crochet sur la porte. Des pantoufles renversées gisaient sous la vieille chaise en bois, et dessus un jean qu'il avait porté la veille avec un vieux pull bleu. Je suis allée le prendre, enfouissant mon visage dans l'odeur de sciure familière. Puis j'ai ôté le mien et enfilé celui de Greg. Il y avait un trou à l'un des coudes, et le bord s'effilochait.

Je me suis rendue distraitement dans la petite pièce contiguë à notre chambre, qui, pour l'instant, servait de débarras, même si nous avions des projets la concernant. Elle était remplie de cartons de livres et d'objets divers que nous n'avions jamais trouvé le temps de déballer, malgré notre emménagement dans cette maison il y a plus d'un an maintenant, et comportait aussi une baignoire ancienne avec griffes de lion et robinetterie de cuivre craquelée, que j'avais dénichée chez un brocanteur et prévu d'installer dans notre salle de bains une fois que j'aurais fait quelque chose pour les robinets. Nous nous étions retrouvés coincés en la montant, me suis-je rappelé, incapables de reculer ou d'avancer, pris d'un fou rire incoercible, pendant que sa mère nous lançait de vaines instructions depuis l'entrée.

Sa mère. Il fallait que j'appelle sa mère et son père. Il fallait que je leur dise que leur fils aîné était mort. Le souffle m'a manqué et j'ai dû m'appuyer contre le chambranle de la porte. Comment annonce-t-on une telle nouvelle ? Je suis retournée dans la chambre et me suis rassise sur le lit, saisissant le téléphone qui se trouvait sur ma table de nuit. Un instant, je n'ai pu me rappeler leur numéro et, quand il m'est revenu, j'ai eu du mal à presser les touches. Mes doigts ne fonctionnaient pas normalement.

J'espérais qu'elle ne répondrait pas, mais si. Sa voix haut perchée semblait contrariée qu'on l'appelle à cette heure tardive.

— Kitty.

J'ai collé le combiné contre mon oreille et fermé les yeux.

— C'est moi, Ellie.

— Ellie, comment…

— J'ai une mauvaise nouvelle, l'ai-je coupée. (Et là, avant qu'elle ait pu reprendre son souffle pour ajouter quoi que ce soit :) Greg est mort.

Silence complet au bout du fil, comme si elle avait raccroché.

— Kitty ?

— Allô, a-t-elle répondu.

Sa voix avait faibli ; elle semblait parler de très loin.

— Je ne comprends pas bien.

11

— Greg est mort, me suis-je obstinée. Il est mort dans un accident de voiture. Je viens de l'apprendre.

— Excuse-moi, a-t-elle dit. Tu peux rester en ligne un instant ?

J'ai patienté, après quoi une autre voix a résonné, comme un aboiement bourru, à qui on ne la fait pas.

— Ellie. Paul. Qu'est-ce que c'est que cette histoire ?

J'ai répété ce que j'avais dit. Les mots semblaient de plus en plus plus irréels.

Paul Manning a laissé échapper une toux brève, nerveuse.

— Mort, tu dis ?

Dans le fond, j'ai entendu sangloter.

— Oui.

— Mais il n'a que trente-huit ans.

— C'était un accident de la route.

— Une collision ?

— Oui.

— Où ça ?

— Je n'en sais rien. Je ne sais plus si elles l'ont précisé. Peut-être qu'elles l'ont fait. J'ai eu du mal à tout retenir.

Il m'a posé d'autres questions, des questions détaillées, auxquelles il m'a été impossible de répondre. C'était comme si les informations pouvaient lui procurer une sorte de contrôle sur la situation.

Ensuite, j'ai composé le numéro de mes parents. C'est ce qu'on fait dans ces cas-là, non ? Même quand on n'est pas proche d'eux, c'est l'ordre à respecter. Ses parents, ensuite, les miens. Les endeuillés de premier rang. Mais personne ne décrochait et je me suis souvenue que c'était soirée quiz au pub, le lundi. Ils y resteraient jusqu'à la fermeture. J'ai relâché l'interrupteur et suis demeurée assise quelques secondes à écouter la tonalité dans mon oreille. Le réveil du côté de Greg indiquait 21 h 13. Des heures à tenir jusqu'au matin. Qu'étais-je censée faire d'ici là ? Devais-je commencer à appeler les gens, leur apprendre la nouvelle par ordre décroissant d'importance ? C'est ce que l'on faisait pour annoncer la naissance d'un enfant – mais était-ce la même chose quand on avait perdu son mari ? Et qui me fallait-il contacter en premier ? Et là, ça m'est revenu.

J'ai trouvé le numéro de son domicile dans le vieux carnet d'adresses de Greg. Le téléphone a sonné plusieurs fois, quatre, cinq, six. C'était comme un jeu, un jeu atroce. Réponds, et tu es toujours en vie. Ne réponds pas, et tu es morte. Ou peut-être sortie, simplement.

— Allô.

— Oh.

Un instant, je n'ai pu parler.

— Tania ? ai-je demandé, même si je savais que c'était elle.

— Oui. Qui est à l'appareil ?

— Ellie.

— Oh, Ellie. Salut.

Elle a patienté, dans l'attente d'une invitation, sans doute. J'ai pris une profonde inspiration et prononcé les mots absurdes une fois de plus.

— Greg est mort. Dans un accident. (J'ai coupé court aux exclamations d'horreur qui se sont déversées sur la ligne.) Si je t'ai appelée, c'est que… enfin… j'ai pensé que tu te trouvais peut-être avec lui. Dans la voiture.

— Moi ? Comment ça ?

— Il avait un passager. Une femme. Et je me suis dit, enfin, tu vois… que c'était quelqu'un du bureau, alors j'ai pensé…

13

— Ils étaient deux ?

— Oui.

— Seigneur.

— Oui.

— Ellie, c'est vraiment atroce. Mon Dieu, je n'arrive pas à le croire. Je suis tellement…

— Tu sais qui ça aurait pu être, Tania ?

— Non.

— Il n'est pas parti avec quelqu'un ? ai-je demandé. Ou parti voir quelqu'un ?

— Non. Il a quitté le bureau vers 5 heures et demie. Et je sais qu'il avait dit plus tôt dans la journée qu'il rentrerait de bonne heure chez lui, pour une fois.

— Il a dit qu'il rentrait directement ?

— C'est ce que j'ai compris. Mais, Ellie…

— Quoi ?

— Ce n'est peut-être pas ce que tu penses.

— Je pense quoi ?

— Rien. Écoute, s'il y a quoi que ce soit que je puisse faire, n'importe quoi, tu n'as qu'à me le…

— Merci, ai-je coupé, en lui raccrochant au nez.

Qu'est-ce que je pensais ? Qu'est-ce que cela pouvait ne pas signifier ? Je n'en savais rien. Je savais juste qu'il faisait froid dehors, et que le temps s'écoulait lentement, et qu'il n'y avait aucun moyen de l'accélérer. J'ai descendu l'escalier à pas de loup, me suis assise au salon, dans le canapé, le pull de Greg tiré sur mes genoux. J'ai attendu que vienne le matin.

Prison mentale

NICCI
Au pays des vivants
FRENCH

THRILLER

(Pocket n° 12284)

Elle est seule. Dans le noir. Cagoulée et ligotée. Prisonnière d'un mystérieux tortionnaire, elle réussit pourtant à s'échapper… Mais le cauchemar ne fait que commencer : Abbie a perdu tout souvenir des jours qui ont précédé son agression. Confrontée à l'incrédulité de tous, elle veut reconstituer son passé. Pour la guider dans cette quête aux frontières de la folie, Abbie n'a qu'une certitude : si son bourreau existe, il saura la retrouver.

Il y a toujours un Pocket à découvrir

Passion fatale

NICCI
Dans la peau
FRENCH

THRILLER

POCKET

(Pocket n° 11586)

Zoé, jeune institutrice séduisante, vient d'arriver à Londres et cherche à se débarrasser de l'appartement qu'elle a acheté sur un coup de tête peu de temps auparavant. **Jennifer**, bourgeoise sophistiquée, se consacre à la rénovation de la maison qu'elle vient juste d'acquérir. **Nadia**, animatrice pour enfant, sort d'une relation douloureuse et veut remettre de l'ordre dans son logement. Trois femmes, apparemment différentes, mais qui ont pour point commun l'amour que leur porte un serial killer au baiser empoisonné…

Il y a toujours un Pocket à découvrir

Composé par Nord Compo
à Villeneuve-d'Ascq (Nord)

Imprimé en Espagne par
LIBERDUPLEX
à Sant Llorenç d'Hortons (Barcelone)
en avril 2010

POCKET – 12, avenue d'Italie – 75627 Paris cedex 13

N° d'impression : 18044
Dépôt légal : mai 2010
S19634/01